BASTEI
LÜBBE
TASCHENBUCH

Weitere Titel der Autorin:

Gentlemen of New York-Trilogie:
Band 1: Hart wie Stahl
Band 2: Rau wie Eisen
Band 3: Sündig wie Silber

ÜBER DIE AUTORIN

Joanna Shupe hat mit ihrem Debütroman den prestigeträchtigen Golden Heart Award der Romance Writers of America gewonnen und startete damit ihre Karriere als Schriftstellerin. Ihre Romane wurden in mehrere Länder übersetzt. In Deutschland erscheint 2017 ihre *Gentlemen of New York*-Trilogie, mit der sie in den USA für Furore sorgte. Die Serie wurde von Lesern und Journalisten begeistert aufgenommen.

JOANNA SHUPE

Gentlemen of New York

Sündig wie Silber

Roman

Aus dem amerikanischen Englisch
von Anita Nirschl

BASTEI
LÜBBE
TASCHENBUCH

BASTEI LÜBBE TASCHENBUCH
Band 17 583

Dieser Titel ist auch als E-Book erschienen

MIX
Papier aus verantwortungsvollen Quellen
FSC www.fsc.org FSC® C083411

Vollständige Taschenbuchausgabe

Deutsche Erstausgabe

Für die Originalausgabe:

Titel der amerikanischen Originalausgabe: »Mogul«
Originalverlag: Zebra Books, New York
Published by Arrangement with Kensington Publishing Corp.,
New York, NY 10018 USA
Dieses Werk wurde vermittelt durch die Literarische Agentur
Thomas Schlück GmbH, 30827 Garbsen.

Für die deutschsprachige Ausgabe:

Textredaktion: Antonia Zauner, Olching
Umschlaggestaltung: Guter Punkt, München | www.guter-punkt.de
Unter Verwendung von Motiven von © hotdamnstock und © thinkstock:
stocksnapper | AnnaPoguliaeva | Reinhold Leitner | Kiuikson
Satz: Urban SatzKonzept, Düsseldorf
Gesetzt aus der Adobe Garamond Pro
Druck und Verarbeitung: CPI books GmbH, Leck – Germany
ISBN 978-3-404-17583-3

5 4 3 2 1

Sie finden uns im Internet unter www.luebbe.de
Bitte beachten Sie auch: www.lesejury.de

Für all jene, die Amerika ohne faire Entlohnung,
gerechte Arbeitspraktiken oder anständige Lebensbedingungen
aufgebaut haben.

KAPITEL EINS

»Gebt mir eure Müden, eure Armen, eure gedrängten Massen, die sich danach sehnen, frei zu atmen.«
– EMMA LAZARUS

Chinatown
New York City
April 1889

Nie hätte sie damit gerechnet, ihren ehemaligen Gatten in einer Opiumhöhle zu finden.

Lily verwünschte im Stillen ihr fürchterliches Pech und wandte sich an die Person neben ihr, den Mann, der entdeckt hatte, wen sie suchte. »Wie lange ist er schon hier?«

»Zwei Tage, Ma'am.«

Gütiger Himmel. An diesem düsteren und deprimierenden Ort herrschte ein nussiger, süßlicher Gestank, der sie zwang, sich die Nase zuzuhalten und durch den Mund zu atmen. Männer und Frauen jeden Alters und jeder Hautfarbe lagen mit glasigen Augen auf schmalen Liegen, lange Pfeifen in ihrer Reichweite. Mehrere spärlich gekleidete Frauen drückten sich in der Nähe herum, ebenso wie der Besitzer, der sie zweifellos von hier forthaben wollte.

Da waren sie schon zwei. Sie würde viel lieber in der Chesapeake Bay segeln oder sich im Haus ihrer Familie in Newport entspannen. In Palm Beach auf ihrem Pferd ausreiten oder in Paris einkaufen. Alles, außer hier zu stehen und den einzigen Mann zu betrachten, den sie nie wiederzusehen gehofft hatte.

Calvin Cabot. Sie musterte ihn, während er schlief, und versuchte abzuschätzen, inwieweit er sich, falls überhaupt, in den vergangenen vier Jahren verändert hatte. Er war immer noch langgliedrig und wohlproportioniert. Unglaublich gut aussehend, trotz des zottigen hellbraunen Haars und des Barts, der sein Gesicht bedeckte.

Er hatte ihre Briefe beinahe zwei Wochen lang ignoriert, jeder einzelne war ungeöffnet zurückgekommen. Darüber hinaus war er verschwunden, wann immer sie in seinem Büro oder seinem Zuhause aufgetaucht war. Ganz egal, welche Uhrzeit, ganz egal, welchen Tag sie wählte, er war ihr stets einen Schritt voraus. Frustrierend, wenn man bedachte, dass sie ein heikles Problem hatten, bei dessen Beseitigung er ihr helfen musste, bevor jemand anderes es entdeckte. Sie hatte keine andere Wahl gehabt, als einen Pinkerton-Detektiv zu beauftragen, ihn zu kidnappen.

Und doch hätte sie nie damit gerechnet, ihn *hier* zu finden. War er süchtig nach der Pfeife? Calvin, einer der mächtigsten Zeitungsverleger der Ostküste, lag ausgestreckt in schmutzigen, verknitterten Kleidern vor ihr, und ein unangenehmer Geruch ging von ihm aus. Wie konnte er nur eine Opiumsucht und sein Imperium miteinander vereinbaren?

Nicht dass sie je verstanden hätte, was in ihm vorging. Lily und Calvin waren wie Öl und Wasser gewesen – oder, wie er gern behauptet hatte, Öl und Champagner. Obwohl er den Reichtum und die Privilegien, die ihre Familie mit sich brachte, nicht immer gehasst hatte ...

»Was würden Sie gern tun, Ma'am?«, fragte der Mann an ihrer Seite. Sie hatte zwölf Männer angeheuert, um Calvin zu finden, und Jessup hier war derjenige, der sich ihre zweitausend Dollar Belohnung verdient hatte.

Lily wandte sich an den Besitzer der Opiumhöhle. »Wie viel schuldet Ihnen dieser Mann?«

Gier leuchtete in den dunklen Augen des Besitzers auf – Lily erlebte diese Reaktion bei Weitem nicht das erste Mal. Aber sie war die Tochter ihres Vaters, nicht irgendein dummes, leicht einzuschüchterndes Frauenzimmer. Grundgütiger, sie fungierte seit dem Tod ihres Vaters als Präsidentin der Davies Mining Company. Niemand haute Lillian Davies übers Ohr.

»Dreihundert.«

Sie lachte über diese unverschämte Summe. »Und nun den wahren Betrag.«

Der Besitzer warf Mr. Jessup einen Seitenblick zu, offensichtlich um abzuwägen, wie seine Chancen standen, ihr mehr Geld abzugaunern, ohne verprügelt zu werden. Nicht, dass Lily den Pinkerton bitten würde, einzuschreiten. Lily brauchte keinen Mann, um ihre Probleme zu lösen.

»Einhundertzwanzig Dollar«, sagte der Besitzer.

Lily nickte, obwohl sie auch mehr bezahlt hätte. Sie brauchte Calvin dringend.

Die Transaktion wurde rasch abgewickelt, dann wandte sie sich an Mr. Jessup, der ihr seit ihrer Ankunft nicht von der Seite gewichen war, und zeigte auf den bewusstlosen Mann auf der Pritsche. »Werfen Sie ihn bitte in die Kutsche, wenn Sie so freundlich wären.«

Hotel Fauchère
Pocono Mountains, Pennsylvania
Vier Jahre zuvor …

»Lily, Darling, die Haut an meinem Schwanz wird schon wund.«

»Du Ärmster.« Lily beugte sich vor und benutzte ihre Zunge, um der mitgenommenen Stelle Linderung zu verschaffen. »Lass mich dir helfen.«

Calvin, seit weniger als drei Wochen ihr Ehemann, ließ sich zurück aufs Bett fallen und gab ein Stöhnen von sich, das zu gleichen Teilen aus Schmerz und Wonne bestand. »Genau genommen hilfst du mir damit nicht«, keuchte er, als sie kleine Küsse auf die empfindsame Haut hauchte.

Sein Körper reagierte sofort. Seine Erektion wuchs unter ihren Lippen, doch anstatt Lily wegzuschieben, strichen ihr seine kräftigen Finger das blonde Haar aus dem Gesicht, um ihre fürsorgliche Zuwendung mit hungrigen blauen Augen verfolgen zu können. »Das hat doch den ganzen Ärger überhaupt erst verursacht. Ein Mann braucht Erholungspausen, Weib.«

Lily ignorierte ihn, völlig auf ihre Aufgabe konzentriert. Sie liebte es, wie er schmeckte, wie sich die geschmeidige, samtige

Länge an ihrer Zunge anfühlte. Weiche Haut spannte sich über straffe Härte. Am meisten liebte sie es, wie er auf alles reagierte, was sie tat, als könnte er nicht genug von ihr bekommen. Sie verstand dieses Gefühl gut; sie wollte nie mehr damit aufhören, ihn zu berühren oder zu küssen. Wollte nicht aufhören, dieselbe Luft zu atmen. Genau genommen hatten sie seit dem Beginn ihrer Flitterwochen vor zwanzig Tagen kaum das Bett verlassen.

Ihre Brautwerbung war kurz gewesen. Die beiden waren einander erst zwei Monate zuvor vorgestellt worden, bevor sie beschlossen hatten, durchzubrennen. Obwohl viele sie töricht nennen würden, war Lily sich noch nie in ihrem ganzen Leben einer Sache so sicher gewesen. Calvin war alles, was sie wollte. Er war intelligent und abenteuerlustig und arbeitete unermüdlich als Reporter für den *New York Bugle*, wo er sich für die Sache der weniger vom Glück Begünstigten einsetzte. Korruption aufdeckte. Die Scheinheiligkeit der New Yorker Politik enthüllte. Außerdem war er gut aussehend, mit braunem Haar, strahlend blauen Augen und einem großen, schlanken Körper, der vor Energie und Selbstvertrauen vibrierte. Er hatte Ehrgeiz und starke Überzeugungen, ein Mann, der in seinem Leben Erstaunliches erreichen konnte. Lily freute sich schon darauf, ihm auf diesem Weg bei jedem Schritt beizustehen.

Zweifellos würde ihr Vater erst davon überzeugt werden müssen, die Heirat zu akzeptieren, aber Lily hatte ihre Argumente bereits parat. Calvin fürchtete, Warren Davies würde wütend darüber sein, dass seine einzige Tochter einen einfachen Reporter geheiratet hatte, einen Mann ohne Geld oder Ansehen, aber Lily hatte Vertrauen in ihren Vater. Schließlich war er selbst als Teenager nach Dakota gegangen, um sein Glück zu machen, und hatte eine profitable Silbermine entdeckt. Er respektierte harte Arbeit und Entschlossenheit, jeden Mann, der sich auf seinen Verstand und seinen Instinkt verließ, um es in der Welt zu etwas zu bringen. Zweifellos würde er Calvin mit der Zeit mögen, sobald die beiden sich besser kennenlernten.

Sie gab Calvin mit einem feuchten Ploppen frei, und die Erektion ihres Mannes fiel auf seinen Bauch. »Willst du, dass ich aufhöre?«, schnurrte sie und fuhr dabei mit den Fingernägeln an der Innenseite seiner Schenkel empor.

Calvin erschauderte. »Gott, bitte nicht. Ich weiß, ich habe nicht viel, aber ich überschreibe dir alles, wenn du mich nur tiefer – *Ja, genau so*«, stöhnte er, als sie ihn heiß und feucht in sich einsog. »Oh, und wenn es mich umbringt, dann war es das wert.«

Er hörte selten auf zu reden, selbst während intimer Augenblicke. Worte waren nicht nur sein Lebensunterhalt, sie waren auch eine Quelle des Trostes und eine Waffe für ihn. Entschlossen, ihn zum Schweigen zu bringen, umfasste sie seine Hoden, um sie leicht zu drücken, und er versteifte sich. »Schneller«, bat er. »Fester. Gott, Lily, ich verbrenne bei lebendigem Leib.«

Sie verdoppelte ihre Anstrengungen. Ihr Kopf bewegte sich auf und ab, mit saugenden Lippen und flatternder Zunge, bis seine Muskeln zu zittern begannen. Je rauer sie mit ihm umging, je mehr sie ihn kratzte und drückte, desto mehr liebte er es. Bald darauf stieß er fluchend die Hüften nach vorne, und mit einem Schrei ergoss er sich am ganzen Körper bebend in ihrem Mund.

Als das Pulsieren schließlich verebbte, verlagerte sie ihre Position, um Küsse auf die roten Kratzspuren zu drücken, die sie auf seinem flachen Bauch hinterlassen hatte. Sie war feucht vor Verlangen, Erregung pochte im Einklang mit ihrem Herzen. Wie lange würde er wohl brauchen, um sich zu erholen?

»Komm her, du Hexe.« Große Hände griffen unter ihre Arme und hoben sie auf seinen Körper. Mit schmerzhaft zärtlicher Miene drückte er ihr einen Kuss auf die Lippen. Sie genoss es, wie er schmeckte, wie ihre Lippen perfekt zusammenpassten, wie seine Zunge rau in ihren Mund eindrang. Liebe explodierte in ihrer Brust und erfüllte sie bis ins Mark mit einem Gefühl der Richtigkeit. »Ich liebe dich wahnsinnig«, flüsterte sie, als sie sich wieder voneinander lösten.

Mit der Rückseite seiner Fingerknöchel streichelte er ihr zärtlich über die Wange. Seine blauen Augen waren dunkel, trunken vor Wonne, sein Lächeln schief. »Ich liebe dich ganz und gar, Lily, meine Liebste. Für immer und ewig.«

Das Herz ging ihr in der Brust auf. »Was habe ich für ein Glück, dir begegnet zu sein.«

»Das Glück ist ganz auf meiner Seite. Du bist Lillian Davies; du hättest dir jeden Mann aussuchen können –«

Sie legte ihm einen Finger auf die Lippen. »Wenn das wahr ist, dann wähle ich *dich*, Calvin – außerdem bist du bescheiden, denn ich weiß, dass es in deiner Vergangenheit auch eine ganze Reihe von Frauen gab.« Er mochte zwar nicht wohlhabend sein, aber Calvin war der Typ Mann, der den Frauen auffiel. Mit seinem markanten Aussehen und der geschmeidigen Figur strahlte er Macht und Anmut aus, und sein federnder Gang ließ ihn geradezu draufgängerisch wirken. Seinen scharfen Augen entging nichts, und in ihren blauen Tiefen verbarg sich ein amüsiertes Funkeln. Er war ein Mann, der eine Frau auf sündige Gedanken brachte, sie sich fragen ließ, wozu dieser Teufel im Schlafzimmer fähig sein mochte …

Was für ein Glück, dass sie sich das nicht mehr zu fragen brauchte. Nein, sie wusste genau, welche Talente er in diesem

Bereich besaß – und sie hatte nicht die Absicht, ihn je wieder aufzugeben.

»In meiner Vergangenheit vielleicht, und da sollen sie auch bleiben.« Er umfasste ihre Brust und reizte mit geschickten Fingern ihre Brustwarze, bis sie sich unter seiner Berührung aufrichtete.

»Besser wär's. Ich habe nicht die Absicht, dich zu teilen, mit niemandem.«

Er knetete die zarte, pralle Rundung, was sie aufkeuchen ließ. »Ich ebenso wenig. All diese Verehrer, die du hingehalten hast, lässt du besser von der Leine, wenn wir wieder in New York sind.«

»*Hingehalten?*« Sie kniff ihn in die Brustwarze, und diesmal war er es, der aufkeuchte. »Das nimmst du zurück. Ich halte keine Männer hin.«

»Wirst du etwa wütend? Du weißt, was es mit mir anstellt, wenn du verärgert bist.« Er nahm ihre Hand von seiner Brust, hob sie an seinen Mund und küsste ihre Fingerspitzen. »Und ich habe nicht weniger als vier der begehrtesten Junggesellen Manhattans gezählt, die dich zu umgarnen hofften, Liebste. Soll ich sie dir aufzählen?«

»Die wollen nur das Vermögen meines Vaters, nicht die schlichte Lily, die sture, herrische Tochter eines Bergmanns.«

»Da irrst du dich. Ich sehe, wie sie dich anstarren, mit Bewunderung in den Augen, nicht mit Habgier. Es ist genau die gleiche Weise, wie ich dich anstarre.«

Ihr wurde warm und kribbelig im Bauch, und sie bewahrte das Kompliment in ihrem Herzen, weil sie nie vergessen wollte, welche Süße dieser Mann in ihr Leben gebracht hatte. Sie schlang ihre Beine um seine und streichelte mit ihrer weichen

Fußsohle seine raue Haut. »An dem Abend, an dem wir uns begegneten, hast du mich um einen Tanz gebeten. Ich hatte keine Ahnung, wer du warst.«

»Ich wusste deinen Namen nicht, nur, dass du die schönste, hinreißendste Frau im ganzen Saal warst. Ich konnte dir nicht fernbleiben. Ich musste alles über dich erfahren, dich berühren, und wenn auch nur, um zu tanzen.«

»Und du, der geheimnisvolle Reporter im Saal, der die Party mit wachsamen, klugen Augen beobachtete. Niemand wusste genau, was er von dir halten sollte.«

»Ich glaube, die meisten in der Menge haben mich für einen Diener gehalten«, meinte er trocken.

»Auf keinen Fall. Deine Haltung ist ungefähr so unterwürfig wie ...«

»Deine?«, bot er an.

Sie lachte, und seine Lippen fanden ihren Hals. Leckend und knabbernd reizte er ihre Haut, bis sie sich an ihm wand. Verzweifelt. Begehrend. »Wie viel Erholungszeit sagtest du, brauchst du?«

Er rollte sie auf den Rücken und positionierte sich zwischen ihren Schenkeln. »Meine bezaubernde Lily, der Mund eines Mannes braucht nie Erholungszeit.« Er zog eine Spur aus Küssen hinunter bis zum Herz ihrer Weiblichkeit und raubte ihr dann den Atem.

Ein Klopfen an der Tür des Hotelzimmers drang in Calvins Bewusstsein. Er kämpfte gegen die Nachwirkungen des Schlafes und der Unersättlichkeit seiner Ehefrau an und streckte den schmerzenden Rücken. Nur ein einziger Mensch würde es wagen, sie zu stören, und Calvin wusste, dass er nicht klopfen würde, außer es war dringend.

In der Hoffnung, seine Frau nicht zu wecken, rutschte Calvin zum Rand der Matratze und griff nach seiner Hose. *Seine Frau.* Es gefiel ihm, das zu sagen. Sehr sogar. Seine Kindheit hatte er damit verbracht, mit seinen Eltern um den ganzen Erdball zu reisen. Sie waren völlig darin aufgegangen, ihre Religion zu verbreiten, weshalb sie nie lange an einem Ort geblieben waren. Vorübergehende Bleiben, vorübergehende Freunde. Niemals irgendetwas Echtes oder Dauerhaftes – bis Lily kam. Sie gehörte jetzt zu ihm.

Er warf einen Blick über die Schulter auf ihre schlafende Gestalt. Blondes Haar ergoss sich über die cremefarbenen Laken wie ein Sonnenstrahl. Sie lag auf der Seite, beide Hände unter der Wange wie zum Gebet. Emotion wallte in seiner Brust empor, ein tiefes Gefühl der Richtigkeit, das er noch nie zuvor erlebt hatte. Und das ausgerechnet mit dieser Frau. Sie kamen aus zwei verschiedenen Welten; Lilys bestand aus Partys und Champagner, während die seine eine Welt blanker Entschlossenheit und Durchhaltevermögens war. Und doch funktionierte es irgendwie.

Als es ein weiteres Mal klopfte, öffnete Calvin die Tür. Hugo, sein bester Freund und manchmal Kammerdiener, stand im Flur, die Augen voller Sorge. »Ihr Vater ist hier.«

Calvin erstarrte. »Ihr Vater? Lilys Vater? *Hier?*« Bei Hugos Nicken sackte Calvin der Magen in die Kniekehlen. »Scheiße. Er sollte doch in Dakota sein.«

Hugo zuckte die Schultern. »Ich weiß nur, dass er unten ist und nach euch gefragt hat.«

Calvins Gedanken rasten. Er war Warren Davies noch nicht begegnet, aber er kannte den Ruf des Mannes. Ein hartherziger Geschäftsmann, der Rebellion und Meinungsverschiedenheit unbarmherzig mit allen Mitteln niederschlug, selbst mit Blutvergießen. Der letzte Versuch der Bergmänner in Davies' Silbermine, eine Gewerkschaft zu gründen, hatte zum Tod von über fünfzig Männern geführt. Davies war dafür bekannt, zu bekommen, was er wollte ... und Calvin ahnte, dass das hier kein angenehmer Besuch werden würde.

»Gib mir zwei Minuten, dann bin ich unten.«

Er schloss die Tür und beeilte sich, seine Kleider vom Fußboden zusammenzusuchen. Obwohl er regelmäßig gebadet hatte, hatte er seit mindestens einer Woche keine Kleidung mehr getragen, nicht mehr, seit er das Zimmer verlassen hatte, um Lily Eiscreme in einem Laden unten an der Straße zu kaufen – eine Nascherei, die er ihr von ihrem köstlichen nackten Körper geleckt hatte, wie er sich mit einem Lächeln erinnerte. Er fand sein Hemd, das zwar sauber, aber zerknittert war, und seine Krawatte war eine zerknüllte Katastrophe. Nicht gerade, wie man seinem Schwiegervater zum ersten Mal gegenübertreten wollte.

Nachdem er sich angekleidet hatte, warf er einen Blick auf sein Gesicht im Spiegel. Ein zwei Tage alter ungepflegter Bart überzog seinen Kiefer. Er krümmte sich innerlich. *Nicht mehr zu ändern*, dachte er und fuhr sich mit einem Kamm durch das störrische Haar.

»Calvin? Wo gehst du hin?«

Beim Klang der heiseren, schlaftrunkenen Stimme seiner Frau fuhr er herum. »Dein Vater ist hier.«

»Daddy ist hier?« Sie setzte sich auf. Das Laken rutschte von ihrem Körper und enthüllte die üppigsten Brüste, die er je gesehen hatte.

»Er ist unten.« Calvin griff nach seinem Gehrock und zog ihn an. Es war sein bester Gehrock, aus dunkelblauer Wolle, den er sich erst letztes Jahr gekauft hatte. Er bürstete Staub von den Ärmeln und zupfte seine Manschetten zurecht.

»Wie hat er herausgefunden, wo wir sind?« Lily war jetzt auf den Beinen und suchte nach ihren Kleidern. Er bemerkte, dass ihre Hände zitterten, als sie mit ihrer Chemise kämpfte. »Er sollte doch die Mine besuchen.«

»Ich habe keine Ahnung. Aber wir werden es bald herausfinden.«

Er ging zu ihr und fasste sie an den Schultern, um ihren fieberhaften Bewegungen Einhalt zu gebieten. »Liebling, warte.« Sie straffte die Schultern und starrte ihn mit panisch geweiteten Augen an. Er küsste sie auf die Nase. »Es wird alles gut gehen. Er wird es verstehen, das verspreche ich.«

Sie schluckte, nickte aber. »Natürlich. Du hast recht. Trotzdem sollte ich mit dir nach unten kommen.«

»Nein, das ist nicht nötig. Ich gehe zuerst hinunter. Nimm dir Zeit, dich in Ruhe anzukleiden. Es hat keine Eile.«

»Einverstanden.« Ihre Finger umklammerten sein Revers. »Calvin, ich liebe dich.«

Er lächelte sie an und ließ seine Hände hinuntergleiten, um ihre Brüste zu umfassen. »Und ich liebe dich. Beeil dich, bevor er beschließt, das Zimmer zu stürmen.«

Er ließ Lily sich fertig ankleiden und trat in den Flur hinaus. Als er die Treppe hinunterging, rief er sich all die Gründe in Erinnerung, warum Warren Davies ihn als Lilys Ehemann gutheißen sollte. Wie Davies war auch Calvin in Armut aufgewachsen, war jedoch auf dem besten Wege, es zu etwas zu bringen. Er hatte eine einträgliche Anstellung und all seine Gliedmaßen. Er hatte sogar noch all seine Zähne. Er würde Lily nie schlecht behandeln oder ihr Leid zufügen. Und vor allem liebte er sie von ganzem Herzen. Welcher Vater würde nicht wollen, dass seine Tochter glücklich war und geliebt wurde?

Hugo wartete am Fuß der Treppe, eine finstere Miene auf dem dunklen Gesicht. »Er ist im vorderen Salon«, sagte er. »Und er wirkt nicht erfreut. Zwei Männer sitzen draußen in seiner Kutsche, einer steht an der Tür des Salons. Hat einen Fünfundvierziger an der Hüfte.«

Diese Information versprach nichts Gutes. Warum hatte Davies eine kleine Armee mitgebracht? »Danke. Lily wird in ein paar Minuten herunterkommen. Sorgst du dafür, dass sie hineingeführt wird?«

»Wird gemacht. Und viel Glück.«

Ein großer Mann bewachte den Salon. Als Calvin sich näherte, öffnete der Mann ihm die Tür, dann schloss er sie rasch wieder, nachdem Calvin eingetreten war. Sobald seine Augen sich an das Licht des Nachmittags gewöhnt hatten, sah Calvin einen gedrungenen, gut gekleideten Mann am vorderen Fenster stehen. Warren Davies.

Davies trat auf ihn zu, und Calvin sah sofort die Ähnlichkeit mit seiner Tochter. Dieselben whiskeyfarbenen Augen, hellbraun mit goldenen Sprenkeln, und ein ähnlich eigensinniges Kinn. Davies hatte kurzes, graues Haar und einen langen Schnurrbart, wie man ihn an einem Cowboy draußen in Dakota sehen würde. In seiner Miene lag jedoch keine Wärme, und eine düstere Vorahnung nistete sich in Calvins Eingeweiden ein.

»Sie sind Calvin Cabot?«

»Das bin ich in der Tat, Mr. Davies.« Er streckte ihm grüßend die Hand entgegen, doch Davies machte keine Anstalten, sie zu ergreifen. Nach einem Augenblick ließ Calvin den Arm wieder sinken und sagte: »Ich weiß, das wird eine Überraschung für Sie sein, Sir –«

»Eine Überraschung?«, höhnte Davies. »Junge, eine *Überraschung* ist es, nach Hause zu kommen und festzustellen, dass die Köchin einem die Lieblingsnachspeise gekocht hat. Eine *Überraschung* ist es, wenn man auf der Straße einen guten Bekannten trifft. Eine *Überraschung* ist es, einen erfolgreichen Tag an der Börse zu haben. Das hier ist keine Überraschung. Herauszufinden, dass«, er deutete auf Calvin, »dieses Stück Scheiße einfach so deine einzige Tochter geheiratet hat, ist eine gottverdammte Katastrophe.«

Calvins Haut wurde flammend heiß, und Wut stieg in ihm auf wie eine Flutwelle. *Bleib ruhig*, sagte er sich. Es würde nichts Gutes dabei herauskommen, wenn er die Beherrschung verlor. Er musste den älteren Mann besänftigen, ihm erklären, was er für Lily empfand. »Ich weiß, dass ich nicht Ihre erste Wahl bin, aber ich liebe Lily. Ich werde –«

»Es ist mir egal, was Sie für sie fühlen. Herrgott, die Ehe baut nicht auf *Gefühlen* auf, Junge. Dabei geht es um Rang und Vermächtnis. Sie hatte gerade erst ihr Debüt, und ich hatte Pläne für sie. Und keiner dieser Pläne beinhaltete einen billigen Schmierfink bei einer Zeitung, von der noch nie irgendjemand etwas gehört hat.«

Der Hieb saß, und Calvin verschränkte die Arme vor der Brust, um sich davon abzuhalten, Davies eine zu verpassen. Ja, er arbeitete als Reporter für den *Bugle*, aber er besaß Ehrgeiz. Er würde nicht immer ein ›billiger Schmierfink‹ sein. Doch das schien Davies nicht zu interessieren. Er interessierte sich nur dafür, ob Calvin sich *jetzt* als Ehemann für Lily eignete.

»Warum sind Sie hier?«, fragte er rundheraus.

Davies Mundwinkel zuckten. »Jetzt kommen wir zum Wesentlichen. Ich habe Annullierungspapiere hier, die Sie unterzeichnen werden.«

»Ich werde keine verdammten Annullierungspapiere unterzeichnen«, schnauzte Calvin. Jede Höflichkeit war verpufft. Wenn Davies einen Kampf wollte, dann würde Calvin ihm mit Freuden einen bieten. »Ganz egal, was Sie sagen, ich werde Lily nicht aufgeben.«

»Wie viel?« Davies schob die Seiten seines Jacketts zurück und steckte die Hände in die Hosentaschen. »Wie viel wollen Sie?«

»Ich will Ihr Geld nicht. Sie haben nicht genug, um mich dazu zu bringen, sie zu verlassen.«

Lachend warf Davies den Kopf in den Nacken. »Sie wissen ganz genau, wie wohlhabend ich bin. Ich habe keinen Zweifel, dass Sie eine ausgiebige und gründliche Recherche unternommen haben, bevor Sie sich Lily genähert haben. Bevor Sie ihr den Kopf mit Ihren Lügen gefüllt haben.«

Calvin biss so heftig die Zähne zusammen, dass er befürchtete, sein Kiefer könnte brechen. »Ich habe Ihre Tochter nie angelogen. Und ich habe mich ihr nicht genähert, weil sie Ihre Tochter ist. Ich hatte keine Ahnung, wer sie war, als –«

»Ersparen Sie mir das, Sohn. Ich habe weder die Zeit noch die Geduld für diesen Unsinn. Wenn ich Ihnen sage, was ich über Sie erfahren habe, dann denke ich, werden Sie Ihre Meinung bezüglich der Annullierungspapiere ändern.«

Calvins Gedanken rasten, als er überlegte, welche Geheimnisse Davies in seiner Vergangenheit ausgegraben haben könnte … aber ihm fiel nichts ein. Er hatte nicht wie ein Mönch gelebt, aber er hatte auch keine schweren Verbrechen begangen.

»Ach ja?«

Davies ließ sich in einem Sessel nieder und stützte die Ellbogen auf die Armlehnen. »Ich habe zwei Informationen, die Sie hören sollten. Die erste ist, dass ich meiner Tochter, obwohl ich sie liebe, jede finanzielle Unterstützung entziehen werde, falls sie mit Ihnen verheiratet bleibt. Sie beide werden keinen Cent von mir oder meinem Vermögen bekommen. Ich werde Lily vollständig aus meinem Testament streichen.«

Calvin runzelte die Stirn, und sein Mut sank. Als sie durchgebrannt waren, hatte er nicht weit genug vorausgedacht, um sich über Finanzielles Sorgen zu machen. Verdammt, er war mit nichts aufgewachsen und hatte überlebt, aber Lily liebte das Leben reicher junger Frauen der Gesellschaft mit ihren wilden Partys und ihrem verschwenderischen Lebensstil. Und auch wenn er sie absolut nicht wegen des Geldes ihrer Familie geheiratet hatte, hatte er nicht in Betracht gezogen, dass ihr dieser Lebensstandard weggenommen werden könnte. Sie könnte sich mit … magerem Fleisch statt Foie gras begnügen müssen. Lagerbier statt Champagner. Ihre Kleider flicken, statt neue zu kaufen. Vorbei mit schicken Bällen und gesellschaftlichen Verabredungen; sie könnte sich eine Arbeit als Sekretärin oder Verkäuferin suchen müssen.

Aber wie könnte er sie je verlassen? Vielleicht bluffte ihr Vater nur. Schließlich behauptete Lily, dass Davies völlig vernarrt in sie war. Sicher würde ihr Vater doch nicht –

»Ich sehe, dass Sie mir noch nicht ganz glauben«, sagte Davies. »Also lassen Sie mich Ihnen die zweite Information geben. Ich habe viele Freunde bei der US-Regierung – mehr

Freunde als Sie, offensichtlich –, und sie waren mehr als bereit, mich über Ihren jüngsten Bestechungsversuch in Kenntnis zu setzen. Wie es scheint, haben Sie jedem Briefe geschrieben und Geld angeboten, der es hören wollte. Etwas, das mit Ihrer Ehefrau zu tun hat, und zwar mit der in China …«

KAPITEL ZWEI

Davies-Villa, Fifth Avenue
April 1889

Calvin Cabot, ihr früherer Ehemann. Hier, im Haus ihrer Familie.

Ehemann. Sogar das Wort klang fremd. Die Erinnerung an ihre kurze Ehe lag ihr im Magen wie verdorbene Austern, obwohl er immer noch bewusstlos war. Schon allein ihn zu sehen verärgerte sie. Die Demütigung war immer noch so frisch, als wäre es gestern gewesen. Langsam stieß sie den Atem aus, fest entschlossen, ruhig zu bleiben. Von ihrer unglückseligen Vergangenheit einmal abgesehen, musste der Mann noch lange genug leben, um ihr zu helfen.

Sie musste ihren Bruder finden. Pinkertons hatten wochenlang ohne Ergebnis nach ihm gesucht. Dann hatte sie einen Brief erhalten, den sie nicht ganz verstand, aber sofort als gefährlich erkannte. Zweifellos würde Calvin ihr da zustimmen, sobald er wach war und sie ihm den Brief zeigte.

Ganz egal, was passierte, dieses spezielle Geheimnis musste begraben bleiben.

Die nächsten elf Stunden verbrachte sie damit, ihn zu beobachten, während sie versuchte, ihm Wasser einzuflößen, und ihn mit einem feuchten Tuch wusch. Er glühte vor Fieber, was ihr eigenartig schien. Sie hatte seine Pflege keinem ihrer Bediensteten anvertraut, da keiner von ihnen wusste, dass Lily schon einmal verheiratet gewesen war. Nein, nur zwei weitere Menschen wussten von ihrer Heirat – und es hatte sie nicht überrascht, dass einer davon bei Tagesanbruch an ihrer Türschwelle aufgetaucht war.

Hugo, Calvins Freund und Kammerdiener, hatte sich am Dienstboteneingang eingefunden, um sich um seinen Schützling zu kümmern. Er hatte dunkle Haut, freundliche braune Augen und kurzes schwarzes Haar. Ein schokoladenbrauner Anzug betonte seine kräftige Gestalt. Dankbar für eine kurze Atempause an Calvins Seite hatte sie ihn willkommen geheißen und war in ihre Räume gegangen, um sich frisch zu machen.

Sie kannte Hugo bereits aus der Zeit, in der sie und Calvin noch auf besserem Fuß miteinander gestanden hatten, da Hugo Calvin nie wirklich von der Seite wich. Die Geschichte, wie die beiden Männer sich kennengelernt hatten, war etwas undurchsichtig, in etwa so wie Calvins ganze Vergangenheit, aber ein wenig wusste sie. Hugo war als Sklave in Missouri aufgewachsen und als Teenager mit seinem ehemaligen Besitzer in China gelandet, einem Geschäftsmann, der kurz nach seiner Ankunft im Orient starb. Hugo war geblieben, und irgendwann waren Calvin und er Freunde geworden.

Lily hatte die beiden um ihre Beziehung beneidet. Calvin ließ nicht viele Menschen an sich heran, und sie hatte gehofft, eines Tages auch diese Ebene der Intimität zu erreichen. Doch das hatte sie nie. Nicht, dass er überhaupt an einer richtigen Ehe interessiert gewesen wäre. Calvins Ziel war von Anfang an Geld gewesen.

Sie erinnerte sich noch, wie sie vor vier Jahren die Treppe heruntergekommen war und ihren Vater allein im Salon des Hotels vorgefunden hatte.

»Wo ist Calvin?«, hatte sie Daddy gefragt.

»Dein neuer Ehemann ist gegangen.«

»Gegangen?« Sie sah sich um. »Wo ist er hingegangen?«

»Zurück nach New York, nehme ich an. Zweifellos hatte er es eilig, das Geld auszugeben, das ich ihm gerade gegeben habe.«

Lily blinzelte verständnislos. Geld? New York? »Das verstehe ich nicht. Du hast ihm Geld gegeben?«

»Ich habe ihm eine Annullierung angeboten, und er wollte ein Vermögen. Er hat beides ohne mit der Wimper zu zucken angenommen.«

»Annullierung?« Ihr Herz krampfte sich schmerzhaft zusammen, während ihre Lunge sich weigerte, Atem zu holen. »Willst du damit sagen …«

Ihr Vater nahm ein Blatt Papier vom Teetisch und reichte es ihr. »Es tut mir leid, Täubchen. Er wollte nie etwas anderes als das Geld unserer Familie.«

Calvin hätte sie nicht verlassen, er hätte ihre Ehe nicht beendet, nicht ohne vorher mit ihr zu reden. Er liebte sie. Das Geld ihres Vaters hatte ihn nie interessiert. Tatsächlich vibrierte ihr Körper immer noch von ihrem kürzlichen Liebesspiel. Überzeugt, dass ihr Vater sich irrte, blätterte sie zu der Seite mit der Unterschrift.

Und da sah sie es. Klar und deutlich. Der Name, der ihr entgegenstarrte, war unmissverständlich. Calvin Cabot *stand in eleganter Handschrift auf der Linie. Ein Schluchzen entschlüpfte ihr, während Tränen sich in ihren Augen sammelten und überquollen. Eine große, dicke Träne fiel auf das Papier in ihrer Hand.*

Selbst da noch glaubte sie an Calvin. »Du irrst dich. Das ist …

das ist irgendein Missverständnis. Du wirst schon sehen. Er wird zu mir zurückkommen, und dann wird er es erklären.«

Daddy schüttelte nur den Kopf. »Ich zeige dir gern eine Kopie des Schecks. Er hat ihn bereitwillig angenommen. Hat sich nicht einmal gesträubt. Ist das die Art Mann, mit der du verheiratet sein willst? Du hast jemand Besseres verdient, Täubchen.«

»Bitte nenn mich nicht so«, fauchte sie. Zum ersten Mal gefiel ihr nicht, was sein Kosename aus Kindertagen andeutete. Dass sie ein dummes Ding war, das man leicht übertölpeln konnte. »Und es wird sich zeigen, dass du dich irrst, Daddy. Calvin ist ein guter Mann, ein ehrenhafter Mann. Er würde mich nicht meines Geldes wegen heiraten.«

»Du kennst ihn kaum. Ich liebe dich wie verrückt, Lily, aber du springst stets blind ins Ungewisse. Du hättest auf einer ordentlichen Verlobung bestehen und nicht überstürzt schon nach ein paar Wochen durchbrennen und ihn heiraten sollen.«

»Du meinst, ich hätte einen von den Männern heiraten sollen, die du mir aufgedrängt hast, von denen ein jeder wirklich abscheulich war.«

»Nun, wir werden sehen«, sagte ihr Vater und hob beschwichtigend die Hände. »Ich werde mit Freuden zugeben, dass ich mich geirrt habe, sollte dein Calvin Cabot zurückkommen.«

Oh, wie sie gewartet hatte! Wie eine Närrin hatte sie am Fenster gesessen, auf die Fifth Avenue hinuntergestarrt und sich gewünscht, Calvins hochgewachsene Gestalt würde aus einer der Mietkutschen steigen, die dort unten vorbeifuhren. Ihr Stolz hatte verhindert, dass sie Calvin aufsuchte, obwohl sie zweimal eingeknickt war und ihm telegrafiert hatte. Doch er kam nie. Ihr Vater hatte von Anfang an recht gehabt.

Dieser eine schreckliche Fehler hatte sie beschämt und ihren

Vater heftig enttäuscht. Mit Lilys Zustimmung hatte ihr Vater die ganze Geschichte vertuscht, als wäre sie nie passiert. Niemand durfte je von ihrer Dummheit erfahren, dass sie töricht genug gewesen war, Calvin zu heiraten, ganz zu schweigen davon, auf seine Rückkehr zu warten, nachdem er gegangen war. Sie hatte jetzt ein anderes Leben, und einen angehenden Verlobten. Montgomery Fields hatte keine Ahnung, dass Lily schon einmal verheiratet gewesen war – und Lily hatte die Absicht, es dabei zu belassen.

Monty entstammte einer alten New Yorker Familie mit Geld und Ansehen. Er nahm an jedem wichtigen gesellschaftlichen Ereignis teil und kannte dieselben Leute wie sie. Kurz gesagt, Monty war der Typ Ehemann, den sich Warren Davies für seine einzige Tochter gewünscht hatte. Nicht wie ihre erste katastrophale Wahl, der Schurke, der gegenwärtig ein paar Zimmer weiter schlief.

Monty war mehr als nur ihr Freund. Er saß auch im Verwaltungsrat der Davies Mining Company, wo er ihr zusammen mit ihrem Onkel Edward ein Verbündeter bei heiklen Angelegenheiten geworden war. Monty zu verärgern würde ihre hart erkämpfte Position im Unternehmen ihres Vaters gefährden, einem Unternehmen, das sie in der Familie zu halten gedachte, bis ihr Bruder es übernehmen konnte. Sie würde nicht zulassen, dass ihre Vergangenheit mit Calvin ihre Chance auf Glück bedrohte.

Nachdem sie sich frisch gemacht hatte, kehrte sie ins Gästezimmer zurück. Hugo stand neben dem Bett und blickte stirnrunzelnd auf seinen Arbeitgeber hinunter. Sie ging zur anderen Seite der Matratze. Oh, wie sie sich wünschte, es gäbe jemand anderen, an den sie sich wenden könnte, irgendeinen anderen

Menschen, der ihr helfen könnte. Jeden anderen als den Mann, der gegenwärtig bewusstlos auf diesem Bett lag. Sie hasste es, irgendetwas von Calvin zu brauchen, einem Mann, den sie verabscheute.

Aber er hatte zu diesem Schlamassel beigetragen; das Mindeste, was er tun konnte, war, ihr dabei zu helfen, ihn wieder zu beseitigen. Schnell und unauffällig.

»Ziemlich schlimm diesmal«, meinte Hugo mit einem Nicken.

»Was meinen Sie damit, *diesmal*?«, flüsterte sie. »Wie oft kommt so etwas vor?«

Hugo antwortete nicht, sondern fuhr einfach damit fort, den Mann auf dem Bett zu mustern. Calvins Beine bewegten sich unter der Bettdecke. Eine Minute später drehte er sich mit einem leisen Stöhnen auf den Rücken. Die Bettdecke rutschte zu seinen Hüften hinunter und gab den Blick auf seinen Oberkörper frei. Lily bemühte sich, nicht darauf zu reagieren. Während seiner Fieberträume hatte sie ihm in ihrem verzweifelten Bemühen, ihn abzukühlen, die Kleider ausgezogen, deshalb sollte sie eigentlich immun gegen den Anblick seines nackten Körpers sein. Aber nach vier Jahren konnte sie den Blick einfach nicht von ihm losreißen, und sie labte sich an seiner überraschend kräftigen Gestalt.

Glatte, gebräunte Haut über schlanken Muskeln. Lange, mit etwas braunem Haar bedeckte Glieder. Dieselbe Behaarung zeigte sich auch etwas dichter auf seiner breiten Brust, die sich zu einem flachen, verlockenden Bauch verjüngte, der das Auge noch weiter nach unten lenkte. Und noch weiter ...

Der Teufel sollte den Mann holen! Sie musste von hier fort, aus dem Zimmer gehen, um ihr Gleichgewicht wiederzufinden.

Calvin zu begaffen wie eine Hure im Haymarket war unter ihrer Würde.

Gerade, als sie gehen wollte, begann er zu sprechen. »Oh, Gott sei Dank bist du es«, hörte sie ihn zu Hugo sagen. Seine Stimme klang, als hätte ihm jemand die Luftröhre mit einer Rasierklinge aufgeschlitzt. »Hatte einen furchtbaren Traum. Es war die blonde Schreckschraube. Sie war hier und hat mich gefangen gehalten. Es war ein verdammter Albtraum.«

Hugo zuckte zusammen, während Lily die Hände zu Fäusten ballte. Hitze schlich sich an ihrem Hals empor und in ihr Gesicht.

Etwas an Hugos Reaktion musste in Calvins von Drogen vernebeltes Gehirn gedrungen sein, denn er erstarrte. Langsam wandte er den Kopf, sah sich im Zimmer um und nahm seine Umgebung in sich auf: die Satinbettwäsche, die unbezahlbaren Gemälde an den zartgelben Wänden. Seine blasse Haut wurde kreidebleich, und der Mund blieb ihm vor Überraschung offen stehen.

Sie wappnete sich, als er sie endlich entdeckte. Ihre Blicke trafen sich – und er zuckte mit einem erschrockenen Aufschrei zusammen. Lily verschränkte die Arme, um sich davon abzuhalten, ihn zu erwürgen. *Tom braucht dich. Du kannst Calvin ertragen, wenn das bedeutet, deinen Bruder zu finden.*

Seit dem Tod ihres Vaters war ihr jüngerer Bruder alles, was sie auf dieser Welt noch an unmittelbarer Familie hatte. Sie liebte Tom inbrünstig, bedingungslos – im Gegensatz zu diesem Schuft, der sich nun bemühte, die Bettdecke bis zum Kinn hochzuziehen. Sie hatte einst den Fehler gemacht, auch ihn zu lieben, doch er hatte sich rasch eines so mächtigen Gefühls unwürdig erwiesen. Der opportunistische Wurm.

»Bemüh dich nicht«, sagte sie zu Calvin. »Ich bin bereits vertraut mit allem, was da drunter ist.« *Lügnerin.*

Calvin schluckte. Sein Blick flog zwischen ihr und Hugo hin und her und blieb schließlich an seinem Freund hängen. »Was zur Hölle mache ich hier?«

»Sie hat dich aus Sings Etablissement rausgeholt.«

Wütende blaue Tiefen richteten sich auf sie. »Verdammt. Ich habe ihm einen unverschämten Batzen Geld dafür bezahlt, meine Anwesenheit dort geheim zu halten. Warum hast du das ruiniert?«

»Weil du meine Briefe ignoriert hast. Ich hatte keine andere Wahl, als dich zu entführen.«

Sein Seufzen war schwer und leidgeplagt. »Ich muss mich anziehen.«

»Du gehst nicht, bevor wir nicht miteinander geredet haben und du dich einverstanden erklärt hast, mir zu helfen«, schnauzte sie.

»Ich werde verdammt noch mal gar nichts tun, bis ich gepisst und meine Eier verhüllt habe«, schnauzte er zurück.

Schock und Verlegenheit durchströmten sie, aber sie blieb standhaft. »Na schön. Ich bin in zehn Minuten wieder da – und falls du versuchst zu fliehen, lasse ich meinen Kutscher auf dich schießen.«

Lillian Davies. Seine ehemalige *Frau.* Und er war in ihrem Haus. Himmelherrgott. Calvin konnte sein unglaubliches Pech kaum fassen.

Er stützte sich auf die Ellbogen, bereit, Hugo knurrend sein

Missfallen zu bekunden – und Schmerz explodierte in seinem Kopf. Mit einem grollenden Stöhnen kniff er die Augen zu und ließ sich zurück aufs Bett fallen. »Verflucht, mein Kopf. Bitte sag mir, dass du das Mittel mitgebracht hast.«

»Sicher doch.«

Eine Glasflasche wurde Calvin in die Hand gedrückt. Sofort trank er den widerlichen Inhalt, ein Geheimrezept, das Hugo sorgfältiger hütete als eine Spionagemission im Krieg. Dann warf Calvin die leere Flasche beiseite und konzentrierte sich einige Augenblicke lang darauf, sich nicht zu übergeben.

Als die Übelkeit sich gelegt hatte, sagte er: »Zu schade, dass sie nicht vor hundert Jahren gelebt hat. Sie hätte Napoleon das Fürchten lehren können. Was hast du ihr erzählt?«

»Nicht viel. Allerdings hab ich sie wissen lassen, dass das hier nichts Ungewöhnliches war.«

Calvin brummte. Wahrscheinlich hatte sie ohnehin nichts Besseres von ihm erwartet. Sie war durch und durch Warren Davies' Tochter. Skrupellos und rachsüchtig. Dass sie allerdings Calvins erbittertsten Konkurrenten unterstützt hatte, war ein besonders grausamer Tiefschlag gewesen, sogar für eine Davies, und diesen Tiefschlag konnte Calvin nicht so leicht verzeihen.

»Wie fühlst du dich?«

»Als hätte man mich ein paarmal durch die Druckerpresse gejagt.« Calvins Blick wanderte durchs Zimmer, und angesichts der protzigen Einrichtung und des Wissens, wo er sich befand, fühlte er sich nur noch schlechter. »Du musst mich hier rausholen.«

»Du hast gehört, was die Missus gesagt hat. Sie braucht deine Hilfe bei etwas – etwas, das wichtig genug ist, um dich zu entführen. Findest du nicht, du solltest sie anhören?«

Calvins Magen rumorte. »Sie ist nicht die Missus«, stieß er zwischen zusammengebissenen Zähnen hervor. »Die Ehe wurde annulliert, wie du sehr wohl weißt.« Er hatte beinahe geglaubt, die ganze Sache wäre nie passiert, bis auf die erotischen Träume, die er in manchen Nächten immer noch hatte. Schwer zu sagen, wen er beim Aufwachen mehr hasste: sich selbst, weil er diese Träume überhaupt hatte, oder sie, weil sie sie verursachte.

Er kämpfte sich in eine sitzende Position. »Und du weißt auch, dass ich ihr seit zwei Wochen aus dem Weg gehe. Hilf mir hoch. Ich muss gehen.«

Hugo seufzte, griff Calvin jedoch unter die Arme und zog ihn auf die Füße. Calvin stolperte zum Wasserklosett, wo er sich erleichterte und sich dann das Gesicht wusch. Der markante, nussige Geruch von Opiumrauch hing ihm noch in der Nase, eine unglückliche Nebenwirkung seines Verstecks. Er hatte seit Jahren keine Pfeife mehr geraucht, und die euphorisierende Droge war nicht der Grund, warum er Sings Etablissement aufsuchte. Er nutzt den Ort von Zeit zu Zeit als Versteck, wenn das Hong-Kong-Fieber wieder ausbrach, um zu verhindern, dass der Rest der Welt von seiner Schwäche erfuhr. Niemand hatte bisher je daran gedacht, ihn bei Sing zu suchen, kein einziges Mal in drei Jahren ... Wie also hatte die Schreckschraube das geschafft?

Findest du nicht, du solltest sie anhören?

Nein, das fand er nicht. Welchen Gefallen sie auch immer brauchte, groß oder klein, kümmerte Calvin nicht. Er durfte nicht *zulassen*, dass es ihn kümmerte. Er hatte selbst schon genug Probleme. Lily hielt ihn für einen opportunistischen, geldgierigen Wurm, und er hatte nicht die Absicht, diese Meinung zu ändern. Völlig egal, dass er ihren Vater vor vier Jahren davon abgehalten hatte, sie zu enterben. Dank ihm war die Silbererbin genau dort, wo sie hingehörte: Sie dinierte mit ihren vornehmen Freunden und besuchte noch vornehmere Partys. Sie leitete das kostbare Unternehmen ihres Vaters. Unterstützte konkurrierende Zeitungsverleger. Also hatte er ihr schon genug Gefallen getan, schönen Dank auch.

Zugegeben, er war ein klein bisschen neugierig, aus welchem Grund sie ihn entführt hatte. Information war schließlich sein Geschäft; er sammelte sie, wie ein Geizhals Münzen sammelte. Und trotz der Annullierung hatte er sich über ihr Kommen und Gehen, über die Männer, mit denen sie verkehrte, auf dem Laufenden gehalten. Es hatte nicht viele Männer gegeben außer ihrem langjährigen Verehrer Montgomery Fields, einem wohlbekannten Mann in der Stadt.

Fields war ein Einfaltspinsel ersten Grades. Das Schlimmste, was die New Yorker Gesellschaft zu bieten hatte, mit seiner Faulheit und seinem selbstgerechten Anspruchsdenken. Er verdiente Lily nicht, und das musste sie wissen. Die Frau würde ihn zum Frühstück verspeisen und seine Knochen dann auf der Fifth Avenue verstreuen. Entweder das, oder er würde sie zu Tode langweilen.

Nichtsdestotrotz hatte Calvin kein Recht, ihr im Weg zu stehen. Ihre unüberlegte Heirat war erfolgreich rückgängig gemacht worden, indem man Menschen in zwei Bundesstaaten dafür bezahlt hatte, alle Nachweise verschwinden zu lassen. Warren Davies hatte in der Tat gründliche Arbeit geleistet, jede Verbindung zwischen seiner Tochter und Calvin zu beseitigen.

Zu der Zeit war Calvin machtlos gewesen. Er hatte weder das Geld noch die Mittel besessen, sich gegen Davies zur Wehr zu setzen, nicht ohne sein Versprechen Hugo gegenüber zu brechen, dem Freund, der ihm schon bei mehreren Gelegenheiten das Leben gerettet hatte. Dieses Versprechen musste immer noch erfüllt werden, eine Tatsache, die Calvin jeden Tag quälte.

Er rieb sich mit beiden Händen übers Gesicht. Was zum Teufel machte er hier? Bis vor Kurzem hatte Lily nicht versucht, ihn zu kontaktieren, nicht einmal nach dem Tod ihres Mistkerls von einem Vater. Keine Briefe, keine Telegramme. Bei den wenigen Gelegenheiten, bei denen er ihr in der Stadt persönlich begegnet war, hatte sie ihn betont ignoriert.

Also, was konnte sie jetzt nur von ihm wollen? Beinahe konnte er die Unterhaltung schon vorhersagen:

Ich brauche deine Hilfe, Calvin, würde sie sagen.

Was immer du brauchst, die Antwort ist Nein, würde er erwidern.

Dann werde ich dich im Schlaf ersticken, würde sie ihm drohen.

Das möchte ich sehen, wie du das anstellen willst, würde er knurren.

Seufzend stieß er die Tür auf und trat zurück ins Schlafzimmer, dabei ließ ihn die protzige, erdrückende Einrichtung erneut zusammenzucken. Zugegeben, Calvin wusste so gut wie gar nichts darüber, ein Haus einzurichten, aber er wusste, wann etwas hässlich war – und auf dieses Zimmer traf das eindeutig zu. In Gelbtöne gehalten fanden sich überall Hinweise auf den Reichtum der Davies', von den dicken Teppichen und schweren Vorhängen bis zu den imposanten Möbeln und der mit leuchtendem Gold verzierten Zimmerdecke.

»Erinnere mich daran, alles Gold in meinem Haus entfernen zu lassen«, brummte er auf seinem Weg zu den Fenstern.

»Du hast kein Gold im Haus. Reich wie Krösus, und trotzdem bist du zu geizig, irgendwas davon auszugeben«, sagte Hugo.

Calvin schenkte seinem Freund keine Beachtung; er hatte im Moment größere Probleme. Drei große Bogenfenster gingen hinaus auf den Garten, und als er hinunterblickte, sah er, dass sie sich im zweiten Stock befanden. Das war ein bisschen zu hoch, um zu springen, ohne sich etwas zu brechen. »Schnapp dir die Laken und fang an, sie zusammenzuknoten.«

Hugo brummte etwas vor sich hin, ging aber zum Bett, und gemeinsam drehten sie die Satinlaken, Bettdecke und den Überwurf zu einem Seil.

»Ist nicht lang genug, um bis zum Boden zu reichen«, meinte sein Freund.

»Ich weiß, aber es bringt mich ziemlich wahrscheinlich weit genug runter, um springen zu können. Außerdem haben wir nicht genug Zeit, um mir einen anderen Weg aus dem Haus zu suchen und zu riskieren, erwischt zu werden. Schnell – binde das Ende ans Bett.«

Hugo kniete sich an den Fuß des Himmelbetts, während Calvin das Seil zum Fenster trug. Er stieß die Läden auf und ließ das behelfsmäßige Tau aus dem Fenster fallen, wo es gegen die Hausmauer schlug.

»Alles bereit«, sagte Hugo, worauf Calvin keine Zeit vergeudete, sondern ein Bein aus dem Fenster schwang und den rutschigen Stoff mit beiden Händen packte. Langsam begann er, sich zum Boden hinunterzuhangeln, und betete, dass die Laken wenigstens so lange halten würden, bis er den ersten Stock erreicht hatte. Als seine Füße so mitten in der Luft baumelten, raste ein vertrauter Rausch durch sein Blut: der Kitzel des Unbekannten, die Gefahr der Jagd.

Dieselbe Erregung, die ihn zum Journalismus hingezogen hatte. Beim *Bugle* hatte er sich rasch den Ruf erworben, ein Mann zu sein, der bereit war, alles für eine Story zu riskieren. Er hatte große Anstrengungen unternommen, um Korruption aufzudecken. Die Verbrecher zur Verantwortung zu ziehen. Die Missstände in der Stadt zu beheben. Er nahm an, das war seine Art, das Vermächtnis seiner Eltern fortzuführen, nur dass er Wahrheit verbreitete anstatt Religion. Gutes zu tun lag ihm anscheinend im Blut, und er hatte eine Möglichkeit gefunden, Menschen zu helfen und gleichzeitig Geld damit zu verdienen.

Hugo lehnte sich aus dem Fenster, um Calvins Fortschritt zu überprüfen. »Noch ein bisschen weiter«, rief er leise. »Es sind noch ungefähr eineinhalb Meter Seil.«

Hand um Hand kletterte Calvin nach unten, und seine Armmuskeln zitterten vor Anstrengung. Plötzlich explodierte rechts von ihm etwas mit lautem Knall, und winzige Ziegelsplitter flogen ihm ins Gesicht. Er zuckte zusammen und versuchte, so gut er konnte, seinen Kopf zu schützen. »*Himmelherrgott!*«

»Die nächste geht in deinen Hintern«, rief eine weibliche Stimme vom Boden zu ihm hoch.

Calvin spähte über seine Schulter. Lily stand dort, ihr Kutscher neben ihr, ein Gewehr in der Hand. »Du hast auf mich geschossen!«

»Genaugenommen hat *er* auf dich geschossen.« Sie zeigte auf den Mann neben ihr. »Ich war mir nicht sicher, ob ich mich zwingen könnte, danebenzuschießen. Und er wird noch mal schießen, wenn du nicht wieder nach oben kletterst, Calvin.«

Seine Hände rutschten ein wenig an dem Stoff ab, und er versuchte, seinen Griff zu verstärken. Leider hatte ihn der Fieberanfall gepaart mit den im Bett verbrachten letzten Tagen geschwächt und seiner Kraft beraubt. Er wusste nicht, wie lange er sich noch festhalten konnte. »Gottverdammt, Lily! Ich werde fallen. Lass mich runterklettern, dann können wir das besprechen.«

Ihr sprödes Lachen klang durch den Garten. »Erwartest du wirklich, dass ich das glaube? In der Sekunde, in der deine Füße den Boden berühren, sehe ich dich nie wieder. Hoch mit dir, Calvin. Beweg dich.«

»Ich verspreche dir, ich werde nicht weglaufen. Lass uns das wie Erwachsene regeln«, stieß er hervor. Der Schweiß auf seinen Handflächen bildete sich mit alarmierender Geschwindigkeit. Plötzlich rutschte er ein paar Zentimeter ab, und das Herz blieb ihm kurz stehen. Der Boden war immer noch zu weit weg, als dass er sicher springen konnte. »Komm schon, Liebling. Du kannst mir glauben –«

»Du hast jedes Versprechen gebrochen, das du je gemacht hast. Ich wusste, dass du versuchen würdest, dich rauszustehlen. Klettre wieder hoch, *Liebling*, bevor ich Jenkins noch mal auf dich schießen lasse.«

Einer der Knoten über seinem Kopf lockerte sich, und Calvin sackte noch ein bisschen weiter ab. In Panik versuchte er, sich an der Hauswand festzuhalten, aber der raue Stein bot keinen Halt. »Lily, bitte –«

Und dann fiel er. Die Luft pfiff an ihm vorbei, als er zu Boden stürzte. Mit einem mächtigen Aufprall von Gliedmaßen auf Gras und Erde schlug er auf, gefolgt von unbeschreiblichem Schmerz, der in seinem ganzen Körper ausbrach. Er rang nach Luft, doch sie blieb ihm versagt.

Als seine Sicht verschwamm, sah er die blonde Furie, ihr schönes Gesicht war von Schreck und Schuldgefühlen erfüllt, als sie auf ihn heruntersah … und dann war da nichts mehr.

KAPITEL DREI

Diesmal ließ sie ihm keine Gelegenheit zur Flucht.

Lily blieb an Calvins Bett und wartete darauf, dass er aufwachte, während sie zusah, wie seine Brust sich gleichmäßig hob und senkte. Er war aus gefährlicher Höhe abgestürzt. Der Atem hatte ihr gestockt, als er wild mit seinen langen Gliedmaßen rudernd gefallen und dann auf dem Boden aufgeschlagen war, und vor Entsetzen war sie überzeugt gewesen, ihn umgebracht zu haben.

Aber er hatte überlebt. Selbstverständlich, denn Calvin war unverwüstlich, eine Naturgewalt, die weder Mann, Frau noch Kugel aufhalten konnten. Er hatte es wahrlich weit gebracht in der Welt, indem er drei erfolglose Zeitungen aufgekauft und in profitable Unternehmen verwandelt hatte. Nur wenige Leute wussten, dass es das Geld ihrer Familie gewesen war, das ihm einen so kometenhaften Aufstieg ermöglicht hatte.

Seufzend sah sie auf die Uhr. Er war seit fünfzehn Minuten bewusstlos. Nachdem sie festgestellt hatten, dass keine Knochen gebrochen waren, hatte Hugo ihr geholfen, Calvin nach oben zu bringen, und war dann gegangen, um ihren Leibarzt zu holen. Lily hoffte aufrichtig, dass er keine inneren Verletzungen hatte.

Trotz allem wollte sie nicht, dass Calvin ernsthaft zu Schaden kam.

Unglücklich, ja. Tot, nein.

Sie beugte sich vor und strich ihm eine verirrte Locke seines kastanienbraunen Haars aus der Stirn. Es war eigenartig, ihm so nahe zu sein. Nach der Annullierung hatten sich ihre Wege nicht oft gekreuzt. Sie war viel gereist und nur für Sitzungen des Verwaltungsrats zurückgekommen, während Calvin und seine Zeitungen hier in New York großen Erfolg hatten. Sie hatte ihn in diesen Jahren dreimal gesehen, zweimal in der Oper und einmal auf der Straße. Calvin hatte sie jedes Mal ignoriert.

Seine Wut hatte nie einen Sinn ergeben. Wenn hier jemandem Unrecht getan worden war, dann ihr. Calvin hatte bereitwillig das Geld angenommen, das ihr Vater ihm angeboten hatte, und es eilig gehabt, zu seinen Geliebten und dem sorglosen Leben zurückzukehren. Er hatte nicht um sie gekämpft, sich nicht gegen Warren Davies behauptet – was Lily verwirrt hatte, wenn man bedachte, wie glühend Calvin sie vor der Heirat umworben hatte. Aber am Ende hatte ihr Vater recht gehabt: Calvin war nichts weiter gewesen als ein Glücksritter und sie sein naives Opfer.

Sie war ziemlich dumm in Bezug auf ihn gewesen, was sie wahrscheinlich am meisten ärgerte. Von der Sekunde an, in der sie sich begegnet waren, hatte Calvin sie überwältigt, sie in das Chaos seiner Persönlichkeit gehüllt. Der Mann hörte nie auf, sich zu bewegen, seine Energie war beständig und unnachgiebig, er hatte die verblüffende Fähigkeit, einen Raum einzunehmen, kaum dass er ihn betreten hatte. Er war weit gereist und äußerst belesen. Er war zu gleichen Teilen P. T. Barnum und Dr. Livingstone.

Sie hatte diese Eigenschaften einmal attraktiv gefunden. Jetzt wollte sie jemanden, der beständig und verlässlich war. Vorhersehbar und langweilig. Jemanden, der sie nicht auf Schritt und Tritt anlog.

Und Calvin war ein notorischer Lügner. Er verdiente seinen Lebensunterhalt damit, Tatsachen zu manipulieren, und verdrehte die Wahrheit in den Zeitungen so, wie es ihm gerade passte. Kein Wunder, dass Lily damals übertölpelt worden war, sie hatte sich ebenso leicht hinters Licht führen lassen wie seine Leser heute. Sie hasste die Scham, die mit dem Wissen einherging, dass er sie übervorteilt, ihr das Herz gebrochen und sie dann hinter sich gelassen hatte. Das Schlimmste war, dass sie tatsächlich *monatelang* an der Hoffnung festgehalten hatte, dass ihr Vater sich geirrt hatte. Dass Calvin zurückkommen würde. Dass er sie wirklich geliebt hatte.

Idiotin.

Calvins langer Körper regte sich unter der Bettdecke, und wartend hielt sie den Atem an, während er langsam wieder zu Bewusstsein kam. Seine Lippen öffneten sich mit einem Stöhnen, und seine Lider flatterten.

»Gott«, flüsterte er, und zum zweiten Mal an diesem Tag sah sie, wie die Erkenntnis in diesen strahlend blauen Augen dämmerte. »Du hast auf mich geschossen!«

»Mein Kutscher hat auf dich geschossen, und ich hatte dich gewarnt, dass das passieren würde, solltest du versuchen, zu fliehen. Warum bist du nicht geblieben, wo du warst?«

Er seufzte und schloss die Augen. »Wie ich sehe, versuchst du immer noch, alles und jeden um dich herum zu kontrollieren, genau wie dein lieber Daddy.«

»Nicht dass das bei dir funktionieren würde, weil du stets versuchst, von mir fortzukommen.«

»Als hätte ich eine Wahl«, murmelte er tonlos.

»Was soll das heißen?«

»Das heißt, dass ich gehen will, Lily. Lass mich aufstehen.«

»Nein. Ich brauche dich, du musst mir helfen, Tom zu finden.«

Seine Lider flogen auf, und zugleich runzelte er die Stirn. »Dein Bruder? Wo ist er?«

Sie warf ihm einen ironischen Blick zu. »Offensichtlich weiß ich nicht, *wo* er ist. Er sollte zur Mine in Dakota fahren und ist nie dort angekommen. Niemand hat von ihm gehört, seit er vom Grand Central Depot abgefahren ist.«

»Er wird schon wieder auftauchen.« Er gähnte und verzog dann das Gesicht. »Gütiger Gott, mir tut alles weh. Wo ist Hugo –«

»Calvin, wechsle nicht das Thema. Mein Bruder wird vermisst, und ich brauche deine Hilfe.« Sie klatschte ein Stück Papier auf seine Brust. »Hier, lies das.«

»Lily, ich kann dir nicht helfen. Ich habe drei Zeitungen zu leiten –«

»Zwischen deinen Besuchen in deiner Opiumhöhle. Ja, ich verstehe, dass du sehr beschäftigt bist, und ich sage dir, du wirst mir helfen, oder ich drücke dir dieses Kissen aufs Gesicht und ersticke dich im Schlaf.« Ein kleines Lächeln kräuselte seine Lippen, das nicht zu ihrer Drohung passte, und sie knirschte mit den Zähnen. »Amüsiere ich dich irgendwie?«

»Das war der am *wenigsten* amüsante Tag meines Lebens, das kann ich dir versichern. Ich wurde entführt, aufs Korn genommen, gefangen gehalten …« Er lachte. »Nun ja, wenn man es so nimmt, erinnert es mich doch stark an meinen einundzwanzigsten Geburtstag.«

»Oh!« Angewidert stand sie auf und drehte sich vom Bett fort. Ihre Muskeln zitterten regelrecht unter dem Drang, ihn zu erwürgen. *Das hier ist für Tom. Deinen kleinen Bruder.* Sie holte tief Luft und versuchte, ihre Fassung wiederzufinden. Was hatte dieser Mann nur an sich, dass er sie so leicht aus dem Gleichgewicht brachte?

Hinter ihr raschelte die Bettdecke, und sie stellte fest, dass Calvin sich bemühte, sich aufzusetzen. »Bleib liegen, du Idiot. Mein Leibarzt wird bald hier sein und –«

»Wo hast du das her?« Er hielt die Nachricht hoch, die sie ihm vor wenigen Augenblicken hingeworfen hatte, und seine Miene war eigenartig ernst. Das Blatt Papier enthielt Reihen chinesischer Schriftzeichen, zusammen mit dem Namen ihres Bruders – und dem von Calvin. »Diese Nachricht wurde dir überbracht?«

»Ja«, blaffte sie. »Deshalb habe ich versucht, dich zu finden. Sie hat etwas mit meinem Bruder zu tun, aber ich kann kein Chinesisch lesen. Du hast in Hongkong gelebt, deshalb hoffe ich, dass du sie entziffern kannst, denn ihr war eine Fotografie beigelegt, die niemand sonst sehen darf –«

Mit einem trockenen Lachen schnitt er ihr das Wort ab. »Dein Bruder ist so gut wie tot.«

Furcht kroch ihr über den Rücken. »Warum sagst du das? Was steht in dieser Nachricht?«

»Es ist jedenfalls kein Liebesbrief, so viel ist sicher. Sie stammt von Wah Lee.« Als Lilys Miene sich nicht veränderte, fügte er hinzu: »Von der On-Leong-Tong.«

»Ich habe keine Ahnung, wovon du redest. Ist er irgendein Geschäftsmann?«

Calvin rieb sich mit den Handballen die Augen. »Ich habe

vergessen, wie behütet du bist. Lee ist Chinatowns erste Adresse für Verbrechen jeder Art. Opium, Glücksspiel, Frauen ...«

»Schön und gut, aber was hat das mit meinem Bruder zu tun?« Tom versuchte sich nie an irgendetwas Riskanterem, als an einem bewölkten Tag auf seiner Jacht zu segeln. Sie beide standen sich sehr nahe, und er war in den vergangenen Jahren in nichts Ungebührliches oder Skandalöses verwickelt gewesen. Er mochte Partys und Segeln. Pferderennen. Bald würde er Davies Mining und damit die Verantwortung für das Unternehmen ihres Vaters übernehmen.

»Ich habe keine Ahnung«, antwortete Calvin mit einem weiteren Gähnen. »Ich habe die Nachricht nicht gelesen, nur gesehen, von wem sie ist.«

»Nun, kennst du diesen Mr. Lee persönlich?«

»Natürlich kenne ich ihn«, sagte Calvin mit einer Spur Empörung in der Stimme.

Lily wurde bewusst, wie dumm die Frage gewesen war. Als Herausgeber von zwei großen Zeitungen der Stadt war er zweifellos mit jedem New Yorker bekannt, der es wert war, gekannt zu werden – egal, auf welcher Seite des Gesetzes er stand. »Also wirst du mit ihm reden, um herauszufinden, was er von Tom will?«

»Nein, werde ich nicht. Ich fürchte, da bist du auf dich allein gestellt.«

Mit lebhaftem Interesse sah Calvin zu, wie die Wut sich in Lily aufstaute wie in einem Dampfkessel – und dann geschah es. Röte stahl sich in die zarte, blasse Haut ihrer Wangen, während heiße Funken in ihren hellbraunen Augen sprühten, und das verwandelte eine lediglich schöne Frau in ein atemberaubendes, herrliches Geschöpf. Ein vertrauter primitiver Instinkt ließ seine Haut kribbeln, ein Instinkt, der jeden unzüchtigen Gedanken in seinem schmerzenden Kopf weckte.

Lust wand sich in seinem Bauch. Vor vier Jahren hätte diese Unterhaltung dazu geführt, dass sie übereinander hergefallen wären und sich auf dem Weg zum Bett die Kleider vom Leib gerissen hätten. Es war ein vertrautes Muster während ihrer kurzen Bekanntschaft gewesen, dass er sie aufstachelte, sie reizte. In der Hoffnung, ein Feuer zu entfachen, das er dann berühren und schmecken konnte, eine sengende Hitze, die sie beide verbrennen würde. Eine Hitze, die endlich die Leere in seiner Brust besänftigen würde …

Er hatte noch nie eine Frau wie sie gehabt, nicht ein einziges Mal in seinen siebenundzwanzig Jahren. Stark, eigensinnig und völlig furchtlos forderte Lily ihn auf Schritt und Tritt heraus, mit einer Zunge scharf wie eine Rasierklinge. Sie hatte sich unter seiner Haut eingenistet wie ein Parasit – einer, der der Menschheit gefährlich werden konnte. Innerhalb weniger Wochen war er ihr völlig verfallen und hatte sie gedrängt, ihn zu heiraten, und damit törichterweise versucht, einen Strahl Mondlicht bis in alle Ewigkeit festzuhalten.

Am Ende war es nichts als Anziehungskraft zwischen ihnen gewesen – zumindest nichts Dauerhaftes. Und Calvin machte denselben Fehler nicht zweimal, nicht, wenn er es verhindern konnte.

Es ist unwichtig, was du in der Vergangenheit getan hast. Du kannst nur die Zukunft verändern.

Das hatten seine Eltern oft gesagt, und dieser Gedanke hatte sich festgesetzt. Also würde er ihr nicht helfen – selbst wenn er ihr verzeihen könnte, dass sie den Platz ihres Vaters im Verwaltungsrat von Pulitzer übernommen hatte. Was er nicht vorhergesehen hatte. Niemals.

Calvin verhärtete seine Miene und seine Seele und wartete.

Lily stemmte die Hände in die Hüften, und ihr gertenschlanker Körper bebte vor Wut. »Wie meinst du das, ich bin auf mich allein gestellt? Dein Name steht auch in dieser Nachricht. Diese Männer müssen etwas mit Toms Verschwinden zu tun haben. Was ist, wenn er verletzt wurde? Ich muss ihn finden, und du wirst mir helfen, so wahr mir Gott helfe, Calvin. Nach allem, was zwischen uns vorgefallen ist, *schuldest* du mir das.«

Darauf würde er nicht eingehen. »Ich muss verdammt noch mal gar nichts tun, außer nach Hause zu gehen und zu baden. Dann muss ich ins Büro und nachsehen, wie viel Schaden in meiner Abwesenheit angerichtet wurde.« Er erhob sich und sah ihr fest in die Augen – und der Raum begann sich zu drehen. Er biss die Zähne zusammen und rang leicht schwankend um Beherrschung. *Werd nicht ohnmächtig, Cabot.* Leider schwankte er in ihre Richtung, worauf eine Spur von etwas – einer dunklen Emotion – in ihren Augen aufflackerte. Ihre Lippen teilten sich mit einem flachen Atemzug, und ihr Blick heftete sich auf seinen Mund.

Er erstarrte, unsicher, während seine Gedanken rasten. Hatte sie geglaubt, er würde sie küssen? Hatte sie *gewollt*, dass er sie küsste? Sie hatte sich immer noch nicht bewegt, obwohl sie nur eine Armeslänge voneinander entfernt waren, und er wusste nicht, was zum Teufel er tun sollte. Im Moment erschien ihm sie zu küssen wie die schlechteste – und beste – Idee der Welt.

Als sie unvermittelt zurücktrat, fühlte Calvin sich sogar noch mehr aus dem Gleichgewicht gebracht. *Gott, diese Frau.* Heiß, kalt, hoch, runter ... Ein Mann brauchte eine Landkarte, um sich bei ihr zurechtzufinden.

Sie ging zum Fußende des Bettes und umklammerte das hölzerne Brett. »Du kennst dich in Chinatown aus. Du kennst diesen Mr. Lee. Dein Name steht auch in diesem Brief. Ich verstehe nicht, warum du dich weigerst, mir zu helfen.«

»Ganz gleich, wie sehr du mich anflehst, beschwatzt oder bedrohst, ich kann nicht einfach so mir nichts dir nichts durch die Straßen von Chinatown laufen wegen einer albernen Suche nach deinem Bruder.«

»Sie ist nicht albern!« Ihre Augen schimmerten, und er befürchtete, dass sie tatsächlich anfangen könnte zu weinen. Er hatte sie noch nie weinen sehen, nicht einmal bei der Beerdigung ihres Vaters. Ja, er war dort gewesen, weit hinten als ein anonymer Beobachter im Namen seiner Zeitungen, und hatte zugesehen, wie der Bastard zur letzten Ruhe gebettet wurde. Er war an jenem Tag weder zu Lily noch zu ihrem Bruder gegangen, sondern hatte sich unbemerkt wieder davongeschlichen. Zweifellos schmorte der verstorbene Davies jetzt in der Hölle, wo er versuchte, den Teufel dazu zu erpressen, einen Eisschrank aufzustellen.

»Er ist mein *Bruder*, Calvin«, fuhr Lily fort. »Ich muss ihm helfen.«

»Na schön, dann hilf ihm eben. Heure einen Detektiv an – von mir aus auch fünfzig. Du kannst es dir leisten. Und es ist ja nicht so, als hättest du eine Abneigung dagegen, Leute aufzuspüren, wenn sie lieber in Ruhe gelassen werden würden.«

»Ich habe schon Detektive beauftragt – und sie konnten ihn

weder in New York noch bei der Mine finden. Ich habe sie von dem Fall abgezogen, als ich Mr. Lees Brief bekam.«

»Nun, du brauchst mich nicht. Beauftrage einen Übersetzer und geh Wah Lee selbst besuchen.«

»Das hier dürfte deine Meinung vielleicht ändern.« Sie griff in ihre Tasche, holte eine zusammengefaltete Fotografie heraus und öffnete sie vorsichtig. Als sie das Bild hochhielt, runzelte er die Stirn.

Eine Heiratsurkunde. Er betrachtete sie genauer. Dort stand eindeutig sein Name, gleich neben dem von Lily. »Wo hast du die her?«

»Die kam mit dem Brief. Dem von Wah Lee.«

Nicht länger amüsiert schnappte Calvin sich den Brief, der auf dem Bett lag, um ihn sich aufmerksamer anzusehen. Warum zum Teufel wühlte Lee in Calvins Vergangenheit? Wie hatte er von der Hochzeit erfahren? Und was hatte das alles mit Tom Davies zu tun?

Obwohl sein schriftliches Kantonesisch eingerostet war, musterte Calvin die Zeichen diesmal sorgfältig, darauf bedacht, die ganze Botschaft zu entziffern:

Miss Davies:

Ihr Bruder Tom Davies hat meinen wertvollsten Besitz an sich genommen.

Da ich nicht in der Lage war, ihn ausfindig zu machen, muss ich Sie mit Nachdruck darauf hinweisen, wie wichtig die sichere Rückgabe dieses Gegenstands ist. Ihr Bruder muss ihn mir vor Ende des Monats zurückgeben, sonst sehe ich mich gezwungen, die Informationen über Ihre Heirat in allen Zeitungen zu verbreiten, die nicht im Besitz von Calvin Cabot sind. Wollen Sie die Welt wirklich erfahren lassen, dass Sie einmal mit einem Mann verheiratet waren, der mit Lügen seinen Lebensunterhalt verdient und in seinen Zeitungen die Unwahrheit verbreitet? Ich glaube, Ihnen ist nicht bewusst, in welchem Ausmaß er lügt, besonders Ihnen gegenüber. Vielleicht könnte ich Sie darüber aufklären, wenn Sie mir Ihren Bruder bringen.

Wah Lee

»Scheiße«, murmelte er. Offensichtlich hatten Lee die Artikel im *Mercury* nicht gefallen, mit denen er die dunklere Seite von Chinatown beleuchtet hatte. Lee war in den Artikeln zwar nicht namentlich genannt worden, aber jedem mit einem Funken Verstand war klar, wer mit dem schändlichen Mr. L. gemeint war. Wie dem auch sei, Calvin durfte nicht riskieren, dass Lee Lily irgendetwas erzählte. Sie würde Calvin mit einem stumpfen, typhusverseuchten Messer ausweiden, falls sie je herausfand, was er alles vor ihr verheimlichte.

»Was? Was steht da?« Lily spähte auf das Blatt Papier in seiner Hand. »Geht es um Tom?«

»Ja. Tom hat etwas genommen, das Lee gehört, also fordert Lee die Anwesenheit deines Bruders. Er wird die Presse über unsere Heirat informieren, falls Tom nicht bis Ende des Monats auftaucht«, übersetzte Calvin die Nachricht, ließ dabei jedoch die Teile aus, die ihn betrafen.

»Ende des Monats? Du meine Güte, das ist schon in sechs Tagen. Ich weiß nicht, wie ich Tom in der Zeit ausfindig machen soll.«

»Dann hast du ein echtes Problem.« Er ging zu dem vergoldeten, mit Samt bezogenen Armsessel, nahm seinen abgelegten Gehrock und schüttelte ihn aus. Ziegelstaub wirbelte durch die Luft. Er streifte den Gehrock über und steckte die Nachricht rasch in die Tasche.

»Meinst du nicht eher, *wir* haben ein echtes Problem?« Sie wedelte mit der Fotografie. »Oder hast du das hier vergessen?«

»Das habe ich nicht vergessen.« Er knöpfte seine Manschetten zu und strich seine Weste glatt. Calvin würde sich auf seine Weise um Lee kümmern, unabhängig von der Sache mit Lilys Bruder.

»Deshalb kann ich keine weiteren Detektive anheuern. Die Heirat darf nicht öffentlich bekannt werden. Ebenso wenig will ich, dass irgendjemand anderes herausfindet, dass Tom vermisst wird, nicht, wenn er in irgendwelchen Schwierigkeiten steckt.«

»Und doch informierst du den Herausgeber von drei Zeitungen«, bemerkte er trocken.

»Einen Mann«, versetzte sie, »der ein ebenso großes Interesse daran hat, unsere Heirat geheim zu halten, wie ich.«

Das hatte er, aber nicht aus den Gründen, die sie vermutete. Sein Geheimhaltungsbedarf hing mit einem Versprechen zusammen, das er vor Jahren gegeben hatte. *Falls das hier bekannt würde, würde es für Hugo alles ruinieren.*

All das erklärte jedoch nicht, warum Lily so sicher zu wissen glaubte, wie er bezüglich dieses Themas empfand. »Was bringt dich zu der Annahme, dass ich sie geheim halten will? Vielleicht ist es mir egal, wer weiß, dass wir verheiratet waren.«

»Wenn es so wäre, dann hättest du es schon enthüllt. Du

weißt genau, wie viele Zeitungen du damit verkaufen könntest.«

Seine Augen verengten sich bei dem Seitenhieb. Er würde seine Vergangenheit mit Lily nie dazu benutzen, schnelles Geld zu machen. »Offenbar habe ich wohl doch Prinzipien. Und ich fürchte, du bist auf dich allein gestellt.«

Ohne darauf zu achten, dass sie ihn mit offenem Mund anstarrte, marschierte er zur Tür. Er musste in ein paar Stunden im Büro des *Mercury* sein. Drei Tage Abwesenheit waren eine lange Zeit für einen Herausgeber. Gott allein wusste, was während seines letzten Malariaanfalls passiert war.

Er drehte den Türknauf, um die Tür zu öffnen – und ein unheiliger Knall zerriss die Stille. Porzellan zerschellte an der Wand neben seinem linken Ohr und ließ Scherben überall hinregnen. Calvin zuckte zusammen und bedeckte schützend alle wichtigen Körperteile, bevor er einen Blick über die Schulter warf. Mit hochrotem Gesicht und schwer atmend starrte Lily ihn mit brennendem Blick an. »Du warst schon mal treffsicherer«, sagte er gedehnt.

»Ich habe absichtlich danebengezielt, du Idiot! Wag es nicht, zu gehen, bevor wir uns in irgendeiner Weise über Tom geeinigt haben.« Sie schnappte sich eine weitere Porzellanfigur und holte aus. »Die wird dich direkt an deinem dicken Schädel treffen, wenn du mich nicht anhörst.«

»Ich habe bereits alles gehört, was du zu sagen hast.« Er verschränkte die Arme vor der Brust und versuchte, die vorhersehbare Reaktion seines Körpers auf ihre Feindseligkeit zu kontrollieren. Ganz gleich, aus welchem Grund, er musste die Funken ignorieren, die zwischen ihnen sprühten. Sie könnten nicht unpassender füreinander sein, selbst wenn er seit ihrer

Heirat gesellschaftlich deutlich aufgestiegen war. »Du solltest mit deinen Problemen zu Joseph Pulitzer gehen, wenn man bedenkt, dass ihr alte Kameraden seid.«

»Kümmert es dich denn nicht, ob Tom stirbt? Ob die Nachricht von unserer kurzen Ehe bekannt wird?«

Es entging ihm nicht, dass sie den Seitenhieb auf Pulitzer ignoriert hatte. »Nein, und nein.«

»Nun, *mich* kümmert es. Es gibt Menschen in meinem Leben, die die Nachricht unserer Heirat fürchterlich verletzen würde. Ganz zu schweigen davon, was die Mitglieder des Verwaltungsrats von Davies Mining über solch einen Skandal sagen würden. Sie respektieren mich auch so schon kaum.«

»Für mich klingt das, als wären das *deine* Probleme, Süße, nicht *meine* Probleme. Ich wünsche dir viel Glück.« Er riss die Tür auf und trat in den Flur, wobei er mit einem weiteren lauten Krachen rechnete, wenn sie mit der anderen Figur nach ihm warf.

Stattdessen hörte er ihre Stimme, kräftig und klar. »Ich *hasse dich.*«

Das war so wenig eine Neuigkeit, dass es nicht mal einen Platz auf der letzten Seite wert war, doch die Gereiztheit in ihrer Stimme ließ ihn trotzdem lächeln.

»Ich weiß«, rief er, dann verschwand er ein zweites Mal aus ihrem Leben.

Calvin pfiff auf seinem Weg durch die Davies-Villa fröhlich vor sich hin. Er fühlte sich so gut wie schon seit Ewigkeiten nicht mehr. Mit Lily zu streiten war vergnüglicher, als er es in Erinnerung hatte.

Ihr erster Streit hatte in einem kleinen Gartenschuppen im hinteren Teil des Davies-Anwesens stattgefunden, dem perfekten, verbotenen Versteck für ein größtenteils keusches Stelldichein. Nach drei Rendezvous hatte er ihr den Antrag gemacht, weil er sicher war, dass diese Frau die letzte war, die er je wollen würde. Aber ihre Vorstellungen von einer Hochzeit waren höchst verschieden gewesen …

Er streckte sich auf der Decke aus, die auf dem winzigen Fleckchen Fußboden des Schuppens lag. »Lily, ich schäme mich nicht, dich zu heiraten. Lass es uns angemessen tun, in einer Kirche vor Zeugen.«

Sie legte die Hände auf seine Brust, stützte das Kinn darauf und sah ihn mit schmalen Augen an. »Wenn du damit andeuten willst, ich würde mich schämen, dich zu heiraten, dann könntest du dich nicht mehr irren. Ich brenne darauf, dich zu heiraten. Genau genommen will ich nicht mehr warten.«

»Durchzubrennen erscheint mir so …« Er hatte Mühe, das richtige Wort zu finden. »Würdest du es nicht bereuen? Deinen Vater bei deiner Hochzeit nicht dabei zu haben? Oder deinen Bruder?«

Sie strich mit ihrer nackten Hand über seinen Bauch und streichelte ihn liebevoll. Seine vernachlässigte Erektion pulsierte, und beinahe hätte er sie angefleht, ihre Hand tiefer gleiten zu lassen. Nur hatte er sich selbst geschworen, dass er sie nicht beflecken würde, bis sie verheiratet waren. Aber Gott, wie sehr er sich danach sehnte, sie zu beflecken. Sie küsste wie eine Kurtisane und hatte einen Körper wie geschaffen für die Sünde. Jede Sekunde mit ihr war köstliche Folter.

»Nein«, sagte sie. »Alles, was ich brauche, bist du. Außerdem wird mein Vater monatelang nicht zurückkommen. Willst du so lange warten?«

Gott, nein. Tauchte hier in diesem Schuppen aus irgendeinem

Grund ein Priester auf, würde er das Ehegelübde sofort sprechen. Dennoch fühlte sich das hier nicht richtig an.

»Ich glaube, du wirst dir wünschen, in einer Kirche geheiratet zu haben. In ein paar Jahren, wenn es zu spät ist.«

Sie zog sich leicht von ihm zurück, und eine Falte bildete sich zwischen ihren Augenbrauen. »Versuchst du, mir zu sagen, wie ich empfinden soll? Du diskutierst mit mir, als wäre ich zu dumm oder zu unschuldig, um meine eigenen Wünsche zu kennen.«

»Nicht dumm oder unschuldig. Eher naiv.«

Mit blitzenden Augen rollte sie sich von ihm herunter und kam auf die Füße. »Naiv? Ich bin naiv, weil ich die Frau bin, und du bist der kluge, weltgewandte Mann, der alle Entscheidungen für mich treffen darf?«

Und so war es eine Weile weitergegangen. Sie war herrlich gewesen, wie sie ihn in all ihrer weiblichen Entrüstung angeschrien hatte. Er sah sie immer noch vor sich, mit wogenden Brüsten, eine hübsche, rosige Röte auf der Haut. Die Temperatur in diesem Schuppen war rasend schnell in die Höhe geschossen … und er hatte sein Versprechen gebrochen. Beflecken hatte noch nie so verdammt viel Spaß gemacht. Was bedeutete, dass Lily ihren Wunsch nach einem schnellen Durchbrennen erfüllt bekam.

Calvin fuhr sich mit einer Hand übers Kinn, während er versuchte, den hohlen Schmerz in ihm zu ignorieren. Die Vergangenheit auszugraben hatte keinen Zweck. Es gab für keinen von ihnen ein Zurück.

Eine Mietkutsche wartete auf der Straße. Calvin marschierte hinüber und schwang sich hinein. Hugo folgte ihm rasch, und die Räder begannen sich zu drehen und sie nach Downtown zu bringen. »Was wollte sie?«, wollte Hugo wissen.

»Ihr Bruder wird vermisst. Sie will, dass ich ihr helfe, ihn zu finden.«

»Überrascht mich, dass die Missus dafür nicht einfach einen Pinkerton anheuert.«

»Das hat sie. Ohne Erfolg.« Calvin setzte Hugo über die Nachricht von Wah Lee und die Fotografie der Heiratsurkunde ins Bild. »Sie hat Angst, jemand könnte herausfinden, dass sie einmal mit einem Schurken wie mir verheiratet war.«

»Verständlich«, meinte Hugo und grinste dann über den finsteren Blick, den Calvin ihm zuwarf. »Nun, was hat Mr. Davies sich unter den Nagel gerissen, das Mr. Lee so rasend vor Wut macht?«

»Ich weiß es nicht«, gestand Calvin. »Darüber hinaus ist es mir auch egal. Ich habe größere Probleme, zum Beispiel, wie Lee an diese Heiratsurkunde gekommen ist.«

»Hat jemanden bezahlt, vermute ich.«

»Es gefällt mir nicht, dass er in meiner Vergangenheit herumgräbt.« Er ließ die Schultern kreisen. »Das macht mich … kribbelig.«

»Wo wir gerade davon sprechen, wie fühlst du dich? Ein Fieberanfall gefolgt von diesem Sturz. Du hast Glück, dass du noch lebst.«

»In Anbetracht dessen fühle ich mich besser, als ich sollte.«

»Die Missus, sie konnte bei deiner Stimmung immer schon Wunder wirken.« Bevor Calvin in diesem Punkt widersprechen konnte, fuhr Hugo fort. »Ich wünschte immer noch, du hättest ihr von meiner Heirat erzählt.«

»Das sagtest du bereits. Aber ich habe ein Versprechen gegeben und werde es nicht brechen.«

Hugo nickte traurig und stieß einen tiefen Seufzer des Bedauerns aus. »Hätte nie gedacht, dass es so lange dauern würde. Wenn ich gewusst hätte, dass es deine Ehe ruinieren würde ...«

»Dann hättest du was? Die Sicherheit deiner Frau aufs Spiel gesetzt, indem du die Wahrheit sagst? Sei realistisch, Hugo. Du hast mich gebeten, es geheim zu halten, und das habe ich. Nachdem du mir schon dreimal das Leben gerettet hast, ist es das Mindeste, was ich tun kann, dich wieder mit deiner Frau zu vereinen.« Besonders weil es Calvins Schuld war, dass die beiden überhaupt getrennt worden waren.

Als Calvins Malaria in China immer schlimmer geworden war, hatte Hugo sie beide auf ein Schiff nach San Francisco gebracht, aber erst, nachdem er heimlich eine Chinesin geheiratet hatte, in die er sich Monate zuvor verliebt hatte. Die Trennung hätte nur eine kurze sein sollen, da er plante, sie nach Amerika zu bringen, sobald Calvin und er dort Fuß gefasst hatten.

Wie hätten sie ahnen sollen, dass die US-Regierung das Einwanderungsgesetz so drastisch ändern würde? Der Chinese Exclusion Act hinderte nun beinahe alle Chinesen – bis auf Diplomaten – an der Einreise nach Amerika. Ein Gesetz, das auf Ignoranz und Angst basierte, und das Hugo, einen Schwarzen ohne politischen Einfluss, in eine verdammt missliche Lage brachte.

Hugo konnte seine Frau nicht herholen, ebenso wenig konnte er nach China zurückkehren. Nachdem er seinen chinesischen Arbeitgeber im Stich gelassen hatte, um Calvin zurück nach San Francisco zu bringen, hatte er jedes Vertrauen verloren, das er aufgebaut hatte. Der mächtigste Opiumproduzent der Region nahm Treuebruch nicht auf die leichte Schulter. Der Preis, den er auf Hugos Kopf ausgesetzt hatte, war hoch genug, dass Hugo nie zurückkehren konnte. Gott stehe ihnen bei, falls dieser Opiumbauer je von Hugos Frau erfahren sollte. Sie würde für seinen Ungehorsam leiden müssen.

Machtlos und besorgt um die Sicherheit seiner Frau hatte Hugo Calvin gebeten, Shin-yee stattdessen als seine Frau auszugeben, weil er glaubte, dass die Behörden eher bereit wären, einem Weißen als einem Schwarzen zu helfen. Calvin war sofort einverstanden gewesen – wie auch nicht, wenn er Hugo sein Leben verdankte? –, und er hatte geschworen, sie nach Amerika zu bringen, koste es, was es wolle. Die beiden hatten entschieden, niemandem davon zu erzählen, denn das würde ihre Chancen schmälern, Hugo je wieder mit seiner Shin-yee zu vereinen.

Als Calvin Lily begegnet war, war er sich so sicher gewesen, dass er seine Suche nach Hugos Frau von seinem eigenen ehelichen Glück trennen konnte. Wie sehr er sich doch geirrt hatte.

Opfer müssen sein, Calvin, erinnerte er sich an die Worte seiner Mutter. *Wir haben weniger, damit andere mehr haben können.*

Calvin richtete seine Aufmerksamkeit wieder auf die Unterhaltung und trommelte mit den Fingern auf seinen Oberschenkel. »Zu dieser Annullierung hat mehr geführt als nur die Drohung, mich als Bigamisten bloßzustellen, wie du wohl weißt.«

»Ich sage immer noch, dass diese Frau dich geliebt hat«, beharrte Hugo. »Und sie ist stark. Wahrscheinlich hätte sie mit praktisch allem umgehen können – selbst wenn das Armut bedeutet hätte.«

Diese Möglichkeit war Calvin auch in den Sinn gekommen, und er hatte darüber nachgedacht, sie zurückzugewinnen. Einmal, gleich nach dem Tod ihres Vaters. Und dann hatte er erfahren, dass sie den Sitz ihres Vaters im Verwaltungsrat von Pulitzer übernommen hatte. Lily hatte sich aktiv mit seinem erbittertsten Feind verbündet – zweifellos ein Vergeltungsschlag gegen ihren früheren Ehemann –, und das konnte Calvin ihr nicht verzeihen.

»Sie hat ihre Wahl getroffen, und ich auch. Das Ganze hat sich zum Besten gewendet, wenn du mich fragst. Wir stehen Lee nahe. Er hat die Verbindungen, Shin-yee ins Land zu schmuggeln. Wir müssen es nur schaffen, ihn ausreichend dazu zu motivieren.«

Hugo wirkte skeptisch. »Es gefällt ihm, etwas zu haben, womit er sich dir gegenüber aufspielen kann, etwas, bei dem du auf ihn angewiesen bist.«

Das stimmte. Lee hielt Calvin seit über einem Jahr mit leeren Versprechungen und zunehmend schwierigeren Forderungen hin. Die Zeitungsartikel über die Korruption in Chinatown waren Calvins Versuch, dagegenzuhalten. Aber Calvin hatte immer noch eine bessere Chance auf Erfolg als Hugo, ein freigelassener Sklave. »Ich werde dafür sorgen, Hugo. Das schwöre ich.«

»Ich weiß. Hab noch nie einen hartnäckigeren oder ehrenhafteren Mann als dich getroffen. Aber welchen Preis wirst du dafür zahlen?«

KAPITEL VIER

Ich hätte ihn erschießen sollen.

Nachdem Calvin gegangen war, dauerte es mehrere Minuten, bis Lily sich wieder beruhigt hatte. Er war immer noch der ärgerlichste, egoistischste, eingebildetste … Sie holte tief Luft. Der Mann hatte sich in vier Jahren offensichtlich kein bisschen verändert.

Erwarte nicht, dass irgendjemand sich um dich kümmert, Täubchen, konnte sie ihren Vater immer noch sagen hören. *Diese Welt macht jeden fertig, der nicht bereit ist, für das, was er will, zu kämpfen.*

Warren Davies hatte sich von niemandem aufhalten lassen, das zu tun, was getan werden musste, und Lily würde das ebenso wenig. Sie würde diesen Mr. Lee aufsuchen und herausfinden, was ihr Bruder mit alldem zu tun hatte. Dann würde sie Tom finden und diese ganze hässliche Geschichte zu den Akten legen. Tom würde den Bergwerksbetrieb übernehmen, und Lily würde endlich ihr Leben zurückbekommen.

Und Calvin Cabot konnte ihretwegen in einen Graben stürzen.

Ein Klopfen riss sie aus ihren Gedanken. »Ja?«, rief sie.

Das distinguierte, hochmütige Gesicht ihres Butlers Bailey erschien. »Miss, Ihre Cousine Cora ist vor wenigen Minuten eingetroffen. Ich habe sie ins vordere Empfangszimmer geführt. Soll ich Tee bringen lassen?«

An jedem anderen Tag wäre Lily froh um einen Besuch von ihrer Cousine gewesen. Heute allerdings war nichts so, wie es sein sollte. »Ja, bitte. Danke, Bailey.«

»Selbstverständlich, Miss. Ich sollte hinzufügen, dass Ihr Freund das Haus durch die Vordertür verlassen hat.«

»Er ist kein Freund.«

»Gewiss, Miss.«

Sie verdrängte die Gedanken an Calvin aus ihrem Kopf. Es gab wichtigere Dinge zu erledigen. »Bailey, schicken Sie ein Telegramm an Pinkerton, um anzufragen, ob sie jemanden haben, der Chinesisch spricht. Ich brauche einen Dolmetscher, der mich nach Chinatown begleitet.«

Bailey klappte die Kinnlade herunter. Er fing sich jedoch rasch wieder und verbarg seine Überraschung über ihre ungewöhnliche Bitte. »Jawohl, Miss.«

Sie wandte sich zum Bett, um Mr. Lees Nachricht zu nehmen –

Und sie war nicht da. Das Bett, der Fußboden … Das Blatt Papier war verschwunden. Der Teufel sollte Calvin Cabot holen! Sie hatte gute Lust, ihm zu folgen und selbst auf ihn zu schießen.

Als sie das Empfangszimmer betrat, hatte sie sich wieder beruhigt. Eine junge Schönheit mit rabenschwarzem Haar erhob sich vom Sofa. Cora Hampton war eine Cousine Lilys mütterlicherseits und nur ein paar Jahre jünger als Lily. Die beiden Mädchen hatten sich immer nahegestanden. Coras Vater Edward hatte Warren Davies bei der ursprünglichen Expedition unterstützt, die ihm die profitable Silbermine beschert hatte, und Onkel Edward fungierte immer noch als Vizepräsident des Unternehmens. Er hatte Lily geholfen, das Unternehmen zu behalten, als der Verwaltungsrat es ihr nach dem Tod ihres Vaters wegnehmen wollte.

»War das ein Schuss, was ich vorhin gehört habe?«, fragte Cora.

Lily küsste ihre Cousine auf die Wange und ließ sich dann in einen Sessel fallen. »Ja, und wenn man bedenkt, was alles passiert ist, dann war das die am wenigsten bedauerliche Nachricht des Tages.«

»Sag mir, hatte dieser Schuss etwas mit dem geheimnisvollen Mann zu tun, den du im Haus versteckt hattest?«

Lily verzog das Gesicht. Obwohl Cora einige Häuser entfernt wohnte, schien sie über die Vorgänge im Haushalt der Davies wohlinformiert zu sein. »Du musst mir verraten, wen meiner Dienerschaft du damit beauftragt hast, hier zu spionieren. Ich würde diesen Verräter gerne feuern.«

»Ich weiß nicht, was du meinst«, schmunzelte Cora. »Außerdem hast du dich nicht besonders geschickt dabei angestellt, ihn zu verstecken. Ich habe ihn geradewegs zur Vordertür hinausspazieren sehen. War das Calvin Cabot?«

Was zwischen ihr und Calvin geschah, ging niemanden etwas an, nicht einmal ihre beste Freundin. Cora wusste nichts von der kurzen Ehe, und Lily hatte die Absicht, dafür zu sorgen, dass es so blieb. »Natürlich nicht. Was würde Calvin Cabot denn hier tun, in meinem Haus?«

Coras Augenbrauen schnellten nach oben, eine Geste, die Lily gut kannte. »Das kann ich nicht sagen. Aber ich weiß, dass du mir etwas vorenthältst.«

»Ich verberge nie etwas vor dir«, log Lily.

»Ach wirklich? Was war mit damals, als du versucht hast, wegzulaufen und dich Mr. Barnums Zirkus anzuschließen? Du warst schon halb in Hoboken, als man dich fand. Oder was war damals, als du vierzehn warst und allein um die Welt segeln wolltest? Ich dachte, dein Vater bekommt einen Herzanfall, bevor sie dein winziges Boot wieder zurück ans Ufer brachten.«

»Ich wollte deine Gefühle nicht verletzen, indem ich ein Abenteuer ohne dich unternahm.«

»Wohl eher wolltest du nicht, dass ich dich wieder zur Vernunft bringe.«

Lily grinste, ihr erstes richtiges Lächeln des Tages. Sie konnte sich stets darauf verlassen, dass ihre Cousine sie aufmuntern würde. »Du warst immer die Vernünftige.«

Coras Lächeln verblasste ein wenig. »Du meinst, die Langweilige.«

»Nein! Ich meine nichts dergleichen. Würde ich denn eine langweilige Freundin haben?«

In diesem Moment trat eine Dienerin ein, ein mit Erfrischungen beladenes Tablett in den Händen. Sie stellte es auf ein niedriges Tischchen und fragte Lily, ob sie sonst noch einen Wunsch habe.

»Nein, danke, Mary.« Lily beugte sich vor und schenkte Tee in zwei Porzellantassen ein. Das Haviland-Porzellan mit dem rosafarbenen Blumenmuster war das Lieblingsporzellan ihrer Mutter gewesen, hatte man ihr gesagt, und sie versuchte, es zu benutzen, wann immer es möglich war.

Als sie sich mit den Teetassen in den Händen wieder zurücklehnten, fragte Lily: »Also, was sollte das von wegen langweilig?«

Cora nippte an ihrer Tasse und stellte sie dann zurück auf die Untertasse. »Ich hasse die Partys«, flüsterte sie und schloss kurz die Augen, als schmerzte sie dieses Geständnis. »Mama ist wild entschlossen, eine gute Partie für mich zu finden, aber ich …« Sie erschauderte und hob den Blick, die Augen voller Traurigkeit. »Sie wollen nicht mit mir reden. Die Mädchen, meine ich. Sie flüstern hinter meinem Rücken über unsere ›neureiche‹ und ungehobelte Familie. Die jungen Gentlemen kommen nur zu mir, weil Papa ihnen eine fette Mitgift verspricht, die sie für ihre Pferderennen und Segeljachten gebrauchen können.«

»Oh, aber das ist nicht wahr«, widersprach Lily und stellte ihre Tasse auf den Tisch, bevor sie Coras freie Hand ergriff. Ihre Cousine war schon immer ein bisschen schüchtern gewesen, aber konnte sie denn nicht sehen, wie bezaubernd und intelligent und vor allem liebenswürdig sie war? »Du darfst diesen albernen Mädchen keine Beachtung schenken. Das sind abscheuliche, schreckliche Menschen.«

»Das mag sein, aber trotzdem ist es fürchterlich unangenehm. Waren sie bei deinem Debüt auch so furchtbar?«

Lily erlaubte sich selten, an diese Zeit zu denken, da damit bittere Erinnerungen an ihre kurze Ehe mit Calvin verbunden waren. Wie jung und töricht sie gewesen war, überzeugt, dass ihr Leben perfekt sein würde, nachdem sie den perfekten Mann gefunden hatte. Aber nur wenige Dinge im Leben waren perfekt, besonders nicht Ehemänner.

»Ich erinnere mich nicht«, antwortete sie ehrlich. »Ich bin sicher, das waren sie, ich habe nur nie darauf geachtet. Du musst sie ignorieren, Cora.«

»Das würde ich, wenn ich jemand anders hätte, mit dem ich reden kann, aber da ist niemand.«

»Du hast doch mich«, sagte Lily.

Cora verdrehte die Augen. »Ja, aber du bist nie *da*, Lily. Du bist viel öfter fort, und wenn du hier bist, dann bist du mit Minenangelegenheiten beschäftigt.«

Schuldgefühl versetzte Lily einen Stich, und ihr Herz krampfte sich zusammen. Weil sie Calvin aus dem Weg gehen wollte und die Firma ihres Vaters beaufsichtigen musste, hatte sie sich lange um nichts und niemanden gekümmert. Hatte Monty ihr nicht in den Ohren gelegen, sie solle mehr Veranstaltungen hier in New York besuchen? Alles würde wieder zur Normalität zurückkehren, wenn Tom endlich die Leitung der Mine übernahm.

»Die Mine hat in den letzten Jahren viel von meiner Zeit in Anspruch genommen, das ist wahr. Aber ich verspreche dir, dass ich zur nächsten Dinner-Party kommen werde. Wann ist sie?«

»Heute Abend, bei Mrs. Hewitt.«

Lily schürzte die Lippen. Einer von Toms guten Freunden, Mr. John Drexel, war ein Cousin der Hewitts. Es bestand die Chance, dass Drexel dort sein würde. Wusste er vielleicht etwas über den Verbleib ihres Bruders? Sie machte sich im Geiste eine Notiz, Drexel zu telegrafieren, sobald Cora gegangen war.

Die Tür öffnete sich, und Montgomery Fields schlenderte herein. »Hallo, Lily. Ich habe Bailey gesagt, dass ich mich selbst ankündige.« Sein Blick landete auf Cora, und er verbeugte sich. »Hallo, Miss Hampton.«

»Mr. Fields, hallo.«

Lily erhob sich, als Monty näher kam, und er beugte sich hinunter, um sie auf die Wange zu küssen. »Monty, ich hatte keine Ahnung, dass du vorbeikommst.«

»Ich dachte, wir könnten eine Ausfahrt im Park machen. Ich habe dich diese Woche kaum gesehen.«

»Wie interessant. Ich habe ihr gerade dasselbe gesagt«, merkte Cora an, als Monty sich in einen Armsessel fallen ließ.

Montgomery war fünf Jahre älter als Lily und stammte aus einer der besten Familien New Yorks. Sein makelloser grün karierter Nachmittagsanzug saß wie angegossen an seinem durchschnittlich großen Körper. Sie hatte ihn noch nie zerknittert oder unordentlich gesehen, nicht einmal sein Barthaar; der lange Schnurrbart war selbst an den windigsten Tagen perfekt frisiert. Er war ein angenehmer Mensch, ein guter Gesprächspartner und schien all die richtigen Leute zu kennen. Was brauchte eine Frau mehr bei einem Mann?

Absolut nichts, wenn es nach Lily ging. Sie wollte Vorhersehbarkeit. Jemand, der bequem und verlässlich war wie ein ausgetretenes Paar Pantoffeln. Sie brauchte keine Leidenschaft. Nein, die hatte sie in ihrem Leben schon einmal erfahren und sich heftig daran verbrannt. Montgomery hatte noch nicht einmal versucht, sie zu küssen oder ihre Hand zu halten – und das passte Lily hervorragend. Diesmal würde sie ihre Gefühle kontrollieren und eine andere Sorte Mann wählen, mit dem sie ihr Leben verbringen würde, einen, der keine Überraschungen bereithielt. Niemals.

»In letzter Zeit war ich tatsächlich ein wenig beschäftigt«, gab Lily zu. »Ich bitte euch beide um Entschuldigung.«

»Ich sage dir immer wieder, du sollst deinen Onkel die Minengeschäfte leiten lassen«, meinte Monty. »Denk nur, wie viel Spaß wir haben, an welche Orte wir reisen könnten, wenn du mehr Zeit hättest.«

Das war eine alte Diskussion. Monty hielt nichts davon, für

seinen Lebensunterhalt zu arbeiten, und konnte nicht verstehen, warum Lily die Mine wichtig war. Er konnte nicht nachvollziehen, dass das ihre Weise war, das Vermächtnis ihres Vaters zu erhalten, etwas für ihren Bruder und zukünftige Generationen zu bewahren. Sie hatte ihren Vater inbrünstig geliebt; der Gedanke, dass die Mine in fremde Hände fiel, verursachte ihr einen dumpfen Schmerz in der Brust. »Ihr werdet beide euren Wunsch bald genug erfüllt bekommen. Tom wird die Verantwortung übernehmen und mich von meinen Pflichten erlösen. Dann werde ich nichts anderes zu tun haben, als den ganzen Tag zu segeln, zu schwimmen und zu tanzen.« Sie zwang sich zu einem Lächeln und fragte sich, warum die Vorstellung von all dieser müßigen Zeit nicht verlockender klang.

Cora sah Monty mit ernster Miene an. »Mein Vater sagt, Lily leistet hervorragende Arbeit in der Firma, und es wird ihm leidtun, sie zurücktreten zu sehen«, sagte sie.

Bei diesem Kompliment wurde Lily warm ums Herz, obwohl die Bemerkung auch beträchtliche Sorge weckte. *Ich werde vielleicht nicht zurücktreten können, wenn ich meinen Bruder nicht finde.*

»Oh, das bezweifle ich nicht«, antwortete Monty. »Die Versammlungen des Verwaltungsrats wären nicht halb so interessant ohne dich.«

War das ein Kompliment gewesen? Schwer zu sagen bei Monty, einem Mann, der so ausgeglichen und gelassen war, dass sogar seine Schmeicheleien langweilig waren. *Was für ein schrecklicher Gedanke, Lily. Langweilig ist genau das, was du dieser Tage bevorzugst.* »Das war reizend von dir, Monty.«

»Mr. Fields, bitte überreden Sie Lily, heute Abend zum Dinner bei den Hewitts zu kommen.«

Lily hob eine Hand. »Ich kann nicht, nicht heute Abend –«

»Brillante Idee. Ich habe selbst eine Einladung erhalten.« Monty grinste Lily an. »Ich fürchte, du bist überstimmt, meine Liebe. Das einzig Vernünftige ist, einzuwilligen.«

Nachdem beide sie erwartungsvoll anstarrten, fügte Lily sich in das Unvermeidliche. »Na schön, ich werde hingehen, aber ich muss wirklich früh wieder nach Hause.« Schließlich hatte sie einen wichtigen Ausflug nach Chinatown geplant.

»Cabot!«, rief eine Stimme, als Calvin aus dem Aufzug in die Büroräume des *Mercury* trat. »Gott sei Dank sind Sie wieder da.«

Calvin, der sich mittlerweile von seiner Entführung erholt hatte, grüßte nickend bekannte Gesichter auf seinem Weg zu Jim Evans, seinem Stellvertreter, der bei einer Gruppe ernst dreinblickender Reporter stand. Soweit die Mitarbeiter wussten, war Calvin in Chicago gewesen, um sich um den *Morning Star* zu kümmern – nicht mit einem Anfall von Malaria in einer Opiumhöhle. Nur Hugo wusste von seiner Krankheit, die zum Glück nicht oft wiederkehrte. Und weil Calvin niemanden wissen lassen wollte, dass er unter dieser Krankheit litt, verschwand er jedes Mal, wenn sie wieder auftrat. Besser zu verschwinden, als für schwach oder gebrechlich gehalten zu werden.

Drei Zeitungen zu leiten war im Grunde keine so große Herausforderung, wie man meinen könnte. Calvin tat es bereits seit fast zwei Jahren, und die Auflagen aller drei Publikationen stiegen kontinuierlich mit jedem Quartal. Auch wenn sich manche Geschichten zwischen den zwei Städten überschnitten, unterhielt er unterschiedliche Reporterteams für den *Mercury*, den *Bugle* und den *Morning Star* und beaufsichtigte die gesamten Geschäfte von seinem Büro aus, das sich im vierzehnten Stock in der Park Row Manhattans befand.

Und er war verdammt gut im Verlegen. Die Leute rissen sich darum, die Nachrichten zu lesen, die er ihnen jeden Tag servierte. Zu fast jeder Story trug er etwas bei, jede Schlagzeile hatte seinen knappen Stil. Calvin entschied, welche Geschichten wichtig genug für die Tagesausgabe waren, und er leitete die Reporter an, worauf sie ihre Energie konzentrieren sollten. Wo waren die Skandale? Wer musste entlarvt werden? Welche Geheimnisse lagen unter den beiden mächtigsten Städten Amerikas vergraben? Calvin kannte die Antworten auf diese Fragen, und genau deshalb waren seine Zeitungen so beliebt.

Calvin hatte bei den Reisen durch den Orient, die seine Eltern mit ihm unternommen hatten, rasch gelernt, welche wesentliche Bedeutung Information hatte. Wer sie nicht besaß, war finanziell und politisch im Nachteil. Und jene mit Wissen hüteten und bewahrten es, weil sie seinen Wert erkannten.

Wie der Ausbruch von Cholera, der Calvins Eltern das Leben gekostet hatte, als er elf gewesen war. Die Behörden der Stadt hatten die Nachricht über die Krankheit zurückgehalten, weil sie hauptsächlich die äußeren Bereiche betraf, wo nur die armen Bauern lebten. Sie hatten es nicht für wichtig gehalten, die Leute zu warnen, sich vor der Krankheit zu hüten.

Damals hatte Calvin beschlossen, nie mehr außen vor zu sein. Er würde den Massen Informationen liefern und der Bevölkerung damit mehr Macht verleihen. In Hongkong hatte er für die Regierung gearbeitet und dabei geholfen, Telegrafenmasten auf dem Land zu errichten, wobei er Hugo kennengelernt hatte. Später hatten ihn sein beinahe tödlicher Anfall von Malaria und eine lange, beschwerliche Reise zurück nach New York gebracht. Als er sich wieder erholt hatte, hatte er als Reporter beim *Bugle* angefangen.

Jetzt besaß er drei Zeitungen. Aber Calvin hatte nicht die Absicht, aufzuhören – nicht, bis er eine Zeitung in jeder Stadt von Schenectady bis San Francisco besaß.

»Ich bin froh, wieder hier zu sein«, sagte er, als er die Runde der Reporter erreichte. »Was habe ich verpasst?«

»Haben Sie meine Telegramme gelesen?«, fragte Jim. »Sie haben irgendwann aufgehört, sie zu beantworten.«

Calvin klopfte dem Mann auf den Rücken. »Jim, ich habe vollstes Vertrauen in Ihre Fähigkeiten, die Zeitung in meiner Abwesenheit zusammenzustellen. Ich habe die Ausgaben heute Morgen überflogen und finde, Sie haben gute Arbeit geleistet. Die Geschichte über Senator Quay war aufschlussreich und interessant, genauso wie die über den Oklahoma Land Rush. Ich bin mir nicht sicher, ob der Artikel über Mode auf die Titelseite gehörte, aber dadurch haben wir vielleicht mehr weibliche Leser gewonnen.« Er blickte sich in der Runde um. »Also, was steht heute an?«

Ava Sloane, eine seiner prominentesten Reporterinnen und die Frau seines Freundes William, sprach als Erste. »Cabot, ich habe Evans schon zehn Mal gefragt, ob ich Nachforschungen zu den Gerüchten über Schmuggelei im Saloon in der Greenwich Street anstellen kann.«

»Das sind nur Gerüchte«, meinte Jim mit einem Schulterzucken. »Ich glaube, wir sollten warten, bis die Polizei mehr Beweise hat.«

»Ein paar der besten Storys fangen als Gerüchte an«, sagte

Calvin. »Nur zu, Sloane, fangen Sie an zu graben. Wir geben Ihnen allerdings nur zwei Wochen. Danach ziehe ich Sie ab, um über die Kleiderfabrik zu schreiben.«

»Weil ich die einzige weibliche Reporterin bin?«, fragte sie. Sie schob sich einen Bleistift hinters Ohr und schaute finster in die Runde. »Sie wissen, ich will nicht nur –«

»Das ist mir bewusst«, sagte Calvin und hob beschwichtigend die Hand. Ava war klug und mutig, mit gutem Instinkt und dem heftigen Ehrgeiz, die männlichen Reporter jede Woche zu übertrumpfen. Aber sie musste aufhören, ihre gottgegebenen Talente nicht zu nutzen. »Hören Sie damit auf, Ihr Geschlecht als Bürde zu betrachten. Es gibt Storys über weibliche Themen, die erzählt werden müssen, und Sie sind die Einzige, die uns da reinbringen kann. Ein Mann kann Nellie Blys Storys nicht so schreiben oder so recherchieren wie sie. Zwei Wochen fürs Schmuggeln, Sloane. Legen Sie los.«

Fürs Erste zufrieden drehte Ava sich um und ging rasch davon, während Calvin begann, Fragen der anderen Reporter zu beantworten. Sie schlugen ihm Ideen für Artikel vor, und er sagte ihnen, was er davon hielt, und gab Anweisungen. Nachdem er die Aufgaben für die Woche verteilt hatte, wandte er sich an Jim. »Folgen Sie mir in mein Büro. Ich habe ein paar Fragen an Sie.«

Die beiden Männer gingen über den Kiefernholzboden nach hinten zu Calvins Büro. Calvins Sekretärin Miss Robbs erhob sich, als er näher kam. Sie war die Tochter eines seiner Schriftsetzer und die tüchtigste Sekretärin, die er je gehabt hatte. Calvin bezahlte ihr deutlich mehr als den anderen Sekretärinnen, nur um sie bei Laune zu halten.

»Mr. Cabot. Mir wurde gar nicht gesagt, dass Sie heute ins Büro kommen. Willkommen zurück, Sir.«

»Guten Morgen, Miss Robbs. Und wie oft habe ich Ihnen schon gesagt, dass Cabot völlig ausreicht?« Er stieß die Tür seines Büros auf. »Geben Sie mir ein paar Minuten allein mit Mr. Evans hier, und dann können Sie mich mit Telegrammen und telefonischen Nachrichten überschütten.«

»Sehr wohl, Mr. Cabot. Ich sammle alles zusammen, was in Ihrer Abwesenheit gekommen ist.«

Ganz egal, wie oft er sie ermutigte, die Formalitäten fallen zu lassen, Miss Robbs blieb hartnäckig korrekt. Calvin nickte ihr zu und schloss dann die Tür hinter Jim. »Sie macht das nur, um mich zu reizen.«

»Wenigstens schmachtet sie Sie nicht an wie die anderen Sekretärinnen, die Sie eingestellt haben.«

»Ich kann nichts dafür, dass ich auf das andere Geschlecht unwiderstehlich wirke.« Als Jim einen dumpfen Laut von sich gab, zog Calvin eine Augenbraue hoch. »Haben Sie etwas zu sagen, mein Lieber?«

»Nein, gewiss nicht«, antwortete Jim. »Ich weiß, wer mir die Butter aufs Brot schmiert.«

»Ganz recht. Vergessen Sie das nicht. Nun, wie weit sind wir bei diesen Storys über Chinatown?«

»Die nächste sollten wir kommende Woche haben, denke ich. Warum?«

»Ich will Lee weiter unter Druck setzen. Heuern Sie jemanden an, der auf der Pell Street Wache hält. Haben wir jemanden, der uns helfen kann? Einen seiner Gegenspieler vielleicht?«

Jim senkte den Kopf und kritzelte ein paar Notizen auf einen Block.

»Ich glaube, einige Inhaber der Geschäfte um Lees Etablissement herum sind unzufrieden mit den Zahlungen, die er fordert. Vielleicht könnten wir einen davon überzeugen, uns zu helfen.«

»Gut. Graben wir weiter. Als Nächstes: Was wissen Sie über Thomas Davies?«

Jim war längst an Calvins hektisches Tempo gewöhnt und verzog keine Miene. »So viel wie jeder andere, nehme ich an. Erbe des Davies-Silbervermögens, obwohl die ältere Schwester seit dem Tod des Vaters das Geschäft in Gang hält. Keine Verlobte oder auch nur einen Hinweis auf eine Zukünftige. Die Schwester scheint bereit zu sein, den Fields-Erben zu heiraten. Sie ist eine Augenweide, aber wie ich hörte, kann sie verdammt kratzbürstig sein.«

Eine gewaltige Untertreibung. »Hat er eine Geliebte?«

»Nicht dass ich wüsste. Soll ich das von ein paar der Jungs mal überprüfen lassen?«

»Ja. Unauffällig. Ich will seinen Tagesablauf wissen.«

»Wird erledigt. Sonst noch was?«

»Nein, das wäre erst mal alles. Wirklich, ausgezeichnete Arbeit in meiner Abwesenheit, Jim. Nehmen Sie sich die nächsten paar Tage frei für Ihre Familie. Wir sehen uns am Montag wieder.«

Jims Wangen wurden feuerrot. »Danke, Cabot. Ich weiß, meine Frau würde das zu schätzen wissen, falls Sie das ernst meinen.«

»Natürlich meine ich das ernst. Niemand weiß besser als ich, wie schwer es sein kann, diese Zeitungen zu leiten. Sie haben sich die freie Zeit verdient.«

»Sie sollten vielleicht auch mal ein, zwei Tage Pause vom Büro machen«, sagte Jim, als er aufstand. »Sie sehen furchtbar aus.«

Ja, ein Malariaanfall, eine Entführung und schließlich auch noch beschossen zu werden, das konnte einen Mann schon mal um Jahre altern lassen. »Eine Pause machen kann ich auch noch, wenn ich tot bin. Und jetzt schicken Sie mir Miss Robbs herein.«

»Lily!« In einem atemberaubenden, mit Blumen verzierten Abendkleid in Blassrosa eilte Cora durch den Empfangssalon der Hewitts und warf die Arme um ihre Cousine. »Ich bin so froh, dass du da bist.«

»Wie es scheint, hatte ich kaum eine Wahl, dank dir und Mr. Fields.« Wenigstens würde der Ausflug kein völliger Verlust sein. Sie hoffte, mit Toms gutem Freund John Drexel zu sprechen, der als Cousin der Gastgeber zweifellos hier sein würde.

Montgomery küsste Cora zur Begrüßung die Hand. »Miss Hampton, Sie sehen umwerfend aus.«

»Danke«, antwortete Cora. »Sie sehen aber auch gut aus.«

Lily musste ihr zustimmen. Obwohl alle Gentlemen Abendgarderobe trugen, stand Montgomery sein Ensemble besonders gut. *Aber er lässt meinen Puls nie rasen. Nicht so wie Calvin es tut – tat.* Lily zuckte zusammen. Ihre Gefühle für Calvin waren Vergangenheit. Definitiv Vergangenheit.

»Guten Abend, Miss Davies. Mr. Fields.«

Alle drehten sich um, als Mr. und Mrs. Hewitt lächelnd auf sie zukamen, um sie zu begrüßen. »Wie erfreulich, dass Sie kommen konnten.«

»Vielen Dank für die Einladung«, erwiderte Lily, während Mr. Hewitt sich über ihre Hand beugte. »Ich hatte mich ein wenig unwohl gefühlt, aber heute Morgen ging es mir plötzlich wieder besser.«

»Das freut uns in der Tat. Ich glaube, Sie kennen alle Anwesenden hier«, sagte Mrs. Hewitt und winkte einem Diener mit einem Tablett Champagnergläser. »Wir sind hier unter Freunden, also machen Sie es sich bitte bequem.«

Ein Glas Champagner wurde Lily in die Hand gedrückt. »Cora, kommst du kurz mit mir?« Als ihre Cousine nickte, führte Lily sie von der Gruppe fort.

»Aber nicht zu lange, Lily«, rief Monty ihr hinterher. »Ich möchte ein bisschen mit dir angeben.«

Obwohl er liebenswürdig lächelte, sträubten sich Lily die Nackenhaare. Trotzdem, sie wollte definitiv keine stürmische Beziehung mit Monty. Einmal im Leben war genug, herzlichen Dank. Sie zwang sich zu einem Nicken. »Natürlich. Ich komme so schnell zurück, wie ich kann.«

Lily und Cora traten ans andere Ende des Zimmers. »Es gefällt mir nicht, wie er mit dir spricht«, flüsterte Cora. »Warum erlaubst du ihm ständig, dir etwas vorzuschreiben? Ich war gerade fest davon überzeugt, dass du ihm im nächsten Moment einen Sektkühler über den Schädel ziehst.«

»Er meint es gut. Und er ist mein Begleiter, also sollte ich mich nicht zu weit entfernen.«

»Es ist mehr als das. Ich glaube, du willst nicht mit ihm streiten, deshalb siehst du ihn nicht sehr oft. Du bleibst beschäftigt und reist umher, damit –«

»Ich denke, wir sollten über etwas anderes sprechen. Amüsierst du dich?« Manchmal war Cora viel zu scharfsichtig, dachte Lily, während sie an ihrem Kristallglas nippte.

»Bis jetzt ja. Aber ich bin froh, dass du da bist. Mama

hat mich den ganzen Abend nicht von ihrer Seite weichen lassen.«

»Warum denn nicht, um alles in der Welt?«

»Ich glaube, sie fürchtet, Mr. Drexel oder Mr. Wright könnten versuchen, mich zu verderben.«

»Also ist Mr. Drexel hier? John Drexel?« Als Cora nickte, verrenkte Lily sich den Hals, um an den Gästen in der Nähe vorbeizusehen. »Gehen wir ihn suchen. Ich muss mit ihm reden.«

Cora lehnte sich näher zu ihr. »Als ich ihn zuletzt gesehen habe, starrte er gerade auf Miss Underhills Busen.«

»Das klingt tatsächlich nach John.« Lily hakte sich bei Cora unter und führte sie zwischen den Gästen hindurch. Endlich entdeckte sie ihn in der Nähe des Kamins. John Drexel war ein gut aussehender, schwarzhaariger Mann, der sich in Harvard mit Lilys Bruder angefreundet hatte. Lily fand sein aufgeblasenes Ego amüsant, hauptsächlich, weil sie ihn nicht sehr oft ertragen musste.

Drexel begaffte in der Tat Miss Underhill, die die Aufmerksamkeit zu genießen schien, während ein drittes Mitglied ihrer Gruppe, Mr. Wright, an seinem Drink nippte. Drexel straffte sich, als Lily und Cora näher kamen, Überraschung leuchtete in den blauen Augen auf, und Lily wurde sofort an ein anderes, viel auffallenderes Paar blauer Augen erinnert. Sie zuckte zusammen. Warum war ihr *dieses* Bild in den Sinn gekommen?

Drexel verbeugte sich über ihrer Hand. »Mir war nicht bewusst, dass Sie zurück in New York sind, Lily.«

Was für ein Lügner. »Ich bin vor mehr als einem Monat zurückgekehrt. Hat Sie mein Telegramm heute nicht erreicht?«

»Telegramm?« Seine Augenbrauen zogen sich dramatisch

zusammen, zweifellos eine wohleinstudierte Geste. »Ich habe kein Telegramm erhalten.«

»Oh, das ist aber schade. Guten Abend, Mr. Wright, Miss Underhill.«

Mr. Wright war herzlich, während Miss Underhill die Unterbrechung nicht zu begrüßen schien. Lily wandte sich an John. »Dürfte ich Sie vielleicht unter vier Augen sprechen?«

»Kann das nicht warten?« Er hob sein Highball-Glas in Miss Underhills Richtung. »Ich würde meine Unterhaltung mit dieser bezaubernden Dame nur ungern frühzeitig beenden.«

Schöne Unterhaltung, dachte Lily, aber sie lächelte. »Ich bin sicher, Miss Underhill wird das verstehen – und ich verspreche, Sie bald wieder zurückzubringen.«

»Mr. Wright kann mich bis zu Ihrer Rückkehr unterhalten, John«, schnurrte Miss Underhill regelrecht. »Cora, meine Liebe, warum gehen Sie nicht zu Ihrer Mutter? Ich bin sicher, sie brennt darauf, Sie wieder an ihrer Seite zu haben.«

Coras Mundwinkel sackten zusammen mit ihren Schultern herab, und die Niedergeschlagenheit in ihrer Haltung brach Lily fast das Herz. Sie nahm Coras behandschuhte Hand und drückte sie aufmunternd. »Ja, wie wunderbar muss es sein, eine Mutter zu haben, die sich um einen sorgt, finden Sie nicht auch, Miss Underhill? Meine Mutter starb, als ich noch klein war, und ich würde alles dafür geben, noch ein einziges Mal von ihr umsorgt zu werden. Man sagt, den Verlust eines Elternteils verwindet man nie, und ich weiß gewiss, dass das wahr ist. Wie glücklich sich Miss Hampton schätzen kann, noch eine liebende, fürsorgliche Mutter in ihrer Nähe zu haben.«

Miss Underhill, deren eigene Mutter oberflächlich und gefallsüchtig war und Gerüchten zufolge eine Affäre mit einem viel jüngeren Mann hatte, schnappte nach Luft wie ein Fisch auf dem Trockenen. Lily schenkte ihr keine Beachtung. »Cora, ich bin gleich wieder bei dir.«

Bevor John widersprechen konnte, zog Lily ihn ein Stück weit fort, um unter vier Augen mit ihm zu sprechen. Nach ein paar Schritten blieb er wie angewurzelt stehen und strich seine Weste glatt. »Wie immer ein Vergnügen, Lily. Ich hatte Ihre scharfe Zunge beinahe schon vergessen.«

»Miss Underhill hat es verdient. Und Sie sollten sich Ihre Gesellschaft besser aussuchen.«

Er schenkte ihr ein schiefes Grinsen, das wenig zerknirscht wirkte. »Ich bin auch nur ein Mann, Lily, und soweit ich weiß, ist es kein Verbrechen, mit einer schönen jungen Frau zu sprechen.«

»Nur, dass Sie nicht mit ihr gesprochen haben, Sie haben sie angegafft.« Auf seinem Gesicht zeigte sich Verwirrung, als wüsste er nicht, worin der Unterschied zwischen beidem bestand. Sie machte eine wegwerfende Handbewegung. »Vergessen Sie es. Ich muss mit Ihnen über Tom sprechen. Haben Sie ihn gesehen?«

»Ihren Bruder? Nein, ich habe ihn seit über einem Monat nicht gesehen. Warum? Ist etwas passiert?«

»Nicht so wichtig. Hat Tom ...« Sie sah sich um und senkte die Stimme. »Kennt Tom irgendjemanden in Chinatown oder hat er je Zeit dort verbracht?«

John lehnte sich zurück und stieß ein kleines Lachen aus. »Tom, in Chinatown? Er vermeidet es sogar, sich über die Fourteenth-Street hinaus zu begeben. Warum fragen Sie?«

Sie konnte ihm nicht die Wahrheit sagen, nämlich dass Tom vielleicht in irgendetwas Zwielichtiges verwickelt war. Auch wenn John mit ihrem Bruder befreundet war, je weniger Leute von Lees Drohung wussten, desto besser. »Nur etwas, das ich in seinem Büro gefunden habe. Ich bin sicher, es ist nichts.«

Johns Miene wurde unerwartet ernst. »Falls Tom in irgendwelchen Schwierigkeiten steckt, hoffe ich, Sie kommen mit Ihren Vermutungen zuerst zu mir. Er würde nicht wollen, dass Sie sich seinetwegen in Gefahr bringen.«

»Bedeutet das, Sie werden von nun an meine Telegramme beantworten?«

Ein Muskel zuckte in seinem Kiefer. »Ich weiß, Sie und ich kommen nicht sonderlich gut miteinander aus, aber ich würde Sie nie absichtlich ignorieren, wenn eine Krise im Anzug ist. Wie dem auch sei, noch sollte niemand in Panik geraten. Schließlich ist Tom ein erwachsener Mann.«

Was bedeutete, dass ein erwachsener Mann nicht verschwinden oder irgendwie verletzt werden konnte? Dass Testikel einen unfehlbar machten? Sie wusste nicht, ob sie lachen oder Mitleid mit ihm haben sollte. Als sie seine arrogante Miene musterte, entschied sie sich für Mitleid. »Ja, ich bin sicher, Sie haben recht. Danke, dass Sie mir den Gefallen getan haben, John.«

Er tätschelte ihren Arm, als hätte er alle Probleme der Welt gelöst. »Jederzeit, Lily. Freut mich, wenn ich helfen konnte.«

Während sie ihm zusah, wie er zu Miss Underhill zurückschlenderte, wuchs ihre Entschlossenheit, Tom zu finden. Eine Aufgabe, die sie offenbar ganz allein in Angriff nehmen musste.

KAPITEL FÜNF

Ordentliche Reihen aus Läden und Restaurants in hellen Gelb- und Rottönen säumten die Pell Street. Der Geruch von Fisch und Räucherstäbchen hing schwer in der Luft, obwohl die Dunkelheit die Straßenverkäufer bereits verscheucht hatte. Calvin fand diesen vertrauten Anblick und Geruch tröstlich, Erinnerungen an seine Reisen durch den Orient mit seinen missionarischen Eltern.

Wir müssen die Wahrheit sprechen und diejenigen um uns herum erleuchten. Natürlich hatte sein Vater damit die Religion gemeint, aber Calvin glaubte an die Macht der Feder – nicht an die des Gebetbuchs.

Vor der Nummer Achtzehn, einem dreistöckigen Gebäude mit einem Gemischtwarenladen im Erdgeschoss, blieb er stehen. Das oberste Stockwerk beherbergte eine opulent eingerichtete Opiumhöhle, während sich direkt über dem Laden ein Fan-Tan-Spielsalon befand. Und weil Wah Lees Gier sich auf jedes erdenkliche Laster erstreckte, waren auch Prostituierte leicht verfügbar.

Calvin stieß die Tür auf und betrat den Laden, dicht gefolgt von Hugo. Exotische Speisen und würzige Kräuter säumten die Wände, und eine ältere Chinesin stand hinter dem Tresen.

Er verbeugte sich höflich. »*Leih Tai, nei ho ma?*«

»Mr. Cabot«, beantwortete Mrs. Lee seine Begrüßung auf Englisch. »Sie haben uns schon viele Monate nicht besucht.«

Mrs. Lee war eine der wenigen Ehefrauen in Chinatown. Seitdem der Exclusion Act vor einigen Jahren die Einwanderungsgesetze verschärft hatte, war es beinahe unmöglich für eine Chinesin, Einlass nach Amerika zu bekommen. Es sprach Bände über Lees Einfluss, dass er die Fähigkeit hatte, seine Frau herzubringen, eine Tatsache, die es nie versäumte, Calvin zu reizen. Wenn Lee genügend motiviert wäre, würde er einen Weg finden, Hugos Frau ebenfalls herzubringen.

»Ich würde gern mit Ihrem Mann sprechen. Ist *Leih Saang* oben?«

Sie nickte. »Ja, er sieht zu bei Fan-Tan. Da ist großes Spiel oben heute Abend.«

Lee verlor nicht gern Geld, wenn es sich verhindern ließ, was erklärte, warum er ein Auge auf das hatte, was vor sich ging. Es war nicht ungewöhnlich, dass die Besitzer der Spielsalons die Gewinner ausraubten, sobald sie die Fan-Tan-Salons verließen. Calvin verbeugte sich und ging zur Tür.

»Sie warten hier«, sagte sie zu Hugo, der Calvin nach hinten gefolgt war.

Calvin drehte sich zu seinem Freund um, der nun eine ernste Miene zur Schau trug. Er war nicht erfreut über die Aussicht, Calvin unbegleitet in so gefährliche Räumlichkeiten gehen zu lassen. »Ich sollte mit dir kommen, Calvin«, sagte Hugo leise.

Obwohl Calvin nicht begeistert war, allein nach oben zu gehen, hatte er gewiss schon gefährlichere Situationen überlebt. Darüber hinaus, auf Hugos Begleitung zu bestehen würde nicht den Anschein eines freundschaftlichen Treffens erwecken.

Alle in New York wussten, dass Hugo nicht wirklich Calvins Kammerdiener, sondern sein grimmiger Beschützer und enger Freund war. Lee könnte die Weigerung als Beleidigung auffassen.

Wichtiger noch, Lee hielt Hugos Zukunft in den Händen. Ein falscher Schritt, und Hugo würde seine Frau nie wiedersehen. Sie hatten beide zu lange und hart dafür gearbeitet, eine solche Katastrophe geschehen zu lassen.

Calvin legte seinem Freund eine Hand auf die Schulter und wechselte ins Französische. »Warte in der Kutsche und gib mir zwanzig Minuten. Wenn ich bis dahin nicht zurück bin, geh rein und hol mich.«

Immer noch stirnrunzelnd nickte Hugo und verließ den Laden. Calvin ging weiter nach hinten zur Treppe, wo ein großer Mann die Tür bewachte. Mrs. Lee rief Befehle in einem Schwall Kantonesisch, und die Tür wurde geöffnet. Calvin bedankte sich murmelnd und stieg die Treppe hoch.

Auf dem Absatz wurde er von einem weiteren von Lees Männern aufgehalten. Calvin bat höflich, mit Mr. Lee sprechen zu dürfen, und wurde in den Fan-Tan-Salon geführt. Das Zimmer war spärlich eingerichtet, nur nackte Wände und ein Holzfußboden, und die Möbel bestanden aus sechs mit Matten bedeckten Tischen und Hockern für die Spieler. Um jeden Tisch drängte sich eine Gruppe Chinesen, die allesamt beobachteten, wie der *tan kun*, der Geber, mit einem *tan pon*, einem schwarzen Holzstock, Vierergruppen kleiner Gegenstände – in diesem Fall Messingknöpfe – umherschob. Schweigend platzierten die Spieler ihre Einsätze auf dem Quadrat in der Mitte des Tisches, in der Hoffnung, die Anzahl übrig gebliebener Knöpfe zu erraten, nachdem alles ausgezählt war.

Die Spieler schenkten Calvins Eintreten keine Beachtung, ihre Konzentration galt dem Spiel, aber ein paar der *tan kun* blickten hoch. Bevor Calvin sich umsehen konnte, erschien Mr. Lee.

»Mr. Cabot. Sind Sie gekommen, um zu spielen?« Lee war klein und dünn, mit kantigen Wangenknochen, und sein dunkles Haar fiel ihm als straff umwickelter Zopf über den Rücken. Er war schlau und gerissen und sprach neben seiner Muttersprache Kantonesisch auch fehlerfreies Englisch. »Oder vielleicht möchten Sie gern nach oben gehen?«

»Heute Abend nicht. Aber ich würde gern mit Ihnen reden.«

Lee schenkte ihm ein gezwungenes Lächeln, das einen Mund voll schiefer Zähne umgeben von einem gut gepflegten Bart zeigte. »Natürlich.« Er wandte sich zu einem seiner Wächter und befahl, dass Tee in sein Büro gebracht werden sollte, dann winkte er Calvin, ihm zu folgen. »Hier entlang, bitte.«

Calvin folgte Lee zu einem kleinen Raum am Ende des Flurs. Beim Eintreten fanden sie dort zwei Männer vor, die etwas in Büchern notierten – zweifellos die Buchführung über Lees Einnahmen –, und sofort befahl Lee ihnen, den Raum zu verlassen. Er bedeutete Calvin, in einem der Sessel neben einem niedrigen Tisch Platz zu nehmen.

»Lebhaftes Geschäft heute Abend«, bemerkte Calvin, als sie sich setzten. »Sie machen sich dieser Tage einen ziemlich guten Namen. Manche nennen Sie den Bürgermeister von Chinatown.«

»Manche, aber Sie nicht.« Die harten Falten in Lees Gesicht vertieften sich. »Ich tue hier in Chinatown eine beachtliche Menge Gutes, indem ich anderen helfe, sich in Amerika niederzulassen. Arbeit und Wohnungen zu finden. Und doch haben Ihre Zeitungen keine schmeichelhaften Dinge zu sagen.«

»Sie wurden nicht namentlich genannt«, meinte Calvin ausweichend.

Sie wussten beide, dass das eine lahme Ausrede war, eine Beleidigung für Lees Intelligenz, und Lees Augen wurden hart. Calvin war es allerdings leid, nett zu sein. Er brauchte etwas von Lee, einen Gefallen, doch dieser hatte sich bislang recht unkooperativ gezeigt. Calvins Geduld war aufgebraucht, und er war bereit, mit allen Mitteln zu kämpfen, die ihm zur Verfügung standen, was bei seinen Zeitungen anfing.

Die Tür öffnete sich, und einer von Lees Männern trug ein schlichtes Teeservice aus Ton auf einem lackierten Tablett herein. Sie warteten einige Augenblicke, während der Tee zubereitet und eingeschenkt wurde, ein Ritual, das sowohl vorhersehbar als auch beruhigend war. Calvin vermisste echten chinesischen Tee. Die Engländer glaubten, sich mit Tee auszukennen, aber China hatte ihn zuerst perfektioniert.

Die Tassen wurden vor Calvin und Lee abgestellt, woraufhin der Mann das Zimmer wieder verließ. Calvin nahm seine Tasse und tauschte sie mit der von Lee aus. »Eine Vorsichtsmaßnahme, Sie verstehen«, sagte er, als er Lees ursprüngliche Tasse nahm.

»Natürlich. Ich würde in Ihrer Position dasselbe tun.«

Sie hoben beide ihre Tassen und tranken. Die blumige Wärme glitt Calvins Kehle hinunter, und er entspannte sich. Wenigstens waren jegliche Versuche, ihn zu vergiften, heute Abend vereitelt.

»Wie es scheint, haben Sie gelogen, was Ihre Frau in Yuen Long betrifft, die Sie nach New York bringen lassen wollen«, sagte Lee. »Oder hofften Sie, mehr als eine Frau haben zu können?«

»Sie ist meine Frau«, log Calvin, »und ich muss sie immer noch hierherbringen. Daran hat sich nichts geändert. Wie haben Sie von meiner Hochzeit mit Lillian Davies erfahren?«

Lees Lippen verzogen sich zu einem wissenden Lächeln. »Sie sind nicht der Einzige, der Informationen sammelt, Mr. Cabot. Ich nehme an, Ihre zweite Frau wäre nicht erfreut, wenn diese Nachricht enthüllt würde.«

»Die Ehe wurde annulliert.«

»Ja, Ihr Schwiegervater schritt ein und überzeugte Sie, fortzugehen. Sie waren keine passende Partie für seine einzige Tochter.«

Überzeugt ist eine nette Art, das auszudrücken, dachte Calvin und verbarg seine Reaktion hinter seiner Teetasse. »Ich will nur eine einzige Sache von Ihnen, die Sie mir nun schon seit über einem Jahr versprochen haben. Die Geschichten werden nicht aufhören, bis ich bekomme, was ich brauche – oder vielmehr, *wen* ich brauche.«

»Wie es scheint, haben wir beide jemanden verloren, den wir zurückbekommen müssen.«

Calvin runzelte die Stirn über diese rätselhafte Bemerkung. Ihm wurde bewusst, dass ihm die Ohren klangen, und die Luft um ihn herum war träge geworden, als schwämme er in Molasse. »Wen haben Sie verloren?«, fragte er mit eigenartig schwerer Zunge.

Lee beobachtete ihn aufmerksam und stellte seine Teetasse auf das Tablett. Kalte Erkenntnis sank Calvin in die Knochen. »*Diu*«, fluchte er. »Sie haben mich betäubt ...« Haltsuchend umklammerte er die Armlehnen des Sessels und versuchte, das Unvermeidliche aufzuhalten.

»Ich wusste, dass Sie die Tassen vertauschen würden«, sagte Lee von weit weg, wie unter Wasser.

Die Welt stellte sich auf den Kopf. Calvin taumelte aus dem Sessel. Als er auf dem Boden lag, nahm er wahr, dass die Tür aufschwang, und einer von Lees Männern zerrte eine Frau in einem goldenen Kleid herein. Der Atem stockte Calvin, und eine niederschmetternde Angst ließ ihm das Blut gefrieren. Was zum Teufel machte Lily hier?

Und dann verschluckte ihn die Dunkelheit.

»Calvin!« Lily riss sich von den Männern los, die sie festhielten, und eilte an seine Seite. Sie schlug ihm auf die Wangen, *heftig*, aber der Mann war völlig weggetreten. Warum war er hier?

Sie funkelte den älteren Chinesen an, der mit Calvin im Zimmer gewesen war. »Was haben Sie mit ihm gemacht?«

»Nichts, was er nicht verdient hätte, Miss Davies.«

Sie blinzelte erstaunt. »Woher kennen Sie meinen Namen?«

»Fast jeder kennt Sie, zumindest in New York. Ich bin Mr. Lee.«

Unter ihren Fingerspitzen hob und senkte sich Calvins Brust gleichmäßig, und sie stieß erleichtert den Atem aus. Es ging ihm gut, für den Augenblick jedenfalls. Nach dem Wenigen, was sie heute Abend gesehen hatte, gefielen ihr Mr. Lees Methoden ganz und gar nicht. Sie war vor wenigen Minuten mit ihrem Pinkerton-Begleiter an der Adresse in der Pell Street angekommen. Nachdem im Laden im Erdgeschoss ein paar Worte gewechselt worden waren, hatte eine Wache Lily gewaltsam in den ersten Stock gezerrt, während ihr Begleiter festgehalten wurde, damit er ihr nicht folgen konnte.

Lee war kleiner, als sie erwartet hatte, und trug einen dunklen Anzug mit passender Weste. Ein schwarzer Bart bedeckte die untere Hälfte seines Gesichts, und ein langer schwarzer Zopf fiel ihm über den Rücken. Seine Augen waren hart, die dunklen Pupillen ungeduldig und wissend, als könnte er ihre Gegenwart kaum ertragen. Es war ihr egal, ob ihre Anwesenheit ihn störte; sie musste erfahren, was das alles mit Tom zu tun hatte.

Sie erhob sich und straffte die Schultern, entschlossen, sich nicht einschüchtern zu lassen. »Sie haben mir einen Brief geschickt. Darin stand, mein Bruder habe etwas, das Ihnen gehört, aber ich habe keine Ahnung, was er genommen hat. Mein Bruder ist derzeit auf Reisen.«

»Würden Sie sich gern setzen, Miss Davies?«

Sie warf einen Blick auf das Teeservice auf dem Tisch und Calvins halbleere Tasse, deren Inhalt eindeutig vergiftet worden war. »Nein, ich ziehe es vor, stehenzubleiben.«

»Wie Sie wünschen.« Er faltete die Hände und musterte sie mit zur Seite geneigtem Kopf. »Wissen Sie, wo Ihr Bruder ist?«

»Nein. Er informiert mich nicht immer über seine Pläne.« Das war eine Lüge. Nach dem Tod ihres Vaters war das Verhältnis zwischen ihr und ihrem Bruder enger geworden, und sie bemühten sich, einander auf dem Laufenden zu halten, wenn sie auf Reisen waren. Nur diesmal hatte Tom das nicht getan, wodurch Lily wusste, dass irgendetwas ganz und gar nicht in Ordnung war.

»Das ist bedauerlich. Ich gebe Ihnen bis zum Ende des Monats, ihn zu mir zu bringen, dann muss ich handeln.«

»Indem Sie die Nachricht von der Annullierung verbreiten?«

»Für den Anfang, ja.«

Ein Schauer durchlief sie bei dem dunklen Versprechen in diesen wenigen Worten. Was würde Lee sonst noch tun, um Tom in die Hände zu bekommen? »Sie müssen mir sagen, warum Sie an meinem Bruder interessiert sind. In der Nachricht stand, dass er etwas genommen hat, das Ihnen gehörte. Was war es?«

»Das ist eine Sache zwischen Ihrem Bruder und mir. Unnötig zu erwähnen, dass er zurückgeben muss, was er mir genommen hat.«

»Ich bin mir sicher, ich kann Ihnen bezahlen, was auch immer –«

»Der Wert dieser Sache kann nicht in Dollars gemessen werden, Miss Davies. Ming Zhu ist für mich unbezahlbar.«

Frustration und Nervosität rumorten in ihrem Magen. Sie hatte gehofft, heute Abend mit Lee zu einer Übereinkunft zu kommen, aber sie konnte sehen, dass die Aussichten dafür schlecht standen. »Ich habe keine Ahnung, wie Sie von der Annullierung erfahren haben, aber ich will nicht, dass die Nachricht davon oder von der Heirat verbreitet wird.« Sie wäre zutiefst beschämt und Montgomery vielleicht gekränkt. Er hatte keine Ahnung, dass sie schon einmal verheiratet gewesen war.

»Dann hoffe ich, Ihren Bruder vor dem Ersten des nächsten Monats zu sehen.«

Verdammt. Sie schaute hinunter auf Calvin, der immer noch reglos auf dem Boden lag. »Worüber wollte Mr. Cabot mit Ihnen reden?«

»Das ist eine Angelegenheit zwischen Mr. Cabot und mir.«

»Warum haben Sie ihn dann betäubt –« Dann wurde ihr die

Antwort klar. Lee hatte vorgehabt, Calvin heute Abend etwas anzutun. Womöglich etwas Schlimmes.

Sie schluckte und nahm all ihren Mut zusammen. Auf keinen Fall würde sie ihn zurücklassen. »Ich werde Mr. Cabot mitnehmen. Falls Sie versuchen, mich aufzuhalten, wird in weniger als einer Stunde der Polizeichef hier sein.«

Lees Miene verriet nichts, aber Lily verspürte zum ersten Mal einen Stich wirklicher Angst, als ihr bewusst wurde, in was für einer Lage sie sich befand. Würde ihr hier, in Lees Reich, irgendjemand helfen? Da der Pinkerton-Detektiv im Erdgeschoss und Calvin bewusstlos war, war sie wirklich auf sich allein gestellt.

»Mr. Cabot ist offensichtlich krank geworden und wird zu schwer für Sie sein. Ich denke, es ist am besten, wenn er sich oben ausschläft. Sie können morgen wiederkommen.«

Alles in ihr schrie *nein*, sie durfte Calvin nicht hier zurücklassen. Was auch immer Lee vorhatte, Calvin würde leiden. Und trotz ihrer Vergangenheit würde sie nicht zulassen, dass er verletzt wurde.

»Danke für das freundliche Angebot, aber ich habe einen Mann unten. Er kann Mr. Cabot tragen.«

Lee ging zur Tür, öffnete sie und sagte etwas in seiner Muttersprache zu jemandem im Flur. Als er zurückkam, sah er ihr in die Augen. »Sie sind eine sehr temperamentvolle Frau, Miss Davies. Es wäre klug, wenn Sie nicht wiederkämen, sonst könnte jemand beschließen, herauszufinden, was nötig ist, um Sie zu brechen.«

Ihr Magen krampfte sich bei der Drohung zusammen, aber sie ließ sich nichts anmerken. Zwei Männer traten ein, einer davon war der Pinkerton-Detektiv, den sie engagiert hatte, und der andere war Calvins Kammerdiener Hugo. Sie hatte Hugo vorhin unten nicht gesehen, aber es war zu erwarten gewesen, dass er in der Nähe sein würde.

»Sie nehmen seinen Kopf und ich seine Füße«, sagte der Pinkerton zu Hugo. Gemeinsam mühten sich die beiden Männer, Calvins leblosen Körper hochzuheben.

Wie viel von der Droge hatte man ihm verabreicht? Würde er sterben? Sie hatte keine Erfahrung mit diesen Dingen. Natürlich würde sich Hugo um ihn kümmern, aber das sollte sich ein Arzt ansehen. Dennoch wollte sie Calvin nicht aus den Augen lassen, bis er aufwachte. »Bringen Sie ihn bitte in meine Kutsche.«

»Bin mir nicht sicher, ob er das zu schätzen wüsste, Missus«, murmelte Hugo. »Er wird wahrscheinlich stinkwütend sein, wenn er aufwacht.«

Lily scheuchte sie aus Mr. Lees Büro. Ihre einzige Sorge galt Calvins Sicherheit. »Er hat gar keine Wahl.«

Das Hämmern in seinem Schädel weckte ihn, ein beharrliches Klopfen von Nägeln, die in sein Gehirn geschlagen wurden. Calvin blinzelte im schwachen Licht, und sofort erkannte er das grell dekorierte Höllenloch, in das er immer wieder zurückkehrte.

Um Himmels willen, wie hatte sie ihn schon wieder gefunden? Warum konnte diese Frau ihn nicht in Ruhe lassen?

Er bewegte sich unter der Bettdecke und überprüfte seine Glieder, um zu sehen, ob sie ihm irgendetwas Wichtiges abgeschnitten hatte. Erleichtert stellte er fest, dass glücklicherweise alles noch an Ort und Stelle war – dann erinnerte er sich wieder. Lee. Chinatown. Der Tee. Der Atem stockte ihm, und er schloss die Augen. Scheiße, was war passiert, nachdem er zu Boden gegangen war? Das Letzte, woran er sich erinnerte, war Lilys Gesicht über ihm.

Ein Sessel knarrte, und er hörte leichte Schritte. »Bitte lass dass Hugo sein.«

»Ich habe ihn vor einer Stunde weggeschickt. Er wollte dir nicht von der Seite weichen, obwohl er sich kaum noch auf den Beinen halten konnte. Ich habe ihn in ein Gästezimmer geschickt, um sich auszuruhen und frischzumachen.«

Calvin spürte die kühle, geschmeidige Berührung ihrer Fingerspitzen auf seiner Stirn. Wärme breitete sich in seinen von der Droge schlaffen Gliedern aus. Beinahe hätte er sich ihrer Berührung entgegengeschmiegt, darum gebettelt, dass das beruhigende Streicheln anhielt, aber sein Verstand kehrte zurück. Er drehte den Kopf weg, und sofort ließ sie die Hand fallen.

»Und übrigens, keine Ursache«, sagte sie in bissigem Tonfall. »Gut, dass ich zum richtigen Zeitpunkt kam. Ich weiß nicht, womit du Mr. Lee verärgert hast, aber ich fürchte, er hatte zwielichtige Pläne mit dir letzte Nacht.«

Zwielichtig, so konnte man es wohl auch nennen. Lee hätte es zwar nicht gewagt, ihn zu töten – dafür war Calvin zu bekannt und einflussreich in New York –, aber es gab viele Möglichkeiten, einen Mann leiden zu lassen, ohne ihn zu töten. Calvin würde bei ihren zukünftigen Begegnungen wachsamer sein müssen.

Er öffnete die Augen und sah sie finster an. »Moment mal – was hattest du überhaupt dort zu suchen? Lee ist gefährlich, Lily.«

Eine blonde Augenbraue hob sich. »Warst nicht du derjenige, der mir sagte, ich solle einen Dolmetscher engagieren und Lee selbst aufsuchen? Genau das war es, was ich getan habe.«

Nun, er hatte nicht erwartet, dass sie seinen Rat tatsächlich *befolgen* würde. Wann hatte sie schließlich je auf ihn gehört? Wenn er sagte, die Erde sei rund, dann würde sie bis in alle Ewigkeit behaupten, sie sei eine Scheibe. »Von allem, was wir uns beim Ehegelübde geschworen haben, war Gehorchen nie das, wovon ich erwartet hätte, dass du es einhältst.«

»Die Ehe wurde annulliert, für den Fall, dass du das vergessen hast, und ich musste mit Lee reden. Sechs Tage – jetzt nur noch fünf – sind nicht annähernd genug Zeit, um Tom zu finden.«

»Was hat Lee gesagt?«

»Dass Tom etwas Unbezahlbares genommen hat und Lee es zurückhaben will. Ich habe versucht, ihm Geld anzubieten, aber er wollte es nicht annehmen.«

Also war die Situation so, wie Calvin vermutet hatte. *Wie es scheint, haben wir beide jemanden verloren, den wir zurückbekommen müssen*, hatte Lee gesagt. »Es ist eine Person. Deshalb will Lee kein Geld annehmen. War Tom in letzter Zeit häufig in Chinatown?«

»Eine Person? Ich kann mir nicht vorstellen, dass Tom irgendeinen von Lees Geschäftspartnern kennt.«

Er wusste, dass er es ihr eröffnen musste. Die Frage war, würde die sture Frau ihm glauben? »Kein Geschäftspartner. Jemand, der für ihn arbeitet.«

Sie schüttelte den Kopf schon, bevor er zu Ende gesprochen hatte. »Nein, Tom würde niemanden kennen, der für Mr. Lee arbeitet. Er ist kein Opiumraucher, und er spielt auch nicht.«

»Du vergisst Lees anderes Geschäft.«

Die Erkenntnis dämmerte in ihren hellbraunen Augen, und sie zog sich zurück und ging zum Fenster. »Willst du damit sagen, Tom hat sich davongemacht mit ...«

»Einer von Mr. Lees Prostituierten. Ja, das ist genau das, was ich damit sagen will.«

Sie schaute über ihre Schulter, einen eigensinnigen Zug um den Mund, den er gut kannte. »Ich glaube dir nicht. Tom würde niemals eine ...«

Beinahe hätte Calvin gelacht, aber er wusste, dass sie seinen Humor nicht zu schätzen wissen würde. Er kämpfte sich in eine sitzende Position. »Doch, das würde er durchaus. Er ist ein Mann, Lily.«

Darüber schien sie einen Augenblick lang nachzudenken, denn ihre blonden Brauen zogen sich vor Konzentration zusammen. »Also hast du das auch? Eine Prostituierte aufgesucht, meine ich.«

»Ja. Vor Jahren in Hongkong.« Als sie die Lippen schürzte und wütende weiße Linien an ihren Mundwinkeln erschienen, hob er abwehrend die Hände. »Prostitution ist dort legal.«

»Ich nehme an, du glaubst, das spricht dich von jedem Fehlverhalten frei. Männer sind abscheulich.«

»Ja, das sind wir eindeutig«, erwiderte er, »weshalb ich weiß, was mit deinem Bruder passiert ist. Und nun, wohin würde er eine Frau bringen, um sie zu verstecken? Besitzt eure Familie weitere Anwesen?«

»Ein paar. Da ist die Wohnung in Paris. Ein Anwesen in Northumberland. Daddys Jagdhütte am Sankt-Lorenz-Strom. Ein Haus in Palm Beach. Oh, und natürlich das Cottage in Newport –«

»Bitte, hör auf.« Gott, ihm schwirrte der Kopf von all dem Geld, das Warren Davies angehäuft – und ausgegeben hatte. Calvin besaß ebenfalls ein Vermögen, aber er verschwendete es gewiss nicht an Häuser, die niemand nutzte. »Du würdest ein ganzes Jahr brauchen, nur um alle diese Orte zu überprüfen. Wann hast du ihn zum letzten Mal gesehen?«

»Am zweiten April. Ich konnte ihn endlich dazu bringen, der Mine einen Besuch abzustatten. Die Reise dauert eine Woche, aber er kam nie an. Niemand hat ihn gesehen, seit er vom Grand Central Depot abfuhr. Was wolltest du gestern Abend bei Mr. Lee?«

Bei ihrem schnellen Themenwechsel musste er blinzeln. »Nichts, das dich beträfe. Kommen wir wieder zu dem Problem deines Bruders zurück.«

»Nein, ich ziehe es vor, noch etwas Zeit darauf zu verwenden, warum du gestern mit meinem Brief verschwunden bist und ich dich dann am Abend in Chinatown gefunden habe. Was verschweigst du mir?«

»Nichts. Ich war ehrlich zu dir.«

Sie schnaubte verächtlich. »Bitte. Du bist schlüpfriger als ein Schlangenölverkäufer. Sag mir, was du von Lee wolltest und warum er versucht hat, dich gestern Abend außer Gefecht zu setzen.«

Seufzend schwang Calvin die Beine über den Rand der Matratze und stellte die nackten Füße auf den Teppichboden. Dann erhob er sich langsam, um seinem Kopf eine Chance zu geben, sich auf die veränderte Höhe einzustellen. Gott, alles tat ihm weh. Und er musste ins Büro. Es war schon neun Uhr, und die Jungs würden die morgige Titelseite zusammenstellen.

In der Hoffnung, sie damit zufriedenzustellen, sagte er ihr

eine Halbwahrheit. »Ich veröffentliche Artikel im *Mercury* über die Korruption in Chinatown. Mr. Lee wird zwar nicht namentlich genannt, aber sie deuten stark auf ihn hin.«

»Also hofft er, dich einzuschüchtern, damit du die Artikel stoppst?«

»Ja.« Natürlich waren die Artikel Calvins Methode, Lee unter Druck zu setzen, aber er sah keinen Grund, das zu erwähnen.

»Ich hoffe, du bringst dich nicht in Gefahr, nur um ein paar Zeitungen mehr zu verkaufen.«

Er schob die Hände tief in die Hosentaschen und schenkte ihr ein spöttisches Schmunzeln. »Machst du dir etwa Sorgen um mich, Liebling?«

Sie verzog leicht die Lippen. »Wohl kaum. Du bist unverwüstlich. Also, was werden wir in Bezug auf Tom unternehmen?«

Er wollte ihr nicht helfen, aber er war auch nicht begeistert von der Vorstellung, dass sie durch Chinatown streifte, um Informationen über ihren Bruder zu bekommen, selbst mit Pinkerton-Detektiven an ihrer Seite. Lily war zäh wie Leder, aber in manchen Gegenden konnte sie sich nicht schützen. Bei dem Gedanken, dass sie in Lees Hände fallen könnte, sträubten sich Calvins Nackenhaare.

Vielleicht konnte es nicht schaden, ein wenig nachzuforschen. Er hatte ein breites Netz an Freunden und Informanten in Chinatown; sicher würde einer von ihnen wissen, was mit Tom Davies passiert war. Wenn der Mann häufig Lees Bordell besuchte, dann hatte sicher jemand davon gehört.

Darüber hinaus würde es eine verdammt gute Story für die Zeitung abgeben …

Er griff nach seinem Gehrock, der sauber gefaltet am Fußende des Bettes lag. Gott segne Hugo. »Lass mich ein paar Nachforschungen anstellen«, sagte er, als er in den Gehrock schlüpfte. »Wenn ich dir das verspreche, wirst du dich dann von Chinatown fernhalten?«

Sie kaute auf ihrer Lippe, sodass das geschmeidige Fleisch zwischen ihren Zähnen verschwand. Eine vertraute Hitze durchströmte ihn und ließ seine Haut eng werden. Sein Blick glitt an der weiblichen Gestalt hinunter, an die er sich so gut erinnerte. Das cremefarbene Oberteil ihres Kleides schmiegte sich an üppige Kurven, der Stoff betonte die langen Gliedmaßen und den schlanken Hals. Es juckte ihn in den Fingern, die Kleiderschichten zu entfernen und die weiche Haut darunter zu enthüllen.

Er erinnerte sich noch immer lebhaft daran, wie ihr fester Griff sich um seine Erektion angefühlt hatte, an ihren warmen, süßen Atem an seiner Wange. Sie war in ihren Flitterwochen so eifrig, so leidenschaftlich gewesen, dass die Haut an seinem Glied wund geworden war. Noch nie hatte eine Verletzung ihm mehr Schmerz … oder Stolz verursacht.

»Na schön«, willigte sie ein und riss ihn dadurch aus seinen unangemessenen Gedanken. »Aber ich möchte mit dir kommen.«

»Das ist lächerlich. Du kannst mir nicht in so gefährliche Teile der Stadt folgen. Es wird leichter sein, wenn ich allein gehe.«

»Und es auch leichter machen, mich darüber anzulügen, was du herausfindest. Ich vertraue dir nicht, Calvin.«

Er biss die Zähne zusammen und schluckte die wütende Erwiderung hinunter, die ihm auf der Zunge brannte. *Sie* vertraute *ihm* nicht? Er hatte seine Versprechen nur wegen seiner

Schuld Hugo gegenüber gebrochen, ganz zu schweigen davon, dass er sie vor einem Leben in Armut bewahrt hatte.

Wenn sie verheiratet geblieben wären, dann würde er irgendwo als Reporter schuften, und sie würde ... Er konnte es sich nicht einmal vorstellen. Seine Socken stopfen und ihre Kinder hüten? Den Nachbarn für ein paar zusätzliche Pennys die Woche die Wäsche waschen? Sich Lily – die nach Paris reiste, um ihre Unterwäsche zu kaufen – bei der Ausübung dieser Aufgaben vorzustellen, war lachhaft. Die Frau sollte vor Dankbarkeit auf den Knien rutschen, wenn man bedachte, wovor er sie gerettet hatte.

Und wenn jemand Grund hatte, dem anderen nicht zu vertrauen, dann war es gewiss er. Was war damit, dass sie den Sitz in Pulitzers Rat angenommen hatte?

Vergiss die Vergangenheit. Sie hatten sich beide weiterentwickelt, seit der Annullierung unterschiedliche Leben gelebt, und er hatte gewiss keinen Grund, jetzt sein Wort zu halten.

»Na schön, Prinzessin. Ich werde dir telegrafieren, sobald ich bereit bin, auf Spurensuche zu gehen. Und wenn du dich für ein, zwei Augenblicke von deinem hochtrabenden Lebensstil losreißen kannst, dann kannst du vielleicht mitkommen.«

KAPITEL SECHS

An diesem Abend verließ Calvin das Büro in der Park Row kurz vor Mitternacht. Leichter Regen hatte eingesetzt und überzog die Straßen mit einem kühlen Dunst, als er zu seiner wartenden Kutsche ging. Der verspätete Omnibus schleppte sich vorbei, und die Pferde wirkten ebenso müde wie die Passagiere. Die erschöpften Arbeiter waren auf dem Heimweg von einer Zehn-, Zwölf- oder Vierzehn-Stunden-Schicht. Vielleicht sogar länger.

Wenn man nicht haufenweise Geld hatte, dann konnte New York brutal sein. Obwohl Calvin jetzt wohlhabend war, erinnerte er sich noch gut daran, wie es war, in Armut zu leben – einen Zustand, den seine Eltern absichtlich aus religiösen Gründen gewählt hatten. Er war mit nichts aufgewachsen, ohne weltliche Besitztümer bis auf ein paar Bücher und einen Notizblock. Er hatte auf Pritschen in gemieteten, heruntergekommenen Hütten geschlafen. Selbst Weihnachten war deprimierend gewesen. Seine Eltern hatten das Fest zwar gefeiert, aber nicht auf traditionelle Weise mit gutem Essen, Lachen und Geschenken. Nein, Weihnachten hieß für die Cabots ein einfaches Essen mit Bibelgesprächen, in der Hoffnung, die Einheimischen zu bekehren.

Nie wieder, hatte er entschieden. Als er sich auf seine eigenen Wege gemacht hatte, hatte er gespart und geknausert, um das Beste aus jeder verdienten Münze zu machen. Hugo behauptete gern, dass Calvin so lange dieselben Kleider trug, bis sich der Stoff auflöste, aber das war Calvin egal. Er würde sich lieber wie ein Bettler kleiden und bescheiden leben, als jemals wieder arm zu sein.

Hugo sprang vom Kutschbock, als Calvin näher kam. »Guten Abend. Sind wir bereit, nach Hause zu fahren?«

»Nein. Ich dachte, ich schaue noch bei Kwan vorbei.«

»Bist du sicher, dass das klug ist, wenn man bedenkt, dass du gestern Abend in Chinatown betäubt und beinahe getötet wurdest?«

»Hast du mich je klug erlebt? Lass uns fahren.« Er öffnete die Tür für Hugo, doch sein Freund zeigte auf den Fahrersitz.

»Ich glaube, ich fahre oben bei George mit, wenn es dir nichts ausmacht.«

»Dir ist aber schon bewusst, dass es regnet.«

Hugo zog nur grinsend seinen Derby tiefer ins Gesicht und kletterte auf den Kutschbock des Brougham, während Calvin sich ins trockene, gemütliche Innere schwang. Sobald er allerdings auf den Polstern landete, erkannte er, warum Hugo bereitwillig abgelehnt hatte, drinnen zu sitzen.

»Was zum Teufel machst du hier?«

Schichten aus Satin und Baumwolle raschelten, als Lily sich in einer Wolke von Lavendel vorbeugte, während die Räder der Kutsche sich in Bewegung setzten. Der vertraute Duft fuhr ihm geradewegs zwischen die Beine, sogar nach all den Jahren.

»Dafür sorgen, dass du dein Versprechen hältst. Hörte ich da gerade, du bist unterwegs nach Chinatown? Zweifellos hättest du vorher angehalten, um mir zu telegrafieren, denn das hattest du ja versprochen. Ist es nicht so, Calvin?«

Sie wussten beide, dass er nicht die Absicht gehabt hatte, irgendetwas dergleichen zu tun. »Ich möchte nur ein spätes Abendessen einnehmen, nicht nachforschen«, log er. »Ich werde dich unterwegs zu Hause absetzen.«

Er hob den Arm, um an die Decke zu klopfen.

»Du wirst nichts dergleichen tun. Ich werde dir beim Abendessen Gesellschaft leisten. Du willst doch schließlich sicher nicht allein essen.« Mit festem Griff umklammerte Lily sein Handgelenk.

Sie erstarrten beide. Diese Berührung in einem so intimen, dunklen Raum sorgte dafür, dass sich die feinen Härchen auf Calvins Haut aufrichteten. Oder vielleicht war es die Art, wie sich ihre behandschuhten Finger in sein Fleisch gruben. Er wusste nicht, was der Grund war, aber Erinnerungen an ihre kurze Zeit zusammen stürmten so jäh auf ihn ein wie die neuesten Schlagzeilen.

Der kühne Hunger in ihren braunen Augen, als er seine Kleider auszog ... Das erste Mal, als er in die enge Wärme ihres Körpers eingedrungen war ... Wie ihr Höhepunkt auf seiner Zunge geschmeckt hatte ...

Ihr Blick hielt den seinen fest, und selbst im schwachen Licht konnte er kurz eine Spur von der Frau erhaschen, die er vor vier Jahren gekannt hatte. Interesse. Wahrnehmung. Hitze. Ihre Lippen teilten sich, und die Rundungen ihrer Brüste hoben und senkten sich rasch. Sein Herz begann, in wildem Rhythmus in seiner Brust zu schlagen. Eindeutig lauerte das, was zwischen ihnen gewesen war, immer noch unter der Oberfläche, während beide gleich heftig dagegen ankämpften.

Und was, wenn er aufhörte, dagegen anzukämpfen? Was würde passieren, wenn er das Jucken kratzte, das ihn seit dem Tag quälte, an dem er das Hotel Fauchère verlassen hatte? Er wollte sie nicht heiraten – er wollte nie wieder irgendjemanden heiraten –, aber er wollte sie nackt ausziehen und so lange vögeln, bis er es überwunden hatte.

Würde sie damit einverstanden sein? Und falls ja, könnte er hinterher noch in den Spiegel schauen?

Lily senkte den Blick und machte Anstalten, ihn loszulassen, doch blitzschnell drehte er den Spieß um und packte ihr Handgelenk mit seinem kräftigen Griff. Er zog sie näher zu sich, bis sie an der Kante ihres Sitzes hing. Noch ein Stück weiter, und sie wäre auf seinem Schoß. »Woran hast du gerade gedacht?«

Sie entriss ihm ihre Hand. »Wie sehr ich dich verabscheue.«

»Das ist eine Lüge.« Er beugte sich vor und senkte die Stimme. »Du vergisst, dass ich dich äußerst gut kenne. Jedes Anzeichen, jeden Atemzug, jedes Zucken deines Gesichts ... Ich kann dich lesen, Lily.«

»Du weißt nicht das *Geringste* über mich«, versetzte sie scharf mit angewidert verzogenen Lippen. »Wir standen uns vor *vier Jahren* einmal für sehr kurze Zeit nahe, Calvin. Das ist alles. Wir haben einander falsch eingeschätzt, Dinge geglaubt, die nicht wahr waren, und dann haben wir uns weiterentwickelt. Ich werde nie wieder dieses naive Mädchen sein.«

»Naiv?« Beinahe hätte er verächtlich geschnaubt. »Du warst noch keinen einzigen Tag deines Lebens naiv.«

»Oh, da wärst du aber überrascht«, stieß sie hervor, dann kniff sie die Lippen zusammen, als bereute sie, es gesagt zu haben. Die Räder verlangsamten sich, als sie ihr Ziel erreichten, und er verfluchte die nächtlichen leeren Straßen.

Was war das gerade gewesen? Etwas an ihrer Miene verriet ihm, dass es wichtig war und dass mit dem Moment auch seine Chance verstreichen würde, dass sie es ihm je verriet.

»Warum wäre ich überrascht, Lily?«

Die Kutsche kam schaukelnd zum Stillstand, dann wippte sie erneut, als Hugo vom Kutschbock sprang. Calvins Magen krampfte sich enttäuscht zusammen. Sie würde nicht antworten.

Die Tür flog auf, und Lily stieg aus. Einen Fuß auf dem Trittbrett, hielt sie noch einmal inne, um über ihre Schulter hinweg zu sagen: »Naiv, denn die längste Zeit glaubte ich tatsächlich, du würdest zurückkommen.«

Lilys Hände zitterten, als sie sich neben der Kutsche die Röcke glattstrich. Hugo nahm seinen Derby ab und hielt ihn ihr über den Kopf, um sie vor dem Regen zu schützen, während sie versuchte, sich wieder zu sammeln. Warum hatte sie Calvin eine Antwort gegeben? Er verdiente keine, der Wurm. Sie schuldete ihm nichts, diesem Mann, der sie nur geheiratet hatte, um das Vermögen ihres Vaters in die Finger zu bekommen. Natürlich hatte sie das damals nicht glauben wollen. Hatte sogar deswegen mit ihrem Vater gestritten, weil sie sicher war, dass Calvin ihr am Ende recht geben würde.

Wenige Tage, nachdem er das Geld ihres Vaters angenommen hatte, hatte Calvin den *Bugle* gekauft. Nicht lange darauf den *Mercury*. Und als die Wochen zu Monaten wurden, musste sie es sich selbst eingestehen. Er würde nicht zurückkommen. Niemals.

Diese letzte Hoffnung zu verlieren hatte schlimmer geschmerzt als die Annullierung. Selbst als sie die Papiere unterzeichnet hatte, hatte sie nicht glauben können, dass Calvin sie wirklich hinter sich lassen würde. Sie hatte in der idiotischen Annahme gelebt, dass er nur auf den richtigen Zeitpunkt wartete. Dass er zurückkommen und alles erklären würde.

Dann hatten die Klatschspalten begonnen, über ihn, seine Liebschaften, seine Eskapaden zu berichten ... und die Wahrheit hatte sie wie ein Schlag ins Gesicht getroffen. Sie war eine Närrin gewesen. Die Geschichte war uralt: Das unschuldige reiche Mädchen, das auf ein schönes Gesicht und noch schönere Worte hereinfiel. Brennende Scham hatte sie dann aus New York vertrieben, fort von all den Erinnerungen an ihre Torheit.

Sie würde kein zweites Mal auf seine Lügen hereinfallen. Ganz egal, wie stark die Anziehungskraft zwischen ihnen sein mochte, ihr Stolz weigerte sich, nachzugeben.

Ein hölzernes Schild mit chinesischen Schriftzeichen hing über der Tür von etwas, das eindeutig ein Restaurant war. War das hier Calvins Ziel?

Sie spürte ihn neben sich, sah aber nicht zu ihm hinüber. Zweifelhaft, ob sie ihn nach ihrem Geständnis je wieder ansehen könnte. *Unwichtig. Er ist deine Vergangenheit, nichts als eine unglückselige Erinnerung. Denk an Tom, nicht an Calvin.* Sie holte tief Luft und nahm ihre Kraft zusammen. Ein Schirm öffnete sich über ihrem Kopf, um sie vor dem stärker werdenden Nieselregen zu schützen, und Calvin bot ihr seinen Arm an. »Wollen wir?«, fragte er mit einem ernsten Ton in der Stimme, den sie noch nie gehört hatte.

»Danke«, erwiderte sie so höflich wie eine Debütantin bei ihrem ersten Cotillon. Sie legte die Finger auf seinen Ärmel und ließ sich von ihm zu Tür führen. Sie konnte das hier schaffen. *Davies scheuen nie vor einer Herausforderung zurück*, hatte ihr Vater oft gesagt.

Eine Glocke erklang, als sie die Tür aufstießen und den kleinen Innenraum betraten. Lampen hingen von den Deckenpaneelen aus geprägtem Zinnblech und beleuchteten das schwarze Gitterwerk, das die Wände überzog. Die meisten der kleinen runden Tische waren leer, es waren nur wenige Gäste hier, um ein Mahl zu genießen. Jeder von ihnen hatte eine mit Nudeln und Gemüse gefüllte Schüssel vor sich, aus der er mit langen hölzernen Stäbchen aß. Sie hatte noch nie zuvor ein chinesisches Restaurant besucht, deshalb waren die reichhaltigen Aromen von Gewürzen und gebratenem Fleisch, die ihr entgegenschlugen, exotisch und überraschend verlockend.

»Mr. Cabot.« Ein junger Mann kam auf sie zu. Er trug eine schwarze chinesische Jacke, eine dazu passende lange Hose und einen kleinen runden Hut auf dem Kopf. Lily schätzte ihn auf nicht älter als siebzehn oder achtzehn Jahre. »Wie schön, dass Sie uns wieder einmal besuchen.«

»Ho Seng. *Nei hou ma?*«

»Sehr gut, Danke. Mein Vater wird erfreut sein, Sie zu sehen.«

»Ausgezeichnet. Wir würden gern mit ihm sprechen, wenn er Zeit hat.«

»Natürlich. Ich werde es ihm sagen. Möchten Sie etwas essen?«

»Ja, bitte. Zwei Schüsseln und etwas Tee.«

Die Augenbraue des jungen Mannes zuckte, und er stellte Calvin eine Frage in seiner Muttersprache, auf die Calvin ebenfalls auf Chinesisch antwortete. Was auch immer er sagte, ließ den Jungen kichern. Lily gefiel es nicht, dass sie bewusst versuchten, sie auszuschließen, aber vielleicht reichte das Englisch des Jungen nicht für das Thema, über das sie sprachen.

Calvin zog Lily nach vorne. »Ho Seng, das ist Miss Lillian Davies. Lily, das ist Ho Seng, der Sohn von Mr. Kwan, dem Besitzer.«

»Es ist schön, Sie kennenzulernen. Bitte, setzen Sie sich.« Ho Seng lächelte Lily an und deutete auf die leeren Tische. »Ich komme gleich wieder.« Er drehte sich um und ging in den hinteren Teil des Restaurants.

Ohne auf Calvin zu warten, wählte Lily einen Tisch und begann, ihre Handschuhe auszuziehen. Calvin setzte sich langsam und schwieg, etwas, das ganz untypisch für ihn war. Dachte er daran, was sie vorhin gesagt hatte? Zweifellos lachte er über ihre Dummheit, dass sie erwartet hatte, er würde zurückkommen. Dass sie geglaubt hatte, sie beide wären durch eine Liebe von der echten und dauerhaften Sorte verbunden. Für Calvin war sie nur ein Mittel zum Zweck gewesen, ein dummes Täubchen, wie ihr Vater sie oft genannt hatte. Eine Möglichkeit, sich das Geld zu sichern, das er brauchte, um sein Imperium aufzubauen.

Bitterkeit stieg in ihr hoch und schnürte ihr die Kehle zu, doch sie schluckte sie hinunter. Die beste Weise, ihn davon zu überzeugen, dass es sie nicht mehr kümmerte, war, so zu tun, als wäre alles in Ordnung. »Du kommst oft hierher, nehme ich an?«

Er rieb sich das Kinn, dabei klangen seine abendlichen Bartstoppeln rau unter seinen Fingerspitzen. Sie erinnerte sich daran, wie sich diese harten Härchen auf ihrer Haut angefühlt –

Zum Teufel.

»Nicht so oft, wie ich gerne würde«, antwortete er leise, »aber ich kenne Kwan schon seit vielen Jahren. Das hier ist eines der wenigen Geschäfte, das versucht, der Übernahme durch Lee und die On-Leong-Tong zu widerstehen.«

»Was hat der junge Mann gesagt, nachdem du Essen und Tee bestellt hattest?«

Sein Mundwinkel hob sich, und Belustigung erhellte blaue Augen, die schöner waren, als er es verdiente. »Er hat seine Überraschung zum Ausdruck gebracht, dass du hier essen willst. Es finden sich nicht viele amerikanische Frauen, die an ihrem Essen interessiert sind.«

»Und was hast du geantwortet, das ihn zum Lachen brachte?«

»Ich sagte, er solle sich keine Sorgen machen, du seiest härter im Nehmen, als du aussiehst.«

»Entschuldigen Sie bitte.« Ho Seng kam an ihren Tisch, ein Tablett in den Händen. »Hier ist Ihr Tee.« Er stellte die schlichte schwarze Teekanne auf den Tisch, zusammen mit zwei kleinen Tassen ohne Henkel. Dann verschwand der junge Mann wieder, deshalb griff Lily nach der Kanne, um einzuschenken.

Calvin legte eine Hand auf ihre, um sie daran zu hindern. »Warte – Er muss noch ein wenig ziehen.«

Die überraschende Berührung durchzuckte sie, und sie starrte auf seine Hand, die langen, von Tinte befleckten Finger. Ihre instinktive Reaktion erinnerte sie an die Kutsche und die vibrierende Anziehungskraft, die immer noch zwischen ihnen knisterte. Als er seine Hand nicht fortnahm, tat ihr Herz einen Satz und hämmerte hinter ihren Rippen. Sie hasste es, wie mühelos er sie aus der Fassung brachte. Doch als sie in sein Gesicht sah, erkannte sie, dass er ebenso sehr aus dem

Gleichgewicht war. Sein Blick war ernst auf ihre Hände geheftet.

Sie zog sich zurück, legte die Hände geballt in den Schoß und versuchte, das Kribbeln dort, wo er sie berührt hatte, zu ignorieren. Er ließ seinen Arm auf den Tisch sinken, lehnte sich aber dicht zu ihr. »Lily, ich wollte darüber reden, was du in der Kutsche gesagt hast.«

»Das würde ich lieber nicht. Lassen wir die Vergangenheit dort, wo sie hingehört, in der Vergangenheit.«

Er rieb sich die Augen und verzog wie vor Schmerz das Gesicht. »Ich hätte nie gedacht, dass du ... Nun ja, so war es besser für dich, glaub mir.«

»Ja, das wurde offensichtlich, sobald ich begriffen hatte, warum du mich geheiratet hast. Es hat natürlich geholfen, in den Zeitungen von deinen vielen Liebschaften zu lesen.«

Er besaß immerhin so viel Anstand, zusammenzuzucken, der Schuft. »Es war damals die richtige Entscheidung. Ich mag vielleicht nicht mit den Methoden deines Vaters einverstanden gewesen zu sein, aber er hatte recht damit, die Sache annullieren zu lassen.«

Natürlich hatte *er* es als die richtige Entscheidung betrachtet. »Es war keine *Sache*, Calvin, es war eine Ehe. *Unsere* Ehe. Ich weiß, du wolltest nur den finanziellen Vorteil, aber nichtsdestotrotz wurden Gelübde gesprochen.«

»Ich weiß«, knurrte er. »Ich war bei der Zeremonie dabei – *und* den Flitterwochen. Ich erinnere mich an jede Einzelheit, ganz gleich, wie klein.«

»Ja, zweifellos bewahrst du diese zärtlichen Momente zur Erinnerung auf Kissen gestickt bei dir zu Hause auf«, sagte sie sarkastisch. »Bitte. Lass uns nicht so tun, als wärst du an irgendetwas anderem als dem Geld meines Vaters interessiert gewesen.«

Seine Augen blitzten, und der Zug um seinen Mund verhärtete sich. »Oh, ich nehme an, du hast erwartet, dass ich sowohl dich als auch ein großes Vermögen aufgeben und mit leeren Händen gehen soll? Für was für einen Narren hältst du mich?«

»Willst du allen Ernstes, dass ich darauf antworte?«

Er zeigte mit einem Finger auf sie und öffnete den Mund – zweifellos, um mit ihr zu streiten –, als Ho Seng plötzlich an ihrem Tisch auftauchte.

»Dürfte ich jetzt Ihren Tee eingießen?«

Calvin straffte sich und sah mit zusammengebissenen Zähnen zum Fenster. Lily hatte keine Ahnung, warum er so wütend war, aber sie hatte es satt, das Rätsel zu lösen, das Calvin Cabot darstellte. Er konnte seine Gefühle, Geheimisse, Hoffnungen, Träume – und Hände – für sich behalten.

Gezwungen lächelte sie Ho Seng an. »Ja, bitte.«

Calvin versuchte, sich zu beruhigen. Er war wütend – auf sich selbst, auf Warren Davies. Sogar auf Lily. Nein, er hatte Davies Geld nicht genommen. Lily warf ihm oft vor, egoistisch zu sein, was sicher stimmte, aber er war nicht in der Lage gewesen, den Scheck zur Bank zu tragen. Sogar er besaß etwas Stolz, der es ihm nicht erlaubte, sich ausbezahlen und wegschicken zu lassen wie ein Verbrecher.

Sie musste angenommen haben, dass er das Geld ihres Vaters dazu benutzt hatte, den *Bugle* zu kaufen. Sollte sie doch das Schlimmste denken. Es war einfacher so.

Sie zu verlieren war nicht einfach für ihn gewesen, ganz und gar nicht. Um sich abzulenken, hatte er sich mit der Zeitung beschäftigt gehalten, beschäftigt genug, um nicht über den Schmerz nachzudenken, der ihm überallhin folgte, über das erdrückende Schuldgefühl, sie verletzt zu haben. Sicher, es war mit der Zeit schwächer geworden, und er hatte gehofft, dass sie darüber hinweggekommen war. Dass sie glücklich war, Geld ausgab und ihr Leben genoss, weil sie die wenigen Monate, in denen sie zusammen gewesen waren, längst vergessen hatte.

Und dann hatte sie ihn entführt. All die alten Gefühle und das Bedauern kochten brodelnd an die Oberfläche ... und das gefiel ihm kein bisschen.

Hatte sie wirklich an der Hoffnung festgehalten, dass er zurückkommen würde? Bis zum kürzlichen Verschwinden ihres Bruders hatte sie ihn nicht kontaktiert oder sich ihm genähert, deshalb hatte er angenommen, dass sie ihn hasste. Davies hatte geschworen, ihr die wahren Gründe für sein Weggehen nie zu verraten, er hatte versprochen, zu behaupten, Calvin wäre die ganze Zeit nur hinter dem Geld her gewesen.

Zu erfahren, dass Lily ihn für etwas Besseres als einen Glücksritter gehalten hatte, geglaubt hatte, dass er sie wirklich liebte, traf Calvin wie ein Peitschenhieb in die Eingeweide.

»Willst du den ganzen Abend lang schmollen?«

»Ich schmolle nicht.« Er wandte sich ihr zu, um sie mit einem Blick zu durchbohren, der normalerweise hartgesottene Reporter einschüchterte. »Ich bin ein erwachsener Mann, und erwachsene Männer schmollen nicht. Er wollte dir die finanzielle Unterstützung entziehen«, platzte es aus ihm heraus, bevor er es verhindern konnte.

Lily stellte ihre Tasse vorsichtig auf den Tisch. »Wer er?«

Seufzend schüttelte er den Kopf über seine eigene Dummheit. Warum erzählte er ihr das? Er öffnete eine lange verschlossene Truhe, nur um die Motten herauszulassen. »Dein Vater.«

»Mein Vater? Das ist lächerlich. Mein Vater würde das nie tun. Er …«

»… war bereit, dich ohne einen Cent auf die Straße zu setzen, falls wir verheiratet blieben.«

Als diese Nachricht in ihr Bewusstsein drang, legte sich eine Röte über den Porzellanteint ihrer Wangen. Calvin konnte den Blick nicht von ihr losreißen. Viele Frauen waren schön, aber nur wenige hatten neben einem ansprechenden Gesicht auch noch Verstand und Mut. Lily besaß diese Eigenschaften zur Genüge, weshalb er sich überhaupt erst zu ihr hingezogen gefühlt hatte. Ein Raum wurde kleiner, sobald sie ihn betrat, da ihre Persönlichkeit so groß wie ein New Yorker Wolkenkratzer war, und ihre Entschlossenheit ebenso.

Sie hob das Kinn. »Du irrst dich. Oder du lügst. Ich kann nicht sagen, was davon.«

»Mach dich nicht lächerlich. Ich habe keinen Grund zu lügen, jetzt nicht mehr. Und er sagte nicht nur, dass du keinen Cent mehr bekommen würdest, er war auch bereit, dich aus dem Testament zu streichen.«

»Und du hast ihm geglaubt?«

»Natürlich. Er hat es mir bis ins Detail dargelegt.«

Sie beugte sich vor, die Lippen zu einem wütenden weißen Strich zusammengepresst. »Dann bist du ein noch größerer Narr, als ich ursprünglich dachte. Ich weiß nicht, ob ich lachen oder dir diese Teekanne über den Schädel ziehen soll.«

»Du bist *wütend*? Du solltest mir danken, dass ich dir all

diese Jahre Diamanten und Kaviar erhalten habe. Wenn wir verheiratet geblieben wären, Gott weiß, wo du jetzt wärst –«

»Calvin, halt den Mund. Er hat dich auf die Probe gestellt, und du hast sie nicht bestanden. Mein Vater hat mich vergöttert und hätte nicht gewollt, dass ich leide, egal, unter welchen Umständen. Es besteht absolut keine Möglichkeit, dass er mich mittellos hätte werden lassen. Außerdem gab es einen Treuhandfonds für mich, der unwiderrufbar war.«

Ein Test? Ein Treuhandfonds? Calvin klangen die Ohren bei dieser schrecklichen Wahrheit. Davies hatte ihn manipuliert, der Bastard. Das hätte wahrscheinlich nicht verhindert, dass Davies ihn als Bigamisten bloßstellte, aber wenigstens hätten Calvin und Hugo darüber beratschlagen können, Lily die Wahrheit zu sagen. Sie hätten eine Lösung finden können, wie er verheiratet bleiben und gleichzeitig Hugos Frau retten konnte.

»Man hätte deinen Vater an den Zehen aufhängen und über offener Flamme rösten sollen.«

Sie strich sich die Röcke glatt, ohne ihm in die Augen zu sehen. »Manche würden sagen, du verdienst dasselbe Schicksal.«

»Manche, mit anderen Worten du? Dieselbe Frau, die nie versucht hat, mich nach der Annullierung zu kontaktieren, die nie mit mir gesprochen hat und sich bereitwillig auf die Gelegenheit gestürzt hat, meine Konkurrenten zu unterstützen?«

»Du bist verrückt. Du verdrehst die Tatsachen, wie sie dir gerade passen –«

»Mr. Cabot!« Kwan erschien an ihrem Tisch, zwei dampfende Schüsseln in den Händen.

Calvin verfluchte Kwans Timing. »Wie geht es Ihnen, mein Freund?«, fragte er auf Kantonesisch.

Kwan stellte die Schüsseln auf den Tisch, eine vor Lily und die andere vor Calvin. Dann richtete er sich auf und verbeugte sich. »Es könnte besser gehen. Und was ist das, Sie bringen eine Frau mit hierher?«

»Ich habe offensichtlich den Verstand verloren.« Die beiden waren seit Jahren Freunde, zuerst hatten sie sich in China kennengelernt und später in San Francisco wiedergetroffen. Calvin hatte Kwan und seinen Sohn überzeugt, in der Hoffnung auf ein besseres Leben nach New York zu ziehen. Und wenn Lee nicht gewesen wäre, dann hätte diese Idee funktioniert.

Lily verzog gereizt den Mund, deshalb wechselte Calvin sofort ins Englische. »Lily, darf ich dir Kwan vorstellen, den besten Koch, der Hongkong je verlassen hat. Kwan, das ist Miss Lillian Davies.«

Lily streckte die Hand aus, und Kwan, der alte Angeber, verbeugte sich dramatisch darüber. »Es ist mir eine Ehre, Miss Davies.«

»Hören Sie auf, mit ihr zu flirten.« Calvin schob Kwans Arm fort. Er wechselte wieder ins Kantonesische, als er sagte: »Die hier hat das Temperament eines Grizzlybären.«

»Was erklärt, warum Sie sie mögen«, antwortete Kwan, eine schwarze Augenbraue hochgezogen.

»Ich mag sie nicht«, erwiderte Calvin, und die Worte klangen falsch, sogar auf Kantonesisch. »Der einzige Grund, warum ich hier bin, ist, um Ihnen ein paar Fragen zu stellen«, fuhr er auf Englisch fort.

»Und ich dachte, weil ich Ihnen gefehlt habe.« Kwan deutete auf die Schüsseln auf dem Tisch. »Bitte, essen Sie. Ihre Fragen können bis nach der Suppe warten.«

Lily räusperte sich geziert, den Blick auf den dicken, unergründlichen Inhalt der Schüsseln geheftet. »Was für eine Suppe ist das?«

Calvin nahm den breiten, flachen Löffel. »Schwalbennestersuppe. Sie ist köstlich – und eine von Kwans Spezialitäten.« Er versuchte, die Suppe mit ihren Augen zu betrachten, als hätte er noch nie das Vergnügen gehabt, sie zu kosten. Die einfache und doch geschmackvolle Brühe war leicht klumpig und enthielt Gewürze, die Kwan nie verraten würde.

»Das ist nicht nur eine Suppe. Die Chinesen glauben *yin wor* habe heilende Kräfte«, erklärte Kwan ihr.

»Sie soll außerdem die Libido steigern«, konnte Calvin nicht widerstehen hinzuzufügen. »Obwohl ich den Beweis hierfür erst noch erbringen muss.«

»Nicht, dass du es nicht zweifellos bereits versucht hättest«, murmelte Lily kaum hörbar und nahm ihren Löffel.

Calvin schenkte ihr keine Beachtung und wandte sich an seinen Freund. »Bitte, setzen Sie sich zu uns.«

Lily rührte in ihrer Suppe. »Ich verstehe nicht, warum sie Schwalbennestersuppe heißt. Sind hier Zweige und Federn drin?«

Calvin probierte einen Löffel voll und seufzte, als die köstliche Flüssigkeit seine Kehle hinunterglitt. Die herzhafte und reichhaltige Brühe schmeckte leicht salzig. Kwans spezielle Version mit Eiweiß, Sherry und anderen geheimen Zutaten suchte auf der Welt ihresgleichen. »Keine Zweige oder Federn.«

»Das sind keine gewöhnlichen Vogelnester«, erklärte Kwan ihr, während er sich einen Stuhl heranzog. »Spezielle Vögel benutzen ihren Speichel, um Nester in Höhlen zu bauen. Sie sind sehr selten.«

Lily runzelte die Stirn und beäugte die Schüssel argwöhnisch. »Speichel? Sie meinen, da hat ein Vogel hineingespuckt?«

»Nur zu«, ermutigte Calvin sie, während er einen weiteren Löffel seiner eigenen Suppe schlürfte. Sie hatte darauf bestanden, ihn nach Chinatown zu begleiten – sich in seiner Kutsche versteckt, genau genommen –, und er wollte verdammt sein, wenn er sie wieder gehen ließ, ohne dass sie die Suppe gekostet hatte. »Erzähl mir nicht, du hast Angst.«

Die spöttische Bemerkung wirkte, so wie er es vorhergesehen hatte. Sie straffte die Schultern und tauchte den Löffel in die Brühe. Volle, üppige Lippen teilten sich, als sie langsam die Flüssigkeit vom Porzellanlöffel schlürfte. Eine Hitzewelle strömte ihm durch die Adern, und seine eigene Mahlzeit war vergessen.

»Sie starren«, sagte Kwan auf Kantonesisch.

»Zur Hölle mit Ihnen«, antwortete er, was Kwan nur zum Lachen brachte.

Sie schluckte und schloss dann anerkennend kurz die Augen. »Sie ist köstlich. Danke, Mr. Kwan.«

»Ist mir ein Vergnügen. Das ist die Lieblingsspeise von Ihrem Mr. Cabot.«

»Oh, er ist nicht mein Mr. Cabot. Definitiv nicht.«

Calvin ignorierte das wissende Lächeln auf Kwans Gesicht und konzentrierte sich auf seine Suppe. Er kam zum Grund seines Besuchs. »Wissen Sie von irgendwelchen Amerikanern, die ernstes Interesse an einem von Lees Mädchen gehabt haben könnten?«

»Lees Mädchen?« Kwan runzelte die Stirn, und sein schmales Gesicht wurde angespannt. »Jemand, der lebensmüde ist, vielleicht.«

»Ein Mann, den wir kennen, hat möglicherweise eines von Lees Mädchen versteckt.«

»Um sie zu verkaufen?«

»Nein!«, warf Lily ein. »So etwas Schreckliches würde er nie tun.«

Kwan schaute zwischen Lily und Calvin hin und her, eine Frage in den dunklen Augen. »Ihr Bruder«, erklärte Calvin leise. »Sein Name ist Thomas Davies. Haben Sie von ihm gehört?«

»Nein«, antwortete Kwan. »Das ist kein Name, der mir bekannt ist. Aber Lee würde nie erlauben, dass eines seiner Mädchen geht. Sie sind ständig unter Beobachtung, eine kostbare Ware in Chinatown, und Lee verliert nicht gern Geld.«

Calvin wusste das, aber ihm fiel sonst nichts ein, was Tom getan haben könnte, um Lees Zorn auf sich zu ziehen. »Lee sagte, er habe jemand verloren, der ihm wertvoll war, jemand unbezahlbaren. Er glaubt, Mr. Davies habe sie mitgenommen.«

»Aber Lee hat Ihnen keinen Namen genannt?«

»Nein«, antwortete Calvin.

Lily trommelte mit den Fingern auf den Tisch. »Diese Person, von der Lee sagte, dass sie unbezahlbar sei ... Lee hat den Namen Ming Zhu benutzt.«

Kwans Gesicht wurde bleich, bevor er nervös zu den anderen Gästen blickte. Calvin ergriff den Arm seines Freundes, um seine Aufmerksamkeit auf sich zu ziehen. »Das kann nicht stimmen. Bedeutet das, was ich denke?«

Kwan beugte sich vor und senkte die Stimme. »Wenn das der Name ist, den Lee genannt hat, dann ist Ihr Bruder in weit größeren Schwierigkeiten, als Sie dachten, Miss Davies. Wie es scheint, hat er sich mit Lees Tochter davongemacht.«

KAPITEL SIEBEN

Lily ließ diese Information auf sich wirken, während Calvin hervorstieß: »Lee hat eine *Tochter*?«

Mr. Kwan nickte, dabei bewegte sich sein langer Zopf auf seinem Rücken. »Das hat er. Und auch nur diese eine. Kaum jemand weiß davon, aber sie lebt in einem Haus in der Mott Street, das sehr gut bewacht ist und in keiner Beziehung zu seinen anderen Geschäften steht.«

Ihr Bruder … und Lees Tochter? Lily hatte sich nie um die Liebschaften ihres Bruders gekümmert, und er wäre auch nie auf die Idee gekommen, sie in seine romantischen Verstrickungen einzuweihen. Es hatte vor zwei, drei Jahren einmal eine Revuetänzerin gegeben, aber seitdem war ihr nichts mehr über eine ernstere Liaison zu Ohren gekommen. Ihr Bruder war der vollendete New Yorker Lebemann, der sich nur mit Partys und Vergnügungen beschäftigte, während Lily die Mine ihres Vaters über Wasser hielt. Einstweilen.

»Wie könnte Tom mit ihr bekannt geworden sein?«, fragte sie die beiden Männer. »Ich kann mir nicht vorstellen, dass Lee ihr erlaubt, unbegleitet durch Chinatown zu spazieren. Sie muss ebenso schwer bewacht sein wie die Frauen, die Lee beschäftigt.«

»Nicht ganz so schwer bewacht, Miss Davies. Soweit ich weiß, ist das Mädchen temperamentvoll und nicht leicht zu kontrollieren.«

Calvin fragte Kwan etwas auf Kantonesisch, und Kwan antwortete in derselben Sprache. »Was hast du gefragt?«, wollte sie von Calvin wissen.

»Ich habe gefragt, ob Lee sie schlägt oder schlecht behandelt. Kwan hat geantwortet, dass er es nicht weiß. Ich nehme an, wir werden keine Antworten bekommen, bis du deinen Bruder findest.«

Kwan sagte etwas auf Chinesisch zu Calvin, und dieser verzog das Gesicht. »Das ist mir sehr wohl bewusst«, antwortete er. »Hat irgendjemand etwas über ihr Verschwinden verlauten lassen?«

»Ich habe nichts gehört, aber ich werde Ho Seng bitten, ein paar seiner Freunde zu besuchen. Vielleicht weiß einer von ihnen etwas.«

»Unauffällig«, sagte Calvin. »Ich möchte nicht, dass einem von Ihnen beiden etwas passiert. Fragen zu stellen könnte dafür sorgen, dass Lee auf Ihrer Türschwelle auftaucht.«

»Lee ist schon auf meiner Türschwelle, mein Freund. Ich versuche, ihn wegzufegen.« Er machte eine Handbewegung, als würde er mit einem Besen kehren.

»Verlangt er immer noch, dass Sie sich der Tong anschließen?«

»Ja. Wir weigern uns, aber er ist sehr hartnäckig.«

Lily versuchte, der Unterhaltung zu folgen, aber Tom und Lees Tochter gingen ihr nicht aus dem Kopf. Viele hatten etwas gegen die Chinesen hier in Amerika, und es wurden Gesetze verabschiedet, die sie darin einschränkten, ins Land einzureisen oder Berufe auszuüben, aber Lily gehörte nicht zu diesen Leuten. Eine ganze Menschengruppe aufgrund ihrer Hautfarbe oder ihres Geburtsorts zu verurteilen war falsch. Schließlich war jeder, der nicht einem der eingeborenen indianischen Stämme angehörte, die seit Jahrhunderten hier gelebt hatten, zu irgendeinem Zeitpunkt aus einem anderen Land hierher eingewandert. Deshalb war Intoleranz denen gegenüber, die dasselbe taten, heuchlerisch.

Aber nicht jeder dachte wie sie. Das wusste Tom doch sicher auch. Falls Tom plante, Lees Tochter zu heiraten, bezweifelte Lily, dass Lee damit einverstanden wäre. Genau genommen, wenn Lee so skrupellos war, wie Calvin sagte, dann war ihr Bruder in ernster Gefahr.

»Wir müssen Tom finden, bevor Mr. Lee es tut«, sagte sie zu Calvin.

»Ja, das ist offensichtlich – aber es gibt kein *wir* bei dieser Sache. Ich habe nur versprochen, mich umzuhören. Ich kann nicht alles stehen und liegen lassen, um den ganzen Erdball nach deinem Bruder abzusuchen.«

Kwan murmelte etwas auf Chinesisch, und seine Lippen zuckten belustigt, worauf Calvin eine verärgerte Erwiderung in derselben Sprache schnauzte. »Hör auf, Chinesisch zu sprechen«, befahl sie ihm. »Das ist unhöflich.«

»Das ist Kantonesisch, und dein Pech«, erwiderte Calvin. »Wenn es dir nicht gefällt, kannst du jederzeit gern nach Hause fahren.«

»Ich bitte um Entschuldigung, Miss Davies«, sagte Mr. Kwan. »Es war respektlos von uns, Sie nicht mit einzubeziehen. Was ich Mr. Cabot gerade gesagt habe –«

»Nicht so wichtig«, unterbrach Calvin. »Du hast keine Hoffnung, Tom zu finden, außer er will gefunden werden. Wenn er Lees Tochter hat, dann ist er sich der Gefahr bewusst, in der er schwebt, und wird in seinem Versteck bleiben.«

»Bis wann? Er kann sich nicht ewig verstecken, und er hat versprochen, die Mine zu besuchen.« Und sie zu übernehmen, damit Lily sich endlich eine Ruhepause gönnen konnte. Sie lebte seit dem Tod ihres Vaters für das Unternehmen, weil sie es nicht ertragen konnte, es zusammenbrechen oder in fremde Hände fallen zu sehen.

»Hast du den Vorarbeiter oder einen der Aufseher in Dakota kontaktiert? Vielleicht ist er ja im Lauf des vergangenen Tages angekommen.«

»Ja, habe ich, und niemand hat von Tom gehört.«

»Es wäre schwer für Ihren Bruder, mit Lees Tochter zu reisen«, betonte Mr. Kwan. »Ein weißer Mann, der allein im Zug mit einer Chinesin reist, würde Aufmerksamkeit erregen, selbst in der dritten Klasse.«

»Er hat unseren Privatwaggon nicht benutzt«, sagte Lily.

»Was ist mit einem Boot?«, schlug Calvin vor.

»Leichter«, pflichtete Kwan ihm bei. »Besonders nachts.«

Das ergab Sinn, aber Lily war nicht überzeugt. »Mir wurde gesagt, dass er im Grand Central Depot an Bord eines Erster-Klasse-Waggons ging, allein.«

»Weil es das ist, was er dich glauben machen wollte.« Calvin leerte mit dem Porzellanlöffel seine Suppe. Lily aß ebenfalls noch einen Löffel. Sie musste zugeben, dass die Suppe trotz der unappetitlichen Vorstellung von Vogelspeichel himmlisch schmeckte.

»Hast du die Aufenthaltsorte all eurer Jachten überprüft?«, fragte Calvin.

»Da gibt es nur die eine, und ja, das habe ich. Sie liegt schon den ganzen Monat über drüben in den Docks in der Nähe der South Street und wird überholt.«

»Überholt?«, fragte Calvin und schob seine leere Schüssel beiseite. »Wann hast du das Boot zum letzten Mal mit eigenen Augen gesehen?«

»Letzte Woche, als ich dort nach Tom gesucht habe.«

»Hast du nicht daran gedacht, sie in jüngerer Zeit noch mal zu überprüfen?«

Sie biss die Zähne zusammen vor Frustration über Calvin, einen Mann, der glaubte, alle Antworten zu haben. »Das werde ich gleich morgen früh tun.«

Er fing ihren Blick auf, und seine strahlend blauen Augen waren nachdenklich. Sie hatte keine Ahnung, was ihn so abwesend machte, aber schließlich kratzte er sich am Kinn. »Iss deine Suppe auf, Prinzessin. Wir fahren jetzt gleich zu den Docks.«

Wasser schwappte gegen die Holzbohlen des Docks. Das Gerüst, auf dem die Davies-Jacht überholt worden war, war leer. Die Slipstelle in der Nähe war ebenfalls leer. »Und da hast du deine Antwort«, sagte Calvin. »Ich sage es dir nur ungern, aber –«

»Dann sag es nicht«, schnauzte Lily.

Sie befanden sich in seiner Kutsche auf der Ostseite Manhattans. Schiffe luden und entluden hier ihre Fracht, bevor sie aus dem Hafen hinaus in den Atlantik segelten. Die Betriebsamkeit hörte hier praktisch nie auf. Schließlich war New York der geschäftigste Hafen der Nation, und es dürfte Davies keinerlei

Probleme bereitet haben, Lees Tochter heimlich inmitten dieses Chaos auf der Jacht fortzuschaffen.

Lilys Miene war eine Mischung aus Wut und Verbitterung, eine Mischung, die er gut kannte. »Verflixt«, sagte sie. »Ich hatte gehofft, du würdest dich irren.«

»Und doch tue ich es nie.«

Leider erinnerte ihn das an die eine Sache, bei der er sich geirrt *hatte*. Wenn Warren Davies noch lebte, dann würde Calvin ihn besinnungslos prügeln. Nachdem er jetzt wusste, dass Lily nie geglaubt hatte, dass er hinter dem Geld der Davies her gewesen war, und dass sie auf seine Rückkehr gewartet und eigenes Geld in einem Treuhandkonto besessen hatte. Gott, was für ein Schlamassel!

Natürlich wusste sie nichts von dem anderen Grund, aus dem er ihrer Ehe den Rücken gekehrt hatte, dem Grund, der nichts mit dem Geld ihrer Familie zu tun hatte. Und das würde sie auch nicht erfahren. Niemand würde das, nicht bis Lee seinen Teil des Handels erfüllt und Hugos Frau nach Amerika gebracht hatte.

Er wendete sich wieder dem gegenwärtigen Thema zu. »Also ist die Frage, wohin dein Bruder segeln würde.«

Sie stieß den Atem aus und wandte sich wieder zum Fenster, während ihre behandschuhten Finger leicht auf ihren Oberschenkel trommelten. »Gibt es hier jemanden, mit dem wir reden könnten? Jemanden, der etwas gesehen haben könnte?«

Entlang des Ufers bewegten sich mehr als genug kleinere und größere schattenhafte Gestalten. Die meisten von ihnen waren wahrscheinlich Hafenarbeiter, aber einige könnten verzweifelte Kriminelle oder Bandenmitglieder ohne Achtung vor dem Gesetz sein. Der *Bugle* hatte vor kurzem über einen Ring berüchtigter Flusspiraten berichtet, einem von vielen, die man hier entlang dieser Docks finden konnte. Die Piraten gingen nachts an Bord der Schiffe, um alles zu stehlen, was nicht niet- und nagelfest war, und zögerten nicht, einem Mann die Kehle durchzuschneiden, um keine Zeugen zurückzulassen. Auf keinen Fall würde Calvin Lily erlauben, hier draußen ihr Leben aufs Spiel zu setzen.

»Ich lasse dich nicht aus der Kutsche und zu dieser späten Stunde in den Docks herumwandern. Da draußen gibt es Ratten und alle möglichen anderen Arten von Ungeziefer.«

»Ratten? Du glaubst, eine *Ratte* wird mich davon abhalten, Antworten zu bekommen?«

»Wie dem auch sei, du wirst morgen wieder herkommen müssen, wenn du Fragen stellen willst.«

»Verdammt, Calvin. Es war deine Idee, überhaupt heute Nacht hierherzukommen. Und ich brauche *jetzt* Antworten.«

»Ich weiß, dass Lee dir eine Frist gesetzt hat, und verstehe, dass du ungeduldig bist. Trotzdem werde ich nicht zulassen, dass du riskierst, verletzt – oder Schlimmeres – zu werden, indem du heute Nacht in den Docks umhertollst.«

»Umhertollen? Ist es wirklich das, was du glaubst, dass ich hier tun werde?«

Abwehrend hob er die Hände. »Ich nicht, aber die Hafenarbeiter könnten es so sehen. Außerdem solltest du vielmehr darüber nachdenken, wohin Tom mit einer Chinesin segeln würde, die er verstecken muss.«

»Das Cottage in Newport liegt am nächsten, obwohl es bis Juni verlassen ist. Dort wohnen nur ein paar wenige Bedienstete.«

»Leicht genug, dorthin zu segeln, und es wäre schwierig für

Lee und seine Männer, in Newport unbemerkt zu bleiben, falls er beschließen sollte, ihnen zu folgen.«

»Was ist mit diesem Mann dort drüben«, fragte sie plötzlich und zeigte zum Fenster. »Sollten wir mit ihm reden?«

Als Calvin hinausspähte, erkannte er einen Mann, der im Licht der Gaslaternen saß und etwas spielte, das eine Mundharmonika zu sein schien. »Nein. Du solltest um diese Zeit nicht –«

Doch bevor er seinen Satz zu Ende bringen konnte, sprang sie schon aus der Tür, raffte die Röcke und eilte auf die einsame Gestalt zu. Fluchend stürmte Calvin aus der Kutsche. »Hugo!«, rief er über seine Schulter.

Als er Lily erreichte, war sie nur noch wenige Schritte von der Stelle entfernt, an der der Mann zusammengesunken auf einem Stapel Kisten saß. Calvin packte sie am Arm. »Du Närrin. Dieser Ort ist nachts gefährlich.«

Selbst in Schatten gehüllt ließ ihr Gesicht ihre Verärgerung erkennen. Sie bohrte ihm den behandschuhten Finger in die Brust. »Unsere Ehe wurde beendet, für den Fall, dass du das vergessen hast. Du hast kein Recht, mich herumzukommandieren. Und wenn ich mein Kleid ausziehen und im Fluss schwimmen wollte, du wirst mich nicht daran hindern.«

»Den Teufel würde ich nicht.« Er beugte sich näher zu ihr und knurrte: »Ich würde dich über meine Schulter werfen und schreiend und strampelnd zurück zur Kutsche tragen, falls nötig.«

Sie starrten einander an, in einem Kräftemessen, das keiner von beiden verlieren wollte, wie zwei Generäle, die sich in einer Pattsituation gegenüberstanden. Calvin hatte auf ihren Nachnamen nie Rücksicht genommen, nie geglaubt, dass die verwöhnte Tochter eines Silbermagnaten nur wegen ihres Status ihren Willen bekommen sollte. Sie konnte nicht alles und jeden kontrollieren und sich rücksichtslos über alle Welt hinwegsetzen, weil sie Warren Davies' Tochter war – zumindest nicht bei ihm.

»Miss, Sie sollten im Dunkeln nich' hier draußen sein. Das is' für Ladys nich' sicher.«

Die krächzende, leicht verwaschene Stimme gehörte dem Mann, der auf der Kiste saß. Er trug eine einfache Stoffmütze tief ins wettergegerbte Gesicht gezogen, und sein Kinn zierte ein Bart, der seit Custers letztem Gefecht nicht mehr gestutzt worden war. Eine halbleere Whiskeyflasche steckte in seiner Jacke.

»Siehst du, sogar Betrunkene sind meiner Meinung«, sagte Calvin. »Lass uns gehen.«

Lily riss ihren Arm aus seinem Griff. Das Kinn in sturem Triumph erhoben, rauschte sie auf die Kisten zu. »Entschuldigen Sie bitte, Sir. Ich wollte Sie nur fragen, ob Sie wissen, was mit dem Boot passiert ist, das vor ein paar Tagen hier lag.«

Hugo erschien an Calvins Seite. »Ich habe die Pistole«, murmelte sein Freund leise.

»Gut.« Calvins Blick wich keine Sekunde von Lilys Rücken. »Behalte die Finger am Abzug und die Umgebung im Auge. Ich werde die beiden beobachten.«

»Hier?« Der Alte kratzte sich am Kinn. »Ich bin keiner, der rumlungert, Miss. Ich komme nich' öfter als einmal die Woche zu den Docks. Donnerstags besucht meine Frau ihre Schwester und, na ja, da hol ich mir immer eine Flasche und komm runter zum Wasser.«

»Oh.« Enttäuschung schwang in diesem einzigen Wort mit, und Calvin musste sich fragen, ob sie wirklich geglaubt hatte, es würde so einfach werden. »Dann lasse ich Sie besser weiter Ihren Abend genießen. Meinen Dank, und ich bitte um Verzeihung für die Störung.« Sie straffte sich wie ein Soldat, der entschlossen ist, weiterzukämpfen, und drehte sich auf dem Absatz um.

Das Laternenlicht erhellte ihre Züge, als sie durch den goldenen Lichtschein ging, und ein sehnsüchtiger Beschützerinstinkt stieg in Calvins Brust auf und dehnte sich zu lächerlicher Größe aus. Er wollte sie in den Arm nehmen und ihr versprechen, alles Böse zu bekämpfen, alle Drachen zu töten ... die ganze verdammte Welt niederzubrennen, wenn es das war, was sie brauchte.

Er schüttelte den Kopf, und rasch kehrte die Klarheit wieder zurück. Die Zeit, für sie als Guinevere den Lancelot zu spielen, war lange vorbei.

Lily ging zurück zu der Stelle, wo er und Hugo warteten, und Calvin schluckte heftige Worte über ihre Unbesonnenheit hinunter und bot ihr seinen Arm an, um sie zur Kutsche zurückzuführen.

»Warten Sie, Miss!« Unsicher kam der alte Mann auf die Füße und lief ihnen hinterher.

Lily blieb stehen und sah über ihre Schulter. »Ja? Ist Ihnen noch etwas eingefallen?«

»Nein, aber Sie könnten mit Petey da drüben reden.« Ein knotiger Finger zeigte auf ein heruntergekommenes Gebäude drüben beim Kontor. »Petey ist Schrottsammler. Er weiß praktisch alles, was hier in den Docks passiert.«

»Ausgezeichnet, das werden wir sofort tun. Haben Sie vielen Dank, Sir.«

Als sie sich umdrehte, überzog ein breites Lächeln ihr Gesicht und verwandelte es in etwas Atemberaubendes. Etwas

Überweltliches. Unvermittelt hatte er das Bedürfnis, sich zu ihr zu beugen und sie zu küssen, ihre Freude zu schmecken, und er bemühte sich angestrengt, stattdessen reglos stehenzubleiben.

Sie hat darauf gewartet, dass du zurückkommst. Sie hat gewartet, du Idiot.

Warum begann es sich so anzufühlen, als hätte er das Beste verloren, was ihm je passiert war?

»Hast du gehört, was ich gesagt habe?« Stirnrunzelnd sah Lily Calvin an, der mit einem eigenartigen Ausdruck auf dem Gesicht ins Leere starrte. »Ich gehe hinüber, um mit Petey zu reden.«

Hugo rempelte seinen Freund mit dem Ellbogen an, um ihn aus seinen Gedanken zu reißen, aber Lily wartete nicht auf ihn. Sie hob ihre Röcke aus dem Schmutz und marschierte auf das winzige Gebäude zu.

Da die Eisenbahn- und Schifffahrtsunternehmen um diese Nachtzeit geschlossen hatten, waren die meisten Gebäude in der South Street dunkel. Allerdings brannten noch ein paar Lichter, einschließlich dem in Peteys Hütte. Lily hoffte, das bedeutete, dass der Schrottsammler zu Hause war.

Schrottsammler wühlten sich durch Sand, Schlamm und Müll, um alles Brauchbare zu sammeln, was sie in der Nähe des Wassers finden konnten: Eisen, Silber, Küchengerätschaften, alles, was noch die eine oder andere Münze einbringen konnte. Obwohl sie noch nie einem Schrottsammler begegnet war, war sie sicher, dass es kein leichter Beruf war. Sie lebten im Untergrund einer Stadt, im Abfall, in Tod und Zerstörung, in der Hoffnung, etwas in Gewinn zu verwandeln.

Calvins Hand auf ihrem Arm ließ sie anhalten. »Warte, lass mich zuerst mit ihm reden.«

Augenblicklich argwöhnisch, legte sie den Kopf schief. Calvin tat nie etwas ohne Hintergedanken. »Warum?«

»Weil er eine Pistole haben und durch die Tür schießen könnte. Auf mich wurde diese Woche schon mal geschossen, und ich habe überlebt. Ich glaube, ich habe eine Glückssträhne.«

Ein Lachen sprudelte in ihr empor, aber sie unterdrückte es. Was auch immer geschah, sie musste immun gegen seinen Humor und seinen Charme bleiben. »Na schön, aber ich gehe hier nicht weg, bevor ich mit ihm gesprochen habe.« Calvin hatte nicht gewollt, dass sie aus der Kutsche stieg, also würde es sie nicht überraschen, wenn er eine Möglichkeit fand, die Unterhaltung ohne sie zu führen.

Um Calvins Mund zuckte es, aber er widersprach nicht. Er marschierte zur Tür und klopfte laut. »Petey, sind Sie da drin?«

Keine Antwort. Nach ein paar Sekunden klopfte Calvin erneut, noch lauter. »Petey!«

»Wer will das wissen?«, rief eine tiefe Stimme von drinnen.

»Calvin Cabot, Herausgeber des *New York Mercury*. Ich muss kurz mit Ihnen reden.«

Lily hörte Schlurfen von drinnen, und innerhalb von Sekunden öffnete sich die Tür. Ein älterer Mann stand dort, unter einem Schlapphut ragte weißes Haar hervor, und ein ebensolcher Schnurrbart umgab einen Mund, der kein Lächeln zeigte. Eine entzündete Pfeife ruhte zwischen seinen Fingern, und der Geruch nach Tabak wehte aus der kleinen Hütte. Sie spähte an ihm vorbei und bemerkte das Chaos im Inneren der Hütte. Krimskrams nahm jeden verfügbaren Raum ein. *Wie kann er sich da drin nur bewegen?*

Peteys Augen flogen zwischen ihr und Calvin hin und her. »Was wollen Sie? Und wer ist die da?«

Calvin warf einen Blick über seine Schulter und runzelte die Stirn. »Ich dachte, wir waren uns einig, dass du zurückbleibst«, murmelte er Lily zu.

»Ich war nie einverstanden«, erwiderte sie, dann wandte sie sich an den Schrottsammler. »Petey, dort drüben wurde eine Jacht überholt«, sie deutete in Richtung der leeren Stelle in der Nähe des Wassers, »letzte Woche. Wissen Sie zufällig, wann sie fortgesegelt ist?«

»Ich weiß eine Menge Dinge über diese Docks, Miss. Bin nur nicht sicher, warum ich Ihnen das verraten sollte.«

»Weil Ihr Freund dort drüben sagte, dass Sie uns helfen würden.«

Petey schob sich den Pfeifenstiel in den Mund und paffte. »Was für ein Freund? Ich hab keine Freunde.«

Lily wollte auf den Mundharmonikaspieler zeigen, aber Calvin griff in seine Tasche und holte sein Portemonnaie heraus. »Er will Geld, Lily.«

Oh. Warum hatte sie daran nicht gedacht? Calvin begann, ein paar Scheine herauszunehmen, als Petey sagte: »Ich hätte lieber dieses schicke Armband.«

Lily hob ihr Handgelenk, an dem ein mit Diamanten und Saphiren besetztes Armband lag. »Wenn ich Ihnen das Armband gebe, werden Sie mir dann sagen, was Sie über das Schiff wissen?«

Petey nickte, also nahm Lily das Schmuckstück ab und

reichte es ihm. Er fuhr mit den Fingern über die Steine, dann steckte er das Teil in die Vordertasche.

»Und nun, das Schiff?«, wollte Calvin wissen.

»Segelte vor drei Nächten los, so gegen ein Uhr. Nicht viele an Bord. Ein paar Leute, denke ich, aber ich konnte nicht alle ihre Gesichter sehen.«

»Irgendeine Ahnung, wohin sie fuhren?«

»Ich hörte einen der Mannschaft was von Rhode Island sagen.«

Also war es, wie sie vermutet hatten. Tom hatte das Mädchen nach Newport gebracht, wo es leicht wäre, sie in einem großen Haus zu verstecken.

»Danke, Petey. Sie waren sehr hilfreich.«

Petey berührte die Krempe seines Huts und machte Anstalten, die Tür zu schließen, doch ohne Vorwarnung stellte Calvin den Fuß in den Spalt. Peteys buschige weiße Brauen hoben sich, und sein Mund wurde hart und flach. »Sie nehmen besser Ihren Fuß da weg, Sir, bevor ich Ihnen die Zehen abquetsche.«

»Ich nehme meinen Fuß weg, wenn Sie mir die Wahrheit sagen.«

»Die Wahrheit? Denken Sie, ich lüge?«

»Calvin«, sagte Lily sanft. »Ich glaube, Petey hat uns alles gesagt, was er weiß.«

»Den Teufel hat er«, knurrte Calvin und starrte den Schrottsammler einschüchternd an. »Ich gehe hier nicht weg, bis Petey uns von den anderen Männern erzählt hat, die hier waren. Die Chinesen, die nach dem Schiff gefragt haben.«

»Welche anderen Männer? Calvin, du verhältst dich verrückt.« Sie wandte sich an Petey, um sich bei ihm zu entschuldigen, als sie die Wahrheit auf dem Gesicht des Schrotthändlers las. »Petey, waren noch andere Männer hier, um nach der Jacht zu fragen?«

»Hören Sie, ich hab Ihnen nichts zu erzählen.« Petey versuchte erneut, die Tür zuzuschlagen, aber Calvins Fuß hielt stand.

Calvins Arm schnellte vor, um die Tür aufzustoßen und Petey hineinzuschubsen. Dann folgte er ihm und packte ihn am Hemdkragen. »Dieses Armband, das sie Ihnen gegeben hat, ist Tausende von Dollars wert. Viel wertvoller als dieses Schwert.« Er wies mit dem Kopf auf ein chinesisches Schwert, das an der Wand lehnte. »Und ich werde dieses Schwert dazu benutzen, das Armband wieder zurückzuholen, zusammen mit jedem Körperteil, das dabei in den Weg gerät, wenn Sie mir meine Frage nicht beantworten.«

Er beugte sich dicht zu Peteys grauem Gesicht. »Erzählen Sie mir von den Männern, die hier waren.«

KAPITEL ACHT

Frustration und Panik nagten an Lilys Eingeweiden, während die Kutsche durch die verlassenen Straßen New Yorks ratterte. Petey hatte nicht viel gestanden, nur dass ein paar Chinesen ebenfalls Informationen über die Jacht hatten haben wollen. Calvin hatte darauf gedrängt, ihnen zu sagen, was er seinen chinesischen Besuchern erzählt hatte, doch der Schrottsammler bestritt, ihnen irgendetwas gesagt zu haben. Sie alle wussten, dass das Schwert ihm im Austausch dafür überlassen worden war, bei den Docks Ausschau zu halten, für den Fall, dass die Jacht zurückkehrte. Da es nichts weiter herauszufinden gab, waren Calvin und sie zur Kutsche zurückgekehrt und wieder nach Norden gefahren.

Hinter Tom herzujagen fühlte sich an, wie auf Eis zu laufen. Je mehr Lily erfuhr, desto komplizierter und verwirrender wurde die Situation. Also hatte Tom Lees Tochter nach Newport entführt, und Lees Männer wussten das. Hatte ihr Bruder den Verstand verloren?

Sie musterte Calvins brütendes Gesicht. »Wir müssen nach Newport. Schnell.«

Er zog eine Braue hoch. »Ich glaube, du meinst, *du* musst nach Newport.«

Sie hätte wissen sollen, dass er versuchen würde, sich zu drücken, der egoistische Schuft. »Ich brauche immer noch deine Hilfe, Calvin.«

»Nein, tust du nicht. Du wolltest deinen Bruder finden. Nun, er ist in Newport. Das scheint die meisten deiner Probleme zu lösen.«

»Manche, aber nicht alle. Was, wenn ich Hilfe mit Lees Tochter brauche? Was, wenn Lees Männer ihn erreichen, bevor ich es tue? Was, wenn –«

»Lily, hör auf. Lees Männer können nicht einfach so durch Newport schlendern. Diese Stadt ist nicht wie New York. Ein Chinese kann sich dort nicht ungehindert bewegen. Verflucht, nicht mal ich kann mich dort ungehindert bewegen, nicht ohne eine Jacht und ein Diamantendiadem.«

»Du sagst das, als wärst du arm, wo wir doch beide wissen, dass das weit von der Wahrheit entfernt ist. Genau genommen überrascht es mich, dass du dort kein Haus hast.«

Er gab einen Laut tief in seiner Kehle von sich. »Ein Haus besitzen und es nur wenige Wochen im Jahr nutzen? Die Vorstellung ist grotesk. Außerdem reise ich schon genug zwischen New York und Chicago hin und her. Ich habe keine Zeit für Urlaub.«

Dieser Mann mit so viel Tatendrang und Hingabe ähnelte dem Mann, den sie geheiratet hatte, und war doch auch so … anders. »Genießt du es?«

»Das Reisen oder die Zeitungen?«

»Beides, aber hauptsächlich die Zeitungen. Das muss eine Menge Arbeit sein. Warum brauchst du drei davon?«

»Jemand muss sie leiten – und ich habe vor, noch viel mehr als drei zu haben, wenn ich fertig bin.«

Das überraschte sie. »Warum?«

Er zog eine Schulter hoch. »Ich bestimme, was die Nachrichten sind und welche Form sie annehmen. Wer würde diese Macht nicht wollen?«

»Ich dachte, es gefiel dir, Reporter zu sein. Als wir verheiratet waren, hast du gegen soziale Ungerechtigkeit und Korruption gekämpft.«

»Es hat mir gefallen, Reporter zu sein, aber schon damals hatte ich größere Pläne. Wir kamen nur nie lange genug aus dem Bett, als dass ich sie dir hätte mitteilen können.«

Ihre Wangen erhitzten sich, obwohl sie wusste, dass er nicht versuchte, sie verlegen zu machen. Jedes Wort, das er gesagt hatte, stimmte. »Wir waren sehr töricht.« *In vielerlei Hinsicht.*

»Da bin ich anderer Meinung.« Sein Mund krümmte sich zu einem gefährlichen schiefen Lächeln, das ein beachtliches Flattern in ihrem Bauch hervorrief. »Soweit es meine ersten und einzigen Flitterwochen betrifft, finde ich, waren sie perfekt.«

Sie räusperte sich und versuchte, sich nicht an die Einzelheiten ihrer Flitterwochen zu erinnern. Die Vergangenheit musste vergangen bleiben, um ihrer geistigen Gesundheit willen. »Glaubst du nicht, dass du noch einmal heiraten wirst?«

»Absolut nicht«, antwortete er mit tiefster Überzeugung. »Auf gar keinen verdammten Fall.«

Ein Teil von ihr war erleichtert. Bei der Vorstellung, dass er einer anderen Frau den Hof machte, geschweige denn sie heiratete, bildete sich ein gewaltiger Kloß in Lilys Brust. Der andere Teil von ihr wurde traurig bei seiner Feststellung. Der Gedanke, dass sie einander für Beziehungen und zukünftiges Glück bitter gemacht hatten, schmerzte. Wenn sie auch kein brennendes Verlangen nach Montgomery verspürte, sie würde ihn heiraten, wenn er sie darum bat. Selbst eine lieblose Ehe wäre dem Alleinsein vorzuziehen.

»Hast du vor, Fields zu heiraten?«

Unheimlich, wie Calvin ihre Gedanken las. Er war schon immer ausgezeichnet darin gewesen, zu wissen, was in ihrem Kopf vorging, noch bevor sie es aussprach.

»Wir haben noch nicht über Ehe gesprochen, nicht, dass dich das irgendetwas anginge.«

»Als Herausgeber von drei großen Zeitungen würde ich sagen, geht mich alles etwas an.«

»Falsch«, zischte sie. »Meine Angelegenheiten sind tabu – für dich *und* deine Zeitungen.« Sie verschränkte die Arme und drehte sich zum Fenster, um ihn mit Missachtung zu strafen. Es hatte keine anderen Liebhaber nach Calvin gegeben, nicht, dass sie das zugeben würde.

»Er ist nicht gut genug für dich.«

»Und woher willst du das bitte wissen?«

»Bitte. Er hat keine«, er wedelte mit der Hand, als suchte er nach dem richtigen Ausdruck, »Substanz. Er ist so tiefgründig wie schwacher Tee. All die Partys und Reisen? Er wird dich zu Tode langweilen.«

Diese Aussage reizte sie. »Vielleicht möchte ich gelangweilt werden. Vielleicht hatte ich genug heiß-kalte Beziehungen, dass es für ein ganzes Leben reicht.«

»Ah.«

»Was um alles in der Welt soll das bedeuten?«

»Das bedeutet«, sagte er und veränderte seine Haltung, »dass du Fields genau aus diesem Grund gewählt hast, weil er unoriginell und durch und durch langweilig ist. Mit anderen Worten, das genaue Gegenteil von mir.«

Fassungslos schloss sie kurz die Augen. »Du bist ... unerträglich arrogant. Und du irrst dich. Montgomery verwandelt mich nicht in eine tobende, kreischende Furie. Unser Austausch ist ruhig und erwachsen, ohne das Bedürfnis, zu schreien und mit Dingen zu werfen. Genau, wie ich es bevorzuge.«

»Alles, was ich höre, ist langweilig.«

»Dann solltest du dir dringend die Ohren säubern.« Sie hob das Kinn, drehte sich zum Fenster und atmete ein paarmal tief durch, um sich zu beruhigen. Du liebe Güte, warum ließ sie zu, dass dieser Mann ihr so unter die Haut ging?

»Ist er auch im Bett langweilig?«

Lily verschluckte sich beinahe. »Das geht dich gottverdammt noch mal nichts an.«

Abwehrend hob er die Hände. »Wie ich sehe, habe ich einen Nerv getroffen. Was Antwort genug ist, denke ich.«

Sie erwiderte nichts, da sie sich weigerte, an dieser lächerlichen – und unangemessenen – Unterhaltung teilzuhaben. Stattdessen betrachtete sie die dunklen Straßen New Yorks, wo es vor Feiernden und Verbrechern wimmelte.

»Vermisst du es nicht?«, fragte er nach einem Moment.

Die Neugier siegte. »Was vermissen?«

Er rutschte neben sie, und ihre Knie berührten sich in der Enge beinahe, als er sich zu ihr drehte. Sie versuchte, zurückzuweichen, aber das Innere der Kutsche hinderte sie daran, zu entkommen. Hitze ging von seinem Körper aus, begleitet von einem würzigen, vertrauten Duft, der ihr Korsett enger werden ließ. »Rück weg von mir, Calvin.«

»Das werde ich – sobald du meine Frage beantwortet hast. Vermisst du die Leidenschaft nicht? Die Funken? Die Art, wie die Luft regelrecht knisterte, wenn wir beide zusammen waren?«

Erregung vibrierte auf ihrer Haut, und jede Zelle ihres Körpers erwachte vor Begehren, jeder Teil von ihr erinnerte sich daran, wie gut es zwischen ihnen gewesen war. Sein Mund war verführerisch nahe, zum Küssen bereit. »Das war vor langer Zeit. Ich bin diese Person nicht mehr.«

Die Stimme, die aus ihrer Kehle kam – hoch, atemlos, ganz und gar nicht ihr üblicher starker, entschiedener Tonfall – überraschte sie. Und er wusste es. Zufriedenheit flackerte in seinen erstaunlich blauen Augen auf, ein Knistern von Hitze, das ihr in die Brust und tief in den Bauch zu dringen schien.

»Vielleicht, aber ich wette, ich könnte sie wieder zurückbringen. Ich habe in den letzten Tagen flüchtig die alte Lily zu sehen bekommen. Die, die mit einem einzigen Blick mein Blut zum Kochen bringen konnte.«

Calvin konnte gut mit Worten umgehen, deshalb war er auch so gut in seinem Beruf. Leider machte es das auch schwer, ihm zu widerstehen, wenn er entschied, diese Gabe zur Verführung zu verwenden. Der silberzüngige Teufel wusste ganz genau, wie er etwas formulieren musste, um zu bekommen, was er wollte.

Also, was war es, das er von ihr wollte?

»Warum kümmert dich das? Ich verstehe nicht, was du beweisen willst, indem du Monty beleidigst und alte Erinnerungen wieder wachrufst.«

»Es kümmert mich, weil ich gerade darauf brenne, dich zu küssen.« Seine Hand glitt zu der Stelle, wo die ihre auf dem Samtpolster lag, und sein kleiner Finger verschränkte sich mit ihrem. So eine einfache Geste, nur ihre beiden Finger, die sich berührten, aber die Wirkung war wie ein Erdbeben in ihr. Eine Vielzahl von Emotionen strömte ihr durch die Adern, ein Berg von Erinnerungen und Sehnsucht brach über sie herein. »Noch besser wäre es, wenn du mich küssen würdest.«

»Das ist eine schreckliche Idee«, flüsterte sie.

»Ich könnte dich dazu herausfordern, weißt du.« Er beugte sich vor, bis sein attraktives Gesicht ihr Blickfeld ausfüllte und ihre Welt auf sie und ihn reduzierte. »Einer Herausforderung konntest du noch nie widerstehen.«

»Nein, aber ich kann dir widerstehen.«

»Kannst du das? Weil es mir sehr schwer fällt, *dir* zu widerstehen.«

»Ich verstehe nicht, warum, wo ich doch überhaupt nichts getan habe, um dich in Versuchung zu führen. Tatsächlich habe ich mich die meiste Zeit nur mit Mühe davon abgehalten, dich zu erwürgen.«

Belustigung erhellte seine schönen Augen, als er ihr eine verirrte Locke hinters Ohr strich. »Und du glaubst, das allein würde mich nicht schon in Versuchung führen? Da kennst du mich aber besser.«

Sie hatte es nicht vergessen. Ihre Gereiztheit und Wut hatten es einst nie versäumt, ihn zu erregen. Sie schluckte und starrte auf ihre Finger, unfähig, sich ihm schon zu entziehen. »Du versuchst, mich zu verführen. Du würdest alles sagen, wenn du damit nur dein Ziel erreichst.«

»Das stimmt. Funktioniert es?«

»Nein.«

»Lügnerin. Ich kann deinen Puls von hier aus rasen sehen.« Er hob die Hand und legte einen Finger an die Seite ihres Halses. »Genau da.«

Sie sog keuchend den Atem ein, und das schmerzende Sehnen zwischen ihren Beinen pulsierte im Takt mit ihrem Herzen.

»Ich werde dich nicht wegen einer Herausforderung küssen, Calvin.«

»Dann küss mich nicht, weil ich dich herausgefordert habe. Küss mich, weil du es willst. Weil du seit vier Jahren daran denkst, so wie ich.«

Er verharrte, überließ ihr die Entscheidung, und das war der letzte Anstoß, den Lily brauchte. Sie neigte den Kopf zur Seite, schloss die Augen und wagte den Sprung ins Ungewisse.

Eine Sekunde lang befürchtete Calvin, dass sie es nicht tun würde, dass ihre Entschlossenheit stärker wäre als seine. Er wartete, als würde sein ganzes Leben in der Waagschale liegen, und sein Bauch zog sich vor Erwartung zusammen.

Gerade, als er schon die Hoffnung aufgeben wollte, bewegte Lily sich vorwärts, ihre Lider fielen zu, und eine Welle des Triumphs durchflutete ihn. Ihr Mund fand weich und zögernd den seinen, und er kostete den Moment aus, das erste Streifen ihrer Lippen nach einer gefühlten Ewigkeit.

Wie oft hatte er davon geträumt, sich am Grunde seiner Seele danach verzehrt? Er wollte es langsam angehen, ihr Zeit geben, sich darauf einzustellen und ihn zu erforschen, aber er konnte seine Hände nicht davon abhalten, ihr Gesicht zu umfassen. Seinen Körper nicht davon abhalten, sie an die Wand der Kutsche zu drücken. Sich nicht zurückhalten, den Kuss zu vertiefen, bis sie beide kaum noch atmen konnten. Seine Lippen glitten über ihre, um sie neu kennenzulernen, neu zu erforschen, und die Macht der Umarmung schickte pulsierende Lust durch seine Adern und Blut in sein anschwellendes Glied.

Ihre Münder bewegten sich im Einklang, beide gleichermaßen rücksichtslos vor Verlangen, im anderen zu ertrinken. Seine Zunge wand sich streichelnd um ihre, und er saugte die kleinen hungrigen Laute, die sie ihm schenkte, in sich auf. In diesem Moment fühlte er sich *lebendig* wie seit vier Jahren nicht mehr. Kleine, kräftige Finger umklammerten das Revers seiner Jacke, um ihn an sich zu ziehen, und er verfluchte den beengten Raum, der den Kontakt verhinderte, nach dem er sich sehnte: Haut auf Haut, ihre Beine um seine Hüften geschlungen, seine Erektion in ihrer feuchten Hitze vergraben … Gott, wie er sie brauchte!

Begierig knabberte er mit den Zähnen an ihrer Lippe. Bereit, sie zu verschlingen. Sie erwiderte es, und der Schmerz schoss sein Rückgrat entlang bis in seine Zehenspitzen. Heiliger Himmel, diese Frau!

Durch ihre Kleidung hindurch umfasste er ihre Brust, doch das steife Korsett und die vielen Stoffschichten verhinderten, dass er sie wirklich berührte. »Ich wünschte, du wärst nackt«, knurrte er an ihrem Mund. »Du solltest immer nackt sein.«

Sie suchte erneut seine Lippen, vermutlich nur, um ihn am Reden zu hindern, und Calvin vergeudete keine Zeit. Er drängte seine Zunge begierig an ihren Lippen vorbei in die Üppigkeit ihres Mundes und wünschte sich, er könnte sie überall kosten. Sich in ihr verlieren. Wie hatte er vier Jahre lang ohne das hier leben können? Ohne sie?

Er stand kurz davor, sie um diese Chance zu bitten, als sie sich von ihm losriss und die Hände gegen seine Schultern stemmte.

»Calvin, hör auf.«

Alles in ihm schrie, weiterzumachen, diesen flüchtigen

Moment nicht aufzugeben, aber er zwang sich, ein klein wenig Abstand zwischen sie zu bringen. »Warum?«

Sie räusperte sich und wich seinem Blick aus. Ihre Lippen waren angeschwollen und glänzten, während ihre Brust sich unter ihren heftigen Atemzügen hob und senkte. »Ich will das nicht. Nicht jetzt, und nicht mit dir.«

Das tat weh. Aber was hatte er erwartet? Dass ein einziger Kuss ihre Vergangenheit ändern und ihn wieder ihre Zuneigung gewinnen lassen würde? Wenn er hoffte, sie zurückzugewinnen, dann würde er einen Feldzug führen müssen, der General Shermans würdig war, dann würde er ihre Zweifel vernichten und ihre Verteidigungslinien einreißen müssen. Sie überzeugen müssen, dass sie zusammengehörten. Lily würde sich nicht so einfach wieder erobern lassen.

Und was war mit Hugos Frau in China, der Frau, mit der Calvin vorgab, verheiratet zu sein? Calvin hatte Hugo versprochen, die Wahrheit nie preiszugeben, damit nicht die falschen Leute Hugos Geheimnis herausfanden. Jemand wie Lee, der nicht zögern würde, Hugos Frau den Männern in China auszuliefern, die Hugo immer noch tot sehen wollten.

Ein solches Versprechen jetzt zu brechen, wäre unehrenhaft. Hugo war wie ein Familienmitglied für Calvin, und er könnte nicht in dem Wissen leben, diesen Schwur gebrochen zu haben.

Bis Hugo mit seiner Frau wieder vereint war, hatte Calvin kein Recht, sich in Lilys Leben einzumischen. Er dachte an jene Nacht, in der er vor Lilys Haus auf sie gewartet hatte, und wie heiter sie damals gewirkt hatte. Vielleicht waren sie beide so besser dran.

Nichts ist von Dauer. Schau nach vorne.

Langsam zog Calvin sich zurück, dann setzte er sich auf die andere Sitzbank. Lily begann, ihr Haar zu richten, und er schloss die Augen und versuchte, ein wenig Beherrschung wiederzuerlangen. Er konnte niemand anderem die Schuld geben als sich selbst, dass er sie so gereizt hatte, und sie zu küssen hatte keines seiner Probleme gelöst. Tatsächlich hatte es sie nur noch schlimmer gemacht.

»Es tut mir leid«, sagte er. »Ich hätte nicht damit anfangen sollen.«

»Du kannst es wiedergutmachen, indem du mir mit Tom und Lees Tochter hilfst.«

Er hatte nicht die Absicht, etwas dergleichen zu tun. »Dieses Armband, das du Petey gegeben hast. Du hast es herausgegeben, ohne auch nur eine Sekunde darüber nachzudenken.«

»Ja. Warum sollte ich das nicht, wenn es dabei hilft, meinen Bruder zu finden? Ich würde hundert Armbänder hergeben, um Antworten zu bekommen.«

»War es echt?« Sofort bereute er seine Worte. »Vergiss es. Warum sollte Lillian Davies jemals Strass tragen?«

»Du machst dir übermäßig viele Gedanken um Geld. Warum ist mir das nie aufgefallen?«

»Ich mache mir Gedanken darüber, dass du deines wegwirfst.« Dass sie sich so leicht von etwas so Wertvollem trennte, hatte ihn an seine Eltern erinnert. »Armut hat nichts Nobles an sich, Lily.«

»Du sprichst aus Erfahrung, nehme ich an?«

Er antwortete nicht, sondern biss nur die Zähne zusammen und starrte aus dem Fenster. Selbst während ihrer Werbephase und Ehe hatte er Lily nicht viel darüber erzählt, wie er aufgewachsen war. Sie wusste, dass er sehr viel gereist war, aber nichts über seine Kindheit. Gewiss kein Grund, die Vergangenheit nun auszugraben.

»Warum sprichst du nie darüber?«, fragte sie.

»Weil das Vergangenheit ist. Niemanden kümmert die Vergangenheit, wichtig ist, was jetzt geschieht.«

»So spricht ein wahrer Zeitungsmann.«

Die Kutsche bog in die Fifth Avenue. In wenigen Minuten würden sie bei Lilys Zuhause an der Ecke der Sixty-Fourth-Street ankommen. Er musste ihr etwas sagen, etwas, das sie nicht gern hören würde. »Wo wir gerade von Zeitungen sprechen: Ich möchte, dass der *Mercury* die Nachricht von unserer Hochzeit und der Annullierung bringt.«

Sie sog scharf den Atem ein. »Auf gar keinen Fall! Calvin, das darfst du nicht. Es würde ... Das würde die Menschen in meinem Leben sehr verletzen.«

Mit diesen Menschen meinte sie Fields, nahm er an. »Lily, die einzige Möglichkeit, einen Erpresser zu stoppen, ist, ihm sein Druckmittel zu nehmen. Wenn die Welt von der Annullierung erfährt, dann hat Lee nichts mehr gegen uns in der Hand. Es ist das Richtige, das zu tun.«

»Für dich!«, versetzte sie, und ihr Blick loderte vor Empörung und Zorn. »Das Richtige für *dich*. Was vollkommen Sinn ergibt, weil du nur an dich denkst. Du interessierst dich nicht im Geringsten für irgendjemand sonst.«

Das stimmte nicht ganz, aber es hatte keinen Sinn, jetzt darüber zu diskutieren. »Denk darüber nach. Wenn du dich beruhigt hast, wirst du sehen, dass es das Richtige ist. Wenn nicht Lee, dann wird irgendwann jemand anderes versuchen, das gegen einen von uns zu verwenden. Und wenn ich es drucke, dann kann ich die Geschichte kontrollieren.«

Lily rieb sich wortlos die Schläfen, während die Räder der Kutsche sich verlangsamten. »Warum sollte ich irgendetwas tun, um dir zu helfen, Calvin?«

»Lee will, dass du ihm deinen Bruder in vier Tagen bringst. Wenn es dir nicht gelingt, wird die Annullierung zu einem Skandal. Warum erlaubst du mir nicht, es zu drucken, wenn ich dadurch die Geschichte zu etwas weniger … Schmutzigem machen kann?«

Was bedeutete, dass er die Nachricht von der kurzen Ehe und Annullierung drucken und dabei den Teil über eine Ehefrau in China auslassen konnte. Es gab keine Garantie, dass Lee dasselbe tun würde. Informationen zu kontrollieren war der Schlüssel zu allem in dieser Welt.

»Nein. Auf gar keinen Fall.«

Er biss die Zähne zusammen. Ihre Sturheit würde Hugos Leben ruinieren. Warum konnte diese Frau nie etwas leicht und einfach machen? Verdammt noch mal umgänglicher sein?

»Lily, ich brauche dein Einverständnis nicht, um es zu drucken. Dass ich es dir überhaupt sage, ist eine Sache der Höflichkeit.«

»Wenn du diese Geschichte ohne meine Zustimmung druckst, dann kaufe ich deine Zeitungen auf und lasse sie schließen.«

Er war kurz davor, sie zu fragen, ob sie so viel Geld hatte, doch dann fiel ihm wieder ein, mit wem er da sprach. Natürlich hatte sie so viel Geld.

Er versuchte, an ihre Vernunft zu appellieren. »So können wir die Geschichte kontrollieren. Ich werde mich sogar als den Schurken darstellen, indem ich behaupte, dass ich dich verführt habe und dein Vater dich vor meiner Verkommenheit gerettet hat.«

»Was der *Wahrheit* entspricht, möchte ich hinzufügen.«

Ein Lachen entschlüpfte seiner Kehle. »Es war doch wohl eher so, dass du mich verführt hast, als du mich gebeten hast, mich in jener Nacht mit dir zu treffen. Weißt du noch, in dem kleinen Gartenschuppen hinter dem –«

»Ich erinnere mich«, unterbrach sie ihn, nicht im Geringsten amüsiert. »Wie soll ich unsere Vergangenheit meiner Familie erklären? Montgomery? All den Leuten, die nie ahnten, dass wir überhaupt durchgebrannt waren?«

Er fluchte innerlich, weil er wusste, was er gleich tun würde, und das absolut ungern. Wie hatte sich sein Leben so auf den Kopf stellen können?

Er ließ den Kopf nach hinten gegen den Sitz fallen und seufzte. »Wenn du mir erlaubst, die Geschichte zu drucken, dann komme ich mit dir nach Newport und helfe dir mit deinem Bruder.«

Ihr Kopf fuhr hoch, und ihre Lippen verzogen sich zu einem listigen Lächeln, das nichts Gutes für die Zukunft verhieß. »Abgemacht.«

Der Eisenbahnwaggon rumpelte schlingernd über die Schienen. Zum Glück verlief ihre Reise nach Newport bisher nach Plan. Lily warf einen verstohlenen Blick auf Calvin, der in einem Sessel im Sitzbereich Platz genommen hatte. Er hielt einen Stapel Artikel in den Händen, und sein Bleistift flog nur so über die Blätter, als er sich Notizen machte. Sein Mitarbeiter, ein Mann namens Jim Evans, saß ihm gegenüber und sammelte die Blätter ein, sobald Calvin mit ihnen fertig war. Die einzige andere Person im Waggon war Hugo, der sich in der Nähe der Tür ihres Privatwagens niedergelassen hatte.

Sie waren beim ersten Morgengrauen nach Newport aufgebrochen. Calvin war einverstanden gewesen, früh aufzubrechen, aber nur, wenn Mr. Evans mitfahren konnte, damit die beiden arbeiten konnten. Lily hatte eingewilligt, weil sie es eilig hatte, zum Cottage zu kommen und ihren Bruder zu suchen.

Sie hatte Calvin noch nie bei der Arbeit gesehen. Seine Konzentration war beeindruckend. Mit wildem Tempo kritzelte er, unterstrich und nahm Änderungen an den Storys vor, ohne in fünfundvierzig Minuten auch nur aufzublicken. Gelegentlich bombardierte er Mr. Evans mit Fragen, aber hauptsächlich arbeitete er sich durch die Artikel. War er so besessen, dass er jede Einzelheit lesen musste, die in einer seiner Zeitungen gedruckt wurde? Das schien ein gewaltiges Unterfangen zu sein, das gewiss unnötig war. Konnte sich Mr. Evans nicht um die Redaktion kümmern? Oder einer der anderen Hunderten von Angestellten bei den Zeitungen?

Nicht, dass sie sich beschwerte. Wenn Calvin beschäftigt war, dann bedeutete das, er versuchte nicht, sie zu küssen. Oder mit ihr zu flirten. Oder sie zu berühren. Der Vorfall in der Kutsche war ein gewaltiger Fehler gewesen, ein Fehler, der sich nicht wiederholen durfte.

Warum hatte sie zugelassen, dass er sie küsste? *Ehrlicherweise hast eigentlich du ihn geküsst.* Ja, er hatte sie dazu angestachelt, aber die Schuld lag einzig und allein bei ihr. Ihre Lippen hatten seine gesucht, nicht anders herum. Wie dem auch sei, sie war praktisch Montgomery versprochen. Er war ihre Zukunft, nicht der frühere Ehemann, der das Geld ihres Vaters genommen hatte. Der nette, vorhersehbare Montgomery, der reisen und

Partys besuchen wollte. Sie würden ein langweiliges, ruhiges Leben führen, eines ohne die Höhen und Tiefen, die sie mit Calvin gehabt hatte. Wirklich, sie hoffte inbrünstig, nie wieder Liebeskummer erfahren zu müssen.

Calvin in den letzten paar Tagen zu sehen hatte Sehnsüchte wiederauferweckt, die sie tot und begraben geglaubt hatte. Und doch hatte er sich nicht verändert. Er war immer noch derselbe egoistische, manipulative Schurke wie früher. Man konnte ihm nicht vertrauen. Aber sie konnte nicht aufhören, an diesen Kuss zu denken …

»Es tut mir leid, dass Ihre freien Tage unterbrochen wurden«, hörte sie Calvin zu Mr. Evans sagen. »Bitte richten Sie auch Ihrer Frau meine Entschuldigung aus. Ich hatte keine Ahnung, dass ich die Stadt so plötzlich würde verlassen müssen.« Calvin war mit seinem Stapel Blätter fertig, die Artikel befanden sich nun sicher in Mr. Evans Aktentasche.

»Völlig verständlich, Cabot. Mavis weiß ohnehin nicht, was sie mit mir anfangen soll, wenn ich zu Hause bin. Nun, welche Story wollen Sie als Aufhänger für die morgige Abendausgabe?«

Calvin warf seinen Bleistift auf den Tisch. »Das notieren Sie sich besser.«

Mr. Evans nahm das Schreibgerät und schlug einen Notizblock auf. »Legen Sie los, Boss.«

»Es ist die Geschichte meiner einstigen Hochzeit mit Miss Lillian Davies – und deren Annullierung.«

Mr. Evans Kinnlade klappte herunter, und sein überraschter Blick flog zwischen Calvin und Lily hin und her. »Es tut mir leid … Sagten Sie Miss Lillian Davies?«

»Ja, das sagte ich.« Calvins Blick hielt den von Lily fest. Die Augen des Mannes funkelten, so sehr genoss er das hier. »Wir müssen es als eine stürmische Liebeswerbung darstellen, bei der ich sie ausgenutzt habe. Dann griff ihr Vater ein und rettete sie vor meinem unziemlichen Einfluss.«

»Es ist nicht nötig, um meinetwillen zu lügen, Calvin«, sagte sie. »Ich bin eine erwachsene Frau und kann meine bittere Pille schlucken.«

»Ja, aber wir hatten vereinbart, das auf meine Weise zu regeln.« Er streckte sich in seinem Sessel und schlug die Beine an den Knöcheln übereinander. »Wenn hier jemand eine bittere Pille schlucken muss, dann ich.«

Sie wusste, was er damit zu tun versuchte: seine Schuldgefühle lindern, weil er zugelassen hatte, dass ihr Vater zwischen sie kam. Ein Teil von ihr wusste, dass er es verdiente, aber sie brauchte seinen Schutz nicht. *Erwarte nicht, dass irgendjemand sich um dich kümmert,* hatte ihr Vater oft gesagt. Warren Davies hatte sie dazu erzogen, auf eigenen Beinen zu stehen, wann immer es möglich war. Sie würde sich nicht hinter Calvin verstecken, obwohl es leichter wäre.

»Nein, Calvin. Wir tragen beide gleich viel Schuld daran. Erzähl die Wahrheit. Ich kann den öffentlichen Aufschrei ertragen, sollte es einen geben.«

»Vielleicht sollte ich zuerst die ganze Geschichte hören«, schlug Mr. Evans behutsam vor. »Dann können wir entscheiden, wie wir es darstellen.«

»Wir haben uns vor vier Jahren auf einer Party kennengelernt«, sagte Calvin. »Ich habe ihr nachgestellt, ohne zu wissen, wer sie war. Als ich erfuhr, dass sie Warren Davies Tochter war, war es bereits zu spät. Ich war völlig von ihr hingerissen. Wir brannten etwa zwei Monate später durch und landeten im Hotel Fauchère in den Poconos. Ihr Vater kam während der

Flitterwochen mit Annullierungspapieren in der Hand an und verlangte, dass ich gehe.«

»Hat er Sie ausbezahlt?«

»Er hat mir einen Scheck ausgestellt, aber ich bin nicht bereit, diese Information zu enthüllen. Lassen wir es einfach dabei, dass ihr Vater es nicht billigte.«

»Er hat Ihnen einfach nur Geld angeboten, und Sie sind gegangen?«, platzte Mr. Evans heraus. Er warf Lily einen kurzen Blick zu. »Bitte entschuldigen Sie, Miss Davies. Ich weiß, das geht mich nichts an.«

»Nicht nötig, sich zu entschuldigen, Mr. Evans. Zu dem Zeitpunkt kam das auch für mich überraschend.« Das war noch untertrieben. Sie war am Boden zerstört gewesen und hatte sich an die Überzeugung geklammert, Calvin würde zurückkommen.

»Ich konnte mich nicht wehren«, versetzte Calvin. »Davies hielt alle Trümpfe in der Hand.«

Seine Formulierung machte Lily stutzig. *Trümpfe*, nicht Trumpf. Hatte er den Ausdruck nur aus Gewohnheit benutzt … oder gab es noch mehr Gründe, warum er ihrer Ehe den Rücken gekehrt hatte? Sie wusste nur von der Drohung ihres Vaters, ihr die finanzielle Unterstützung zu entziehen. »Trümpfe, Mehrzahl? Was für Trümpfe waren das genau?«

Hugo räusperte sich laut, aber Calvin ignorierte alle bis auf Mr. Evans. »Drucken Sie die Story einfach so, wie ich es will, Jim.«

»Dürfte ich kurz mit dir sprechen?«, fragte Lily Calvin. »Unter vier Augen?«

Ein Muskel zuckte an Calvins Kiefer, aber er nickte. »Jim, Sie haben genug, um beschäftigt zu sein, bis Sie in New Haven umkehren, denke ich.«

Mr. Evans stand auf, die lederne Aktentasche fest in der Hand. »Ja. Dann überlasse ich Sie Ihrer Weiterreise, Cabot. Miss Davies«, sagte er mit einem höflichen Nicken.

»Mr. Evans«, erwiderte sie die Verabschiedung mit einem herzlichen Lächeln.

Mr. Evans ging zur Tür des Waggons, worauf Calvin meinte: »Hugo, würdest du uns kurz allein lassen.«

Hugo folgte Mr. Evans hinaus und ließ Lily und Calvin allein zurück. Calvin hob die Arme und verschränkte die Finger hinter dem Kopf. »Das war nur eine Redensart, Lily.«

Die feinen Härchen in ihrem Nacken sträubten sich. Etwas stimmte hier nicht. »Ich glaube dir nicht. Was verheimlichst du vor mir?«

»Gar nichts.« Er wich ihrem Blick aus und starrte stattdessen auf einen Punkt an der Wand hinter ihr.

Er log. Noch nie im Leben war Lily von etwas überzeugter gewesen. Aber sie war die Lügen leid. Sie war Calvins Ausflüchte und Halbwahrheiten leid. Vielleicht hatte es einen anderen Grund gegeben, dass er die Annullierungspapiere unterzeichnet hatte. Oder vielmehr drei Gründe. Fünfzehn Gründe. Es war nicht mehr wichtig für sie. Der Mann war wie ein großes Knäuel Garn; je mehr man es aufdröselte, desto mehr Faden folgte. Eines wusste sie: Sie wollte nicht länger in sein Chaos verstrickt sein.

»Du lügst mich an, was nichts Neues ist. Der Unterschied ist, es kümmert mich nicht mehr.«

KAPITEL NEUN

Es kümmert mich nicht mehr.

Diese fünf Worte hallten in Calvins Verstand wider und verursachten ihm schreckliche Kopfschmerzen. Er griff nach dem Glas Whiskey, das er sich eingeschenkt hatte, gleich nachdem sie den Waggon verlassen hatte, und kippte den Inhalt hinunter. Der Alkohol schmeckte weich auf seiner Zunge und brannte bis hinunter in seinen Magen. Er füllte sein Glas erneut und starrte aus dem Fenster.

Natürlich hatte sie recht. Er hatte gelogen. Jeder Dummkopf hätte das bemerkt – und Lily war kein Dummkopf. In seiner Gereiztheit über Jims Frage hatte sein Mund den Schwachsinn über Davies, der alle Trümpfe in der Hand hielt, ausgespuckt … und Lily hatte seinen Versprecher sofort bemerkt. Aber er konnte ihr nicht die Wahrheit sagen. Er hatte ein Versprechen gegeben, das er nicht brechen durfte.

Nicht, dass Calvin das Resultat bereute. Sobald der Rausch der Leidenschaft verblasst wäre, hätte Lily es zutiefst bedauert, mit einem Mann wie ihm verheiratet zu sein, der viele Überstunden machte und sie nicht zu Partys und auf Reisen begleiten konnte. Sie hatten zu schnell geheiratet, gleich nachdem sie sich kennengelernt hatten. Diese Entscheidung hätte sie später irgendwann gequält. So war sie viel besser dran.

Wir müssen weniger haben, damit andere mehr haben können.

Die Tür des Waggons öffnete und schloss sich, und gleich darauf ließ Hugo sich in einem Sessel nieder. Calvin schenkte ihm einen Drink in eines der sauberen Kristallgläser auf dem Tisch ein und reichte es dann seinem Freund. Er hob sein eigenes Glas zu einem Trinkspruch. »Auf geliebte und verlorene Frauen.«

»Vielleicht hättest du es ihr sagen sollen. Das führt doch alles zu nichts. Ich bin immer noch allein, meine Frau ist in China, Lee ist nicht kooperativ, und du arbeitest dich zu Tode.«

Ein überwältigendes Gefühl von Schuld formte einen Klumpen in Calvins Brust. Er schloss die Augen und atmete tief aus. »Wir werden sie herbringen, Hugo. Das schwöre ich.«

»Ich weiß, und ich sage das nicht, um dir ein Messer ins Herz zu stechen. Du hast alles getan, was du konntest.« Er hielt inne, stellte sein Glas ab und wischte sich die Handflächen an der Hose ab. »Vielleicht ist es an der Zeit, dass ich aufhöre, mich auf dich zu verlassen, und sie selbst hole.«

Calvin richtete sich auf. Hugo hatte lange nicht darüber gesprochen, es war eine Möglichkeit, die sie stets ausgeschlossen hatten, weil sie zu gefährlich war. »Und was ist mit den Männern, die dich töten wollen? Ich nehme an, die sind nicht mehr in Yuen Long?«

»Doch, die sind noch dort. Sie würden sie inzwischen getötet haben, falls sie wüssten, dass sie mich geheiratet hat.«

»Also wie kannst du nur glauben, ihr zu helfen, indem du an ihrer Türschwelle auftauchst?« Hugo zuckte die Schultern, aber

Calvin wusste, wie sehr Hugo darunter litt. Er bemühte sich, die Vernunft über seine Gefühle zu stellen. »Falls Lee es herausfindet, wird er diese Information gegen uns verwenden. Er wird sie deinem ehemaligen Arbeitgeber ausliefern.«

Als Hugo in China gelebt hatte, hatte er Arbeit bei einem mächtigen Opiumbauern gefunden, der wollte, dass Hugo die Arbeiter auf den Feldern mit derselben Skrupellosigkeit beaufsichtigte, mit der die amerikanischen Sklaven behandelt worden waren. Bei der Arbeit in einem dieser Dörfer hatte Hugo ein chinesisches Mädchen kennengelernt und sich verliebt. Dann hatte er damit angefangen, den Arbeitern zur Flucht zu verhelfen. Leider hatte der Opiumbauer von Hugos Verrat erfahren und versucht, ihn umbringen zu lassen. Jetzt wieder zurückzukehren käme einem Todesurteil gleich.

Zu der Zeit hatte Calvin für den Handelsaufsichtsbeamten gearbeitet und ein britisches Team auf dem Land bei der Suche nach den besten Stellen zur Errichtung von Telegrafenmasten unterstützt. Da er sowohl Englisch als auch Kantonesisch sprach, war er derjenige gewesen, der mit den Opiumbauern verhandelte. Er hatte Hugo im Dorf kennengelernt, und die beiden Männer waren durch ihre gemeinsame Liebe für Whiskey und Poker Freunde geworden.

»Du kannst nicht dort rübergehen. Gib mir noch ein bisschen mehr Zeit. Wenn wir es klug anstellen, dann können wir Lees Tochter gegen deine Frau eintauschen.«

»Und den Bruder der Missus in Schwierigkeiten lassen? Du weißt, dass das für Tom Davies nicht gut ausgehen wird, Calvin.«

»Darüber kann ich mir nicht den Kopf zerbrechen. Er ist ein erwachsener Mann. Wenn er sich nicht vor Lee schützen kann, dann ist das nicht meine Sorge. Meine Sorge ist es, Lees Tochter versteckt zu halten, bis Lee alles in Bewegung setzt, um deine Frau nach Amerika zu holen.«

»Denkst du, dass er das tun wird?«

»Das wird er, wenn er seine Tochter wiederhaben will.«

Hugo rieb sich einen Moment lang das Kinn. »Du hast das schon in dem Moment geplant, in dem du gehört hast, dass ihr Bruder Lees Tochter entführt hat, nicht wahr?«

»Ich hatte es im Hinterkopf, ja. Ich wollte, dass Lily zuerst ihren Bruder findet und mich dann informiert, wo er Lees Tochter versteckt hält. Aber sie wollte nicht lockerlassen und hat verlangt, dass ich diese Reise nach Newport unternehme.« Calvin leerte sein Glas und nahm die Flasche, um es noch einmal zu füllen. »Wir haben keine Ahnung, ob Tom überhaupt in Newport ist. Wir könnten auf diese Weise zwei oder drei Tage verlieren.«

»Es ist kein Verlust, wenn du die Missus dazu bringen kannst, dir zu verzeihen.«

Calvin verschluckte sich beinahe an seinem Drink, und der Whiskey versengte seine Eingeweide. »Hör auf, sie Missus zu nennen – und sie wird mir nie verzeihen. Verdammt, *ich* würde mir nicht verzeihen. Aber selbst wenn ihr Vater damit geblufft hat, ihr keinen Cent mehr zu geben, hätte ich nicht zulassen können, dass Davies die Information über meine Frau in China enthüllt.«

»Wenn wir Lees Tochter als Druckmittel haben, ist es vielleicht an der Zeit, die Wahrheit zu sagen.«

»Die Wahrheit ist das, was ich sage. Ich habe drei Zeitungen, um das zu beweisen.«

Hugo schüttelte den Kopf, und seine Mundwinkel drückten Missbilligung aus. »Du magst zwar vieles sein, aber du bist nicht Gott.«

»Noch nicht«, erwiderte Calvin und leerte sein Glas. »Aber ich arbeite daran.«

In Newport hatten die Frühlingsblumen bereits zu sprießen begonnen, und die rosafarbenen und weißen Kirschblüten waren ein Willkommensgruß, nachdem der Winter hinweggetaut war. Während sich die Kutsche auf den Weg zu Barrineau, dem Anwesen der Davies, machte, konzentrierte Lily sich auf die Schönheit der Landschaft anstatt auf Calvin, der laut schnarchend auf dem Sitz ihr gegenüber saß.

Sie nahm an, dass er im Zug zu viel Alkohol getrunken hatte, zumindest ließ der starke Whiskeygestank, der von ihm ausging, das vermuten. Obwohl er beim Verlassen des Zugs nicht getorkelt war oder sich zum Narren gemacht hatte, war er untypisch schweigsam gewesen. Dann war er in die Kutsche geklettert, hatte es sich auf dem Sitz bequem gemacht und sofort die Augen geschlossen. War das ein regelmäßiges Vorkommnis, Opiumhöhlen und öffentliche Trunkenheit?

Noch ein Grund, für die Annullierung dankbar zu sein. Sie beide hatten zu schnell geheiratet, in einem Taumel von durch Lust hervorgerufener Torheit. Eine Situation, die sie allen in ihrem Leben würde erklären müssen, sobald die Story im *Mercury* erschien. Montgomery würde verletzt und vermutlich wütend sein, aber mit ihm konnte sie umgehen. Cora dagegen wäre von der Nachricht völlig erschüttert. Tom würde wahrscheinlich versuchen, Calvin zu erwürgen, ein Umstand, den sie hier in Newport zu verhindern hoffte.

Sie betete, dass Tom im Cottage war. Alle Gründe, warum er

sich in Barrineau verstecken würde, waren vollkommen logisch, aber es kam ihr zu einfach vor. Wenn Lily Lees Tochter entführen wollte, dann würden sie an einen entlegenen Ort verschwinden, der auf keiner Karte verzeichnet war. Wäre Tom wirklich so dumm, sie an einem so naheliegenden Ort zu verstecken?

Vertraute weiße Kamine auf einem grauen Dach kamen in Sicht, und Lily wurde es eng in der Brust. Barrineau war ein herrschaftliches Gebäude, das an der Bellevue Avenue etwas zurückgesetzt auf einem Hügel lag und übers Wasser hinausblickte. Ihr Vater hatte das Grundstück vor zwanzig Jahren gekauft und das Haus nach seinen Vorgaben erbauen lassen. Es besaß fünfzehn Schlafzimmer, eine Bibliothek, einen Ballsaal, ein Billardzimmer und eine weitläufige Veranda, auf der Lily als kleines Mädchen jeden Sommer Teepartys abgehalten hatte. Sie hegte viele zärtliche Erinnerungen an dieses Haus.

Als die Kutsche schließlich zum Stillstand kam, regte Calvin sich. »Sind wir da?«, fragte er mit einem Gähnen.

»Ja.« Lily wartete nicht auf ihn, sondern stieß die Tür der Kutsche auf und stieg aus. »Wenn du allmählich mal in Wallung kommen könntest, dann könntest du mich nach drinnen begleiten.«

Er murmelte etwas vor sich hin, etwas, das sich anhörte wie *Ich werd dir zeigen, wie ich in Wallung komme*, aber sie war sich nicht sicher.

»Wie bitte?«

»Nichts«, schnauzte er und winkte sie mit einer scheuchenden Bewegung Richtung Haus. »Na dann los.«

Lily marschierte zur Eingangstür, die aufschwang und Langley, den Butler preisgab. »Guten Tag, Miss Davies. Wir wurden über Ihre Ankunft heute gar nicht informiert.«

Lily hatte ihren Besuch absichtlich nicht angekündigt. Falls Tom hier war und sich mit Lees Tochter versteckte, dann hätte die Nachricht ihrer bevorstehenden Ankunft ihn vielleicht vertrieben. Sie konnte die Vorwarnung nicht riskieren, selbst wenn es das Personal etwas in Aufruhr versetzte. »Ich bitte um Entschuldigung, Langley. Es war eine spontane Entscheidung.«

Sie spürte Calvin hinter sich mehr, als sie ihn hörte. Ihr Körper hatte einen zusätzlichen Sinn, was ihn betraf – einen Sinn, von dem sie sich sehnlichst wünschte, er würde abstumpfen oder verschwinden. Sie begann, ihren Mantel aufzuknöpfen. »Langley, Mr. Cabot wird ebenfalls unser Gast sein. Bitte lassen Sie ihn im roten Schlafzimmer unterbringen.«

»Sehr wohl, Miss. Willkommen in Barrineau, Mr. Cabot.«

»Danke.« Calvin nahm seinen Derby und die Handschuhe ab. »Können Sie uns sagen, ob Mr. Davies hier ist?«

Lily biss die Zähne zusammen, bereit, ihn zu erwürgen. Calvin hatte offensichtlich keinen Funken Feingefühl im Leib. »Langley, was Mr. Cabot meint, ist, dass wir gehofft hatten, Sie hätten meinen Bruder kürzlich gesehen. Vielleicht war er in den vergangenen Wochen hier?«

Langleys normalerweise stoisches Gesicht verwandelte sich in eine ernste Miene. »Ihr Bruder? Nein, Miss. Ich fürchte, er war nicht hier.«

»Hat die Jacht angelegt?«

»Nein, Miss. Nicht, dass ich wüsste.«

Enttäuschung überfiel sie, aber sie ließ es sich nicht anmerken. »Schon in Ordnung. Mr. Cabot und ich werden es uns bequem machen.«

»Ich werde Ihr Gepäck gleich nach oben schaffen lassen«,

versprach Langley, dann brachte er Lilys Mantel zu dem kleinen Schrank in der Ecke.

»Das rote Schlafzimmer?«, fragte Calvin leise. »Wie in einem Bordell?«

»Mehr wie das Zimmer, das seine Bewohner wachhält. Ich hoffe, du fühlst dich darin wohl.« Sie raffte schwungvoll ihre Röcke, trat um ihn herum und begann, die lange Treppe hinaufzusteigen. Ihre Schuhe machten kaum ein Geräusch, als sie über den feinen Teppich flüsterten, dennoch hörte sie problemlos, wie Calvin hinter ihr hereilte.

Sobald sie den Treppenabsatz erreicht hatte, wandte sie sich zu ihren Räumen im Familienflügel. Calvin würde im Gästeflügel untergebracht sein, auf der anderen Seite des Hauses. Vielleicht hätte sie ihn im Kutschhaus einquartieren lassen sollen.

»Nur, damit das klar ist, es wird nicht die Wandfarbe sein, die mich wachhält«, sagte er nun neben ihr.

»Deine Zimmer liegen in der anderen Richtung, Calvin. Bitte lass dir von einem Diener den Weg zeigen.«

Er fasste sie am Ellbogen, um sie anzuhalten. Seine Augen waren schläfrig und dunkel, was ein Kribbeln tief in ihrem Bauch verursachte, eine prickelnde Welle der Erregung. »Willst du nicht wissen, was mich heute Nacht wachhalten wird?«

»Eigentlich nicht.«

Er stützte sich mit einer Hand an der Wand ab, sodass seine breiten Schultern die Sicht auf den Rest des Korridors versperrten, und kam näher. Sie versuchte, Abstand zwischen sie zu bringen, doch ihr Rücken stieß gegen die Wand. Die Zeit kam zum Erliegen, als sie einander in die Augen sahen. Hatte ihr Herz jemals schon so schnell geschlagen?

Seine Lippen krümmten sich zu einem gefährlichen Lächeln, das ihr die Knie weich werden ließ. »Ich werde wach liegen, weil ich an den Kuss von letzter Nacht denken werde, und an all die anderen Stellen, die ich gerne kosten würde, nur noch ein ... einziges ... Mal.«

Ihre Haut ging in Flammen auf, alles in ihr wurde weich, und sie sackte gegen die Wand. Sie wünschte, ihr würde eine geistreiche, geringschätzige Bemerkung einfallen, aber ihr kam nichts in den Sinn als die Erinnerung an seinen dunklen Kopf zwischen ihren Beinen. Wie lebhaft sie sich an sein Geschick in gewissen Bereichen erinnerte!

»Wir sehen uns beim Abendessen.« Ohne auf eine Antwort zu warten, richtete er sich auf und zupfte seine Weste zurecht. Dann schob er die Hände in die Hosentaschen und ging davon, und dabei pfiff er die ganze verdammte Zeit über vor sich hin.

»Er ist im Bootshaus.«

Calvin lag mit geschlossenen Augen lang ausgestreckt auf seinem Bett im roten Zimmer, als Hugo eintrat. Die Worte ließen seine Lider auffliegen. Sie waren noch keine dreißig Minuten in Barrineau, und schon hatte Hugo ihr Problem gelöst. Das war selbst für Hugo bemerkenswert.

Trotz seines hämmernden Schädels setzte Calvin sich auf und schwang die Beine über den Rand der Matratze. Verdammt, er hätte im Zug nicht so viel Hochprozentiges trinken sollen. »Gut gemacht. Wie hast du ihn gefunden?«

»Er hat ein Zimmermädchen dafür bezahlt, Essen hinauszuschmuggeln und jeden Tag ein bisschen sauber zu machen.«

»Natürlich hat er das.« Tom Davies würde zweifellos verhungern, wenn er keine Dienstboten hätte. »Nehmen wir die Hintertreppe und statten ihm einen Besuch ab.«

»Jetzt gleich?«

»Ja, jetzt gleich.« Calvin stand auf und griff nach seinem Gehrock, den er vorhin abgelegt hatte.

Stattdessen nahm Hugo den Rock und hielt ihn hoch, damit Calvin in die Ärmel schlüpfen konnte. »Sicher, dass du dich nicht noch ein wenig ausruhen willst? Es wäre nicht gut, wenn das Fieber wieder ausbricht.«

Der Arzt hatte Calvin geraten, Überanstrengung zu vermeiden, sonst riskierte er einen erneuten Ausbruch der Krankheit. Die einzige Möglichkeit, gesund zu bleiben, war langsamer zu treten und sich auszuruhen. Sich nicht zu stark anzutreiben. Eine schwierige Aufgabe, wenn man drei Zeitungen leitete. »Es geht mir gut. So schnell werde ich keinen weiteren Anfall bekommen. Außerdem, je weniger Zeit ich hier verbringe, desto besser.«

»Setzt sie dir so zu, dass du nicht einmal unter demselben Dach mit ihr schlafen kannst?«

»Sie setzt mir nicht zu«, schnaubte Calvin spöttisch, als er zur Tür ging und sie öffnete.

»Natürlich nicht. Deshalb hast du auch im Zug eine ganze Flasche Whiskey getrunken.«

»Worin du mich unterstützt hast, möchte ich hinzufügen.« Calvin zog die Tür hinter sich zu. »Wo ist die Hintertreppe?«

Hugo zeigte nach rechts, und Calvin wandte sich in diese Richtung. Das Haus wirkte einschüchternd, fand Calvin, mit seiner Einrichtung und Ausstattung, alles unberührt und glänzend. Kaum bewohnt. Die Teppiche waren gebürstet und sauber, die Wände hell und glatt. Kein Staub, kein Schmutz. Eine stille Opulenz, die den Besucher auf die lautestmögliche Weise an den Reichtum der Besitzer erinnerte.

Lilys Erziehung könnte sich nicht mehr von seiner unterscheiden. Ihm war bis zu diesem Moment nicht bewusst gewesen, wie sehr. Calvin war mit nichts aufgewachsen, hatte nicht einmal ein festes Dach über dem Kopf gehabt. Lily dagegen war als Prinzessin eines Silberminenbesitzers groß geworden. Wie hatte er sie je überzeugen können, ihn zu heiraten?

»Die Tür ist ein bisschen schwierig zu finden.« Hugo blieb stehen und strich in der Nähe einer Leuchte mit den Fingern über die Oberfläche der Wand. Er drückte, und sie vernahmen ein Klicken. Dann teilte sich der Putz, um eine verborgene Tür preiszugeben.

»Angeber«, murmelte Calvin.

Grinsend machte Hugo eine dramatische einladende Geste. »Nach dir.«

Es dauerte zehn Minuten, über die Treppe und das Labyrinth aus Korridoren zur Tür nach draußen zu gelangen. Von dort eilten die beiden durch die Gärten zum Wasser. Barrineau war auf einer Anhöhe erbaut worden, die etwas vom Meer entfernt lag, deshalb war das Bootshaus vom Hauptgebäude aus nicht zu sehen. Das war Toms Zwecken natürlich sehr dienlich, ebenso wie die Tatsache, dass jeder, der das Bootshaus zu Fuß erreichen wollte, an hundert verschiedenen Mitgliedern der Dienerschaft vorbeikommen musste, ohne gesehen zu werden.

Dennoch war der Ort nicht annähernd so sicher, wie Calvin es gern gehabt hätte, nicht, wenn er vorhatte, Lees Tochter als Druckmittel zu benutzen. Calvin würde sie woanders hinbringen müssen. Und zwar schnell.

Wind peitschte vom Meer herein, und die Wellen lieferten ein beständiges Rauschen im Hintergrund. Unvermittelt kam das zweistöckige Bootshaus in Sicht, ein gedrungenes, mit weißen Schindeln verkleidetes Gebäude, dessen kleine Fenster mit Stoff verhängt waren. Von außen sah alles verlassen aus. Als Hugo und er sich näherten, machten ihre Schuhe kaum ein Geräusch auf dem Holzsteg, was ihre Ankunft vor Tom hoffentlich verheimlichte. Calvin hatte an diesem Nachmittag kein Verlangen danach, dass auf ihn geschossen wurde.

An der Tür öffnete Hugo ein dünnes Lederetui, nahm zwei lange Metallstücke heraus und bückte sich zum Türschloss. Von drinnen erklang ein unverwechselbares Klicken: der Hahn einer Waffe, der gespannt wurde. Calvin sprang vorwärts und trat mit aller Kraft gegen die Tür, worauf das Schloss unter dem Splittern von Holz nachgab und die Tür aufschwang. Sofort warfen Calvin und Hugo sich auf den Boden – unmittelbar bevor ein Schuss über ihren Köpfen knallte.

Calvin sprang wieder auf die Füße und stürzte in den dunklen Raum, bevor der Schütze erneut feuern konnte. Seine Augen hatten kaum Zeit, sich an die Dunkelheit zu gewöhnen, bevor er einen jungen blonden Mann entdeckte, dessen Züge stark denen von Lily glichen, mit einer Pistole in der Hand, die direkt auf Calvins Brust zielte. Calvin hob die Hände, um zu zeigen, dass er unbewaffnet war. »Tom, nehmen Sie die Pistole runter. Sie wollen mich nicht erschießen.«

»Calvin Cabot?« Tom starrte Calvin ins Gesicht und ließ langsam den Lauf der Waffe sinken. »Was zur Hölle machen Sie hier?«

»Ich bin hier, um Ihnen zu helfen.«

Aus den Augenwinkeln sah Calvin, dass Hugo hereingekommen war und die kaputte Tür hinter sich schloss, so gut es ging.

»Mir helfen? Woher wussten Sie, dass ich hier bin?«, fragte Davies mit argwöhnischer Miene.

»Das ist eine lange Geschichte, für die wir keine Zeit haben, fürchte ich. Es besteht die große Wahrscheinlichkeit, dass der Schuss alle auf Ihre Anwesenheit aufmerksam gemacht hat. Aber Sie werden hören wollen, was ich zu sagen habe. Setzen wir uns doch.«

Davies' Blick flog zu einer kleinen Treppe, dann nickte er Calvin zu. »Also gut, setzen wir uns.« Er deutete auf einen Stuhl.

»Mein Freund setzt sich ebenfalls, sonst gehe ich wieder«, sagte Calvin mit einem Nicken in Hugos Richtung.

»Natürlich«, erwiderte Davies, während er den Arm ausstreckte, um das Licht einzuschalten. »Bitte, setzen Sie sich beide.«

Der Raum erhellte sich, und Calvin konnte sehen, wie schlicht das Versteck war. Eine Seite des Raumes enthielt Ruder und ein mit Stoff abgedecktes Beiboot. Gestapelte Holzbohlen. Die andere Seite war freigeräumt worden, um einem kleinen Tisch und ein paar Stühlen Platz zu machen, von denen sie nun alle Gebrauch machten.

»Ich weiß, dass Sie Wah Lees Tochter verstecken«, sagte Calvin, nachdem sie sich alle gesetzt hatten.

Davies quollen die Augen hervor, aber er kniff die Lippen zusammen, als wollte er es nicht zugeben. »Warum glauben Sie das?«

»Weil Lee Ihre Schwester in diesen Schlamassel hineingezogen hat und sie sich hilfesuchend an mich gewandt hat.«

Davies sprang so schnell auf, dass sein Stuhl kippte, und presste sich die Handballen auf die Augen. »Ich wollte nie, dass Lily darin verwickelt wird. Gütiger Gott«, flüsterte er.

»Was dachten Sie denn, was passieren würde?«, versetzte Calvin. »Sie müssen doch wissen, was für eine Sorte Mann Lee ist, wie skrupellos er sein kann, wenn er etwas will. Was haben Sie sich dabei gedacht, Ihre Schwester in Gefahr zu bringen?«

Etwas in Calvins Stimme musste Davies' Aufmerksamkeit erregt haben, denn er ließ die Hände sinken und sah ihn mit schmalen Augen an. »Warten Sie, warum sollte Lily sich an Sie wenden, um Hilfe zu suchen?«

»Dazu kommen wir noch. Zuerst möchte ich alles über Sie und Ming Zhu erfahren.«

Davies' Miene wurde weicher, und die Verärgerung wich etwas Zärtlichem. »Ich ... konnte sie nicht dort lassen. Lee hält sie eingesperrt, unter Bewachung, bis auf eine einzige Stunde in der Woche, in der sie den Markt besuchen darf. Sie ist eine Gefangene im eigenen Heim.«

Seufzend kniff Calvin sich in den Nasenrücken. »Sie ist die Tochter eines reichen und mächtigen Mannes. In ihrer Kultur werden Frauen so erzogen, die drei Gehorsamkeiten zu befolgen, nämlich ihrem Vater zu gehorchen, dann ihrem Ehemann und schließlich, als Witwe, ihrem Sohn. Durch Ihre Einmischung haben Sie ihrem Vater Grund gegeben, sie zu bestrafen. Streng zu bestrafen.«

»Lee wird sie nicht in die Finger bekommen. Niemals.« Davies begann, auf- und abzumarschieren, einen eigensinnigen Zug um das Kinn. »Ich werde tun, was auch immer nötig ist, um für ihre Sicherheit zu sorgen.«

»Selbst dafür in Kauf nehmen, dass Ihre Schwester getötet wird?«, schrie Calvin und erhob sich. »Haben Sie irgendeine Ahnung, welche Ereignisse Sie in Gang gesetzt haben? Sie ist nach Chinatown gegangen, um Lee zur Rede zu stellen, um Himmels willen!«

Das schien Davies einen Dämpfer zu verpassen. Seine Schultern sanken herab. Mit entschuldigend erhobenen Händen drehte er sich zu Calvin um. »Ich wollte nie, dass Lily darin verwickelt wird. Dennoch, sie ist eine starke Frau, die selbst auf sich aufpassen kann.«

Calvin durchzuckte es, als hätte ihn ein elektrischer Schlag getroffen, und Wut loderte in ihm auf. Der egoistische Bastard. Knurrend und mit geballten Fäusten stürzte er auf Davies zu, um dem verzogenen jungen Mann den Kopf abzureißen, doch Hugo trat mit beschwichtigend erhobenen Händen dazwischen.

»Beruhige dich. Denk an unsere Aufgabe. Ihn zu schlagen wird nicht das Geringste lösen.«

Fluchend drehte Calvin sich um und stampfte ein paar Schritte fort, um einen klaren Kopf zu bekommen. Das Blut rauschte ihm in den Adern, und sein Herz hämmerte hinter seinen Rippen. Hugo hatte recht. Das hier war nicht der Zeitpunkt für Emotionen. Auch wenn es unglaublich befriedigend für Calvin wäre, Tom Davies zu erwürgen würde niemandem helfen.

»Ich liebe sie«, verkündete Davies. »Ich will sie heiraten.«

Das hatte Calvin sich schon gedacht. Sonst hätte Davies nicht so etwas Irrsinniges getan. Er drehte sich zu Lilys Bruder um. »Und was empfindet sie für Sie?«

»Dasselbe. Ich werde sie nicht aufgeben.«

»Bitten Sie sie, herunterzukommen. Ich möchte es aus ihrem eigenen Mund hören.«

KAPITEL ZEHN

Calvin konnte nicht stillsitzen, während sie darauf warteten, dass Davies mit Lees Tochter erschien. Er lief sich über die ganze Länge des Raumes hinweg Löcher in die Schuhsohlen, während Hugo ruhig am Tisch sitzenblieb. Zum Teufel mit Davies und seiner Selbstsüchtigkeit. Wenn Lily etwas passiert wäre ...

Er warf einen Blick auf seine Taschenuhr. Davies war vor acht Minuten nach oben gegangen. Was dauerte da so lange? Ming Zhu musste in die Sache mit einbezogen werden, um sicherzugehen, dass sie nicht gezwungen worden war. Sie musste verstehen, dass sie den Zorn ihres Vaters provozierte, wenn sie ihn endgültig verließ.

Wenn Ming Zhu einverstanden war, konnte Calvin seinen Plan in die Tat umsetzen und sie in ein sicheres Versteck bringen. Dann würde er nach Barrineau zurückkehren und so tun, als wäre nichts geschehen. Er hatte nicht die Absicht, Lily zu sagen, dass er Lees Tochter gefunden hatte. Falls Lily das je herausfinden sollte, wäre sie rasend vor Wut, aber darüber konnte Calvin sich jetzt nicht den Kopf zerbrechen. Wenn alles gut ging, würde ihr nichts geschehen, Hugos Frau würde endlich nach New York kommen, und Davies wäre wieder mit seiner Geliebten vereint.

Endlich erklangen Schritte auf der hölzernen Treppe. Davies kam als Erster herunter, die Hand um eine kleinere, zierlichere Hand geschlossen. Dann erschien Lees Tochter, ein zartes, schwarzhaariges Mädchen, das nicht älter als siebzehn oder achtzehn Jahre alt sein konnte. Sie hielt den Blick gesenkt, obwohl Calvin vermutete, dass sie Temperament hatte. Eine Tochter, die einem Mann wie Lee davonlief, musste unglaublich stark sein.

Am Fuß der Treppe zog Davies sie vorwärts. »Ming Zhu, darf ich dich Mr. Calvin Cabot und seinem Freund bekannt machen?«

»Hugo«, stellte Hugo sich vor, als er sich erhob.

Ming Zhu nickte den beiden Männern zu. »Schön, Sie kennenzulernen«, sagte sie mit starkem Akzent. Sie trug ein Kleid im westlichen Stil und hatte ein hübsches Gesicht mit großen, dunklen Augen und einem umwerfenden Lächeln. Es war nicht zu übersehen, warum sie Davies aufgefallen war.

»Wollen wir uns nicht setzen?« Calvin deutete auf die Stühle. Als alle am Tisch saßen, wandte Calvin sich auf Kantonesisch an Ming Zhu. »Wie haben Sie Tom Davies kennengelernt?«

Ihre Augen weiteten sich, als er sie in ihrer Muttersprache ansprach, aber sie antwortete auf dieselbe Weise. »Ich habe ihn auf dem Markt getroffen. Dort folgen mir die Wachen nicht sehr dicht, weil sie sich langweilen. Tom hat mich etwas zu den Kräutern gefragt, und wir haben eine Unterhaltung begonnen. Er ... hat mir gesagt, dass ich hübsch sei. Bald sah ich ihn jede Woche dort. Wir wurden Freunde.«

»Und nun mehr als Freunde?«

»Cabot, sprechen Sie Englisch«, forderte Davies. »Ich will wissen, was Sie beide sagen.«

»Nein. Sie soll es mir unbefangen sagen können, falls sie unter Zwang hier ist, Davies.«

»Ich bin aus freiem Willen hier«, antwortete Ming Zhu langsam auf Englisch. »Tom hat mich nicht gezwungen.«

Calvin trommelte mit den Fingern auf den Holztisch. Bewusst wechselte er wieder ins Kantonesische. »Hoffen Sie, dem Zorn Ihres Vaters entfliehen zu können?«

Sie schluckte, holte jedoch tief Luft. »Mädchen in Amerika, die dürfen frei für sich selbst entscheiden. Sie haben größere Freiheiten als chinesische Mädchen. Ich lebe in Amerika. Ich möchte die Wahl haben. Und ich wähle Tom.«

»Die Torheit junger Liebe«, murmelte Calvin auf Englisch. Um Davies' willen fuhr er in dieser Sprache fort. »Wir werden Folgendes tun: Tom, Sie kehren mit Lily nach New York zurück. Ich werde zu Lee gehen und die Sache mit ihm klären. Sobald Lee sieht, dass Sie seine Tochter nicht haben, wird er Sie in Ruhe lassen und seine Energie auf etwas anderes konzentrieren. In der Zwischenzeit wird Hugo Ming Zhu in ein Versteck bringen, das Lee nie finden wird.«

»Jetzt hören Sie mal –«, setzte Davies mit vor Empörung geschwellter Brust an.

»Stopp. Sie brauchen meine Hilfe. Es ist nur eine Frage der Zeit, bevor Lee Sie hier findet. Er weiß, dass Sie in Newport sind, und schmiedet zweifellos, während wir hier sprechen, bereits Pläne, per Schiff hierherzukommen. Von Land aus sind Sie gut geschützt, aber jedes Schiff könnte nah genug kommen, um Sie zu überfallen.«

»Wie hat er herausgefunden, dass wir in Newport sind? Haben Sie es ihm verraten?«, fragte Davies anklagend.

»Keineswegs. Er ließ die Jacht an den Docks überwachen.«

Davies war erwartungsgemäß wenig begeistert und verzog das Gesicht. »Wo werden Sie sie hinbringen? Wie lange wird sie sich verstecken müssen?«

»Nicht lange«, erwiderte Calvin.

»Woher wissen Sie, dass er uns in Ruhe lassen wird?«, fragte Davies.

Weil ich vorhabe, ihn zu erpressen. »Ich weiß, wie er denkt. Vertrauen Sie mir.«

Davies stand vom Tisch auf und marschierte zur anderen Seite des Raumes. Ming Zhu folgte ihm und trat dicht neben ihn. Die beiden flüsterten leise miteinander, wobei Davies aufgebracht wurde, während Ming Zhu ruhig blieb. Wenn sie ihren Vater auch nur ein bisschen kannte, plädierte sie dafür, dass Davies auf Calvin hörte, so vermutete er. Trotz seines Geldes und seiner Position hatte Davies keine Chance gegen Lee.

Davies seufzte, dann legte er die Arme um Ming Zhu und zog sie eng an seine Brust. Er beugte den Kopf, um ihr etwas ins Ohr zu flüstern, etwas, das sie dazu brachte, sich Tränen von den Wangen zu wischen. Bei dem Anblick verspürte Calvin einen Stich, eine Sehnsucht, die er kaum wiedererkannte, irgendwo tief in seinem Innern. Davies hatte alles riskiert, um diese Frau zu haben, obwohl ein Berg unüberwindlicher Hindernisse zwischen ihnen und ihrem Glück stand. Nicht jeder wäre so mutig gewesen.

Als Davies Ming Zhus Gesicht in die Hände nahm und seine Stirn an ihre lehnte, wandte Calvin sich ab, um dem Paar Privatsphäre zu geben. Er rieb sich die schmerzende Stelle hinter seinem Brustbein, dann fing er Hugos Blick auf. Sein Freund sah wissend auf Calvins Hand, Mitgefühl lag in seinen Zügen. Mit zusammengebissenen Zähnen starrte Calvin an die Wand, während er sich für das stählte, was er tun musste.

»Davies, bringen wir das zu Ende. Kommen Sie«, sagte er und zeigte auf den Tisch.

Anstatt sich zu setzen, ließ Davies Ming Zhu los und ging zu Calvin. »Warum helfen Sie uns?« Er verschränkte die Arme vor der Brust. »Warum hat meine Schwester Sie um Hilfe gebeten?«

»Weil sie weiß, dass ich viele Jahre in Hongkong gelebt habe.«

»Und?«

Calvin holte tief Luft. »Und weil wir einmal verheiratet waren.«

Er sah den Schlag nicht kommen. Eben noch hatte er Davies gegenübergestanden, und im nächsten Moment traf Davies' Faust auf seinen Wangenknochen, und sein Kopf flog unter der Wucht nach hinten. Er taumelte ein paar Schritte rückwärts und versuchte, auf den Beinen zu bleiben. Schmerz explodierte in seinem Schädel, und einen kurzen Moment lang vernebelte ihm ein Schleier die Sicht. Als sein Blick wieder klar wurde, sah er, wie Davies mit schmerzverzerrter Miene seine Hand ausschüttelte.

Hugo kam neben ihn und packte ihn bei den Schultern, um ihn zu stützen. »Alles in Ordnung?«

»Es geht mir gut.« Calvin richtete sich auf, und Hugo ließ ihn los. »Ich habe es nicht besser verdient.«

»Was meinen Sie damit, Sie *waren einmal mit ihr verheiratet*?«, knurrte Davies. »Was ist passiert?«

»Wir sind vor vier Jahren miteinander durchgebrannt. Ihr Vater fand es heraus und machte der Sache ein Ende. Er erzwang eine Annullierung.«

»Mein Vater wusste davon?« Davies umklammerte die Rückenlehne eines Stuhls, der ihm als Stütze diente. »Warum hat mir niemand etwas davon gesagt?«

»Niemand wusste davon, Davies. Alle waren einverstanden, die Heirat und die Annullierung geheim zu halten. Leider fand Lee es heraus und versuchte, uns zu erpressen. Um das zu verhindern, habe ich entschieden, die Story morgen im *Mercury* drucken zu lassen.«

»Wo ist Lily jetzt? Weiß sie davon?«

»Sie weiß, dass ich die Story drucken lasse, das ist alles. Sie ist jetzt im Haupthaus und zieht sich wahrscheinlich fürs Abendessen um. Ein Abendessen, an dem Sie teilnehmen werden, möchte ich hinzufügen. Sie ist schon ganz krank vor Sorge um Sie.«

Davies zögerte, sein Blick glitt suchend einen Moment lang über Calvins Gesicht. Bei der Musterung fühlte Calvin sich unbehaglich, aber er drängte ihn nicht. Davies musste in Calvins Plan einwilligen.

»Hol mich der Teufel«, sagte Davies schließlich.

»Was immer Sie denken, vergessen Sie's.«

»Nein, ich glaube, ich fange allmählich an zu begreifen. Eine ganze Reihe von Dingen, um genau zu sein. Sie lieben sie.«

Mit einem spöttischen Schnauben schüttelte Calvin den Kopf. »Machen Sie sich nicht lächerlich –«

»Doch, das tun Sie. Warum zum Teufel haben Sie sich von ihr abgewandt? Warum haben Sie zugelassen, dass mein Vater sich zwischen Sie stellte?«

»Weil ich keine Wahl hatte«, erwiderte Calvin. »So wie Sie keine andere Wahl haben, als mich Ihnen helfen zu lassen. Und der erste Schritt wird sein, Ihre Schwester anzulügen.«

Lily saß auf dem Bett, um ihre Stiefeletten zu schnüren. Sie hatte den ganzen Nachmittag damit verbracht, jeden Winkel von Barrineau abzusuchen. Einer der Vorzüge, in diesem Haus praktisch aufgewachsen zu sein, war, dass sie alle Verstecke kannte, einschließlich der Räume, in die das Personal nur selten kam. Allerdings war ihr Bruder in keinem von ihnen gewesen. Es war genau, wie Langley gesagt hatte: Ihr Bruder war nicht hier.

Zumindest nicht im Haus. In ein paar Augenblicken würde sie nach draußen gehen, um trotz des schwindenden Tageslichts ihre Suche dort fortzusetzen. Sie war nur in ihr Zimmer zurückgekommen, um andere Schuhe anzuziehen. Falls Tom irgendwo auf dem Gelände war, dann wollte sie ihn vor Einbruch der Nacht finden.

Was hatte Calvin den ganzen Tag lang getrieben? Wahrscheinlich seinen Rausch ausgeschlafen, von all dem Whiskey, den er im Zug getrunken hatte. Sie hatte sich nicht die Mühe gemacht, ihn über ihre Erkundungstouren zu informieren. Je weniger Zeit sie zusammen verbrachten, desto besser.

Hatte er vor, am Abendessen teilzunehmen? Schon die bloße Vorstellung, ihm gegenüber an der Tafel zu sitzen, diese strahlend blauen Augen auf sie gerichtet. Die sie musterten ... *All die anderen Stellen, die ich gerne kosten würde, nur noch ein ... einziges ... Mal.* Ein Schauer durchrieselte sie. Vielleicht sollte sie in ihrem Zimmer essen.

Ein Klopfen riss sie aus ihren Gedanken. Zweifellos ein Dienstbote mit einer Frage an sie. »Herein«, rief sie, ohne sich die Mühe zu machen, vom Bett aufzustehen. Die Tür öffnete sich, und ein blonder Mann trat herein. Lily schnappte nach Luft. »Tom!« Sie sprang vom Bett auf und rannte auf ihn zu. Er fing sie auf und nahm sie in die Arme, um sie eng an sich zu drücken.

Ihre Erleichterung war so groß, dass sie in Tränen auszubrechen drohte. »Bist du es wirklich?«, fragte sie an seiner Weste aus gemusterter Seide.

Sie spürte, dass er sie auf den Scheitel küsste. »Natürlich bin ich es wirklich. Warum sollte ich es nicht sein?«

»Ich hatte Todesangst um dich. Wo bist du gewesen?«

Er zog sich zurück und hielt sie auf Armeslänge von sich. »Ich war auf Reisen, genau, wie ich gesagt hatte. Bin für ein paar Tage nach Boston raufgesegelt. Als ich hörte, dass du hier bist, habe ich mich entschieden, herunterzukommen. Bin vor weniger als dreißig Minuten angekommen.«

»Du hast mir nicht gesagt, dass du nach Boston fährst. Du hast gesagt, du fährst nach Dakota. Zu der Mine.«

»Hab ich das?« Seine Brauen zogen sich zusammen, und er ließ die Hände sinken und gab sie frei. »Ich dachte, ich hätte dir von meinen Plänen erzählt. Da gab es ein paar Freunde, die ich besuchen musste. Ich hatte vor, nächsten Monat zur Mine zu fahren.«

Hatte sie ihn falsch verstanden? Das glaubte sie nicht. Wie dem auch sei, sie war überglücklich, ihn wohlbehalten wiederzuhaben. »Also bis du nicht mit Wah Lees Tochter davongelaufen?«

Er blinzelte und legte den Kopf schief. »Wah Lees Tochter? Wer ist Wah Lee?«

Der Kloß aus Angst und Unsicherheit, der sich die letzten paar Wochen in ihrem Bauch zusammengeballt hatte, begann sich aufzulösen. Er war nicht mit Wah Lees Tochter davongelaufen. Er war nicht in Gefahr. Die Freude war so heftig, dass ihr beinahe die Knie nachgaben. »Nicht so wichtig. Jemand hat sich offensichtlich geirrt. Ich bin froh, dich zu sehen. Ich hatte mir ziemliche Sorgen gemacht.«

»Das kann ich sehen«, sagte er mit einem liebevollen Lächeln. »Aber jetzt bin ich ja hier, also kannst du aufhören, dich zu sorgen.«

»Mich um dich zu sorgen ist das, worauf ich die meiste Energie aufwende, wenn ich mich nicht gerade um die Leitung der Minengeschäfte kümmere. Es ist nicht leicht, einen Lebemann zum Bruder zu haben, weißt du.«

Er grinste, dabei wirkte er wieder mehr wie der sorglose Neunzehnjährige, den sie so gut kannte. »Ich genieße es durchaus, ein Lebemann zu sein.«

»Ich weiß, und das hat mir in den letzten Jahren graue Haare eingebracht. Aber ich habe schon genug Zeit für Daddys Unternehmen aufgewendet. Ich möchte, dass du es mir abnimmst. Du bist alt genug, Tom.«

»Aber du bist so verflixt gut darin, Lily. Ich habe keinen Sinn für Zahlen und Verhandlungen so wie du. Du und Vater, ihr wart euch da ähnlich wie ein stures Ei dem anderen.«

»Ich sollte heiraten und anfangen, eine Familie zu gründen. Aber das kann ich nicht, wenn ich in Treffen mit Gewerkschaften und dem Verwaltungsrat feststecke. Ich will auch ein Leben haben.«

»Dann lass Onkel Edward oder einen der anderen Vizepräsidenten die Mine übernehmen. Oder wir verkaufen sie. Mir macht das nichts aus.«

Aber Lily machte es etwas aus. Sie hatte ihren Vater vergöttert und wollte nicht, dass alles, wofür er gekämpft hatte, an Fremde überging. »Daddy würde nicht wollen, dass wir irgendetwas davon tun. Er wollte, dass das Unternehmen in unserer Familie bleibt. Ist dir denn all seine harte Arbeit egal? Sein Schweiß und Blut, die er in diese Mine gesteckt hat? Er wäre da draußen zweimal beinahe gestorben.«

Unbekümmert wie immer winkte Tom ab. »Ich glaube keine dieser Geschichten darüber, wie er nur knapp dem Tod entkommen ist. Unter den gegebenen Umständen bin ich überrascht, dass es am Ende die Influenza war, die den alten Bastard erwischte. Der Mann war eine Rossnatur.«

»Tom, du sprichst von unserem Vater. Solltest du nicht versuchen, ein Fünkchen respektvoller zu sein?«

»Du warst sein Liebling, Lily, nicht ich. Wie dem auch sei, du musst dich beruhigen. Ich habe dir gesagt, dass ich versuchen werde, dir bei den Geschäften zu helfen, und das werde ich auch. Ich habe dir versprochen, dass ich nächsten Monat zur Mine fahren werde. Ist das nicht genug?«

»Ich dachte, du hattest mir versprochen, diesen Monat nach Dakota zu fahren.«

»Nein, ich bin mir sicher, dass ich nächsten Monat sagte. Übrigens, von Langley habe ich gehört, dass Calvin Cabot ebenfalls hier ist. Würdest du mir vielleicht verraten, warum?«

Lily rutschte das Herz in die Hose. Nun, ihr Bruder würde es morgen ohnehin aus der Zeitung erfahren. Da konnte sie ihm die Neuigkeit ebenso gut möglichst schonend beibringen. »Vielleicht sollten wir uns setzen.«

»Ich möchte mich nicht setzen. Ich möchte wissen, was da zwischen dir und einem von New Yorks berüchtigtsten Männern vorgeht.«

»Nichts … nichts mehr.«

»Bedeutet das, es gab da etwas in der Vergangenheit? Lily, wenn er dich schlecht behandelt hat –«

Sie hob die Hand. »Wir waren verheiratet. Vor vier Jahren.«

Tom blieb der Mund offen stehen. »Verheiratet! Und das hast du mir nicht gesagt?«

»Das ist eine lange Geschichte, und ich würde die ganze Sache nur ungern wieder aufwärmen. Du brauchst nur zu wissen, dass Daddy uns beide Annullierungspapiere unterzeichnen ließ.«

»So einfach war das, was?«

Sie gab einen Laut von sich, der halb Lachen, halb Stöhnen war. »Nichts daran war einfach, Tommy. Er hat mir das Herz gebrochen. Vor kurzem habe ich erfahren, dass Daddy ihm gedroht hat, mir mein Geld wegzunehmen, also beschloss Calvin, mich zu verlassen, statt mich zu einem Leben in Armut zu verurteilen. Aber damals wusste ich nichts davon.«

»Vater hätte so etwas Grausames nie getan.«

»Das ist mir bewusst, aber Calvin konnte das nicht wissen.« Sie schlang die Arme um ihre Mitte. »Wie dem auch sei, es war besser so. Wir hätten einander unglücklich gemacht. Das passiert nun mal, wenn zwei Menschen, die sich kaum kennen, heiraten.«

»Manchmal.« Tom ging zu ihr, legte ihr die Hände auf die Schultern und zog sie in eine heftige Umarmung. »Aber manchmal, wenn wir den Sprung ins Ungewisse wagen, ohne unserem Verstand zu erlauben, dazwischenzufunken, dann findet man etwas wahrhaft Besonderes.«

Sie schluckte, weil es ihr unerklärlicherweise die Kehle zuschnürte. »Nun, jedenfalls nicht in diesem Fall. Er hat nach der Annullierung etwa vierzehn Tage gebraucht, bis er anfing, anderen Frauen nachzustellen. Falls dir das nicht verrät, was für ein Mann er ist, dann weiß ich es auch nicht.«

Ihr Bruder gab sie frei und ging zur Tür, doch bevor er den Türknauf drehte, hielt er noch einmal inne. »Wenn ein Mann nicht haben kann, was er will, dann versucht er oftmals, sich einzureden, dass er es nicht braucht. Aber das Herz lässt sich nicht verleugnen. Das Herz gewinnt immer.«

Darauf hatte Lily keine Antwort. Wann war ihr Bruder so weise geworden? Und hatte er recht?

Tom öffnete die Tür und blickte über seine Schulter. »Wir sehen uns beim Abendessen.«

In Abendgarderobe gekleidet schlenderte Calvin in den lächerlich förmlichen Salon und erwartete, dort Lily vorzufinden. Stattdessen traf er dort auf ihren Bruder, der sich ein Glas Wein einschenkte.

Davies stellte den Kristalldekanter auf die Anrichte, dann hob er den Kopf. Die Ringe unter seinen braunen Augen waren bedeutend dunkler geworden, seit Calvin ihn zuletzt gesehen hatte, wahrscheinlich das Resultat seines Abschieds von Ming Zhu. Die nächsten paar Wochen würden nicht leicht für Davies werden, aber dagegen konnte Calvin nichts tun. Er hatte endlich ein Druckmittel gegen Lee in der Hand und die Absicht, es zu nutzen ... ganz egal, wessen Gefühle dabei verletzt wurden.

»Guten Abend, Cabot. Wein?«

»Vorzugsweise etwas Stärkeres, falls Sie das haben.« Davies Augenbrauen hoben sich, deshalb zeigte Calvin auf seinen Wangenknochen. »Hatte vorhin ein kleines Missgeschick. Tut höllisch weh.«

Schmunzelnd griff Davies nach einer anderen Kristallkaraffe, die mit einer goldbraunen Flüssigkeit gefüllt war, von der Calvin inständig hoffte, dass es sich um Whiskey handelte. Davies schüttete eine ordentliche Menge davon in ein Kristallglas und brachte es zu Calvin.

»Sie sollten vorsichtiger sein«, sagte Davies mit funkelnden Augen, als Calvin das Glas entgegennahm. »Sieht aus, als hätten Sie morgen ein gewaltiges Veilchen.«

Calvin senkte die Stimme. »Und wenn Sie nicht so selbstgefällig aussähen, könnte ich Ihnen Ihr Mitgefühl beinahe abkaufen.«

Davies lachte und schlenderte zu einem Armsessel. »Sie haben Glück, dass ich Sie nicht vor vier Jahren gefunden habe. Dann wäre es mehr gewesen als nur Ihre Wange.«

»Sie meinen, als Sie *zwölf* waren?«, schnaubte Calvin. »Ja, wirklich, verdammt gut, dass wir einander nicht über den Weg gelaufen sind.«

»Sehr witzig. Tatsächlich wäre ich fünfzehn gewesen. Wie haben Sie Lily überhaupt kennengelernt?«

»Bei einer gesellschaftlichen Veranstaltung. Ich war zu der Zeit Reporter für den *Bugle.* Sie wissen ja, wie gern die Zeitungen über die Partys der Gesellschaft berichten.«

»Waren Sie hinter ihrem Geld her?«

Vor Jahren hätte Calvin diese Frage wütend gemacht. Aber er verstand, warum Davies das fragte, warum man zu dem Eindruck gelangen konnte, Calvin habe die ganze Sache arrangiert, um sich finanziell zu bereichern. Er nahm einen Schluck Whiskey, ließ den Alkohol an seinem Gaumen die Kehle hinunterlaufen und antwortete dann wahrheitsgemäß. »Nein. Ich hatte keine Ahnung, wer sie war, als wir uns begegneten. Alles, was ich wusste, war, dass ich nicht aufhören konnte, sie anzusehen. Sie hatte damals eine Art, den Raum für sich einzunehmen ... Wie dem auch sei, ich war jung und dumm damals. Voller Selbstüberschätzung und Ehrgeiz. Wahrscheinlich auch voller Alkohol.«

»Mein Vater muss Sie gehasst haben.«

Calvin lachte, ein echtes Lachen, das sein Gesicht einnahm. »Das hat er in der Tat. Er hat mich beschimpft, mich alles geheißen, was man sich denken kann. Lily sagte, er wollte mich auf die Probe stellen.« Er kippte einen weiteren Schluck Whiskey hinunter. »Schätze, ich habe sie nicht bestanden.«

»Er war ein manipulativer Bastard, mein Vater. Es überrascht mich nicht, dass Sie seine Beweggründe missverstanden haben. Das haben die meisten Menschen. Aber er hat Lily geliebt. Er hätte sie nie hungern lassen.«

»Sie hat es Ihnen gesagt.« Calvins Magen zog sich zusammen. Als wäre er von dem ganzen Debakel nicht schon gedemütigt genug, musste er nun auch noch Davies Bemerkungen ertragen. Welche anderen Geheimnisse hatte Lily ihrem Bruder gegenüber noch ausgeplaudert?

»Ja, das hat sie.« Davies trank seinen Wein, dann wog er das Glas in der Handfläche. »Und ich muss sagen, ich bin überrascht. Sie wirken wie ein Kämpfer. Von der Sorte, die es mit der ganzen Welt aufnimmt, die im Namen des höheren Ziels ein wenig Beschwernis in Kauf nimmt.«

Tatsächlich hatte Davies gerade Calvins Kindheit beschrieben. Ja, er war wohlvertraut mit Beschwernis und damit, kämpfen zu müssen, um zu überleben – doch Lily war es nicht. »Mag sein, aber Ihre Schwester hatte diese Art von Leben nicht verdient. Nicht, nachdem sie«, er wies mit ausladender Geste auf das Zimmer, »so aufwuchs.«

Davies rieb sich das Kinn. »Sind Sie sicher, dass da nicht noch etwas war? Ein tiefes, dunkles Geheimnis vielleicht?«

»Oh, davon hat er genügend«, sagte Lily, die jetzt ins Zimmer trat. Calvin und Davies erhoben sich beide, und sie ging zu ihrem Bruder, um ihn auf die Wange zu küssen. »Calvins unzählige Geheimnisse könnten den ganzen Central Park füllen, glaube ich.«

Lily trug ein elegantes Abendkleid aus grüner Seide und hatte das blonde Haar hochgesteckt. Sie hatte nie reizender ausgesehen – oder mehr in ihrem Element. Prächtiges Heim, elegante Kleidung, teure Juwelen … Ein Reichtum, der ihr so in Fleisch und Blut übergegangen war, dass sie ihn wahrscheinlich nicht einmal mehr bemerkte. Darunter allerdings war sie weich und süß, mit üppigen Kurven, die ein Mann tagelang erforschen könnte. Calvin wusste das, weil er sie tagelang erforscht hatte.

Er kippte den Rest seines Whiskeys hinunter. »Ich bin ein Zeitungsmann. Geheimnisse und Wahrheiten sind mein Geschäft.«

»Wie praktisch, dass dir das eine Rechtfertigung verschafft«, erwiderte Lily auf ihrem Weg zur Anrichte. »Möchtest du noch einen Drink, Calvin?«

Calvin bejahte, und bald darauf kam sie mit einem frischen Glas Whiskey zu ihm. Als er das Glas von ihr entgegennahm, streiften sich ihre Finger, und die schlichte Berührung sandte eine Welle intensiven, heißen Verlangens durch ihn hindurch. Lilys Wangen röteten sich, der Puls an ihrem Hals flatterte. Wie konnte er heute Nacht – allein – unter demselben Dach mit ihr schlafen, nachdem er diesen Ausdruck auf ihrem Gesicht gesehen hatte?

Sie leckte sich über die Lippen und trat zurück, der Augenblick war gebrochen, und Calvin stieß schwer den Atem aus. Das würde ein verdammt langer Abend werden.

»Was ist mit deinem Gesicht passiert?«, fragte sie.

»Ich bin vorhin gegen etwas … Hartes gestolpert.« Er hob das Glas, hielt dann jedoch inne, bevor sein Mund den Rand berührte. »Du hast den doch nicht vergiftet, oder?«

»Nein, aber der Abend ist noch jung.«

KAPITEL ELF

Das Abendessen war die reinste Qual. Lily versuchte wiederholt, die Unterhaltung von der Vergangenheit, die sie mit Calvin teilte, fortzusteuern, aber Tom wollte das Thema einfach nicht fallen lassen. Er bombardierte sie beide mit einer Frage nach der anderen über die Ereignisse vor vier Jahren. Wer hatte sie getraut? Warum das Hotel Fauchère? Wann hatte sie vorgehabt, es ihrer Familie zu sagen? Wie hatte Calvin sein Imperium so schnell aufgebaut? Als das Dessert serviert wurde, hatte sich hartnäckiger Kopfschmerz hinter ihren Schläfen eingenistet.

Sehr zu ihrer Enttäuschung sah Calvin außerordentlich attraktiv aus. Die Abendgarderobe betonte seinen schlanken Körper und die breiten Schultern, das zurückgekämmte Haar seine durchdringenden, strahlend blauen Augen. Sie konnte ihn kaum ansehen, ohne sich leicht schwindlig zu fühlen, und ihr ganzer Körper bebte unter dem tiefen Verlangen, ihn zu berühren. Gewiss war das eine Folge von Toms Beharrlichkeit, die Vergangenheit auszugraben.

Leider wurden dadurch Erinnerungen an ihre dreiwöchigen Flitterwochen langsam wieder zu Tage gefördert, Stück für Stück, und ihr Körper erinnerte sich und bettelte mit jeder Zelle nach dem, was er einst hatte. Unter gesenkten Wimpern warf sie einen verstohlenen Blick auf seinen Mund. *All die anderen Stellen, die ich gerne kosten würde, nur noch … ein … einziges … Mal.*

An diese Worte zu denken verursachte ihr ein Beben an einer tiefen, intimen Stelle. *Oh du gütiger Himmel*, dachte sie und sog zitternd den Atem ein. Sie schob ihr Omelette surprise fort. Das aufwändige Dessert war eine ihrer Lieblingsspeisen, aber im Moment hatte die Köstlichkeit nur wenig Reiz für sie, da ihr Magen in Aufruhr war angesichts von Erinnerungen, die besser vergessen blieben. Warum verzehrte sie sich immer noch nach ihm?

Tom legte seine Hand auf ihre. »Lily, was ist los? Das ist das erste Mal, dass ich sehe, wie du Omelette surprise verschmähst.«

Der Teufel sollte den scharfen Blick ihres Bruders holen. Sie musste von hier fortkommen. »Ich fürchte, ich leide etwas unter Kopfschmerzen. Ich denke, ich werde mich früh zurückziehen, wenn es euch beiden nichts ausmacht.« Sie schob ihren Stuhl zurück, und Tom kam zu ihr, um ihr zu helfen. Calvin erhob sich ebenfalls.

»Soll ich dich nach oben bringen?«, fragte ihr Bruder.

Sie vermied es, in Calvins Richtung zu blicken, aus Angst, er könnte den wahren Grund für ihren Aufbruch deutlich in ihrem Gesicht lesen. »Nein, es geht mir gut. Ich bin nur müde. Ich wünsche euch beiden eine gute Nacht und sehe euch morgen früh.«

Tom beugte sich hinunter, um sie auf die Wange zu küssen. »Schlaf dich gut aus. Gute Nacht.«

»Das werde ich. Gute Nacht.«

»Gute Nacht«, sagte Calvin.

Sobald sie in ihrem Zimmer war, entschied sie, ein heißes Bad zu nehmen. Bevor ihr Vater gestorben war, hatte er noch alle Badezimmer in Barrineau mit heißem und kaltem fließenden Wasser ausstatten lassen, und ein paar davon verfügten sogar über Brausebäder. Noch nie war Lily so dankbar für diesen Luxus gewesen. Sie musste sich entspannen, die Nervosität lindern, die ihr seit dem Augenblick, als sie Calvin wieder erblickt hatte, das Blut träger fließen ließ.

Sie läutete nach ihrer Zofe, dann legte sie Handschuhe und Schmuck ab. Aber mit jedem Teil, das sie ablegte, fühlte sie sich nur nackter. Empfindsamer. Was sie am Leib trug, beschützte sie wie eine Rüstung vor den nächtlichen Erinnerungen, wenn die schlimmsten Gedanken sie quälten. Wenn sie im Bett lag, mit nichts zwischen ihr und ihrem Verstand, dann wurde Calvin darin so deutlich, als wären ihre Flitterwochen erst gestern gewesen. Würde sie je über diesen Mann hinwegkommen?

Ihre Zofe erschien, und bald war Lily ausgekleidet und stieg in die dampfende Marmorwanne auf Löwenfüßen. »Ist das alles, Miss?«

»Ja«, antwortete sie ihrer Zofe und ließ sich ins heiße Wasser gleiten. Die himmlische Wärme drang ihr in die Knochen. »Ich werde eine Weile hier sitzenbleiben und dann zu Bett gehen. Nicht nötig, auf mich zu warten.«

Nachdem ihre Zofe gegangen war, schloss Lily die Augen und ließ sich tief ins Wasser sinken. Sie legte den Kopf auf den Rand der Wanne. Im Bemühen, ihren Verstand zu beruhigen, holte sie tief Luft und atmete langsam wieder aus. Dann noch einmal. Ihr Herz schlug schneller, als es sollte, ihre Glieder waren rastlos, und sie erkannte die Anzeichen als das, was es war:

Erregung. Die Berührungen, die Küsse, sein Geruch und seine Stimme … All das hatte sich vereint, um ihre Sinne zu überwältigen und sie in den Wahnsinn zu treiben. Der Teufel sollte Calvin Cabot holen!

Sie gab sich diesen Gefühlen nicht oft hin. Sie waren sündig und sicherlich der Grund, warum sie eines Tages in der Hölle enden würde. Anständige Frauen sollten kein Vergnügen am eigenen Körper empfinden, nicht mit einem Partner und gewiss nicht alleine. Aber sie hatte vor vier Jahren eine Kostprobe des Vergnügens bekommen, und es war beinahe unmöglich, eine solche Wonne abzulehnen, sobald man sie einmal gekostet hatte. Vielleicht waren andere Frauen stärker, aber Lily war schwach. Besonders in Bezug auf Calvin, denn sie dachte nie an einen anderen, während sie sich diesen dunklen Sehnsüchten hingab.

Ihre Hände glitten unter die Wasseroberfläche, um weiche, schlüpfrige Haut zu finden. Brüste, die sich schmerzend sehnten, mit hart und empfindsam gewordenen Brustwarzen. Sie biss sich auf die Lippe und rollte die Spitzen zwischen den Fingern. Das elektrisierende Gefühl durchzuckte sie bis in die Zehenspitzen. Wie er ihre Brüste geliebt hatte, scheinbar stundenlang hatte er an ihren Brustwarzen gesaugt und geknabbert. *Nie habe ich ein reizenderes Paar gesehen, Lily, Liebste.* Mit einem leisen Aufkeuchen bog sie den Rücken durch, während ihre Finger sich synchron bewegten, um den köstlichen Drang zu befriedigen. Sie stellte sich das Gewicht seines Körpers und das rhythmische Saugen seiner Lippen vor, bis das Pulsieren zwischen ihren Beinen sich nicht länger leugnen ließ.

Tiefer wanderten ihre Liebkosungen, über ihren Brustkorb und ihren Bauch, hinunter zu der Stelle, wo sich die Nervenenden an einem einzigen Punkt konzentrierten. Geschwollenes Gewebe erwartete sehnend ihre Aufmerksamkeit, und sie streichelte seitlich daran vorbei, neckend, quälend verweigerte sie sich die Berührung aus purer Perversion. Calvin hatte das oft getan, sie vor Verlangen wahnsinnig gemacht, bis sie ihn angefleht hatte, ihr zu geben, wonach sie sich verzehrte. Er war gnadenlos mit den Liebkosungen seiner starken, geübten Finger gewesen. Er hatte immer genau gewusst, wo er sie berühren, wo er verweilen, wie viel Druck er ausüben musste ...

Ihre Hüften hoben sich suchend der Wonne entgegen, genau wie sie es getan hätten, wenn er sie jetzt berühren würde. Das Wasser schwappte, und sie versteifte sich, als ihre Fingerspitze die angeschwollene Perle streifte. Ein Stöhnen schlüpfte ihr über die Lippen. Es war so lange her – eine Ewigkeit, genau genommen. Wie sehr sie sich wünschte, er wäre neben ihr, seine geschickten Berührungen und schmutzigen Worte würden sie noch höher treiben. Oder besser noch, seine Erektion tief in ihr vergraben, stoßend, gleitend, während seine Arme sich unter der Anstrengung anspannten, seinen eigenen Höhepunkt zurückzuhalten, um dafür zu sorgen, dass sie den ihren zuerst erreichte. »Calvin«, hauchte sie, ohne es sich dessen bewusst zu sein, während ihre Bewegungen immer hastiger wurden.

Da zog ein Geräusch ihre Aufmerksamkeit auf sich, und ihre Lider flogen auf. Sie erstarrte.

Calvin ... hier in ihrem Badezimmer.

Er stand in der Tür, einen wilden Ausdruck in den Augen, eine Hand an den hölzernen Türstock geklammert, als wäre es das Einzige, das ihn aufrecht hielt. Entsetzliche Scham überwältigte sie, und schnell bedeckte sie ihre bloßen Brüste mit den Händen. »Was machst du hier drin?«, rief sie schrill.

»Ich …« Seine Stimme war heiser, er räusperte sich und öffnete den Mund erneut. »Ich bin gekommen, um nach dir zu sehen. Um zu sehen, ob du dich schon besser fühlst. Ich hörte Geräusche und machte mir Sorgen, dass du in Not bist.« Sein Blick glitt über ihre nackte Gestalt im Wasser. »Offensichtlich habe ich meine Antwort.«

Er kam auf sie zu, einen angespannten Ausdruck auf dem Gesicht, den sie sehr gut kannte: wilden Hunger. Heftiges Verlangen. Ihr Körper antwortete mit einem Kribbeln, das sich in ihren Gliedern ausbreitete.

Bevor sie irgendwelche Worte formen konnte, war er neben der Marmorwanne. Lily konnte ihm nicht einmal in die Augen sehen. Er hatte sie *dabei* ertappt. Es war unfassbar demütigend. Gut, dass sie ihn nach dem morgigen Tag nie wieder sehen würde.

Er kniete sich auf die Fliesen, um auf Augenhöhe mit ihr zu sein – nicht, dass sie in der Lage wäre, ihn anzusehen. »Es tut mir leid, dass ich dich unterbrochen habe.« Ein Wassertropfen lief an der Seite ihres Halses hinunter. Mit einer Fingerspitze fing Calvin ihn auf, bevor er ihr Schlüsselbein erreichte. Dann nahm er diesen Finger in den Mund, und seine Nasenflügel blähten sich, als er sie kostete. »Bitte, meine bezaubernde Lily, hör nicht auf.«

Sie schluckte, ihr Mund war plötzlich trocken. »Du beschämst mich. Geh.«

»Noch nicht. Ich lasse nie eine Geschichte halb beendet.« Er betrachtete sie mit seinen strahlend blauen Augen, Augen voller Sünde und Lüsternheit, als hätte er sein ganzes Leben auf diesen einen erotischen Anblick gewartet. Ein teuflischer Mann, der sie in die Dunkelheit lockte. »Bring es zu Ende, Lily.«

»Mach dich nicht lächerlich. Ich kann das nicht tun, während du mir dabei zusiehst.«

»Warum nicht? Du hast gesehen, wie ich mich in unseren Flitterwochen selbst zum Höhepunkt gebracht habe.«

Ja, das hatte sie. Genau genommen war es eine ihrer liebsten Erinnerungen an ihn.

Calvin rutschte zum Ende der Wanne, hinter ihrem Kopf, wo sie ihn nicht mehr sehen konnte. Aber sie brauchte ihn nicht zu sehen, um zu wissen, dass er da war. Seine Präsenz war allgegenwärtig, hüllte sie ein, überwältigte sie. Seine raue Stimme entfesselte eine lange Reihe gefährlicher Worte. »Mach weiter, bitte. Ich will dir so dringend dabei zusehen, wie du kommst. Du bist so schön, und dich so zu sehen, ist ein Geschenk, das ich schwerlich verdiene, aber ich glaube, ich werde sterben, wenn du aufhörst. Komm für mich, bitte, Lily.«

Sie konnte spüren, wie ihr das Herz in der Brust hämmerte, ein gleichmäßiges Pochen, das zwischen ihren Beinen widerhallte. Seine Hände wanderten an ihrem Hals entlang in ihr Haar, wo er begann, die Nadeln zu lösen, die die blonden Strähnen hielten. Sie hörte die Nadeln auf die Fliesen fallen, bevor die langen Strähnen sich lösten und ihr über den Rücken fielen. Wasser schwappte an ihren Körper, sinnlich-samtige Liebkosungen auf ihrer Haut, alles andere als hilfreich, dem Mann im Zimmer zu widerstehen.

»Soll ich dir dabei helfen zu kommen?« Seine Lippen schwebten dicht an ihrer Ohrmuschel, während er ihr das Haar glättete. »Soll ich mit dir reden, dir Anweisungen geben? Dir sagen, woran ich mich bei deinem Körper am besten erinnere, und wie du auf mich reagiert hast?«

Die Vorstellung erfüllte sie und ließ ihre Gliedmaßen im

Auftrieb des Wassers dahinschmelzen. Sie atmete jetzt heftig, beinahe wahnsinnig vor Lust, ohne sich ihrer Nacktheit vor ihm überhaupt noch bewusst zu sein. Langsam riss er die Barrieren ein, an die sie sich vier Jahre lang geklammert hatte, nahm sie bei der Hand und führte sie den Weg der Verderbtheit entlang. Ihre Auseinandersetzungen, sein Weggehen, der Herzschmerz … all das schien im Augenblick so weit weg zu sein. Alles, was sie tun konnte, war fühlen. Und wollen. *Begehren.*

Sie konnte das hier nicht noch einmal tun, sich von ihm verzehren lassen. Wenn er sie berührte, würde sie zusammenbrechen. Sie umklammerte die Ränder der Wanne, um sich aufrecht zu halten. »Nein«, flehte sie, die Augen fest zusammengekniffen. »Nicht.«

Sein Atem streifte verlockend ihren Hals, als er sich vorbeugte. »Dann werde ich überhaupt nichts tun. Ich werde dir nur zusehen, versprochen. Dann werde ich gehen.«

Er ließ es klingen wie eine so einfache Bitte, als wäre das etwas ganz Alltägliches. Für sie allerdings fühlte sich das Enthüllen eines so privaten Teils von ihr an, als öffnete sie den Safe, in dem sie all ihre Geheimnisse aufbewahrte. »Ich kann nicht. Es ist … beschämend.«

»Du bist die mutigste Frau, der ich je begegnet bin. Fürchtest du dich wirklich davor, dich vor mir zu berühren?«

Fürchten nicht gerade. Schämen.

Aber dann hörte sie seinen ungleichmäßigen Atem, spürte die Hitze, die von seinem großen Körper ausging. Er wollte sie. Die Verzweiflung in seiner Stimme löste eine unbekannte Stärke in ihr aus, eine Bereitschaft, ihn zu quälen. Und er hatte es verdient, gequält zu werden. Er hatte sie, *sie beide* im Stich gelassen. Hatte nicht um sie gekämpft. Hatte nicht einmal versucht, sie in den vergangenen vier Jahren zu kontaktieren. Er hatte sie aufgegeben und nie zurückgeblickt.

Der Drang, ihn zu quälen, wuchs, diesen Mann mit allem zu bestrafen, was ihm entgangen war, seit er sie verlassen hatte. Allem, was er hätte genießen können, auf das er nun aber kein Recht mehr hatte.

Ich glaube, ich werde sterben, wenn du aufhörst.

Also wie sehr würde er leiden, wenn sie weitermachte?

Mit angehaltenem Atem wartete Calvin auf ihre Antwort. Falls Lily nur einwilligte, weiterzumachen, wenn er ihr alles überschrieb, was er besaß, alles, was ihm lieb und teuer war, dann würde er es tun, ohne noch einmal darüber nachzudenken. Die Zeitungen, sein Geld, sein Haus … Er würde mit Freuden für den Rest seiner Tage als Bettler leben, wenn er ihr nur noch ein einziges Mal dabei zusehen konnte, wie sie die Kontrolle verlor.

Als der Augenblick sich ausdehnte, erfasste ihn Unruhe. Wenn er sie beschämte oder ihr Unbehagen verursachte, dann würde er gehen. Er hätte ihr Schlafzimmer ohnehin nicht ohne ihre Erlaubnis betreten dürfen. Aber er hatte sich Sorgen um sie gemacht. Sie hatte beim Abendessen gewirkt, als würde sie sich nicht ganz wohlfühlen. Er hatte erwartet, sie mit Kopfschmerzen im Bett vorzufinden.

»Ich werde gehen«, sagte er und wollte aufstehen, doch sie hielt seinen Arm fest. »Warte, bleib. Versprichst du mir, mich nicht zu berühren?«

»Das werde ich nicht«, sagte er hastig mit vor Lust tiefer, schwerer Stimme. »Das schwöre ich.«

Ihre zarte, weiße Haut schimmerte im Wasser, die vollen Brüste wogten verführerisch. War seine Erektion je so hart, so drängend gewesen? Sein Schwanz verlangte danach, befreit, befriedigt zu werden, aber er hielt sich im Zaum. Es wäre nicht gut, sie zu erschrecken, und hier ging es um Lily – nicht um ihn. Er hatte noch nie gesehen, wie sie sich selbst Vergnügen bereitete, nicht einmal, als sie verheiratet gewesen waren, und er würde seine Seele für diese Gelegenheit verkaufen.

Er konnte spüren, wie sie innerlich mit sich rang. Sie biss sich auf die Lippe, lehnte aber nicht sofort ab. Stattdessen hob sie leicht die Hüften, als ihr Körper unbewusst nach Erleichterung suchte. *Ausgezeichnet.*

»Denk daran, wie sehr du es brauchst, zu kommen«, flüsterte er ihr ins Ohr.

Unglaublich langsam ließ ihre rechte Hand den Wannenrand los, dann verschwand sie unter der Oberfläche und schob sich zwischen ihre Beine. Befriedigung durchströmte ihn, und er hielt vollkommen still und wartete. Beobachtete. Betete. Ihre Finger tasteten nach ihrer Klitoris, und er wusste genau, wann sie diese perfekte, geschwollene Knospe erreichte, weil sie bei der Berührung zusammenzuckte und scharf den Atem einsog. *Verdammt.* Er schluckte das Stöhnen hinunter, das ihm über die Lippen zu kommen drohte, um sie nicht zu stören.

Ihre Bewegungen waren zunächst zögerlich, sie versuchte zu beweisen, dass sie keine Angst hatte. Beinahe konnte er sie zu sich selbst sagen hören: *Bring es hinter dich. Ein paar schnelle Bewegungen, und er wird sich zurückziehen.* Auf gar keinen verdammten Fall. Er hatte vor, das zu Ende zu bringen, zu sehen, wie sie unter ihrer eigenen Hand die Kontrolle verlor.

Er hatte seine Hände zu Fäusten geballt, um sich daran zu

hindern, nach ihr zu greifen, sich ihr in dieser Darbietung von Sünde anzuschließen. Aber er musste sich beherrschen, sonst würde sie sich zurückziehen. Er hatte geschworen, stumm zu bleiben, sie nicht abzulenken oder zu berühren, und er würde dieses Versprechen halten, selbst wenn es ihn umbrachte.

Herrliche rosige Brustwarzen ragten aus dem Wasser, und er erinnerte sich daran, wie sie sich auf seiner Zunge angefühlt hatten. Sie war pure Perfektion. Ohne, dass er es verhindern konnte, fand seine Hand seine Erektion durch die Kleidung hindurch und drückte sie, worauf er beinahe vor Lust ohnmächtig geworden wäre. *Gott.* Er zwang sich, die Hand wegzunehmen. Wenn er weitermachte, würde er sich sicher in seine Hose ergießen.

Ihre Finger nahmen Geschwindigkeit auf, ihre Berührung wurde sicherer. Fahriger. Vor Anstrengung schwoll ihre Brust an, und ein dünner Schweißfilm überzog ihre Stirn, während sie sich unter ihrer wachsenden Lust zuckend wand. Heiliger Himmel, er war sich nicht sicher, ob er diese Folter durchstehen konnte.

Mit der freien Hand umklammerte sie den Wannenrand, ihre Muskeln spannten sich an, und sie bog den Rücken durch, was ihre Brüste höher aus dem Wasser drückte. Ein heißes Kribbeln schoss seine Schenkel empor, durch seine Lenden, und sein Schwanz zuckte. Sie war das Erotischste, das er je gesehen hatte, die schönste Frau der Welt.

»Ja, so ist es gut«, raunte er, nicht in der Lage, noch länger stumm zu bleiben. »Das fühlt sich gut an, nicht wahr? Tu so, als wäre ich gar nicht da und genieße es, dich zu berühren. Zeig mir, was du tust, wenn du allein bist.«

Volle Lippen teilten sich, als sie ein Keuchen ausstieß, und der Laut hallte von den Wänden des kleinen Raumes wider. Ihre freie Hand griff blindlings nach ihm. »Calvin, küss mich«, keuchte sie. »Bitte. Sofort.«

Sie brauchte nicht zweimal darum zu bitten. Er kam an ihre Seite und stürzte sich auf ihren Mund, um ihre Lippen mit seinen gefangen zu nehmen. Seine Zunge glitt zwischen ihre Zähne, um ihr Seufzen zu kosten. Ihr Stöhnen zu trinken. Mit offenen Mündern prallten ihre Zähne aufeinander, beide ungeschickt in ihrer Gier. Ebenso eifrig wie er wand sie ihre Zunge um seine, und er spürte, dass sie zu zittern begann. So kurz davor. Er musste das hier sehen, sich das Bild ihres Höhepunkts einprägen für die einsamen Nächte, die vor ihm lagen, wenn sie erfuhr, was er getan hatte, und nie mehr mit ihm reden würde.

Er zog sich zurück, gab ihren Mund frei und konzentrierte sich auf ihr liebliches Gesicht. Die Geräusche, die sie von sich gab, wurden lauter, die Sehnen in ihrem Hals spannten sich an, und ihre freie Hand umklammerte seinen Arm. »Oh Gott! Calvin, ja!«, stieß sie hervor. Ihre Nägel gruben sich tief in seinen Arm. Dann warf sie den Kopf in den Nacken, den langen, geschmeidigen Hals entblößt, während Zuckungen sie von Kopf bis Fuß schüttelten. Das Blut rauschte Calvin in den Ohren. Noch nie in seinem ganzen Leben hatte er etwas so wunderbar Sinnliches mitangesehen. Sie war atemberaubend.

Allzu schnell war es vorüber, und sie sank ins Wasser zurück. Sie ließ ihn los, als ihre Arme erschlafften. Calvin schloss die Augen und versuchte, seinen äußerst enthusiastischen Schwanz unter Kontrolle zu halten. Jede Sekunde würde Lily die Euphorie ihres Höhepunkts abschütteln und ihm ein Stück Seife an den Kopf werfen. Er musste darauf vorbereitet sein, sich zurückzuziehen, nicht sie zu vögeln, und im Moment war er sich nicht sicher, ob seine Beine ihn tragen würden.

Er beugte sich vor und drückte die Lippen auf ihre nackte Schulter. Worte aneinanderzureihen schien seine Kräfte zu übersteigen, also flüsterte er nur: »Danke.« Er kam auf die Füße, drehte sich um und setzte sich in Bewegung, um zur Tür zu gehen. Je schneller er verschwand, desto schneller konnte er durch seine eigene Hand Erleichterung finden.

Hinter ihm erklang das Plätschern von Wasser. »Calvin, warte.«

Als er herumfuhr, stand Lily atemberaubend nackt in der Marmorwanne. Wasser strömte von ihrem kurvigen Körper, über die blassen Rundungen ihrer Brüste und an ihrem Bauch und ihren Schenkeln herab. Sie war in den vier Jahren rundlicher, fraulicher geworden. Er leckte sich die Lippen und machte unbewusst einen Schritt auf sie zu. Es kribbelte ihn in den Fingern, sie zu berühren und zu erkunden. Dann erinnerte er sich wieder an sein Versprechen und blieb stehen. Verdammt.

Während sein Verstand sich unsinnig im Kreis drehte, stieg sie aus der Wanne. Dann kam sie auf ihn zu, so nackt wie am Tag ihrer Geburt. »Willst du ... dich anziehen?«, hörte er sich selbst keuchen.

Ihr Blick fiel auf die Vorderseite seiner Hose, die eigentlich in Flammen stehen sollte, so viel Hitze staute sich dort. Zweifellos stellte sein Glied die Belastbarkeit der Nähte auf die Probe. »Verriegle die Tür, Calvin.«

Blinzelnd versuchte er zu begreifen, auf welcher Seite der verriegelten Tür sie ihn haben wollte. *Lieber Gott, bitte lass es diese Seite sein.* Sie kam näher, beinahe in seine Reichweite. Das Gold in ihren braunen Augen brannte, die Lider schwer vor

Lust, und Calvins Zweifel verflogen. Es war lange her, aber er kannte diesen Blick. Hatte fast jede verdammte Nacht von ihm geträumt.

»Bist du sicher?«, fühlte er sich gezwungen zu fragen.

»Absolut«, antwortete sie, und mit zwei Schritten war er bei ihr, sein Mund verschlang den ihren, Hände glitten über feuchte, glatte Haut. Zungen fanden einander wieder, fieberhaft und unersättlich, und er drängte seine Erektion an ihren Bauch. Sie machten sich beide nichts mehr vor, sie waren weit über Zärtlichkeit oder Verführung hinaus. Er musste in dieser Frau sein, *sofort*.

Calvin riss sich von ihrem Mund los, hob sie auf seine Arme und trug sie ins Schlafzimmer. Ihrer beider Atem war das einzige Geräusch im Raum. Nachdem er sie auf die Bettdecke gelegt hatte, folgte er ihr rasch und bedeckte sie mit seinem immer noch angekleideten Körper, während er ihren Mund wieder in Besitz nahm.

Krallend und kratzend riss sie ihn enger an sich, zog sein Gewicht auf sich, während sie die Beine um seine Hüften schlang. Stöhnend rieb er sich an ihrem Becken. Dann riss er an den Knöpfen seiner Hose, während sie seine Weste aufknöpfte und den Stoff über seine Schultern schob. Die winzigen Knöpfe seiner Unterwäschekombination erwiesen sich als schwierig, deshalb riss er daran und ließ sie gerade genug aufspringen, um seine Erektion hervorschnellen zu lassen. Ihre Hand erreichte ihn zuerst. Ihr Griff war fest und unerbittlich, als sie ihn pumpend massierte und zum Zentrum ihres Körpers führte. Hitze versengte die Spitze seines Glieds, unmittelbar bevor er vorwärtsstieß und in die feuchte, samtige Fülle glitt. Er drang tiefer in sie, gleichmäßig, vorsichtig, während alles in ihm danach bettelte, sie hart und schnell zu nehmen. Wenn er nicht langsam machte, könnte er sie verletzen.

Er beobachtete ihr Gesicht, während er sie zum ersten Mal seit Ewigkeiten ausfüllte. Wie oft hatte er sich das hier vorgestellt, ohne sich je glauben zu lassen, dass es tatsächlich einmal passieren könnte? Und sie war so himmlisch, wie er sie in Erinnerung hatte, ihre feuchten, warmen Wände, die ihn umgaben, badeten sein Glied in Wonne und Empfindung. Absolution. Göttlichkeit. Er wollte vor Freude brüllen und sie vögeln, bis die Welt um sie herum zusammenbrach.

Sein Becken traf auf ihres, als seine Erektion sich so tief in ihr vergrub, wie es nur ging, und ein gequältes Stöhnen entrang sich seiner Kehle. Seine Hoden waren bereits straff gespannt, und seine Eingeweide krampften sich zusammen, in dem Bedürfnis zu kommen. »Oh Gott, Lily. Ich weiß nicht, ob ich sanft sein kann. Ich brauche dich so sehr.«

Anstatt zu protestieren, hob sie ihm die Hüften entgegen, um ihn noch tiefer in sich zu ziehen, und knabberte mit den Zähnen an seinem Kiefer. »Ich brauche es nicht sanft. Ich wollte es nie sanft.«

Er kniff die Augen zu und erschauderte. »Gott, Frau. Du könntest nicht perfekter sein.« Dann ließ er los, schaltete seinen Verstand aus, während der Instinkt übernahm. Mit pumpenden Hüften stieß er in sie, so hart, dass ihre Brüste bei jedem Stoß wippten, und senkte den Kopf, um ihre Lippen mit seinen zu versiegeln. Er küsste sie voller Hingabe, und sie erwiderte den Kuss auf dieselbe Weise. Ihr Stöhnen und Seufzen wurde immer lauter, als sie einander neu kennenlernten.

Ihr Geschmack, ihr Geruch … Sie umgab ihn überall, und ihm war, als würde er fallen. Er versuchte, es aufzuhalten, das versuchte er wirklich. Doch dann fuhr sie mit ihren Nägeln über seinen Rücken – heftig –, und die Welle begann bei seinen Zehenspitzen, versengte die Rückseite seiner Schenkel. Sein Tempo wurde schneller, bis die Welt in weißem Licht und blendender Energie explodierte – *shèjīng*, wie die Chinesen es nennen. Unmittelbar bevor er kam, zog er sich aus ihr zurück und ergoss sich auf die Laken.

Als er zu zittern aufhörte, setzte er sich zurück auf die Fersen. »Es tut mir leid«, keuchte er. »Das hätte länger dauern sollen. Ich habe keine Entschuldigung, außer wie sehr ich dich wollte.«

Sie erhob sich und begann, an den Knöpfen seines Hemds zu zupfen und einen nach dem anderen zu öffnen. »Keine Sorge. Ich weiß genau, wie du es wiedergutmachen kannst.«

KAPITEL ZWÖLF

Lily begann, Calvin zum zweiten Mal in ein paar Tagen zu entkleiden, doch diesmal war ihre Absicht eine völlig andere. Jetzt brauchte sie seine nackte Haut, jeden Zentimeter seines schlanken Körpers verfügbar für ihre Berührung. Für ihren Mund. Für all die sündigen Dinge, die sie mit diesem Mann vorhatte …

Das war nicht, wie sie sich den Verlauf des Abends vorgestellt hatte, aber sie würde das Beste daraus machen, Calvin noch ein einziges Mal in ihrem Bett zu haben. Nur noch dieses eine Mal. Sie würden einander jedes Seufzen und Stöhnen, jedes Vergnügen abringen, bis sie es nicht mehr ertragen konnten, aber nur heute Nacht. Das war alles.

Calvin half ihr, indem er seine Hosenträger herunterschob und seine Schuhe abstreifte. Als genug Knöpfe geöffnet waren, schlüpfte er aus seinem Hemd und warf es zu Boden. Gemeinsam kümmerten sie sich um den Rest seines Einteilers, dann schob er das Untergewand zusammen mit der Hose über seine Hüften. Endlich war er nackt, glatte, gebräunte Haut bedeckte schlanke Muskeln, und sie strich mit den flachen Händen prüfend über diese geschmeidige Härte und genoss, wie er sich anfühlte.

Seine Augen fielen zu, als sie ihn erkundete, und seine Brust hob und senkte sich rasch bei jedem Atemzug. Er war vollkommen, nichts als Sehnen und Stärke, raue Kanten und weiches Haar. Ihre Finger folgten den Flächen seiner breiten Schultern, den Kanten seiner Rippen, den flachen Brustwarzen auf seiner breiten Brust. Er sog scharf den Atem ein, als sie mit den Nägeln über seinen flachen Bauch fuhr, über seine schmalen Hüften und die Vorderseite seiner kräftigen Schenkel. Sein Schaft begann erneut, zwischen seinen Beinen anzuschwellen, und es verzückte sie, dass sie eine so starke Wirkung auf ihn hatte.

»Hab Erbarmen, Lily«, sagte er erschaudernd. »Lass mich dich berühren.« Er kehrte ihre Positionen um, indem er sie flach auf den Rücken legte. Dann kam er über sie und drückte sie mit seinem Gewicht auf köstlichste Weise in die Matratze. »Lass mich dich schmecken«, murmelte er, bevor er seinen Mund auf ihren legte.

Dieser Kuss war weniger drängend als zuvor, aber nicht weniger berauschend. Calvin war gründlich, seine Lippen saugten und streichelten, lockten, ohne jegliche Eile, während der Kuss andauerte. Das Haar auf seiner Brust rieb über ihre steifen Brustwarzen. In ihrem Bemühen, einander so nah wie möglich zu kommen, verschlangen sie die Beine ineinander. Fordernd klammerte Lily sich an ihn und biss ihn in die Lippe, und er gab ihrem Drängen nach und ließ seine Zunge in ihren Mund gleiten, wo sie sich träge um ihre wand.

Nach einem Moment zog er sich zurück und wanderte tiefer, um ihr Kinn, ihren Hals zu küssen. Lippen, Zunge und Zähne entlockten ihr kleine Seufzer, während die heftige Lust in ihrem Blut anschwoll. Er wanderte tiefer und knabberte an ihrem Schlüsselbein, hauchte zarte Küsse an ihrem Brustbein entlang. Ihre Brüste waren schwer vor Verlangen, und sie wölbte den Rücken, um ihm ohne Worte zu sagen, wie verzweifelt sie sich nach seinem Mund dort sehnte.

»Du bist noch sinnlicher, als ich dich in Erinnerung hatte«, hauchte er über der Wölbung ihrer Brust. »Keine Erinnerung wird dir gerecht. Kein Traum könnte diese Perfektion treffend imitieren.«

Sie grub die Nägel in seine Schultern, begierig darauf, dass er sich beeilte. »Hör auf zu reden, Calvin. Hör auf, mich auf die Folter zu spannen.«

Er umfasste ihre Brust, knetete die weiche Rundung und kam mit seinem Mund dicht über ihre Brustwarze. Als seine Zunge hervorschnellte, um über die verhärtete Spitze zu gleiten, sog sie scharf den Atem ein und grub die Finger in sein seidiges Haar, um seinen Kopf festzuhalten. »Meine bezaubernde Lily, ungeduldig wie immer.« Dann verschwand die Knospe zwischen seinen Lippen, tief in der warmen Höhle seines Mundes, und sein drängendes Saugen raubte ihr den Atem und den Verstand. Auf jedes Saugen antwortete ein schmerzendes Sehnen zwischen ihren Beinen, und der Schlag ihres Herzens hallte in diesem feuchten Zentrum wider.

Calvin folterte sie, indem er sich gefühlt stundenlang ihren Brüsten und Brustwarzen widmete, während sie sich unter ihm wand und beinahe wahnsinnig vor Lust die Finger in sein Haar krallte. »Calvin, bitte.«

Dann arbeitete er sich an ihrem Körper nach unten, strich mit der Zunge über ihre Rippen, ließ Küsse auf ihren Bauch regnen. Seine breiten Schultern drängten ihre Schenkel auseinander, um Platz für ihn zu machen, und sie hörte ihn tief durch die Nase einatmen. Er murmelte eine Reihe von Wörtern, die wie die Sprache klangen, die er mit Mr. Kwan benutzt hatte, aber bevor sie ihn fragen konnte, was er gesagt hatte, strich sein Atem über ihre empfindsamen Falten. »Du bist so geschwollen. So feucht. Rosig und vollkommen.« Eine einzige Berührung mit der flachen Zunge, und sie zuckte zusammen. »Und köstlich«, stöhnte er. »Gott, das hat mir gefehlt.«

Mit den Händen öffnete er sie, um das kleine Bündel Nervenenden zu enthüllen, das sich am dringendsten nach seiner Berührung sehnte. Aber statt ihr Erleichterung zu verschaffen, umkreiste seine Zunge ihren Eingang. Er kostete sie genauso gründlich, wie sie es in Erinnerung hatte. Sie auskosten, so hatte er es vor vier Jahren genannt. Endlich wanderte er langsam höher, höher, bis sein Mund die harte Knospe an der Spitze ihres Geschlechts erreichte. Als er die Lippen saugend darum schloss und die Zunge darüberschnellen ließ, wölbte sie den Rücken vom Bett, und ein Schrei entriss sich ihrer Kehle. Oh Gott … Sie hatte dieses heftige Brennen, diese unglaubliche Wonne völlig vergessen. Ihre Lider fielen zu, und ihr Körper gehörte ihr nicht mehr. In diesem Moment hatte er absolute Kontrolle über sie. Er wusste genau, was ihr gefiel, wie er sie am besten verrückt machen konnte.

Ein sengendes Kribbeln breitete sich an der Oberseite ihrer zitternden Schenkel aus, während er diese eine winzige Stelle mit Mund und Zunge bearbeitete. Keuchend krallte sie sich am Bett fest. Er schob die Hände unter ihren Po, um sie seinem Mund darzubieten wie ein Festmahl. Endlich setzte er leicht seine Zähne ein, und das brachte sie zur Explosion. Weißglühende Hitze durchzuckte sie, und die Welt verschwamm, als unglaubliche Lust sie überwältigte und in die Tiefe zog. Sie öffnete den Mund, um zu schreien, doch eine große Hand erstickte den Laut. Lily bemerkte es kaum. Ihre Glieder bebten und zitterten, als der mächtige Höhepunkt in ihrem ganzen Körper widerhallte.

Noch bevor sie sich erholen konnte, war er über ihr und füllte sie aus. Er stützte sich auf die Hände, sodass sein nackter, schweißbedeckter Oberkörper ihr die Sicht nahm, und hielt den Kopf gesenkt, um zu beobachten, wie sie miteinander verbunden waren, wie sie ihn in sich zog. Seine Hüften begannen sich zu bewegen, sich ihr entgegen zu wiegen. Langsam, bedächtig. Damit sie jeden Zentimeter von ihm spürte. Sie schlang die Beine um seine Hüften und hielt ihn fest.

Stöhnend ließ er sich auf die Ellbogen nieder. »Du erstaunst mich«, sagte er. Seine blauen Augen waren wild und dunkel. »Ich bin ein Mann der Worte, und doch raubst du sie mir jedes einzelne Mal.«

»Dann küss mich stattdessen«, flehte sie. Sie ließ die Hände zu seinen Schultern emporgleiten und zog seinen Mund auf ihren herab. Sie konnte immer noch ihre Lust auf seinen Lippen schmecken, als seine Zunge in sie eindrang und ihr Atem sich vermischte, während seine Hüften sich heftig bewegten. Jeder mächtige Stoß rieb perfekt über diesen einen Punkt in ihr und ließ das Vibrieren in ihren Adern anschwellen. Die Nägel in seinen Rücken gekrallt, klammerte sie sich an ihn, hob ihm die Hüften entgegen ... entgegen ...

Stöhnend riss Calvin sich von ihrem Mund los, die Züge angespannt vor Lust. Sie liebte es, ihn so wild zu sehen, wenn Lust und Verlangen alles andere überwältigten, und sie flüsterte: »Mehr, Calvin. Bitte, härter.«

Seine Augen fielen zu, und er steigerte mit verzerrtem Gesicht das Tempo seiner Stöße. »Oh Gott. Ich kann nicht aufhören. Verdammt, Lily.«

Auf einen Arm gestützt, schob er die andere Hand zwischen sie und strich über ihre Klitoris, bis sie sich versteifte und ihre Beine sich anspannten, als der Orgasmus sie schnell und heftig überrollte, eine Explosion jeder Zelle ihres Körpers. Zitternd grub sie die Zähne in seine Halsbeuge, um nicht aufzuschreien, während sie auf den Wellen erlesener Lust dahintrieb. Dann versteifte sich Calvin, seine Hüften stockten, und sie spürte, wie er in ihr pulsierte. Er stöhnte, als sein großer Körper erschauderte, und seine Brust hob und senkte sich mühsam, während Schweiß ihm über die Schläfen lief.

Schließlich hörte die Welt auf, sich zu drehen. Calvin zog sich aus ihr zurück und ließ sich neben ihr aufs Bett fallen. »Gott im Himmel«, keuchte er außer Atem.

Der Verlust seiner Wärme ließ sie zittern. Sie rollte sich zu ihm und legte eine Hand auf seine feuchte Brust. Hundert Fragen brannten ihr auf der Zunge, Fragen, die zu stellen sie nach dieser Nacht vielleicht keine Gelegenheit mehr bekommen würde.

Aber das hier erschien ihr wie ein schlechter Zeitpunkt für ein klärendes Gespräch. Warum sollte sie diesen Augenblick mit Fragen nach einer Vergangenheit ruinieren, die nicht mehr wichtig war? Sie ließ sich nicht mehr ändern, jedenfalls jetzt nicht mehr, also war es besser, diese gestohlenen Momente mit ihm in relativem Frieden zu genießen. Morgen, wenn er gegangen war, würde ihr genug Zeit für Reue bleiben.

Nach dieser Nacht gab es für sie beide keine Zukunft. Tom war gefunden. Lee würde sie in Ruhe lassen, da seine Tochter eindeutig nicht bei ihrem Bruder war. Sie und Calvin würden am Morgen wieder getrennte Wege zurück in ihre unterschiedlichen Leben gehen. Das hier war keine Wiedervereinigung, das hier war ein Fehltritt. Eine Ausnahme. Eine geheime Nacht der Sünde und Sinnlichkeit, die sie mit ins Grab nehmen würde.

»Ich bin zu dir gekommen«, sagte er plötzlich. »Ich hatte mich auf der anderen Straßenseite vor eurem Haus im Schatten versteckt.«

Das überraschte sie. »Das hast du? Wann?«

»Gleich nachdem dein Vater starb. Er hat mir das Versprechen abgenommen, dich nie wiederzusehen oder mit dir zu sprechen, und nachdem er tot war, dachte ich, es wäre Zeit, dass wir miteinander reden.«

»Aber du hast nicht mit mir gesprochen. Warum nicht?«

Er zuckte leicht die Schultern und sah unsicherer aus, als sie ihn je gesehen hatte. »Du kamst nach Hause, und du warst … glücklich. Hast mit dem Gentleman, der dich an dem Abend begleitet hatte, gelacht. Ich dachte mir, dass wir beide es hinter uns gelassen haben. Dass die Vergangenheit vergangen bleiben sollte.«

Sie wusste nicht, was sie davon halten sollte. Er hatte sie beobachtet? Geglaubt, sie wäre glücklich? »Ich wünschte, du hättest mit mir gesprochen«, sagte sie leise.

Er antwortete nicht darauf, sondern drückte nur ihre Hüfte, und Stille senkte sich herab. Das Haus war still, der Frühlingswind wehte heftig vor ihren Fenstern.

»Wirst du die Nacht über hierbleiben?«, fragte sie.

»Willst du, dass ich bleibe?«

»Du wirst gehen müssen, bevor meine Zofe morgen früh hereinkommt, aber ja, das will ich.«

Er griff nach ihr und zog sie auf seinen harten Körper, einen belustigten Zug um den Mund. Seine Lippen knabberten an ihrem Hals und verursachten ihr Gänsehaut. »Aber dann werde ich nicht die volle Wirkung des roten Schlafzimmers erleben können.«

»Ich schätze, da hast du recht. So oder so, heute Nacht wirst du keinen Schlaf finden.«

Ungefähr zwei Minuten lang überlegte Lily, das Frühstück ausfallen zu lassen und sich den ganzen Tag in ihrem Zimmer zu verkriechen. Aber sie war kein Feigling. Ja, Calvin und sie hatten ... sich einigen lebhaften und intimen Abendaktivitäten hingegeben, aber sie schämte sich nicht. Sie waren beide erwachsen. Waren einmal miteinander verheiratet gewesen. Monty und sie waren einander nicht versprochen, also was gab es da zu bereuen?

Alles in allem war es perfekt gewesen.

Viermal hatte Calvin sie genommen, jedes Mal zärtlicher als beim vorherigen Mal. Sie hatten keine Worte gewechselt, als er schließlich am frühen Morgen gegangen war. Er hatte ihr nur einen unglaublich sanften, zarten Kuss auf die Lippen und dann auf die Stirn gehaucht und war ohne einen Blick zurück aus ihrem Zimmer geschritten. Keine falschen Hoffnungen auf eine Wiedervereinigung. Keine unangenehmen Erklärungen. Keine Schwüre für die Zukunft. Sie waren beide zu weise und realistisch für diese Dinge.

Lily hatte sich weiterentwickelt, sich ein Leben geschaffen, das Calvin und sein Netz aus Täuschung und Lügen nicht miteinschloss. Sie brauchte einen Mann, der keine derart starken Gefühle hervorrief, sie brauchte jemanden, der ihr Leben begleitete und es nicht mit ihr teilte.

Und wenn ihr Herz immer noch schneller schlug, wenn sie Calvin sah ... Nun, das war etwas, das sie besser ignorierte.

Im Frühstückszimmer stellte sie erfreut fest, dass ihr Bruder schon dort war. Allein. Er las die Zeitung und trank seinen Kaffee. Sein braunes Haar war perfekt geölt, und er trug einen feinen Cut aus marineblauem Wollstoff. »Guten Morgen, Tom.«

Er hob den Kopf und musterte sie aufmerksam. Sie versuchte, nicht zu erröten. »Du scheinst dich heute Morgen besser zu fühlen. Hast du gut geschlafen?«

Wie tot, sobald Calvin fort war. »Ja, danke. Ich glaube, ich habe mich nur in den letzten paar Wochen überanstrengt.«

Er zog die Brauen zusammen, sodass sich die Linien auf seiner Stirn vertieften. »Das tut mir leid. Ich hatte keine Ahnung, dass du nach mir gesucht hast. Ich wollte dich nicht beunruhigen oder dir Kummer bereiten.«

»Das ist mir bewusst. Ich bin nur froh, dass du in Sicherheit bist.« Sie griff nach der silbernen Kanne und schenkte sich eine große Tasse Kaffee ein.

Tom stellte seine Tasse auf die Untertasse zurück. »Cabot hat mich gestern Abend ein wenig über diesen Mr. Lee ins Bild gesetzt. Ich kann nicht glauben, dass du nach Chinatown marschiert bist, um den Mann zur Rede zu stellen. In ein Bordell und eine Opiumhöhle. Hast du den Verstand verloren?«

»Es gibt nichts, was ich nicht tun würde, wenn du in Schwierigkeiten bist, Tom. Selbst wenn das bedeutet, den Teufel selbst zur Rede zu stellen.«

»Nun, den Punkt kannst du von der Liste streichen«, sagte Calvin gedehnt, der in diesem Moment ins Frühstückszimmer geschlendert kam. Lily schlug das Herz bei seinem Anblick bis zum Hals, selbst noch nachdem sie die ganze Nacht in seinen

Armen verbracht hatte. Er war eine Augenweide mit seinem frisch rasierten Gesicht, dem gemeißelten Kinn, den strahlend blauen Augen, kantigen Wangenknochen ... Bevor sie sich zum Narren machen konnte, zwang sie sich rasch, den Blick wieder auf ihre Kaffeetasse zu senken.

»Wie konnten Sie ihr erlauben, dorthin zu gehen?«, schnauzte Tom Calvin an. »Sie wussten, dass Lee gefährlich ist.«

Calvin ließ sich auf einem Stuhl nieder und griff nach der Kaffeekanne. »Ich weiß nicht, ob Sie vertraut mit Ihrer Schwester sind, aber sie ist nicht gerade fügsam.«

Lily machte sich nicht die Mühe, Tom zu sagen, dass Calvin sich geweigert hatte, ihr zu helfen, und ihr sogar vorgeschlagen hatte, selbst nach Chinatown zu gehen. »Das spielt wohl kaum eine Rolle. Jeder ist in Sicherheit, und wir können alle nach New York zurückkehren und diese ganze Angelegenheit vergessen.« Sie bemerkte, dass ein Muskel an Calvins Kiefer zuckte, und fragte sich, was das zu bedeuten hatte. Er hatte sie noch immer nicht angesehen, seit er das Zimmer betreten hatte. Bereute er die letzte Nacht?

»Nun, sei in Zukunft nicht mehr so unbesonnen, Lily. Da ich so oft auf Reisen bin, mache ich mir Sorgen um dich ganz allein zu Hause.«

Sie lachte kurz. »Ich bin von einer ganzen Legion Bediensteter umgeben. Mir könnte unmöglich etwas zustoßen.«

Langley trat ein und räusperte sich, eine Sekunde bevor Montgomery Fields ins Zimmer eilte. Lily blinzelte verdutzt. »Montgomery«, rief sie aus und erhob sich. »Was machst du denn hier?«

Monty trug immer noch seinen schwarzen Übermantel und hielt seinen Derby in der Hand. Wie gewöhnlich war er perfekt zurechtgemacht, sein langer Schnurrbart war modisch und adrett. Unaufdringlich und harmlos. Er kam an ihre Seite. »Dein Bruder hat mir gestern Abend telegrafiert, dass du Hilfe brauchst. Ich kam, so schnell ich konnte.«

Lilys Blick flog zu ihrem Bruder, der nur schmunzelte und an seinem Kaffee nippte. »Tom –« Sie schluckte eine wütende Bemerkung hinunter. Etwas ging hier vor, etwas, das sie nicht verstand. Sie warf einen verstohlenen Blick zu Calvin, dessen Gesicht von einem unergründlichen Ausdruck verdunkelt wurde.

»Ich möchte, dass jemand auf dich achtgibt«, erklärte Tom. »Fields kann dafür sorgen, dass du sicher wieder zurück in die Stadt kommst.«

»Und was ist mit dir?« Nach Calvin fragte sie nicht einmal. Zweifellos hatte er eigene Pläne, die sie nicht mit einschlossen. »Ich dachte, wir würden zusammen fahren.«

»Cabot und ich segeln die Jacht zurück nach New York, während du den Privatwaggon nimmst. Bist du nicht glücklich, Mr. Fields zu sehen?«

»Ja, natürlich«, erwiderte Lily. Sie schüttelte ihre Überraschung ab und wandte sich an Monty, um sich auf die Zehenspitzen zu stellen und ihn auf die Wange zu küssen. »Hallo, Montgomery. Danke, dass du so kurzfristig gekommen bist.«

Monty lächelte, was sein Gesicht weicher werden ließ. »Für dich würde ich doch alles tun, Lily. Sei doch so gut und setz dich wieder, um dein Frühstück zu beenden, dann können wir so bald wie möglich nach New York zurückkehren.«

Sie nickte und nahm ihren Platz wieder ein. Ein gleichmäßiges Trommeln erklang, Calvins Finger, die geschäftig auf den Esstisch klopften. »Montgomery«, sagte sie. »Kennst du schon Calvin Cabot?«

»Wir sind uns noch nicht begegnet.« Monty ging um den Tisch herum, bis er neben Calvin stand. »Mr. Cabot, ich bin Montgomery Fields.«

Calvin erhob sich nicht, aber er schüttelte Monty die Hand. »Fields.«

Eine unangenehme Stille senkte sich herab. Calvins Haltung war in etwa so einladend wie ein verschneiter Junitag. Sie warf ihrem Bruder einen hilflosen Blick zu.

Tom deutete auf einen Stuhl. »Fields, bitte. Leisten Sie uns doch beim Frühstück Gesellschaft.«

»Ja, danke. Sehr gern.« Monty streifte seinen Übermantel ab, den Langley zusammen mit seinem Hut und den Handschuhen entgegennahm. Dann umrundete Monty den Tisch und setzte sich neben Lily. Sie schenkte ihm Kaffee ein und gab Milch dazu, wie er es bevorzugte.

Die feinen Härchen in ihrem Nacken sträubten sich, als sie den eisigen Blick bemerkte, mit dem Calvin auf ihre Hände starrte. Sie stellte das Sahnekännchen wieder auf den Tisch und legte die Hände in den Schoß. Tom wandte seine Aufmerksamkeit wieder seinem Essen zu, doch Calvin legte einen Ellbogen auf den Tisch, eine entspannte Geste für jeden, der ihn nicht gut kannte. Lily jedoch war augenblicklich argwöhnisch.

»Sie und Lily wirken zweifellos sehr vertraut miteinander«, sagte er zu Monty. »Was sind Ihre Absichten ihr gegenüber?«

Monty erstarrte, und Lily blieb der Mund offen stehen. »Calvin!« Sie durchbohrte den Mann ihr gegenüber mit Blicken. »Das geht dich wohl kaum etwas an.«

Calvins unschuldige Miene konnte Lily keine Sekunde lang täuschen. »Ich würde sagen, dass es mich sehr wohl etwas angeht, da ich mich immer noch um dein Wohlergehen sorge. Schließlich waren wir mal verheiratet.«

Die Worte trafen Lily wie ein Schock. Sie spürte Montys verwirrten Blick auf sich, aber sie konnte die Augen nicht von Calvins herausfordernder Miene abwenden. »Das war vor langer Zeit«, stieß sie gepresst hervor.

»Ihr wart verheiratet?« Montys Stimme war vor Ungläubigkeit hoch geworden. »Ihr beide? Wann?«

Genugtuung flackerte in Calvins Augen auf. »Ach, hat Sie Ihnen das nicht erzählt? Wir sind vor vier Jahren miteinander durchgebrannt.«

»Die Ehe wurde annulliert«, sagte Lily schnell. »Aus offensichtlichen Gründen.«

»Offensichtlichen Gründen? Was waren das für welche?« Monty drehte sich auf seinem Stuhl, damit er sie besser ansehen konnte. Obwohl sie nicht verlobt waren, schuldete Lily ihm eine Erklärung. Sie standen sich seit fast einem Jahr nahe, und sie wusste, dass diese Nachricht überraschend für ihn kam und ihn verletzen musste, weil er sich zweifellos hintergangen fühlte.

Sie neigte den Kopf zu ihm und senkte die Stimme. »Es tut mir leid, dass ich es dir nie erzählt habe. Aber niemand wusste davon, nicht einmal Tom. Die Nachricht wurde vor allen geheim gehalten, also hoffe ich, du verstehst das. Wir waren jung und töricht.«

»Ich nicht«, warf Calvin sofort ein, worauf Lily sich unter dem Tisch streckte, um ihn vors Schienbein zu treten. Heftig. Er zeigte keine äußerliche Reaktion abgesehen vom Heben einer Augenbraue.

Wut und Frustration stiegen in ihr hoch, und ihr wurde heiß. Sie kniff die Lippen zusammen, um ihn nicht anzuschreien.

Dann atmete sie tief durch und rang um Beherrschung. »Wie ich schon sagte, das war vor langer Zeit. Mein Vater plädierte dafür, die Ehe annullieren zu lassen, und Calvin und ich waren beide einverstanden.«

Calvin hob eine Hand. »Eigentlich –«

»Halt den Mund, Calvin!« Sie schlug mit der Hand auf den Tisch, dass Porzellan und Silber wackelten. Wut ließ alles andere außer dem Objekt ihres Zorns verschwinden. Die beiden starrten einander in die Augen, während es im Zimmer unvermittelt totenstill geworden war. Sie konnte das Blut in ihren Ohren rauschen hören, und ihre Muskeln bebten unter dem Bedürfnis, über den Tisch zu springen und ihn zu erwürgen. Er wirkte nicht minder aufgebracht. Sein Hals über dem Hemdkragen war rot angelaufen, und er hatte die Zähne fest zusammengebissen.

Tom räusperte sich. »Vielleicht sollten wir –«

Ohne Vorwarnung sprang Calvin auf die Füße, dass sein Stuhl wackelte. »Wenn Sie mich bitte entschuldigen würden, ich brauche etwas frische Luft.«

KAPITEL DREIZEHN

»Wussten Sie davon?«

Als Calvin die Stimme hinter sich hörte, drehte er sich um und fand Davies wenige Schritte entfernt vor. Nachdem er das Frühstückszimmer verlassen hatte, war er nach draußen auf die Terrasse an der Rückseite des Hauses gestampft, die aufs Meer hinausblickte. Der frische Wind hatte dabei geholfen, seiner Wut die Schärfe zu nehmen – Wut, die nun beim Anblick von Lilys praktisch noch bartlosem, sich in alles einmischendem Bruder wiederaufflammte.

»Von Lily und Fields? Natürlich wusste ich das. Ich verlege drei Zeitungen. Es gibt in meinen Städten verdammt noch mal nicht das Geringste, wovon ich nichts weiß.«

Beschwichtigend hob Davies die Hände. »Ich bitte um Entschuldigung. Einen Moment lang hatte ich vergessen, dass Sie der allwissende, alles sehende Calvin Cabot sind und nicht der Mann, der immer noch meine Schwester liebt.«

Calvin knirschte mit den Zähnen und machte sich nicht einmal die Mühe, es zu leugnen. Davies würde ihm nicht glauben, und Calvin hegte den Verdacht, dass es stimmen könnte. Er wusste nicht, was er heute Morgen denken sollte. Die vergangene Nacht war alles gewesen, wonach er sich in den letzten vier Jahren verzehrt hatte, alles, was er nie wieder zu erleben geglaubt hatte. Und dann musste dieser geistlose Montgomery Fields heute Morgen auftauchen und alles ruinieren.

»Warum zum Teufel haben Sie Fields hergerufen?«

Davies kam näher. »Unangenehm, wenn einem das, was man am meisten will, weggenommen wird, nicht wahr?«

Verblüfft blinzelnd fuhr Calvin hoch. »Moment mal – Sie haben das aus Rache getan, weil ich Ming Zhu an einen sicheren Ort gebracht habe? Sind Sie verrückt?«

»Das ist nicht der einzige Grund.« Davies lehnte sich an die Balustrade und verschränkte die Arme vor der Brust. »Ich bin mir nicht sicher, ob ich Sie in der Nähe meiner Schwester haben will. Sie hatten Ihre Chance, Cabot, und Sie haben sie vermasselt. Jetzt weiß ich, warum sie vor vier Jahren nicht mehr aus dem Bett kam, die Augen rot und verquollen, wann immer ich mich umdrehte. Mein Vater meinte, ich solle mir keine Sorgen machen, aber ich hatte sie noch nie so … am Boden zerstört gesehen. Und *Sie* waren der Grund dafür.«

Calvin sah zu, wie sich die Wellen unten am Strand brachen, ein unablässiges Rauschen, das es nie versäumte, ihn an die Unausweichlichkeiten des Lebens zu erinnern. An Dinge, die er nicht ändern konnte. *Nichts ist von Dauer.* Er hatte ihr nicht wehtun wollen, aber welche Wahl hatte er gehabt, wenn Warren Davies ihn erpresste? Wenn er ein Versprechen gegeben hatte, das er nicht brechen konnte?

Die längste Zeit glaubte ich tatsächlich, du würdest zurückkommen.

Gott, würden diese Worte je aufhören, einen scharfen Schmerz in seiner Brust zu verursachen?

»Ich hatte nie vor, Ihrer Schwester weh zu tun.«

»Und doch haben Sie es getan. Und Sie tun ihr immer noch weiter weh mit den Dingen, die Sie vor ihr verbergen.«

»Ich versuche, sie zu beschützen«, knurrte Calvin. »Ich versuche, dafür zu sorgen, dass sie sicher ist.«

»Sicher vor wem, Cabot?«

Calvin antwortete nicht. Das konnte er nicht, nicht mit dem Kloß in seinem Hals. Lügen über Lügen hatten sich zwischen ihm und Lily aufgestaut, doch es gab nichts, was er dagegen tun konnte. Selbst Davies wusste nicht einmal die Hälfte davon. Niemand tat das. »Ich dachte, wir hätten besprochen, dass Sie heute mit Ihrer Schwester zurückreisen.«

»Sie kann mit Fields den Zug nehmen, oder sie kann hierbleiben. Alles, was ich weiß, ist, dass sie nicht mit Ihnen zusammen sein wird.«

Calvins Kopf fuhr zu Lilys Bruder herum. »Was soll das heißen?«

»Ich will Sie nicht in ihrer Nähe haben.«

»Sie haben kein Recht, über sie oder mich zu bestimmen, Davies. Erstens sind Sie kaum alt genug, um sich einen Bart wachsen zu lassen. Zweitens sind Ihre Schwester und ich erwachsen.«

»Ich bin *neunzehn*, und Lily steht unter meinem Schutz. Und da sie meine Schwester und meine einzige direkte Familie ist, werde ich alles tun, was in meiner Macht steht, um zu verhindern, dass sie wieder verletzt wird. Wenn das bedeutet, sie und Fields zu verkuppeln, dann werde ich das verdammt noch mal auch tun.«

Calvin lachte bitter. »Schöne Worte von einem Mann, der seine Schwester fast drei Wochen lang im Stich gelassen hat, um sich in einem verlassenen Bootshaus zu verstecken. Sie haben vielleicht Nerven, verdammt noch mal.«

Davies trat näher, bis er beinahe Nase an Nase mit Calvin stand. »Ich gebe zu, dass ich Lee unterschätzt habe. Ich hätte nie gedacht, dass er Lily in all das hineinziehen würde. Aber diesen Fehler werde ich nicht noch einmal begehen. Ebenso wenig werde ich Sie unterschätzen. Halten Sie sich verdammt noch mal von ihr fern. Haben wir uns verstanden?«

Calvin dachte an Lily letzte Nacht, nackt und flehend unter ihm, ihr herrliches blondes Haar ausgebreitet auf den Laken. Ihren vor Leidenschaft offenen Mund, als er zwischen ihre Schenkel stieß. *Oh Gott, Calvin. Hör nicht auf. Hör niemals auf.* An diesem Morgen hatte er sich im Stillen geschworen, irgendeinen Kompromiss zu finden, wie sie zusammen sein konnten, und sei es nur vorübergehend. Er musste eine Möglichkeit finden. Schon jetzt verzehrte er sich nach ihr wie ein Süchtiger nach seiner Droge.

Er rieb sich das Kinn und versuchte, ruhig zu bleiben. »Was geschieht, wenn ich mich weigere?«

»Dann können Sie Ihrem kostbaren Imperium Lebewohl sagen. Ich werde alle drei Zeitungen aufkaufen und sie Joseph Pulitzer auf einem Silbertablett servieren.«

»Sie drohen mir, obwohl ich der einzige Mensch bin, der zwischen Ihnen und Lee steht? Wenn ich mich zurückziehe, liegen Sie auf dem Grund des East Rivers, Davies.«

Lilys Bruder kam noch einen Schritt näher, die Lippen zusammengekniffen, die Schultern angespannt. »Sie haben versprochen, sich um Ming Zhu zu kümmern. Dass sie in Sicherheit sein würde.«

»Ja, und ich beabsichtige, dieses Versprechen zu halten.

Ming Zhu und Hugo haben Newport bereits verlassen, und sie ist in guten Händen. Sie dagegen sind nur aus Rücksicht auf Ihre Schwester noch am Leben. Ich bin jemand, den Sie in Anbetracht Ihrer prekären Situation nicht verärgern sollten.«

Davies sah aus, als würde er Calvin liebend gern noch einmal ins Gesicht schlagen, aber er hielt sich zurück. »Ich weiß mehr über Sie, als Sie denken, Cabot. Und wenn Sie glauben, es hätte Lily nicht verletzt, über Ihre Eskapaden mit Opernsängerinnen, Revuetänzerinnen und Witwen zu lesen, dann irren Sie sich. Sie werden ihr keine weitere Minute Kummer verursachen, nie wieder.«

Zum Teufel mit diesen Klatschblättern. Calvin sollte sie alle aufkaufen, nur um dafür zu sorgen, dass sein Name nie mehr in einem davon auftauchte. »Und Lily hat bei all dem nichts zu sagen?«

»Sie hat mir selbst mitgeteilt, dass die Annullierung das Beste war und dass Sie beide einander nur unglücklich gemacht hätten.«

Wann, wollte Calvin fragen. Wann hatte sie das gesagt? Bevor er ihr letzte Nacht eine Hand voll Orgasmen beschert hatte? Oder danach?

Er fuhr sich mit der Hand durchs Haar. Einzuwilligen wäre das Klügste, wenn man bedachte, wie die Dinge zwischen ihnen standen. Er musste sich um das Problem mit Hugos Frau kümmern, und die Situation würde in den kommenden Wochen wahrscheinlich noch gefährlicher werden. Lily könnte in ihr behütetes Leben zurückkehren, Fields Gesellschaft leisten und das Geld ihres Vaters ausgeben. In Sicherheit sein.

Sobald Lee von Calvins Erpressung erfuhr, würde er jedes verfügbare Druckmittel benutzen, um seine Tochter zurückzubekommen – und Calvin könnte Lily nur beschützen, wenn er sie nie aus den Augen ließ.

Ganz zu schweigen davon, dass sie ihm die Eier abschneiden würde, falls sie je die Wahrheit über alles, was er getan hatte, herausfand.

Doch obwohl er das alles wusste, blieben ihm die Worte im Hals stecken. Er hatte einmal zugelassen, dass ein Davies ihn herumkommandierte, hatte zugelassen, dass ihr Vater seine Ehe ruinierte. Nach allem, was gestern Nacht passiert war, war er nicht bereit, sie aufzugeben. Noch nicht. Er balancierte auf einem dünnen Drahtseil aus Lügen und Intrigen, das jeden Augenblick unter ihm zu reißen drohte. Aber bevor das passierte, musste er sich an Lilys Körper sattlieben, sich einen Vorrat für die unvermeidliche Zeit anlegen, in der sie ihn wieder hassen würde.

Außerdem gab es Möglichkeiten, Lily zu sehen, die ihr Bruder nie herausfinden würde.

Er straffte sich und zeigte mit dem Finger auf Davies. »Sie sollten besser auf sie aufpassen. Sie, nicht dieser Schwachkopf Fields.«

»Der Mann ist wohl kaum ein Schwachkopf. Er wird in ein paar Jahren ein Vermögen erben. Sitzt im Verwaltungsrat mehrerer Unternehmen, einschließlich Ihrem. Ist hoch angesehen in der Gesellschaft. Er ist der ideale Ehemann für Lily.«

Die Andeutung war klar: Calvin war nicht die Art Ehemann, die Lily verdiente. Die Worte schmerzten, obwohl Calvin erkannte, dass sie der Wahrheit entsprachen. Jedes Mal, wenn er Lily im Lauf der Jahre beobachtet hatte, was öfter gewesen war, als sie ahnte, hatte sie ziemlich glücklich gewirkt. Eine reiche junge Frau in New York City, der die Welt zu Füßen lag. Umgeben von anderen, die genau wie sie waren. Eine ganz andere Welt als die, aus der Calvin kam.

Dennoch, etwas an ihrem Umgang mit Fields störte ihn. »Ist Ihnen nicht aufgefallen, wie sie sich in seiner Gegenwart benimmt, als wäre sie ein unterwürfiges Frauenzimmer ohne einen Funken Verstand? Das gefällt mir nicht.«

»Es muss Ihnen nicht gefallen, Cabot. Niemand hat Sie nach Ihrer Meinung über den Mann gefragt, den sie heiraten wird.«

Calvin ballte die Fäuste. »Ich habe meine Meinung geändert, Davies. Bringen Sie Ihr verdammtes Boot allein nach New York zurück. Ich finde eine andere Reisemöglichkeit nach Hause.«

Lily wartete geduldig im Empfangszimmer der Hamptons, während das versiegende Licht des Nachmittags über die vertrauten Orientteppiche fiel. Auch wenn das Zuhause ihrer Cousine deutlich kleiner als das Haus der Davies war, war es doch gemütlich. Wohnlich. Lily hatte es als Kind geliebt, hier Zeit zu verbringen. Tante Rachel, Coras Mutter, war immer liebevoll und freundlich gewesen, viel mehr als Lilys eigene Mutter, die selbst auf ein junges Mädchen wie sie stets zerbrechlich gewirkt hatte.

Lilys Mutter war gestorben, als Lily dreizehn war. Ihr Vater war bei der Mine gewesen, als eine Lungenentzündung Patricia Davies dahingerafft hatte. Daddy war nicht rechtzeitig zur Beerdigung zurückgekommen, und Lily konnte sich noch erinnern, wie sie am Grab die Hand ihres neunjährigen Bruders gehalten und ihm gesagt hatte, dass alles gut werden würde. Dass sie ihn immer beschützen würde. Und das würde sie, egal was passierte.

Tante Rachel hatte Lily und Tom nach der Beerdigung in dieses Haus gebracht und die Kinder bemuttert, bis Warren Davies aus Dakota zurückkam. Obwohl es eine traurige, schreckliche Zeit in ihrem Leben gewesen war, erinnerte sich Lily an das Leben hier und daran, dass sie gedacht hatte, wie glücklich Cora sich schätzen konnte, von so viel Liebe und Zuneigung umgeben zu sein.

Heute war sie gekommen, um Buße zu tun und sich der Verärgerung und Kränkung ihrer Cousine zu stellen. Sie hatte es nicht anders verdient, obwohl sie natürlich gute Gründe gehabt hatte, das mit ihrer Hochzeit geheim zu halten.

Wenigstens hatte Montgomery mit Verständnis reagiert. Im Zug zurück zum Grand Central Depot hatte Lily ihm ihre Beziehung zu Calvin erklärt, so gut sie konnte, dabei allerdings die Akrobatik der vergangenen Nacht aus offensichtlichen Gründen ausgelassen. Obwohl die Nachricht Monty aufgewühlt hatte, hatte er ihr keine Szene gemacht, sondern geantwortet: »Deine Vergangenheit ist vergangen. Ich bin nur an unserer Zukunft interessiert.« Dann hatte er sie auf die Wange geküsst und sie mit den Geschichten der jüngsten gesellschaftlichen Anlässe unterhalten, die sie versäumt hatte.

Sie hatte keinerlei Absicht, Monty – oder irgendjemandem sonst – zu erzählen, wie sie und Calvin die letzte Nacht verbracht hatten. Offensichtlich wollte auch Calvin nicht, dass irgendjemand etwas davon erfuhr, wenn man bedachte, wie er ohne ein Wort nach dem Frühstück abgereist war. Er bereute eindeutig, was in der Nacht zuvor passiert war, und wie könnte sie ihm das vorwerfen? Er hatte sie dabei ertappt, wie sie … *das* getan hatte, und dann hatte eins zum andern geführt. Mit etwas Glück würde sie ihm nie wieder unter die Augen treten müssen.

Die Tür öffnete sich, und überrascht stellte Lily fest, dass ihr Onkel dort stand. Onkel Edward, ein liebenswürdiger, intelligenter Mann, hatte eine beruhigende Art an sich, die Lily bewunderte. Die Familie Hampton war groß, aber eng miteinander verbunden, etwas, worum Lily sie als Kind heimlich beneidet hatte.

Mit seiner großen, schlanken Figur wirkte Onkel Edward immer noch attraktiv in seinem dunkelblauen Anzug und der smaragdgrünen Seidenweste, an der eine goldene Taschenuhr schimmerte. Seine Augen funkelten, als er die Tür schloss und auf sie zukam.

»Hallo, Onkel.«

Er beugte sich vor und küsste sie auf die Wange. »Du hast heute für ziemlich viel Gesprächsstoff in meinem Haus gesorgt.«

Sie stöhnte. »Das bezweifle ich nicht. Ist Cora sehr aufgebracht?«

»Aufgebracht ist nicht der richtige Ausdruck. Sie fühlt sich nicht gern ausgeschlossen, wie du wohl weißt. Ich schwöre, die ersten acht Jahre ihres Lebens hat sie damit verbracht, dir wie ein Schatten überall hin zu folgen.«

Lily erinnerte sich gut daran. »Ich bin gekommen, so schnell ich konnte. Die Story wurde in den Druck gegeben, bevor ich es ihr erklären konnte.«

»Wieso diese Eile? Ich hoffe, Cabot hatte wenigstens deine Zustimmung, bevor er es veröffentlicht hat.«

»Die hatte er. Calvin fand, wir sollten die Geschichte publik machen, damit sie nicht gegen einen von uns verwendet werden kann.«

Onkel Edward strich über seinen Bart. »Was bedeutet, dass jemand damit gedroht hat.«

»Ja. Aber das ist nun vorbei.«

»Gut. Ich sollte dich darüber informieren, dass ich ein paar Telegramme von Verwaltungsratsmitgliedern erhalten habe, die ihre Besorgnis kundtun. Sie mögen keine Skandale, wie du weißt. Manche haben sich daran erinnert, wie du versucht hast, den Sitz deines Vaters im Verwaltungsrat von Pulitzer zu übernehmen.«

»Das war nur für kurze Zeit, Monate nach der Annullierung. Ich bin zurückgetreten, weil sie keine Frau in ihrer Mitte haben wollten.«

»Ich hatte mich immer gefragt, warum du dich darum bemüht hast, obwohl ich glaube, dass ich es jetzt besser verstehe.«

Das Ziel war gewesen, Calvin zu verletzen, der aus seiner Abneigung gegen Joseph Pulitzer und dessen Methoden keinen Hehl gemacht hatte, aber das wollte sie jetzt nicht zugeben. »Was wirst du unseren Verwaltungsratsmitgliedern sagen?«

»Nicht ich. *Du.* Ich denke, wir sollten eine außerordentliche Sitzung anberaumen und sie beruhigen. So bald wie möglich. Du befindest dich ohnehin schon in einer prekären Position.«

Ja, das wusste sie gut. Eine Frau in der Geschäftswelt war schon selten genug, aber als Präsidentin eines Unternehmens? Dazu kam noch ihr Alter und die Tatsache, dass Warren Davies sie nicht ausdrücklich zu seiner Nachfolgerin ernannt hatte. Die Verwaltungsratsmitglieder waren von Anfang an gegen sie gewesen. Nur ein Grund mehr, warum ihr Bruder antreten und die Verantwortung übernehmen musste.

»Sag mir wann, und ich werde da sein«, sagte sie mit müder und niedergeschlagener Stimme.

»Kopf hoch.« Er nahm sie in die Arme und drückte sie. »Den

Verwaltungsrat zu beruhigen wird ein Spaziergang sein im Vergleich zu dem, was Cora mit dir anstellen wird.«

Wie aufs Stichwort flog die Tür auf, und Cora stürmte ins Zimmer, eine zerknitterte Zeitung in der Hand. Lily hatte keinen Zweifel daran, dass es die Nachmittagsausgabe des *Mercury* war. »Ich glaube es einfach nicht. Du hast tatsächlich jemanden *geheiratet* und mir nichts davon erzählt.« Cora schüttelte die Zeitung in ihrer Faust. »Und so muss ich es herausfinden?«

Onkel Edward ließ Lily los und begann, sich langsam in Richtung Tür zurückzuziehen. »Dann überlasse ich euch Ladys eurer Unterhaltung.«

Als die Tür sich hinter ihrem Onkel geschlossen hatte, zeigte Lily aufs Sofa. »Cora, setz dich. Ich werde dir alles erzählen, aber ich bin völlig erschöpft.« *Ich habe letzte Nacht kaum geschlafen, weil ich zu beschäftigt damit war, Unzucht mit meinem früheren Ehemann zu treiben.* »Bitte, setzen wir uns einen Moment.«

Cora ließ sich aufs Sofa fallen, einen Zug störrischer Enttäuschung um den Mund. »Deswegen bist du weggegangen. Wegen der Annullierung. Deshalb hast du New York verlassen, um durch die Gegend zu reisen.«

Cora kannte sie so gut. Lily setzte sich aufs Sofa, arrangierte ihre Röcke und faltete die Hände im Schoß. »Ja. Ich habe ständig …« Sie holte tief Luft. »Ich habe ständig in den Zeitungen von ihm gelesen, Klatschgeschichten über seine Liaisons, wo er jede Nacht mit einer anderen Frau gesichtet worden war. Jedes Mal, wenn er erwähnt wurde, fühlte es sich an wie ein Stich ins Herz.«

»Du hast ihn geliebt.«

Lily leckte sich über die trockenen Lippen und gestand die Wahrheit. »Sehr. Calvin ist ein Wirbelwind. Er hat diese regelrecht greifbare Energie in sich. Wenn sich diese Energie auf dich richtet, kann sie sehr anziehend sein.« Sie zuckte die Schultern. »Ich war jung und töricht. Ich habe mich von ihm einwickeln und verführen lassen.«

Die letzte Spur von Verärgerung verschwand aus Coras Augen, und ihr Gesicht wurde weich vor Mitgefühl. »Du warst jung. Unerfahren. Du kannst dir nicht die Schuld dafür geben.«

»Ich nehme an, du hast recht, aber das macht es nicht weniger schmerzhaft.« Lily stand auf und ging hinüber zum Kaminsims, auf dem mehrere Porzellanfiguren standen. Die Figur eines kleinen Kindes mit einem Hündchen war immer ihr Liebling gewesen. Die Freude auf dem Gesicht des Kindes war so rein. Sie berührte den Kopf des Hündchens und strich über die glatte, glänzende Oberfläche. »Mein Vater hat uns in den Flitterwochen aufgespürt, in dem Hotel, in das wir durchgebrannt waren. Er sagte Calvin, dass er mich ohne einen Cent verstoßen würde. Dass er uns verhungern lassen würde, falls Calvin und ich verheiratet blieben.«

Cora schnappte nach Luft. »So etwas Grausames hätte dein Vater nie getan. Er hat dich vergöttert.«

Mit einem reumütigen Lächeln auf dem Gesicht drehte Lily sich um. »Calvin wusste das nicht. Und du erinnerst dich sicher, wie einschüchternd mein Vater sein konnte. Er stellte Calvin auf die Probe, und Calvin geriet in Panik und stimmte der Annullierung zu. Du hättest sein Gesicht sehen sollen, als ich ihm vor ein paar Tagen von meinem Treuhandfonds erzählt habe. Ich dachte, er übergibt sich oder fällt in Ohnmacht.«

»Warte – warum hast du Calvin nicht schon vor vier Jahren aufgesucht und ihm von deinem Treuhandfonds erzählt?«

Wut keimte wieder auf, diesmal auf ihren Vater. Lily hasste

es, angelogen zu werden, und sie hatte nie Antworten einfordern können, weil Daddy gestorben war. »Mein Vater sagte, Calvin habe mich nur des Geldes wegen geheiratet. Dass er die großzügige Abfindung sofort angenommen habe und ohne es sich noch einmal zu überlegen gegangen war.«

»Und das hast du geglaubt?«

»Zuerst nicht, nein. Aber es dauerte nicht lange, bis ich anfing, Calvins Namen in den Zeitungen zu lesen ...«

»Mit anderen Frauen«, vervollständigte Cora, und Lily nickte. »Oh, du armes Ding.« Ihre Cousine sprang auf und eilte zu Lily, um sie fest an sich zu drücken, und Lily erwiderte die Umarmung und legte Cora den Kopf auf ihre Schulter.

»Jetzt weißt du, warum ich es niemandem erzählen wollte.«

»Es gefällt mir immer noch nicht, aber ich verstehe es.« Cora tätschelte Lily den Rücken, genau so, wie Tante Rachel es getan hätte, wenn sie hier gewesen wäre. Bei der beruhigenden, zärtlichen Geste musste Lily lächeln. Cora würde eines Tages eine ausgezeichnete Ehefrau und Mutter abgeben. »Aber du weißt, dass ich dich nicht verurteilt hätte.«

Lily zog sich zurück, um Cora ins Gesicht zu sehen. »Natürlich weiß ich das. Aber ich war gekränkt. Wütend. Beschämt. Verletzt. Es war einfach zu viel, Cora.«

»Du wolltest immer alle glauben lassen, dass du unendlich stark bist«, sagte Cora und pikste Lily in den fleischigen Teil ihres Arms. »Aber innendrin bist du ganz weich. Genau wie der Rest von uns.«

Lily lachte. Ihr war, als würde sich die Last von vier Jahren von ihren Schultern heben wie ein Ballon. Cora hatte recht; Lily hätte ihr das schon vor Jahren anvertrauen sollen. »Stimmt, aber verrate es niemandem.«

Cora ging zurück zum Sofa und setzte sich. »Also, was hat dein früherer Ehemann vor ein paar Tagen bei dir zu Hause gemacht?«

Das war eine vertrackte Frage. Lily wollte nicht zu sehr ins Detail gehen. Je weniger Cora von der letzten Woche wusste, desto besser. »Ich brauchte seine Hilfe. Und die Ehe wurde annulliert. Er ist nicht mein früherer irgendetwas.«

Schmunzelnd wackelte Cora mit den Augenbrauen. »Er ist dein früherer *sehr wohl* etwas. Ihr hattet eine Hochzeitsnacht.«

Lily lachte. »Ja, die hatten wir.« Eher zwanzig Hochzeitsnächte, wenn man bedachte, dass sie das Bett kaum verlassen hatten. Sie und Calvin waren unersättlich aufeinander gewesen, genau wie letzte Nacht. Ihr wurde heiß bei der Erinnerung an seinen sündigen Mund und die geschickten Hände. Seine unanständigen Worte. *Du bist so geschwollen. So feucht. Rosig und vollkommen.*

»Du wirst ja rot!«, rief Cora aus. »Ich hätte nie gedacht, dass ich mal erleben würde. Lillian Davies, rot wie ein junges Mädchen. Ich will Einzelheiten!«

»Ich werde dir keine Einzelheiten erzählen. Vielleicht wenn du mal verheiratet bist.«

Schmerz blitzte in Coras Augen auf, und sofort wünschte sich Lily, sie könnte die Worte zurücknehmen. Cora genoss ihr Debüt nicht, dank der alteingesessenen New Yorker Familien, die sie wegen ihres neureichen Status schnitten, und der Glücksritter, die sie wie Schakale umkreisten. Aber die Ehe war für eine Frau in dieser Welt unvermeidlich. Sicherheit, Geborgenheit, Kinder ... Der Preis, den eine Frau für diese Dinge bezahlte, war die Ehe.

»Cora –«, setzte sie an.

»Nein, es geht mir gut. Es ist schon in Ordnung«, log ihre Cousine offensichtlich. »Ich kann verstehen, warum du durchgebrannt bist. Du warst schon immer die Mutige von uns beiden, diejenige, die klug genug war, eigene Entscheidungen zu treffen.

»Nicht gerade klug. Dumm, mit einem Mann durchzubrennen, den ich kaum kannte. Und sieh nur, was dabei herausgekommen ist.«

Calvin war der Meinung, dass er aus seinen Fehlern gelernt hatte.

Anstatt an diesem Nachmittag Lees Etablissement in der Pell Street aufzusuchen, verlangte er ein Treffen mit ihm in Kwans Restaurant. Wenigstens wäre dort das Risiko geringer, vergiftet zu werden.

Er kam früh im Restaurant an. Die vertrauten Gerüche nach Öl, Gewürzen und Fisch empfingen ihn, und das Geräusch der Tür hallte in dem leeren Raum. Es waren noch keine Gäste eingelassen worden, um die nötige Privatsphäre für das Treffen zu gewährleisten. Lee würde die Neuigkeit, die Calvin ihm überbringen würde, nicht gefallen.

»Mr. Cabot.« Kwan kam durch den Vorhang aus der Küche. Sein Gesicht zeigte Besorgnis, und tiefe Schatten betonten die eingefallenen Wangen. »Alles ist so, wie Sie es wollten.«

Calvin verbeugte sich dankbar. »Danke. Wenn Sie lieber nicht bleiben wollen, dann verstehe ich das.«

Dieser Vorschlag schien Kwan zu beleidigen. »Natürlich werde ich bleiben. Sie sollten Lee nicht allein gegenübertreten.«

»Ich bin nicht allein. Hugo ist draußen.«

»Draußen ist nicht drinnen. Lee kann man nicht trauen, mein Freund.«

Wie Calvin von seiner letzten Begegnung mit ihm sehr wohl wusste. »Trotzdem, ich würde nicht wollen, dass Sie sich selbst oder Ihre Familie in Gefahr bringen. Aber ich weiß Ihre Hilfsbereitschaft zu schätzen, in Anbetracht Ihrer Beziehung zu Lee.«

»Ich helfe Ihnen immer gern. Wir kennen uns schon viele Jahre, und Sie sind immer gut zu mir und meiner Familie gewesen.«

»Nun, sprechen Sie noch nicht in der Vergangenheit von mir. Ich habe nicht vor, heute zu sterben.«

»Manchmal entzieht sich diese Entscheidung unserer Kontrolle. Das Universum arbeitet nach seinen eigenen Gesetzen. *Wu wei.*«

Wu wei, ein taoistischer Begriff, der sich frei als ›ohne Mühe‹ übersetzen ließ. Taoisten glaubten, dass die Harmonie gestört wurde, wenn eine Person versuchte, gegen das Universum zu arbeiten.

»Dann wird sich das Universum einen anderen Tag aussuchen müssen, *wu wei* hin oder her.«

Kwan schüttelte lächelnd den Kopf. »Ungläubiger. Sie sollten sich setzen. Es ist fast so weit. Ich werde an der Tür warten.«

Calvin ging zu einem kleinen runden Tisch und wählte einen Stuhl an der Wand. So konnte er den Raum überblicken und eventuelle Überraschungen von hinten vermeiden. Sie brauchten nicht lange zu warten. Lee war pünktlich und erschien zur vereinbarten Zeit.

Kwan hielt ihm die Tür auf, und Lee trat zusammen mit zwei seiner Männer ein. »Mr. Lee, willkommen«, begrüßte Kwan ihn auf Kantonesisch.

»Sie sollten sich Ihre Freunde sorgfältiger aussuchen«, erwiderte Lee. »Wenn Sie das täten, dann wäre Ihr Restaurant nicht an den meisten Abenden leer.«

Sabotierte Lee Kwans Geschäfte? Das hatte Calvin nicht gewusst. Anscheinend verstärkte Lee seine Anstrengungen, Kwan dazu zu bringen, sich der Tong anzuschließen. Calvin würde mit Kwan sprechen müssen, um ihm auf irgendeine Art und Weise Hilfe anzubieten. Das Restaurant war Kwans Leben, seine gesamte Existenzgrundlage. Was würde aus seinem Freund werden, sollte es scheitern?

Mit einem Lächeln, das seine Augen nicht erreichte, wandte Lee sich Calvin zu. »Mr. Cabot«, sagte er auf Englisch und ging zum Tisch. Seine beiden Männer folgten dicht hinter ihm.

Calvin stand auf und verbeugte sich. »Danke, dass Sie sich mit mir treffen. Ihre Männer müssen allerdings draußen warten.«

Lee blieb abrupt stehen und musterte Calvin mit schief gelegtem Kopf. Als würde er die möglichen Gründe für diese Forderung abwiegen. Calvin hob die Hände. »Ich will Ihnen nichts Böses. Wie Sie sehen, bin ich allein.«

Nach einer langen Pause befahl Lee seinen Männern, draußen zu warten, dann setzte er sich auf den Stuhl Calvin gegenüber. »Sie haben Neuigkeiten für mich?«

»In der Tat, ich habe zwei Dinge für Sie. Falls Sie es noch nicht gehört haben, die Neuigkeit meiner früheren Ehe wurde in der heutigen Ausgabe des *Mercury* gedruckt. Sie werden diese Information nie mehr gegen mich oder Lillian Davies verwenden können.«

Lee zeigte keine äußerliche Reaktion, also nahm Calvin an, dass er bereits davon erfahren hatte. »Und die zweite Neuigkeit?«

»Ich habe Ihre Tochter gefunden.«

Lee beugte sich vor, und seine Miene war angespannt und hart, wie aus Granit gemeißelt. »Wo ist sie? Bei Davies?«

»Nein. Tom Davies hat keinerlei Interesse an Ihrer Tochter. Er war nach Boston gesegelt. Und wo ich sie gefunden habe, ist nicht so wichtig wie das, was ich dafür verlange, sie Ihnen zurückzubringen.«

Die Wirkung dieser Worte ließ Lee zurückzucken. Er hob den Arm und strich über seinen Bart, während er Calvin kalt über den Tisch hinweg anstarrte. Die Atmosphäre im Raum war entschieden unfreundlich geworden, und Calvin empfand ein gewisses Maß an Genugtuung darüber, dass er Lee überrascht hatte.

»Sie spielen ein gefährliches Spiel.« Lees dunkle Brauen zogen sich zusammen. »Eines, das nicht gut für Sie ausgehen wird.«

»Falsch«, erwiderte Calvin. »Sie werden tun, worum ich Sie bitte. Sobald meine Frau nach New York gebracht wurde, werde ich Ihnen Ihre Tochter zurückgeben.«

»Vielleicht finde ich meine Tochter selbst.«

Calvin konnte sich ein Lachen nicht verkneifen. »Das können Sie versuchen, aber es wird Ihnen nicht gelingen. Mein Rat wäre, Shin-Yee so schnell wie möglich nach New York zu bringen. Dann werde ich Ihnen Ming Zhu zurückgeben. Ihr wird in meiner Obhut kein Leid geschehen.«

»Sie hat mich und meine Familie entehrt. Was bringt Sie zu der Annahme, dass ich sie überhaupt zurückhaben will? Vielleicht sollte ich Ihnen sagen, dass Sie sie behalten können.«

Ein Mädchen von Ming Zhus Rang würde mit jemandem verheiratet werden, den Lee persönlich ausgewählt hatte. Calvin würde nicht zulassen, dass das passierte. Er hatte nicht die Absicht, sie zurückzugeben – außer das Mädchen änderte seine Meinung und bat darum, zu seiner Familie zurückkehren zu dürfen. »Das ist natürlich Ihre Entscheidung«, sagte Calvin leichthin. »Dennoch glaube ich, dass Sie bereits eine Heirat arrangiert haben. Ich glaube, deshalb sind Sie so erpicht darauf, sie nach Hause zu holen.«

Als Lees Augen blitzten, wusste Calvin, dass er ins Schwarze getroffen hatte. »Wer ist es?«, fragte er. »Wem haben Sie sie versprochen?«

»Das ist für Sie nicht von Belang.« Lee erhob sich abrupt. »Sie sollten sich lieber darüber Gedanken machen, diejenigen um Sie herum zu beschützen, Mr. Cabot. Falls meiner Tochter irgendetwas zustoßen sollte, werde ich Wege finden, an allen, die Ihnen am Herzen liegen, Vergeltung zu üben.«

Calvin hatte eine Drohung dieser Art schon erwartet. Er stand auf. »Haben wir eine Vereinbarung?«

Anstatt zu sprechen, verbeugte Lee sich, drehte sich auf dem Absatz um und ging.

KAPITEL VIERZEHN

Lily betrat den Eingangsbereich ihres Hauses, und der vertraute Geruch von Gardenien wirkte sofort wie Balsam für ihre Seele. Der verflixte Zeitungsartikel ließ ihr keine Ruhe. Wie erwartet hatte sich die Nachricht von ihrer Hochzeit mit Calvin Cabot und deren Annullierung wie ein Lauffeuer entlang der Fifth Avenue verbreitet, und die Empfangssalons der Stadt hatten sich begierig auf den Skandal gestürzt.

Lily hatte sich geweigert, sich wie ein Feigling in der Villa zu verstecken. Zwei Tage lang waren Monty und sie kreuz und quer in der Stadt unterwegs gewesen – auf Bällen, Teepartys, Soireen, in der Oper –, damit Lily gesehen wurde. Darüber hinaus hatte sie früher an diesem Tag an einer Versammlung des Verwaltungsrats teilgenommen, bei der eine Gruppe alter Männer nicht in der Lage gewesen war, zu verstehen, wie Warren Davies zulassen konnte, dass seine einzige Tochter mit einem Nachrichtenreporter durchbrannte. All diese Verurteilungen hatten sie erschöpft.

Bailey nahm ihr das Cape ab. »Soll ich Ihnen Ihre Zofe nach oben schicken, Miss?«

»Ja, bitte. Je eher ich aus diesem Kleid herauskomme, desto

eher kann ich zu Bett gehen und diesen schrecklichen Tag hinter mir lassen.«

Mit einem Nicken verschwand er und überließ es ihr, allein die lange, gewundene Treppe hinaufzugehen. Ihr Haus war nach den Vorgaben ihres Vaters erbaut worden, und Warren Davies hatte nie kleine Brötchen gebacken. Nur zwei Häuser an der Fifth Avenue waren größer: die Cavanaugh-Villa und das Haus von Cornelius Vanderbilt II. Obwohl Lily dieses Haus hier liebte, war die Wohnfläche einfach mehr, als sie und Monty brauchten. Monty hatte vorgeschlagen, in etwas Kleineres zu ziehen, wo Lily sich nicht so allein fühlen würde. Vermutlich wäre ein gemütliches, einladendes Heim besser, um eine Familie zu gründen. *Bald*, dachte sie. Sobald Tom begann, sich um die Geschäfte zu kümmern, konnte sie sich auf Monty und ihre gemeinsame Zukunft konzentrieren.

Er hat keine Substanz. Er ist so tiefgründig wie schwacher Tee. All die Partys und Reisen? Er wird dich zu Tode langweilen.

Sie ignorierte diese hartnäckige Stimme in ihrem Kopf und betrat ihre Räumlichkeiten, wo sie die Satinhandschuhe auszog und aufs Bett warf. Ein Geräusch aus ihrem Ankleidezimmer weckte ihre Aufmerksamkeit. Ihre Zofe musste schon auf sie gewartet haben. »Colleen, hilf mir bitte aus diesem Kleid, ja?«

»Ich bin nicht Colleen«, antwortete eine tiefe Stimme, unmittelbar bevor eine vertraute Gestalt den Türrahmen ausfüllte. »Aber ich werde mein Bestes geben, so beschwerlich das auch sein mag.« Calvins strahlend blauer Blick brannte, als er über Lilys Körper wanderte, und ließ winzige Schauer durch sie hindurchrieseln.

Die Reaktion ärgerte sie. »Was machst du hier?«, zischte sie. »Wer hat dich hereingelassen?«

»Das ist ein Geheimnis.« Er trat ins Schlafzimmer, machte die Tür zum Ankleidezimmer zu und schloss sie hinter sich ab.

Als er zur Tür ging, die auf den Korridor hinausführte, sagte Lily: »Calvin, du musst gehen. Es ist nach ein Uhr, und ich bin müde.« Doch anstatt auf sie zu hören, verriegelte er diese Tür ebenfalls. Lilys Atem wurde unregelmäßig, als hätten ihre Lungen vergessen, was zu tun war.

Mit bedächtigen, gemessenen Schritten kam er näher, und der Ausdruck auf seinem Gesicht war bestimmt von raubtierhafter Erwartung. Mit ernster, entschlossener Miene leckte er sich über die Lippen ... und Verlangen wand sich durch ihren Bauch, über ihre Brüste, entlang ihrer Haut. »Ich werde nicht lange bleiben«, sagte er. »Ich wollte nur mit dir reden, dann mache ich mich wieder auf den Weg.«

Er kam immer näher und blieb erst stehen, als er keine fünf Zentimeter mehr von ihr entfernt war. Sie konnte die dunklen Stoppeln auf seinem Gesicht sehen, die von langen Wimpern umrahmten Augen voller Übermut. Ein sündiges Funkeln tanzte in ihren blauen Tiefen, das es nie versäumte, sie vor Lust völlig willenlos zu machen.

Sie schluckte und versuchte, das Flattern in ihrer Brust zu ignorieren. »Was wolltest du mir sagen?«

Er streichelte ihr mit den Fingerknöcheln über die Wange, und ihre Haut loderte unter seiner Berührung auf. »Das habe ich vergessen.«

»Lügner. Statt mit deinem Kopf denkst du mit deinem ... du weißt schon.«

Belustigung leuchtete in seinen Augen auf. »Nein, weiß ich nicht. Sag es mir, Lily. Womit denke ich? Meinem Oberschenkelknochen? Meinem Schienbein? Meinem Schlüsselbein vielleicht?«

»Du versuchst ständig, mich in Verlegenheit zu bringen.« Sie stieß einen Seufzer aus. »Mit deinem Schwanz, Calvin. Du denkst mit deinem Schwanz.« Da, sie hatte es gesagt.

»Gott, dieses Wort von deinen Lippen zu hören, macht mich sogar noch härter. Sag es noch mal.«

Sie versuchte, ein paar Schritte Abstand zwischen sie zu bringen. »Das werde ich nicht. Du benimmst dich wie ein Kind.«

Er hielt sie am Arm fest und kam näher. »Ich sehe dich nur gern erröten«, gestand er, die Lippen dicht an ihrem Ohr. Sie schloss die Augen und atmete ihn ein, der Geruch nach Wolle und Gewürzen stieg ihr in die Nase. Ihre Brustwarzen schmerzten unter ihrem Korsett und der Unterkleidung, und Hitze bildete sich zwischen ihren Beinen. War sie so lüstern, so leicht zu beeinflussen?

»Calvin, das hier ist eine schreckliche Idee.«

Seine Nasenspitze strich über ihre Wange, und sein heißer Atem hauchte über ihre Haut, bis sein Mund dicht über dem Rand ihrer Lippen schwebte. »Es ist die beste Idee, die ich heute hatte – und das ist bemerkenswert, wenn man bedenkt, wie brillant ich bin.«

Die Last des Tages fiel von ihren Schultern ab. Sie grinste und spürte, wie sie sich an ihn lehnte. »Du bist ein unglaublich arroganter Mann.«

»Und du bist eine unglaublich eigensinnige Frau.« Seine Hände glitten über ihre Schultern bis zu der nackten Haut ihres Halses. »Küss mich, Lily, Liebste.«

Der vertraute Kosename, die Sehnsucht, die in dem Befehl

lag, Erinnerungen an ihre letzte gemeinsame Nacht ... Was auch immer der Grund war, Lilys Entschlossenheit schmolz dahin wie eine Eisskulptur nach dem Ende eines Balls. Sie konnte nicht so tun, als wäre die Wirkung, die er auf sie hatte, mit ihrer Ehe gestorben. Ohne zu zögern presste sie rasch den Mund auf seinen, und wurde damit belohnt, dass sich kräftige Finger um ihre Hüften legten und sie an ihn rissen. Sie prallte gegen seine Brust, während seine Zunge sich zwischen ihre Lippen drängte und tief in ihren Mund stieß. Sein Geschmack berauschte sie.

Sie stellte sich auf die Zehenspitzen, schlang die Arme um seine Schultern und grub die Finger in sein seidiges Haar. Er knurrte, dann rieb er seine Erektion an ihr, während seine Zunge weiter leckte und streichelte. Blut sammelte sich zwischen ihren Beinen zu einem beständigen Rhythmus, einem Sehnen, das sie dazu brachte, sich an ihm zu reiben. Jede Zelle, jedes Haar, jeder Teil von ihr strebte danach, ihm noch näher zu kommen, noch mehr Reibung zu erzeugen. Erfüllung zu finden.

Sie schob ihre Hand zwischen sie und fuhr mit den Nägeln durch die Hose hindurch über seinen Schaft, wie er es ihr einst beigebracht hatte. Mit einem scharfen Einatmen brach er den Kuss ab. »Gott, Lily«, keuchte er. »Quäl mich nicht.«

»Ich quäle dich nicht.« Ihre Finger begannen, seinen Hosenbund zu öffnen, um an seine nackte Haut zu gelangen. »Und hör auf zu reden. Beeil dich, Calvin.«

Er umfasste ihr Hinterteil, dann hob er sie hoch und ließ sie mit einem Plumps aufs Bett fallen, sodass ihre Beine über den Rand der Matratze baumelten und ihre Tournüre unter ihr zerdrückt wurde.

Calvin stürzte sich auf ihre Röcke, warf die Schichten aus Seide und Baumwolle beiseite und schob alles höher, um ihre

Unterhosen zu entblößen. Als sie die Beine spreizte, trat Calvin rasch zwischen sie, das schöne Gesicht eindringlich auf den Schlitz in ihrer Unterwäsche konzentriert. »Verdammt, du bist hinreißend«, murmelte er, während seine Hände sich zügig an den Knöpfen seiner Hose und seines Einteilers zu schaffen machten. Seine Erektion schnellte hervor, dann packte er ihre Hüften und riss sie zum Rand des Bettes. Er schob ihr die Knie zur Brust, um das Zentrum ihrer Weiblichkeit seinem hungrigen Blick zu entblößen, dann drängte er die Spitze seiner Erektion an ihren Eingang. Die Feuchtigkeit erleichterte ihm den Weg, und er drang langsam in sie ein, weitete sie so köstlich, dass Lily den Rücken durchbog.

Plötzlich erklang ein Klopfen an der Tür, unmittelbar bevor jemand versuchte, den Türknauf zu drehen. Calvin erstarrte, und sein verschleierter Blick suchte den ihren. Das Schloss hielt jedoch stand und hinderte die Person auf dem Flur daran, einzutreten. »Miss?« Ein weiteres Klopfen. »Miss, sind Sie da drin?«

Lilys Zofe Colleen. Calvin begann, sich mit wiegenden Hüften zu bewegen, der breite Kopf seines Glieds glitt über empfindsames Gewebe. Sie biss sich auf die Lippe und versuchte, nicht zu stöhnen. Dann atmete sie tief durch und rief: »Alles in Ordnung, Colleen. Ich habe mich allein ausgekleidet.« Calvins Daumen presste mit kreisenden Bewegungen auf die Knospe aus Nervenenden am Scheitelpunkt ihres Geschlechts, und Lily keuchte auf.

»Miss, geht es Ihnen gut?«, fragte Colleen auf der anderen Seite der Tür.

Lily griff nach seinem Arm und versuchte, sich eine Atempause von der köstlichen Folter zu verschaffen. »Bestens. Ich bin nur müde. Wir sehen uns morgen früh.«

»Falls Sie irgendetwas brauchen, Miss, läuten Sie einfach. Gute Nacht.«

»Gute –« Calvin stieß mit solcher Wucht in sie, dass das Bettgestell erbebte. »Nacht!«, quietschte Lily.

Sie hatte nicht genug Luft, um ihn zu tadeln, denn jetzt steigerte er sein Tempo. Mit pumpenden Hüften stieß er hart und fest in sie und trieb ihre Körper immer höher. Rasend schnell dem Gipfel entgegen. Lily konnte es spüren, das intensive Brennen, das von ihren Zehen ausging und dafür sorgte, dass ihre Muskeln sich anspannten. »Ja, ja, ja«, rief sie, und erneut fand Calvins Daumen ihre Klitoris. Ein paar kreisende Berührungen mit der rauen Fingerkuppe schleuderten sie über die Klippe. Ihre Glieder verkrampften sich, als die überwältigende Wonne die Welt in funkelndes Weiß verwandelte. Sie öffnete den Mund, um zu schreien – und Calvin beugte sich über sie und versiegelte ihr die Lippen mit seinen, um den Laut zu ersticken. Ihr Körper bebte, und die Wände ihrer Weiblichkeit zogen sich um ihn herum zusammen, während die Empfindung über sie hereinbrach.

Ihr Zittern war kaum verebbt, als Calvin den Kopf in den Nacken warf und seine Hüften stockten. Schnell zog er sich aus ihr zurück und benutzte seine Hand, um sich in die Schichten ihrer Kleider zu ergießen. Ein langes Stöhnen entriss sich seiner Kehle, und die Sehnen in seinem Hals traten heftig hervor. Dann sackte er nach vorne und stützte sich schwer atmend mit den Armen aufs Bett, während Lily versuchte, wieder einen klaren Kopf zu bekommen.

»Gott, du bist fantastisch.« Langsam richtete Calvin sich auf, bevor er sein Glied wieder in seiner Kleidung verstaute. »Ich schwöre, ich bin heute Abend nur gekommen, um mit dir zu reden, aber das war eine willkommene Überraschung.«

Er ging ins Badezimmer, und unvermittelt stieg Wut in Lily auf und vertrieb ihre Mattigkeit. Wollte er etwa andeuten, sie habe ihn verführt wie irgendein Flittchen aus dem Tenderloin-District? Genau genommen hatte sie versucht, ihm zu widerstehen. Hatte ihm sogar gesagt, er solle gehen. Typisch Calvin, dass er die Wahrheit zu seiner eigenen Version der Ereignisse verdrehte. Das war es schließlich, womit er seinen Lebensunterhalt verdiente.

Sie schloss die Augen, als die Realität dessen, was passiert war, über sie hereinbrach. Sie hatte dem verschlagenen Teufel nachgegeben. Schon wieder. Das Versagen ihrer Willenskraft, ihr Mangel an Durchsetzungsvermögen und Entschlossenheit deprimierten sie. Sie war nicht schwach, keine Frau, die gekünstelt lächelte und einem Mann ohnmächtig zu Füßen sank, also was hatte Calvin an sich, dass er ständig ihr Leben auf den Kopf stellte?

Er kam mit einem Waschlappen zurück und begann, damit an ihren Röcken herumzutupfen. Lily setzte sich auf und riss ihm den Lappen aus der Hand. »Hör auf. Das mache ich.«

Die Hände in die Hüften gestemmt, schaute er finster auf sie hinunter. »Du bist wütend? Nach *diesem* Orgasmus?«

Würde er diese Frau je verstehen? In der einen Minute zog sie ihn noch keuchend an sich, um ihm ihre tiefsten, dunkelsten Wünsche ins Ohr zu flüstern, und in der nächsten starrte sie ihn an, als wäre er in Pferdeäpfel getreten und über ihre schicken Teppiche getrampelt.

Er richtete seine Kleidung und strich sich das Haar glatt,

während sie sich säuberte. Die Nachbeben der Lust zuckten immer noch durch sein Blut, ein alles umfassendes Hochgefühl, das er festhalten wollte. Wie verflucht schade, dass er sie nicht auf die Matratze ziehen, in die Arme nehmen und neun oder zehn Stunden lang schlafen konnte. Er vermisste es, mit Lily zu schlafen, einfach nur zu schlafen. Die Laute zu hören, die sie von sich gab, und zu spüren, wie ihre kalten Füße nachts nach seinen suchten. Müde Glieder, die er gegen Morgen bewegen konnte, wie er wollte, wenn ihr Körper weich und entspannt und bereit war, erneut Vergnügen geschenkt zu bekommen. Sein Glied regte sich erneut ...

Gott, allein daran zu denken, machte ihn hart.

Sie warf den Waschlappen in Richtung des Badezimmers. »Warum bist du in mein Haus eingebrochen?«

»Ich bin nicht eingebrochen. Da war unten ein Fenster offen.« Tatsächlich war es nur allzu leicht gewesen. Jemand sollte Davies sagen, dass er das Haus besser sichern musste.

»Wortklauberei, Calvin. Du wurdest nicht hereingebeten, und dennoch bist du hier. Warum?«

Ihr Blick war kalt und ausdruckslos, ohne die verführerische Glut von vorhin. Er schob die Hände in die Hosentaschen und betrachtete seine Schuhe, die auszuziehen er nicht einmal genug Zeit gehabt hatte, bevor er unter ihre Röcke gehechtet war. Kein Wunder, dass sie ihn verabscheute. »Es tut mir leid. Ich habe das hier schlecht gehandhabt.«

Seine Entschuldigung schien sie zu überraschen. Ihre Schultern entspannten sich ein wenig, und ein kleines bisschen ihres Zorns verpuffte möglicherweise. »Du hast gesagt, du musst mit mir reden.«

»Das stimmt.« Er lehnte sich an den Bettpfosten und schlug

die Füße übereinander. »Ich habe mich mit Lee getroffen und ihm gesagt, dass dein Bruder seine Tochter nicht hatte. Er hat gezögert, mir zu glauben.«

»Du meine Güte, ich kann mir gar nicht vorstellen, warum«, murmelte sie. »Du bist doch immer so ehrlich zu allen.«

Er biss die Zähne zusammen und wünschte sich, ihr Sarkasmus wäre fehl am Platz. Doch das war er nicht, und sie kannte nicht einmal die schlimmsten seiner Lügen. »Wie dem auch sei, du solltest wachsam sein. Lee weiß von unserer Vergangenheit, und durch unsere Verbindung und deinen Bruder könntest du in Gefahr sein.«

»Ist das alles?« Sie stand auf und strich sich anscheinend unbekümmert über seine Warnung die Röcke glatt. »Falls ja, dann ist es an der Zeit für dich zu gehen. Du kennst ja den Weg.«

»Lily, du musst beherzigen, was ich dir sage. Triff Vorkehrungen. Ich möchte einen Pinkerton-Detektiv anheuern, der dich begleiten –«

»Auf keinen Fall. Ich werde nicht in Angst leben und mir von jemandem überall hin folgen lassen.« Sie öffnete die Tür zum Ankleidezimmer und verschwand darin. Fluchend ballte er die Fäuste. Der Gedanke, dass ihr etwas zustoßen könnte, ließ ihm das Blut in den Adern gefrieren. Lee war skrupellos; das hatte er unzählige Male bewiesen.

Er folgte ihr ins Ankleidezimmer. Er musste sie dazu bringen, den Ernst der Lage zu erkennen.

»Hast du mich nicht gehört? Hast du irgendeine Vorstellung davon, wie gefährlich Lee ist?«, fragte er, während er ihr dabei zusah, wie sie sich mit dem Verschluss ihrer Halskette abmühte. Mit wenigen Schritten war er bei ihr und schob ihre Hände fort, um ihr zu helfen. »Er ist niemand, den man auf die leichte

Schulter nehmen sollte.« Der Verschluss öffnete sich, und langsam ließ er Platin und Smaragde über ihre zarte Haut gleiten. Sie sog leicht den Atem ein, bevor sie zum Ankleidetisch ging. Die Halskette lag in seiner Handfläche, warm von ihrem Körper, und er hielt sie ein wenig länger als nötig, bevor er sie auf den Tisch legte.

Sie nahm ihre Ohrringe und das Armband ab, und jedes Stück Metall machte ein klirrendes Geräusch auf der Glasoberfläche des Tisches. »Wie könnte es irgendeine Gefahr geben? Tom hat Lees Tochter nicht. Mein Bruder weiß nichts über sie. Also wie könnte irgendjemand in Gefahr sein?«

Er stemmte die Hände in die Hüften und betrachtete nachdenklich seine Schuhspitzen. Warum musste sie so stur sein? Warum konnte sie ihm nicht vertrauen? *Dumme Frage, Cabot.* Er öffnete den Mund, um sich eine Geschichte auszudenken, die sie glauben würde, als sie ihm das Wort abschnitt.

»Da ist etwas, das du mir verheimlichst. Was ist es? Was weiß ich nicht, Calvin?«

»Du musst einfach in den nächsten Wochen vorsichtig sein, bis ich alles mit Lee geklärt habe.« Sie verschränkte die Arme vor der Brust, was ihren bereits spektakulären Busen noch höher drückte. Er zwang sich, den Blick wieder zu ihrem Gesicht zu heben. »Bitte, Lily.«

»Warum?«

»Warum du vorsichtig sein musst? Du weißt, in welche Geschäfte Lee verwickelt ist. Er kann Frauen verschwinden lassen.«

»Nein, warum kümmert es dich? Warum bist du hier und warnst mich?«

Calvins Eingeweide zogen sich zusammen. Er konnte ihr nicht den wahren Grund sagen, dass er immer noch starke Gefühle für sie hatte. Mit jedem einzelnen Atemzug für sie brannte, fast jede verdammte Nacht von ihr träumte.

Er fuhr herum zum Fenster und biss die Zähne zusammen, um die Worte zurückzuhalten, die hervorzukommen drohten. Es ihr zu sagen, würde nichts lösen; tatsächlich würde es alles nur noch schlimmer machen. Sie durfte es nicht wissen, nicht bis Hugos Frau sicher in New York angekommen war. Calvin musste sein Versprechen halten – und bis er das tat, musste er seine eigenen Bedürfnisse zurückstellen.

Er hörte das Rascheln von Seide, und dann erschien Lily vor ihm. Diese Frau war so wunderschön. Volle Lippen, Augen von der Farbe teuren Whiskeys. Hohe, aristokratische Wangenknochen. Milchig weiße Haut, die, wie er wusste, ebenso zart war, wie sie aussah. Aber was sie so anziehend machte, war weit mehr als nur ihr Äußeres. Es war ihre Intelligenz, ihre Eleganz. Ihr unerschrockener Mut. Sie gab nie klein bei, eine Eigenschaft, die er an ihr zugleich bewunderte und hasste.

Und die Hoffnung, die er in diesem Moment in ihrem Blick las, drohte, ihn vor Schmerz zusammenbrechen zu lassen. Das hier war noch nicht der richtige Zeitpunkt. Er hatte in der Nacht in Newport schon zu viel preisgegeben. Er wusste, was er tun musste, was er sagen musste, und vielleicht würde er sie nie zurückbekommen. Entschlossen schluckte er die schönen Worte hinunter, die in seinem Kopf herumschwirrten, und ertränkte sie mit erbarmungslosem Pragmatismus. *Wir haben weniger, damit andere mehr haben können.* »Ich könnte es schlecht mit meinem Gewissen vereinbaren, wenn dir oder deinem Bruder etwas zustoßen würde.«

Das Licht verschwand aus ihrem Blick. »Deinem Gewissen?«, wiederholte sie ausdruckslos.

»Ja«, presste er hervor. »Welchen anderen Grund könnte es geben?«

Schmerz zuckte über ihr Gesicht, bevor sie sich von ihm abwandte. »Genau. Es gibt keinen anderen Grund.« Sie ging zum Klingelzug und riss daran. »Du hast gesagt, was du sagen wolltest, Calvin. Und jetzt verschwinde verdammt noch mal aus meinem Haus.«

»Sollte ich mir Sorgen um dich machen?«

Tom ließ sich auf dem Platz neben Lily nieder, den Monty vor kurzem verlassen hatte. Sie saßen in der Loge der Davies in der Metropolitan Opera, und die Lichter waren gerade für die erste Pause angegangen.

»Sorgen um mich? Warum?« Sie spähte durch ihr Opernglas und schaute auf die Menge, ohne sie wirklich wahrzunehmen. Sie war die ganze Woche schon nicht in der Lage gewesen, sich auf irgendetwas zu konzentrieren. *Ich könnte es schlecht mit meinem Gewissen vereinbaren.* Hätte Calvin nicht wenigstens so tun können, als läge ihm etwas an ihr, dort, in diesem Moment, als sie noch geschwollen von seinem Eindringen gewesen war?

Sie hoffte, eine Druckerpresse fiel ihm auf den Kopf. *Ich hätte den Mann erschießen sollen, als ich die Gelegenheit dazu hatte.* Die Erinnerung an Calvins Absturz von der Fassade ihres Hauses ließ sie lächeln.

»Dieser Ausdruck, genau der.« Tom deutete auf ihr Gesicht. »Deshalb mache ich mir Sorgen, Lily. Du bist nicht mehr du selbst, seit wir aus Newport zurück sind.«

»Wenn der eigene Bruder vermisst wird, dann kommt so etwas schon mal vor«, erwiderte sie gedehnt.

»Du weißt, dass ich mich nicht darauf beziehe. Ich spreche von der Zeit nach unserer Rückkehr – und ich bin nicht der Einzige, der sich Sorgen macht. Cora ist auch beunruhigt.«

Ihr Kopf fuhr herum, und sie bedachte ihn mit einem finsteren Blick. »Du und Cora habt über mich gesprochen?«

Abwehrend hob er die behandschuhten Hände. »Nur weil wir uns beide Sorgen machen. Du schläfst viel, und wenn du wach bist, bist du abwesend. Es ist fast wie ...«

»Wie?«

Er verzog das Gesicht. »Wie nach der Annullierung.«

Gott, sie hoffte nicht! Das war eine besonders dunkle Zeit gewesen. Bevor sie sich entschieden hatte, New York zu verlassen, hatte Tom tapfer versucht, sie aufzumuntern, aber sie hatte ihn ausgeschlossen. Nur Zeit und Abstand hatten das Unmögliche geschafft und ihr Herz geheilt. Sie hegte keine Gefühle mehr für Calvin. Überhaupt keine.

»Es geht mir gut. Du kannst aufhören, dir Sorgen zu machen.«

»Hast du ihn gesehen?«

»Wen gesehen?«

»Tu nicht so. Alle anderen kannst du vielleicht zum Narren halten, aber mich nicht.«

Sie richtete den Blick auf die Bühne. *Ja, ich habe ihn gesehen. Er ist in mein Zimmer gekommen, hat mich aufs Bett geworfen und mir vor Lust den Verstand geraubt.* Zweifellos wollte Tom diese Version der Ereignisse nicht hören, doch Lily konnte sie kaum vergessen. Wenn sie die Augen schloss, konnte sie immer noch spüren, wie Calvins Eindringen sie unsanft weitete, wie seine starken Hände über die Innenseite ihrer Schenkel strichen, seine Zähne an ihrem Hals knabberten …

Sie straffte den Rücken und saß vollkommen reglos da. »Ich habe Calvin nicht gesehen, falls es das ist, was du meinst.«

»Ich verstehe.« Tom schlug die Beine übereinander und glättete die Falte in seiner schwarzen Abendhose. »Er liebt dich immer noch, weißt du.«

Das ließ sie verbittert auflachen. »Da irrst du dich. Calvin liebt nur sich selbst. Er ist der egoistischste Mensch, dem ich je begegnet bin.«

»Ich bin mir nicht sicher, dass das stimmt«, meinte ihr Bruder nachdenklich. »Obwohl ich nicht annehme, dass ich ihn besser kenne als du.«

»Dann solltest du mir einfach glauben. Er ist ein Lügner und völlig unfähig, irgendjemanden zu lieben.«

»Ich verstehe«, wiederholte Tom, als hätte er gerade etwas Wichtiges erfahren. »Ist in Newport irgendetwas zwischen euch beiden vorgefallen?«

»Nein, absolut nicht. Warum?«

»Reine Neugier. Die Luft knistert, wenn ihr beide im selben Zimmer seid.«

»Von der Anstrengung, uns nicht gegenseitig zu erwürgen, zweifellos.«

Toms Blick glitt über die spärliche Besuchermenge dieses Donnerstagabends, und Lily betete, dass er das Thema wechselt. Sie war es leid, über Calvin zu reden oder nachzudenken. Das Ergebnis war stets dasselbe und verursachte ihr Herzschmerz.

»Monty hat um deine Hand angehalten.«

Panik einer anderen Art erfüllte Lily, und sie fuhr zu ihrem Bruder herum. »Das hat er? Wann?«

»Vor zwei Tagen.«

»Vor zwei Tagen, und das sagst du mir erst jetzt?«

»Er hat mich gebeten, dir nichts zu sagen. Er will dich mit einem Heiratsantrag überraschen.«

»Und doch hast du dich über seinen Wunsch hinweggesetzt. Warum?«

Tom streckte die Hand aus und umfasste ihre behandschuhten Finger. »Lily, ich kenne dich schon mein ganzes Leben. Du kannst nicht verhindern, dass dir deine Gefühle ins Gesicht geschrieben stehen. Deshalb bin ich auch so sicher, dass du immer noch in Calvin Cabot verliebt bist – und deshalb bin ich mir auch sicher, dass du mich angelogen hast, als du sagtest, in Newport wäre nichts vorgefallen. Monty ist ein guter, aufrechter Mann, und er hat dich gern. Allerdings fürchte ich, deine Reaktion auf seinen Antrag wird nicht die sein, die er sich erhofft, und ich wünsche mir nur, dass du diesbezüglich gütig bist. Nimm ein wenig Rücksicht. Verliebt zu sein ist auch so schon beängstigend genug.«

Sie schob ihre Verblüffung beiseite, um ihrerseits festzustellen: »Du bist in jemanden verliebt. Bist du deshalb für drei Wochen nach Boston verschwunden? Kenne ich das Mädchen?«

Um seinen Mund zuckte es leicht, und eine kaum wahrnehmbare Spur Schmerz schlich sich in seine Miene. »Nein, aber ich hoffe, sie dir bald vorstellen zu können.« Er beugte sich vor und küsste sie auf die Wange. »Denk daran, was ich gesagt habe: Sei gütig zu Fields. Wenn du Cabot immer noch liebst, dann gib Fields einen Korb. Sonst musst du dich fragen, wer hier wirklich egoistisch ist.«

KAPITEL FÜNFZEHN

Die Kutsche kam ruckartig zum Stehen. Calvin sammelte seine Papiere zusammen und schob sie in seine Aktentasche. Er hatte mit mäßigem Erfolg versucht, im schwachen Licht der Kutsche zu lesen. Bis zum Morgen war noch ein Berg Arbeit zu erledigen, und ihn quälten Kopfschmerzen. Er hatte keine Zeit für dieses Treffen, konnte es sich jedoch nicht leisten, es zu versäumen. Die vier Männer trafen sich einmal im Monat, und Calvin musste seine Interessen wahren.

Der Knickerbocker Club, eine Bastion der Privilegierten, erhob sich groß und stolz an der Ecke Thirty-Second-Street und Fifth Avenue. Im Gegensatz zu Will Sloane und Ted Harper war Calvin kein Clubmitglied. Calvin und Emmett Cavanaugh wurde in dieser einen Nacht im Monat widerwillig Zugang gewährt. Calvin bevorzugte den Union Club, der ein wenig fortschrittlicher als der Knick war, obwohl er auch diesen Club nicht oft besuchte. Mit alten Männern Zigarren zu rauchen entsprach nicht seiner Vorstellung von einem unterhaltsamen Abend.

Er trat ein, gab Derby und Mantel ab und ging nach oben in den ersten Stock. Bedienstete eilten zwischen den Gästen hin und her, aber niemand sprach mit ihm. Sobald er den ersten

Stock erreicht hatte, begab er sich zu dem privaten Salon am Ende des Flurs. Ein Diener öffnete die getäfelte Tür aus Walnussholz, und Calvin trat über die Schwelle. Wie üblich war er der Letzte, der kam.

»Ich bitte um Entschuldigung, dass ich mich verspätet habe«, sagte er zu den drei Männern, die sich nun von ihren Stühlen erhoben. Hände wurden geschüttelt, dann nahm Calvin Platz.

»Ich bin auch eben erst angekommen, Cabot«, sagte Cavanaugh. »Dann können wir nun ja anfangen.« Emmett Cavanaugh war der Besitzer von East Coast Steel und Northeast Railroads. Er hatte einen scharfen Verstand und einen eisernen Willen, zusammen mit Fäusten so groß wie Vorschlaghämmer.

Calvin wurde ein Glas deutsches Lagerbier gereicht. Er dankte dem Diener und nahm einen tiefen Schluck. Wann hatte er zum letzten Mal etwas gegessen?

»Alles in Ordnung, Cabot?« Ted Harper, Besitzer der New American Bank, beugte sich zu ihm. »Sie sehen ein wenig mitgenommen aus.«

»Es geht mir gut.«

»Es kann nicht vielleicht sein, dass das etwas mit der Bombe zu tun hat, die Sie letzte Woche bezüglich Ihrer Heirat haben platzen lassen?« Das kam von Will Sloane, ehemaligem Besitzer von Northeast Railroads und zukünftigem Abgeordneten des amerikanischen Repräsentantenhauses. »Ava hat beinahe einen Herzinfarkt bekommen.« Ava Sloane, Wills Frau, war eine von Calvins besten Reportern beim *Mercury*.

Calvin rieb sich die Augen. »Da war sie nicht die Einzige.« Fast alle Angestellten bei allen drei Zeitungen waren wie vor den Kopf geschlagen gewesen. »Aber ich hatte meine Gründe, es geheim zu halten.«

»Interessant«, meinte Cavanaugh gedehnt mit der Zigarre zwischen den Zähnen, »wo doch Geheimnisse aufzudecken Ihr oberster Lebenszweck ist.«

»Deshalb bin ich wohl auch so verdammt gut darin«, gab Calvin zurück. »Weil ich weiß, dass jeder etwas hat, das er lieber begraben lassen würde. In meinem Fall wurde ich mit dieser Information erpresst, also entschied ich mich, es selbst publik zu machen.«

Sloane stieß einen leisen Pfiff aus. »Mutig, einen Mann zu erpressen, der drei Zeitungen zur Verfügung hat. Wie denkt Miss Davies über die ganze Sache?«

»Sie hatte keine Wahl. Und nun, wenn es Ihnen nichts ausmacht, würde ich heute Abend gerne den Anfang machen.«

Die anderen Männer nickten, da sie wussten, dass sie alle an die Reihe kommen würden, bevor der Abend zu Ende ging. Dieses Arrangement funktionierte nur, wenn sie alle vier zusammenarbeiteten. Manchmal bedeutete das, Gefallen zweifelhafter Natur zu gewähren. Heute Abend allerdings hatte Calvin eine einfache Bitte.

Er nahm seine Aktentasche und zog mehrere Ausführungen eines amtlichen Dokuments heraus. Nachdem er jedem Mann eine Kopie gegeben hatte, griff er zu seinem Lager und gab ihnen Zeit, es durchzulesen.

Harpers Blick weitete sich als erstes. Rasch blätterte er durch die übrigen Seiten. »Übertragung der Eigentümerschaft? Was soll das alles, Cabot?«

»Das ist für den Fall meines Todes.« Er stellte sein Glas auf den Tisch und faltete die Hände. »Falls mir etwas zustoßen sollte, werden Sie drei gemeinsam die Verantwortung für den *Mercury*, den *Bugle* und den *Morning Star* übernehmen.«

»Was zur Hölle ist hier los?« Cavanaugh warf seine Ausfertigung des Dokuments auf den Tisch. »Werden Sie bedroht?«

Calvin zögerte und überlegte, wie er diese Frage am besten beantworten sollte. »Ich kann nicht ins Detail gehen, aber ja, es gibt eine bestimmte Gruppe, die es auf mich abgesehen haben könnte.«

»Wer? Tammany?«, fragte Sloane. »Ich könnte mit einem der Polizeipräsidenten reden.«

»Nicht Tammany – und ich kümmere mich selbst darum. Aber danke.«

»Hat das irgendetwas mit demjenigen zu tun, der Sie erpresst hat?«, fragte Cavanaugh.

»Auf indirekte Weise ja. Aber es ist komplizierter.«

»Warum wir?« Harper zeigte auf sich, Cavanaugh und Sloane. »Wir sind nicht gerade bekannt dafür, gut miteinander auszukommen.«

»Ich habe keine Familie, keine Erben, die nach meinem Tod übernehmen könnten«, antwortete Calvin. »Und ich vertraue Ihnen dreien. Von Ihrem Charakter einmal abgesehen sind Sie alle ausgezeichnete Geschäftsmänner. Aber vor allem will ich nicht, dass irgendeine meiner Zeitungen in die Hände von Pulitzer oder Hearst fällt. Ich kann diese beiden Bastarde nicht ausstehen. Das ist eine der Bedingungen in diesem Vertrag.«

Cavanaugh griff in seine Tasche und holte einen goldenen Füllfederhalter heraus. Er nahm die Kappe ab und blätterte zu der Seite mit den Unterschriften, dann kritzelte er seinen Namen aufs Papier. Die beiden anderen taten dasselbe, dann wurden alle Kopien untereinander ausgetauscht, bis jede die nötigen Unterschriften trug.

Calvin sammelte die Dokumente wieder ein und steckte sie in seine Aktentasche. Morgen würde er sie seinen Anwälten übergeben. »Danke«, sagte er zu den Männern am Tisch. »Ich werde sie von meinen Anwälten abschließen und jedem von Ihnen eine Ausfertigung zukommen lassen.«

Cavanaugh steckte seinen Füllfederhalter wieder in die Tasche. »Was immer Sie für Ihren Seelenfrieden brauchen, Cabot. Aber so Gott will, wird es nie dazu kommen.«

»Ich hoffe, Sie haben recht, aber ich werde ruhiger schlafen können, wenn ich weiß, dass meine Zeitungen nicht in feindliche Hände fallen.«

Harper prostete Calvin mit seinem Glas Bourbon zu. »Lillian Davies. Gute Arbeit, Cabot, auch wenn die Ehe annulliert wurde.«

»Ihr Vater war ein kompletter Idiot«, sagte Sloane. »Ich vermag mir die Unterhaltungen zwischen Ihnen beiden gar nicht vorzustellen.«

Calvin verzog das Gesicht. »Es gab nur diese eine, und die werde ich gewiss nie vergessen. Und nun, lassen Sie uns hören, was die anderen diesen Monat brauchen.«

Miss Robbs erschien in der Tür zu Calvins Büro, wo er und Jim gerade über den Entwurf der Wochenendausgabe diskutierten. Calvin hob den Blick. »Ja, Miss Robbs?«

»Sir, ein Mr. Davies ist hier, um Sie zu sprechen. Er sagt, es sei dringend.«

Calvin stieß einen langen, frustrierten Seufzer aus. Warum war Lilys Bruder hier? Sie hatten besprochen, sich nach ihrer

Rückkehr aus Newport an ihre gewohnten Tagesabläufe zu halten, um Lee keinen Grund zu geben, an ihrer Geschichte zu zweifeln. Hatte es etwas mit Lily zu tun? »In Ordnung. Geben Sie mir noch einen Moment.«

Er hatte Lily seit über einer Woche nicht mehr gesehen, nicht seit jener Nacht in ihrem Schlafzimmer. Die Erinnerung war bittersüß, dennoch konnte er nicht damit aufhören, den Abend in Gedanken immer wieder durchzuspielen. Er hätte sich Zeit für sie nehmen, sie anständig ausziehen sollen. Sie mehr als einmal kommen lassen sollen, bevor er selbst seine Erfüllung gefunden hatte. Er hätte warten sollen, bis sie beide zufrieden und schläfrig waren, bevor er sie wegen Lee warnte. Sein Leben bestand aus nichts als Fehlern über Fehlern. Ein Meer des Bedauerns.

»Cabot, haben Sie mir zugehört?«

»Tut mir leid, Jim. Setzen Sie sich doch am besten mit den Schriftsetzern zusammen und sehen Sie, was Ihnen einfällt. Ich vertraue auf Ihr Urteilsvermögen.«

Jims Brauen zogen sich zusammen, und er streckte die Hand aus, um Calvins Stirn zu fühlen. »Sind Sie krank?«

»Sie sind ein Witzbold«, erwiderte Calvin trocken. »Wir machen nach meiner Besprechung weiter.«

Jim lachte und nahm den Entwurf, an dem sie gearbeitet hatten. »Wird gemacht, Boss.«

Nachdem Jim gegangen war, ließ Calvin sich in seinen Sessel fallen. »Schicken Sie Davies herein!«

Wenige Augenblicke später erschien Tom Davies, elegant herausgeputzt in einem maßgeschneiderten braunen Cutaway. Ein gewaltiger Unterschied zu dem Mann, der sich ein paar Wochen lang in einem schäbigen Bootshaus versteckt hatte. »Schließen Sie die Tür«, wies Calvin ihn an.

Davies tat, wie geheißen, dann trat er an den Schreibtisch. »Entschuldigen Sie die Störung.«

»Wir hatten vereinbart, uns nicht zu treffen, Davies. Dass Sie sich an Ihre üblichen Aufenthaltsorte halten, um zu verhindern, dass Lee etwas ahnt.«

Davies schob die Hände in die Hosentaschen und begann, auf- und abzumarschieren. »Es fällt mir schwer, das zu tun. Ich möchte sie sehen.«

»Auf keinen Fall. Das kommt nicht infrage.«

Davies blieb stehen und stemmte die Hände in die Hüften. »Cabot, ich werde noch verrückt vor Sorge. Ich habe versprochen, sie zu beschützen, und Sie haben sie mir weggenommen und an einen geheimen Ort gebracht. Ich dachte, ich könnte das schaffen, aber ich kann es nicht.«

»Sie können es. Sie müssen es. Herrgott, Mann, reißen Sie sich zusammen. Es ist nur für kurze Zeit. Dann bekommen Sie sie wieder.« Hoffte er jedenfalls. Calvins Plan war, Hugos Frau in Sicherheit zu bringen und dann einzuwilligen, Lee das Mädchen auszuliefern. Nur würde er Ming Zhu in Wahrheit Davies übergeben. Dann war das Ganze Davies' Problem. Natürlich würde das eine Menge Schwierigkeiten verursachen, aber darüber konnte Calvin sich noch nicht den Kopf zerbrechen. Was zählte, war, seine Schuld Hugo gegenüber zu begleichen.

»Warum kann ich sie nicht besuchen? Niemand würde es erfahren.«

Calvin stand auf und stützte die Hände auf den Schreibtisch. »Es ist zu gefährlich. Darüber haben wir doch schon gesprochen. Wenn Sie irgendwo hingehen, wird man Ihnen folgen. Ming Zhu zu besuchen würde Lee direkt zu ihr führen.«

»Nun, wie lange müssen wir noch warten, bis wir zusammen sein können? Sie sagten, Sie würden sich mit Lee treffen. Wie hat er die Nachricht aufgenommen?«

»Er glaubt, dass Sie nicht darin verwickelt sind und dass Sie keine Ahnung haben, wohin seine Tochter gegangen ist. Wenn Sie der Sache noch ein paar Wochen geben, wird Lee sich zurückziehen, und dann können Sie sie holen.«

Davies schien diese Information nicht zu besänftigen. Aufgewühlt fuhr er sich mit den Händen durchs Haar und marschierte hinüber zu den Fenstern. »Wie haben Sie es ertragen?«, fragte er nach einer Weile.

»Wie habe ich was ertragen?«

»Die Trennung. Nachdem mein Vater Sie gezwungen hatte, Lily zu verlassen. Wie haben Sie es ertragen, von ihr getrennt zu sein?«

Whiskey. Arbeit. Andere Frauen. Obwohl er allen dreien zugesprochen hatte, waren das nicht die richtigen Antworten. »Nichts hat es erträglicher gemacht – und ich habe alles versucht. Nur die Zeit, und selbst dann wird der Schmerz nur dumpfer.« Und Hugo lebte mit diesem Gefühl schon seit über fünf Jahren. Wie schaffte sein Freund es, bei Verstand zu bleiben? »Die Zeitungen haben geholfen. Ich habe mich in die Arbeit gestürzt, bis ich über meinem Schreibtisch zusammengebrochen bin. Und Ihre Schwester hat die Stadt verlassen, also wurde ich nicht mehr ständig an sie erinnert.«

»Haben Sie nie darüber nachgedacht, ihr zu folgen? Nach ihr zu sehen?«

Fast jeden verdammten Tag. »Das konnte ich nicht. Ich wusste, dass sie ohne mich besser dran war.«

»Sie haben den Scheck nie bei der Bank eingelöst.«

Calvin erschrak. Es überraschte ihn, dass Davies darüber Bescheid wusste. »Ich habe es nachgeprüft, nachdem Lily mir davon erzählt hatte«, fuhr Davies fort. »Sie haben das Geld meines Vaters nie genommen. Warum haben Sie ihr das nicht gesagt?«

»Ich ...« Er rieb sich die Stirn. »Es ist am besten so. Einstweilen jedenfalls.«

»Das ergibt keinen Sinn. Wenn sie das wüsste, dann würde sie Sie und die Annullierung in einem ganz anderen Licht sehen.«

Ganz genau, und das war der Grund, warum Calvin geschwiegen hatte. Es würde keinen Unterschied machen, teilweise ehrlich zu ihr zu sein. Er musste warten, bis er ihr alles sagen konnte.

»Oh, ich verstehe. Sie wollen, dass sie das Schlimmste von Ihnen denkt.« Seine jungenhaften Züge verzogen sich angewidert. »Ich verstehe Sie beide einfach nicht. Ihrem Glück steht nichts im Weg und doch –«

Davies schluckte den Rest hinunter und starrte hinaus auf Manhattan, die Schultern angespannt vor Traurigkeit. Schuldgefühl nagte an Calvin, ein unangenehmes Gefühl in seinen Eingeweiden. Aber so leid Davies ihm auch tat, er konnte von seinem Plan nicht abweichen. Nicht, wenn sie so kurz vor dem Ziel waren.

»Davies, ich weiß, Sie lieben sie. Bald ist alles überstanden. In ein paar Jahren werden Sie zurückblicken, und dann wird Ihnen das alles so weit weg vorkommen. So unbedeutend.«

»Ich hoffe, Sie haben recht. Wenn es irgendetwas gibt, das sie braucht –«

Calvin hob die Hand. »Wir werden es Sie wissen lassen, das

verspreche ich. Sie wird gut versorgt. Und nun, gibt es sonst noch etwas?«

»Ja. Fields hat um die Hand meiner Schwester angehalten.«

Calvins Verstand kam zum Stillstand. Er erstarrte einfach, während diese Worte in seinem Schädel widerhallten. Fields ... würde Lily heiraten. *Seine* Lily. Verdammt. Gottverdammt. Calvin schlug so heftig mit der Hand auf den Tisch, dass Schmerz seinen Arm hinaufschoss. Er schloss die Augen und bemühte sich, ruhig zu bleiben. *Du wusstest, dass es so kommen würde. Es war unvermeidlich.*

Ja, aber er hatte gehofft, mehr Zeit zu haben.

Er hatte kein Recht, sich um sie zu bemühen, nicht bei so viel Ungewissheit, die sie beide umgab. Nicht, wenn er immer noch ein Lügner und Scharlatan war. Besser, er wartete, bis mit Lee alles geklärt und Hugos Frau angekommen war. Aber die Zeit war nicht auf Calvins Seite. Montgomery Fields hatte ihn in Zugzwang gebracht.

»Und was haben Sie ihm geantwortet?«, fragte er leise.

»Ich habe meinen Segen gegeben, abhängig von Lilys Gefühlen natürlich.«

»Natürlich«, erwiderte Calvin.

»Was sollte ich Ihrer Meinung nach tun, Cabot? Es gibt nicht den geringsten Grund, den Mann abzulehnen. Er ist wohlhabend, stammt aus einer guten Familie und empfindet Zuneigung für sie.«

Logisch betrachtet wusste Calvin, dass Davies recht hatte. Aber an seinen Gefühlen für Lily war nichts Logisches. Sein Verlangen nach ihr war unermesslich, aber kompliziert. Verworren und verrückt. Sie beide ergaben keinerlei Sinn. Die Stunden, die sie zusammen verbracht hatten, waren nichts im Vergleich zu der Zeit, die die meisten anderen Paare miteinander hatten. Dennoch wusste Calvin im Grunde seiner Seele, dass sie die einzige Frau für ihn war.

Und er würde sie verlieren.

»Hat Lily schon geantwortet?«

»Fields wollte ihr selbst den Antrag machen. Er hat mich gebeten, ihr nichts zu sagen.«

»Und haben Sie es ihr gesagt?«

Davies kam herüber zum Schreibtisch. »Ja, das habe ich. Ich wollte sie darauf vorbereiten, für den Fall, dass es nicht der Antrag ist, den sie sich erhofft.«

»Was soll das heißen?«, schnauzte Calvin.

»Das heißt, sie hat die Chance, ihr Leben weiterzuleben. Und wenn Sie sie nicht wollen, dann stehen Sie ihr nicht im Weg.«

Ein Geräusch weckte Lily, und mit ihm kam die Erkenntnis, dass etwas nicht in Ordnung war. War das ein Schatten? Gütiger Gott, *jemand war in ihrem Zimmer.* Panik stieg in ihr auf, und sie öffnete den Mund, um zu schreien.

Eine Hand legte sich über die untere Hälfte ihres Gesichts. »Still«, sagte eine vertraute Stimme dicht neben ihrem Ohr. »Ich bin es nur.«

Sie drückte gegen seinen Arm, und er gab sie frei. Als sie sich auf einen Ellbogen aufstützte, stellte sie fest, dass er neben ihr im Bett lag. Er hatte Gehrock und Schuhe ausgezogen, als hätte er vor, zu bleiben.

Die Angst verflog und ließ nur Gereiztheit zurück. »Was in Gottes Namen machst du hier?«

»Ich muss mit dir reden.«

»Mitten in der Nacht? In meinem Schlafzimmer?« Sie ließ sich zurück auf die Matratze fallen und stieß den Atem aus. »Du hast mich zu Tode erschreckt.«

»Das tut mir leid. Das ist der erste freie Augenblick, den ich den ganzen Tag hatte.«

»Wie dem auch sei, das gibt dir nicht das Recht, dich in mein Schlafzimmer zu schleichen wie irgendein Spanner oder Herumtreiber.«

»Wenn ich ein Spanner wäre, dann wäre ich bitter enttäuscht.« Er fummelte an den Rüschen ihres hochgeschlossenen Baumwollnachthemds herum, woraufhin sich ihre Brustwarzen unter dem Stoff versteiften. »Ich bevorzuge dich mit deutlich weniger Kleidung.«

Der heisere Tonfall lief ihr prickelnd über den Rücken, wand sich durch ihr Blut und sammelte sich zwischen ihren Schenkeln. Absurd, welche Kontrolle dieser Mann über ihre unteren Regionen hatte.

Sie schlug seine Hand fort. »Was auch immer es ist, das du zu sagen hast, heraus damit, und dann verschwinde aus meinem Haus.«

Er drehte sich zu ihr und stützte den Kopf auf die Hand. Seine andere Hand streichelte träge ihre Schulter. »Hast du ja zu Fields gesagt? Wirst du ihn heiraten?«

»Oh, um Himmels willen.« Sie kniff sich in den Nasenrücken. »Das ist es, was du mich fragen wolltest?«

»Ich kann nicht anders. Das ist alles, woran ich denken kann. Ich will nicht dabei zusehen, wie du einen weiteren Fehler machst.«

»Wieder einmal besorgt um dein Gewissen?« In ihrer Stimme lag ein scharfer Tonfall, der ihm nicht entgehen konnte, das wusste sie.

»Quäl mich nicht, Lily. Du weißt, dass es mehr ist als das.«

»Weiß ich das? Du hast mich verlassen und mich immer wieder von dir gestoßen. Du hast kein Recht, auf Monty eifersüchtig zu sein.«

»Gott, nenn ihn nicht so.« Er ließ sich aufs Bett fallen. »Dabei dreht sich mir der Magen um.«

Unglaublich. Der Mann hatte wirklich Nerven. »Mit wie vielen Frauen warst du zusammen seit unserer Ehe?« Im Zimmer wurde es still, das einzige Geräusch war ihrer beider Atem, während der Moment sich ausdehnte. »Genau. Ich habe mit keinem Mann geschlafen außer dir. Monty hat mich noch nicht einmal geküsst. Also nimm deine verdammte Eifersucht und –«

Calvin fuhr hoch, um sie anzustarren, die Augen vor Verblüffung weit aufgerissen. »Fields hat dich nicht geküsst?« Sein Schmunzeln war selbst in der beinahe vollständigen Dunkelheit deutlich zu erkennen, und sie zuckte zusammen. Himmel, warum hatte sie ihm das gesagt? Jetzt würde er unerträglich sein.

»Hör auf, so erfreut über diese Tatsache zu wirken. Das wird meine Entscheidung nicht beeinflussen.«

»Das sollte es aber.« Er hob die Hand und strich mit der Fingerspitze an ihrem Kiefer entlang. Sofort verursachte die zarte Berührung ihr Gänsehaut. »Küssen ist sehr wichtig für den Erfolg einer Ehe. Vielleicht sollten wir üben, um deine Fähigkeiten zu verfeinern.«

Trotz ihrer Gereiztheit musste sie lachen. Wie konnte er gleichzeitig so unglaublich charmant und nervtötend sein? »Versuch es, und ich ersticke dich mit einem Kissen.«

»Nein, das wirst du nicht.« Er beugte sich vor, sodass sein warmer, starker Körper über ihr schwebte, und ihr Herz begann zu klopfen. Seine Lippen streiften ihre Wange. »Du willst mich genauso sehr, wie ich dich will.«

Ja, das tat sie. Feuchtigkeit hatte sich bereits zwischen ihren Beinen gesammelt, begleitet von einem unablässigen Kribbeln in ihrem Blut. Kein anderer Mann hatte je auch nur annähernd eine so tiefe Wirkung auf sie gehabt, und sie war sich nicht sicher, ob es je einer tun würde. Calvin und sie waren wie Wasser und Elektrizität: beides für sich schon mächtig, aber gefährlich, wenn man sie vereinte.

Sie drückte gegen seine Schulter und drehte ihn herum, bis ihre Positionen umgekehrt waren und sie auf ihn herabsah. Sein braunes Haar war verführerisch zerzaust, und raue Bartstoppeln bedeckten seinen Kiefer. Stählerne Augen, erfüllt von dem Versprechen unvorstellbaren Vergnügens. Er war ein Schurke durch und durch. Der Typ Mann, der geboren war, um Herzen zu brechen.

Wie leicht wäre es, nachzugeben, sich zu entspannen und unter ihm dahinzuschmelzen. Sich von ihm lieben und Vergnügen schenken zu lassen und es ihm zurückzugeben. Das hatte immer zwischen ihnen funktioniert, diese körperliche Anziehungskraft. Alles andere dagegen blieb Chaos. Die Lügen, die Annullierung, seine fehlende Bereitschaft, um sie zu kämpfen … Wie viel ihrer Selbstachtung war sie bereit zu opfern, bevor nichts mehr davon übrig war?

»Ich will einen Mann, der bleibt, Calvin.« Er wollte etwas sagen, also legte sie ihm einen Finger auf die Lippen. »Einen, der auch noch *nach* seinem Höhepunkt bleibt. Einen, der ehrlich zu mir ist. Mich wie eine Gleichberechtigte behandelt –«

In der Nähe knarrte ein Dielenbrett, und Calvin hob eine Hand, um sie zum Schweigen zu bringen. Sie hielt den Atem an, während sie beide lauschten. Um diese Zeit sollte keiner der Dienstboten in diesem Flügel des Hauses unterwegs sein. *Hugo?*, formte sie tonlos mit den Lippen.

Calvin schüttelte den Kopf. Sie warteten, und eine Minute später erklang ein weiteres Knarren, diesmal näher. Calvin zeigte auf ihr Ankleidezimmer und flüsterte: »Warte da drin.«

Als er aus dem Bett steigen wollte, packte sie ihn am Arm. »Warum? Was wirst du tun?«

»Geh, sofort!«, befahl er leise und begann, Kissen unter die Bettdecke zu stecken.

Sie rutschte von der Matratze, und ihre nackten Füße glitten lautlos über den Teppich, als sie zum Ankleidezimmer schlich. Das Blut rauschte ihr in den Ohren. Was hatte Calvin vor? Wer schlich da ihren Flur entlang?

Sobald sie im Ankleidezimmer war, drückte sie sich an die Wand und lauschte. Vielleicht reagierten sie übertrieben. Das Geräusch könnte auch nur das Haus gewesen sein, das sich setzte. Oder eine Maus. *Du weißt, dass es keine Maus ist. Werd nicht hysterisch.* Wo war Calvin? Er hatte doch nicht etwa vor, denjenigen zu konfrontieren, der das Geräusch gemacht hatte? Sie versuchte, ihren Atem unter Kontrolle zu bringen und ruhig zu bleiben. Zweifellos würden sie in ein paar Minuten herzhaft darüber –

Der Riegel ihrer Schlafzimmertür klickte, als jemand die hölzerne Tür öffnete. Sie hielt absolut still, während sie angestrengt eine gefühlte Ewigkeit lang auf weitere Geräusche lauschte. Lieber Gott, Calvin war irgendwo dort im Zimmer. Ihre Brust schnürte sich zu, und der Atem stockte ihr bei der

Erkenntnis, dass er getötet werden könnte. Warum hatte sie ihn nicht zu sich ins Ankleidezimmer geholt?

Plötzlich erklang ein Stöhnen, unmittelbar gefolgt von einem ohrenbetäubenden Krachen. Dann hörte sie mehrere dumpfe Schläge und das Ächzen von jemandem, der geschlagen wurde. Lily keuchte auf und sah sich im Ankleidezimmer nach einer Waffe um, irgendetwas, das sie benutzen konnte, um sich und Calvin zu beschützen. Ein Hutständer aus Metall fiel ihr ins Auge, und sie machte einen Satz darauf zu, packte ihn mit beiden Händen und stürmte ins Schlafzimmer.

Dort stand Calvin und schüttelte seine schmerzende Hand aus, war aber ansonsten unverletzt. Auf dem Boden lag die reglose Gestalt eines Mannes. Lily rannte zur Wand und betätigte den Lichtschalter. Das elektrische Licht ging an und enthüllte die Folgen des Angriffs. Calvins Weste und gestärkte Hemdbrust waren mit Blut bespritzt, und auf seinem Gesicht lag ein grimmiger Zug. Vor ihm lag reglos ein schwarz gekleideter Chinese, dem Blut aus der Nase floss.

Lilys Schlafzimmertür flog auf, und Tom stürzte in einem seidenen Nachtgewand herein. »Was zur Hölle geht hier vor?«

Statt zu antworten ging Calvin zum Fenster, teilte die Vorhänge und schob den Schieberahmen auf. »Hugo!«

»Cabot, Sie fangen besser an zu reden«, verlangte Tom, der nun mitten im Zimmer stand und die Arme in die Hüften gestemmt hatte.

Als Calvin sich umdrehte, konnte sie sehen, dass sich ein blauer Fleck auf seiner Wange bildete. Ausdruckslos sagte er: »Jemand ist gerade eingebrochen und hat versucht, Ihre Schwester zu töten.«

KAPITEL SECHZEHN

Eines musste Calvin Davies lassen. Lilys Bruder nahm die Nachricht überraschend gut auf, er suchte sich nur einen Stuhl und ließ sich mit benommener Miene darauf fallen. Calvin dagegen hätte am liebsten jemanden umgebracht. Er wollte verstümmeln und erwürgen. Den Eindringling mit bloßen Händen in Stücke reißen.

Aber er wusste, dass der Mann im Auftrag von jemand anderem gehandelt hatte. Er arbeitete eindeutig für Lee. Also holte Calvin tief Luft und versuchte, das Brüllen in seinem Kopf abzustellen. Obwohl Lily nicht in Ohnmacht gefallen war, verriet ihm ihre gespenstische Blässe, dass sie Angst hatte. Calvin völlig blutbefleckt zu sehen war zweifellos nicht hilfreich.

»Das verstehe ich nicht«, sagte Lily. »Dieser Mann wollte mich töten? Warum?«

Davies' Blick richtete sich mit einer Mischung aus Wut und Verwirrung auf Calvin. »Ja, Cabot. Warum sollte dieser Mann hier versuchen, meiner Schwester etwas anzutun?«

Calvin würde ihn nicht darüber aufklären. Soweit Davies wusste, glaubte Lee, dass das Verschwinden seiner Tochter nichts mit irgendjemandem in diesem Raum zu tun hatte.

»Ich weiß es nicht«, log Calvin, während er seine pochende Hand ausschüttelte und dabei zwei scharfsinnigen Augenpaaren auswich. »Aber Sie können darauf wetten, dass ich es herausfinden werde.«

Hugo stürmte außer Atem ins Zimmer. Er runzelte die Stirn, als er den Mann auf dem Boden erblickte, dann sah er Calvin an. »Bist du verletzt?«

»Wird schon wieder«, antwortete Calvin ihm. »Der Pinkerton?«

Als Hugo den Kopf schüttelte, murmelte Calvin ein kantonesisches Schimpfwort und fuhr sich mit den Händen durchs Haar. Wieder einmal hatte er Lee unterschätzt.

»Moment mal, Pinkerton? Wovon reden Sie?« Davies erhob sich von seinem Stuhl und marschierte auf Calvin zu.

Calvin dagegen beobachtete Lily, die zu zittern begonnen hatte. Sie ließ den Mann auf dem Boden nicht aus den Augen. »Verdammt«, fluchte er. Mit zwei Schritten war er an ihrer Seite und legte die Arme um sie, um ihr die Sicht auf den Eindringling zu versperren. »Davies, holen Sie Ihrer Schwester etwas Brandy.«

»Es geht mir gut«, erwiderte sie am ganzen Körper zitternd an seiner Hemdbrust. »Ich bin nicht die Sorte Frau, die die Nerven verliert bei einem ... einem ...«

Calvin küsste ihren Scheitel und hielt sie fester. »Das hat auch niemand behauptet, Liebes. Aber tu mir den Gefallen und trink etwas Brandy, ja?«

»Du hast überall Blut«, flüsterte sie, die Hände an seinen Hüften. »Ich habe mir solche Sorgen gemacht, und ich konnte nicht sehen, was passierte.«

Gott, diese Besorgnis galt *ihm*? Die Frau war viel mehr, als er verdiente, und eine weitere Welle des Schuldgefühls durchströmte ihn. Er wollte sie nicht verletzen; er wollte sie im Arm halten und sie beschützen. Er vergrub die Nase in ihrem Haar und atmete ihren süßen, weiblichen Duft ein. »Es geht mir gut«, sagte er leise. »Versprochen.«

»Calvin«, sagte Hugo in drängendem Tonfall.

Calvin warf einen Blick über seine Schulter und sah, dass der Mann auf dem Boden sich zu regen begann. »Fessle ihn«, befahl er Hugo. »Nimm die Vorhangschnüre dafür. Wir werden ihn unterwegs abliefern.«

Davies erschien mit einem Kristallglas voll Brandy. Er führte Lily von Calvin fort zu einem Sessel in der Nähe. Als sie sich mit dem Glas gesetzt hatte, sah er Calvin an und wies mit einem Nicken in Richtung des Ankleidezimmers. Resigniert ging Calvin voraus und schloss dann die Tür hinter Davies, der ihm dicht gefolgt war.

Davies verschränkte die Arme vor der Brust. »Pinkerton? Was zur Hölle ist hier los, Cabot?«

»Ich habe jemanden angeheuert, auf sie aufzupassen. Nur für den Fall.«

»Für welchen Fall? Sie sagten normale Tagesabläufe, nichts, was Lee argwöhnisch machen könnte.«

»Nun, offensichtlich ist Lee argwöhnisch geworden. Er verrät mir nicht immer, was er denkt.«

»Halten Sie das hier für einen Witz?!« Er packte Calvins Hemdbrust mit festem Griff und schüttelte sie. »Meine Schwester hätte getötet werden können!«

Calvin übte Druck auf einen bestimmten Nerv in Davies' Handgelenk aus, worauf der junge Mann vor Schmerz aufschrie und den Stoff losließ. Mit verwirrter Miene zog er die Hand schützend an seinen Körper. »Woher weiß ein Zeitungsverleger, wie man so etwas macht?«

»Bleiben Sie mir vom Leib«, knurrte Calvin anstelle einer Antwort. »Ich bin mir sehr wohl bewusst, was geschehen ist, und ich nehme die Sache ernst. Noch ernster, und der Mann da draußen wäre tot.«

Daran knabberte Davies einen Moment. »Warum waren Sie heute Nacht hier, in ihrem Zimmer?«

»Das geht Sie verdammt noch mal nichts an.«

»Das hier ist mein Haus!«, schrie Davies. »Und sie ist meine Schwester. Das geht mich sehr wohl etwas an. Ich habe Ihnen gesagt, Sie sollen sich von ihr fernhalten.«

Calvin schluckte eine wütende Erwiderung hinunter und biss die Zähne zusammen. Mit Davies zu streiten würde nichts bewirken, und Calvin hatte keinen guten Grund für seine Anwesenheit hier heute Nacht – abgesehen von Eifersucht. Die Nachricht von Fields' bevorstehendem Antrag hatte den ganzen Tag in Calvin geschwärt wie eine infizierte Wunde, bis er Lily einfach sehen musste. Versuchen musste, es ihr auszureden.

»Der Grund dafür ist Fields und das, was ich Ihnen heute gesagt habe. Deshalb sind Sie hergekommen, um sie zu sehen, und dieser Mann hier ist Ihnen gefolgt.«

»Machen Sie sich nicht lächerlich. Niemand hat mich das Haus betreten sehen. Er ist mir nicht gefolgt – und vergessen Sie nicht, dass es Ihre Schuld ist, das Lily überhaupt erst in diese ganze Sache hineingezogen wurde.«

Die Tür öffnete sich, und Lily erschien, das schöne Gesicht blass und müde. »Vielleicht kann euer Streit warten, bis sich jemand um diesen Mann gekümmert hat, der mir den Teppich vollblutet?«

Mit einem Seufzen ließ Calvin den Kopf sinken. Natürlich hatte sie recht. Was hatte er sich dabei gedacht, sich von Davies dazu verleiten zu lassen, ihm jetzt sofort Antworten zu geben? Er drängte sich an Davies vorbei und betrat wieder das Schlafzimmer. Der Eindringling war gefesselt worden und lag nun mit dem Gesicht nach unten und den Händen hinter dem Rücken auf dem Teppich.

Calvin kniete sich neben ihn. »Sag mir, warum er dich geschickt hat. Um sie zu töten?«, fragte er auf Kantonesisch.

Der Mann antwortete nicht, also lachte Calvin leise. »Du denkst, du schützt ihn, aber das tust du nicht. Und er wird dich dafür töten, dass du heute Nacht versagt hast.«

Der Mann schluckte, das einzige äußerliche Zeichen, dass er Calvins Worte gehört hatte, dennoch blieb er stumm.

Rasch zog Calvin Gehrock und Schuhe an, die er abgelegt hatte, als er gekommen war. Lily und ihr Bruder standen im Türrahmen, und Davies hatte den Arm um ihre schmalen Schultern gelegt. Die Farbe war in ihr Gesicht zurückgekehrt, und sie wirkte nicht mehr wie kurz vor einem hysterischen Anfall. Es würde ihr bald wieder gut gehen. Lillian Davies war die stärkste Frau, der er je begegnet war.

Er drehte sich zu Hugo um. »Lass uns gehen.«

Als sie den Eindringling endlich sicher in der Kutsche verstaut hatten, wies Calvin mit dem Daumen hinein. »Fahr du mit ihm«, sagte er zu Hugo. »Wenn er mir noch einmal unter die Augen kommt, bringe ich ihn womöglich um. Ich werde oben beim Kutscher sitzen.«

»Was machen wir mit ihm?«

»Ihn bei Lee abliefern.«

Hugo runzelte die Stirn, und sein Blick flog zwischen dem

Mann in der Kutsche und Calvin hin und her. »Ich glaube nicht, dass das klug ist. Du bist im Moment furchtbar aufgeregt, und das Letzte, was du willst, ist, dass Lee sieht, wie viel sie dir bedeutet.«

Beinahe hätte Calvin aufgelacht. Er war mehr als aufgeregt. Wut kochte in seinem Blut, dicht an der Oberfläche, bereit, sich zu etwas Wildem und Erbarmungslosem zu entzünden, sobald er ein Opfer fand. Er brannte darauf, Lee die Finger um den Hals zu legen und ihm das Leben aus dem Leib zu pressen. »Ich kann das nicht auf sich beruhen lassen. Er hat versucht, sie *umzubringen*.«

»Aber zu ihm zu gehen und ihn zur Rede zu stellen, wird nur zur Folge haben, dass du umgebracht wirst. Denk nach, Calvin.«

Hugo hatte natürlich recht, aber Calvin konnte kaum atmen vor Wut. »Also soll ich gar nichts tun?«

»Du hast genug getan. Der Mann in der Kutsche erholt sich wieder. Lee wird hören wollen, was sein Attentäter zu sagen hat, bevor er ihn tötet. Lee wird erfahren, was passiert ist.«

»Verdammt«, knurrte Calvin mit zusammengebissenen Zähnen. »Ich hasse es, wenn du recht hast.«

»Ja, aber deshalb bist du auch schon viel länger am Leben, als zu erwarten gewesen wäre.«

Das konnte Calvin nicht bestreiten. Auf Hugo zu hören hatte ihm schon bei mehr als einer Gelegenheit das Leben gerettet. »Na schön. Ich will noch einmal mit ihm reden. Du und der Kutscher könnt ihn an Lees Türschwelle abladen, wenn ich mit ihm fertig bin.«

Calvin marschierte voraus und schwang sich in die Kutsche. Die Augen des Eindringlings waren geschlossen, sein Atem ging mühsam. Er war verletzt, aber am Leben. Gut. Calvin drückte gegen die Seite einer eindeutig gebrochenen Nase. Der Mann heulte vor Schmerz, und seine Augen flogen auf.

Calvin ließ die Nase los. »Wie ich sehe, habe ich deine Aufmerksamkeit. Sag Lee, dass er sie besser in Ruhe lässt. Falls er Lillian Davies auch nur ein Haar krümmt, wird seine Tochter keinen weiteren Sonnenaufgang erleben.«

Lily mochte vieles sein – stur, rechthaberisch, schrecklich ungeschickt im Umgang mit Nadel und Faden –, aber sie war nicht dumm. Ein Mann war letzte Nacht in ihr Haus eingebrochen, *um sie zu töten*. Das wies nicht gerade darauf hin, dass Lee Calvins Geschichte bezüglich des vermissten Mädchens glaubte. Darüber hinaus hatte Calvin einen Pinkerton-Detektiv angeheuert – über ihre Einwände hinweg –, was bedeutete, dass die Bedrohung für ihr Leben ernster war, als er zugeben wollte.

All das führte sie zu einer einzigen unmissverständlichen Schlussfolgerung: Calvin hatte Geheimnisse vor ihr.

Nicht überraschend, da das anscheinend das war, was der Mann am besten konnte. War er je bei irgendetwas ehrlich zu ihr gewesen? Sie hätte schon vor langer Zeit Antworten verlangen sollen. Aber nicht von Calvin, da der ihr sie nie geben würde. Nein, es gab nur eine einzige Person, der Calvin vertraute, eine einzige Person, die vielleicht in der Lage war, etwas Licht in das zu bringen, was da vor sich ging. Und Lily hatte die Absicht, ihm aufzulauern und ihm ein paar Antworten abzuringen.

Noch vor dem Morgengrauen zwängte Lily sich in eine Kutsche und wies den Fahrer an, an der East Fifty-Seventh-Street zu warten, nicht weit von Calvins bescheidenem Stadthaus entfernt. Die drei Stockwerke robuster Ziegel ließen nicht ahnen, dass ihr Besitzer ein reicher Zeitungsbaron war, obwohl er in der Tat genau das war. Die meisten Männer, einschließlich ihres Vaters, wollten der ganzen Welt zeigen, wie weit sie es gebracht hatten, und protzten mit ihrem Geld. Aber nicht Calvin. *Armut hat nichts Nobles an sich*, hatte er einmal zu ihr gesagt und dabei offensichtlich aus Erfahrung gesprochen, dennoch gab er nicht aus, was er verdiente, jedenfalls nicht, soweit sie gesehen hatte.

Trotz seiner geheimnisvollen Vergangenheit war Calvin eindeutig nicht mit Geld aufgewachsen. Als sie ihn kennenlernte, hatte er in einer schäbigen Pension gewohnt und ein mageres Dasein gefristet. Selbst jetzt kleidete er sich einfach, unternahm keine sinnlosen Reisen, kaufte keine Jachten oder frönte dem Pferderennen. Er war entsetzt gewesen, als sie Petey an den Docks ihr Armband gegeben hatte. War es dann also Knausrigkeit?

Wenige Minuten, nachdem die Sonne aufgegangen war, öffnete sich die Haustür, und eine hochgewachsene Gestalt erschien. Der offene Mantel flatterte hinter dem Mann, als er sich einen Derby aufsetzte und schwungvoll die Stufen des Stadthauses hinunterging. Calvin. Ihr Herz tat bei seinem Anblick einen Satz. Gerissen, scharfsinnig und so herrlich gut aussehend, dass er sogar schlammbedeckt und mit einem Kartoffelsack bekleidet die Aufmerksamkeit der Frauen auf sich ziehen würde.

An diesem Morgen trug er keine Handschuhe, und ein weißer Verband war um seine rechte Hand gewickelt. Sie konnte sich immer noch daran erinnern, wie stark seine Arme gewesen waren, als er sie nach dem Überfall letzte Nacht gehalten hatte. Sie hatte solche Angst um ihn gehabt, überzeugt, dass etwas Schreckliches passieren und sie ihn verlieren würde. Was keinen Sinn ergab, da sie ihn bereits verloren hatte.

Quäl mich nicht, Lily. Du weißt, dass es mehr ist als das.

Was in Petrus' Namen hatte er mit dieser Bemerkung gemeint?

Hugo kam als Nächstes die Stufen herunter und folgte Calvin in die Kutsche. Lily öffnete das kleine Fenster und sprach mit ihrem Kutscher. »Das sind sie. Folgen Sie ihnen bitte in einigem Abstand.«

»Jawohl, Miss«, antwortete ihr Kutscher.

Sie fuhren los, und ihre Kutsche blieb in diskretem Tempo hinter ihnen. Als die Kutschen sich stadtabwärts wandten und weiter zur City Hall fuhren, wurde die Route unvermittelt klar. Calvin war unterwegs zu seinem Büro in der Park Row. Vor Erleichterung sank Lily zurück in die Samtpolster. Wenn er eine Geliebte besucht hätte ...

Jetzt, wo sie darüber nachdachte, hatte sie schon lange nicht mehr gehört, dass Calvin mit irgendeiner Frau in Verbindung gebracht wurde. Aber da musste es jemanden geben. Ein Mann wie Calvin mit seinem Schwung und seiner Energie würde nicht enthaltsam bleiben. Ein Kloß bildete sich in ihrem Bauch, der nichts mit der Tatsache zu tun hatte, dass sie heute Morgen das Frühstück hatte ausfallen lassen. Mühsam verdrängte sie die Vorstellung von Calvin mit einer anderen Frau aus ihren Gedanken. Im Moment hatte sie ganz andere Sorgen.

Als sie anhielten, sprang Calvin heraus und eilte zum Gebäude des *Mercury*. Die Kutsche setzte sich nicht wieder in Bewegung, sondern stand einfach nur da und wartete. Lily stellte sicher, dass Calvin verschwunden war, dann stieg sie aus dem Wagen. Mit gesenktem Kopf näherte sie sich Calvins Kutsche, riss die Tür auf und kletterte rasch hinein. Hugo stand die Überraschung ins dunkle Gesicht geschrieben, und seine Kinnlade klappte leicht herunter. Er legte die Zeitung beiseite, in der er gelesen hatte, und setzte sich aufrechter. »Miss Davies?«

»Guten Morgen, Hugo.«

»Mr. Cabot wird noch eine Weile fort sein. Wenn Sie wollen, kann ich Sie hineinbringen –«

»Ich bin hier, um mit Ihnen zu reden, wenn es Ihnen nichts ausmacht.«

»Mit mir?« Er kratzte sich am Kinn und rutschte unbehaglich hin und her.

»Hugo, ich brauche Ihre Hilfe. Sie kennen Calvin besser als irgendjemand sonst. Er will mir nicht sagen, was wirklich vor sich geht, aber ich brauche Antworten. Warum hat Mr. Lee gestern Nacht jemanden geschickt, um mich zu töten?«

Hugo hob die Hände. »Bitte, Missus. Das sollten Sie Mr. Cabot fragen. Er kann es am besten erklären.«

»Aber er will es mir nicht erklären. Er tischt mir eine Lüge nach der anderen auf und verdreht die Tatsachen, wie es ihm gerade passt. Bitte, sagen Sie mir, worum es hier geht. Ich verdiene es, Bescheid zu wissen.«

Der letzte Satz schien Hugo noch mehr Unbehagen zu bereiten, wahrscheinlich, weil es die Wahrheit war. Lily hatte von Anfang an bis zum Hals in dieser Sache dringesteckt, und doch hatte Calvin ihr bewusst vieles vorenthalten.

»Was hat er gesagt?«

»So gut wie gar nichts. Aber Lee würde keinen Mörder schicken, wenn er nicht glauben würde, dass ich darin verwickelt bin.«

»Nein, so ist es nicht. Es ging darum, Mr. Cabot zu schaden, indem man Ihnen schadet. Sollte Lee Ihnen etwas antun, würde das Mr. Cabot vernichten.«

Lee glaubte, ihr zu schaden, würde Calvin vernichten? Oder war das Hugos Interpretation? Darüber konnte Lily im Augenblick nicht nachdenken. »Warum versucht Mr. Lee, Calvin zu schaden?«

»Das ist eine lange Geschichte zwischen diesen beiden, in die Sie nicht verwickelt werden wollen, Missus.«

»Aber ich bin doch bereits darin verwickelt.« Gereizt klopfte sie mit dem Fuß auf den Boden der Kutsche. »Ich verstehe nichts von alledem. Ich fühle mich, als würde ein Teil dieses Puzzles fehlen, und Calvin ist derjenige, der es in den Händen hält.«

Der Augenblick dehnte sich aus, bis sie schon glaubte, Hugo würde nicht antworten. Entmutigt seufzte sie und streckte die Hand nach dem Türgriff aus.

»Mr. Cabot hat mir ein Versprechen gegeben«, platzte es aus Hugo heraus. »Vor langer Zeit, bevor er Sie kennenlernte.«

Sie wandte sich um. »Ein Versprechen?«

»Ja. Sehen Sie, bevor wir China verließen, heiratete ich eine Frau. Sie blieb zurück, aber wir hatten vor, sie ins Land zu holen, sobald Mr. Cabot und ich hier Fuß gefasst hatten. Nur hätten wir uns nie träumen lassen, dass sich die Gesetze ändern und es so schwierig machen würden, sie herzubringen.«

»Der Chinese Exclusion Act. Das tut mir so leid, Hugo.«

Er nickte knapp. »Da gab es Männer im Dorf meiner Frau. Böse Männer. Wenn sie wüssten, dass sie mit mir verheiratet ist, dann würden sie sie töten. Also habe ich Mr. Cabot gebeten, allen zu sagen, sie wäre seine Frau, sowohl den chinesischen wie auch den amerikanischen Politikern, die er zu bestechen versuchte. Es war einfacher so. Niemand hier würde auf mich hören, und Mr. Cabot hatte angefangen, sich mit seinen Zeitungen einen Namen zu machen.«

Sie nickte. Ihr Mitgefühl für Hugo brach ihr fast das Herz. »Aber Sie hatten keinen Erfolg?«

»Noch nicht, obwohl Mr. Cabot wahrscheinlich bei dem Versuch, sein Versprechen zu halten, sterben wird. Er glaubt, dass er es mir schuldet, obwohl er im Lauf der Jahre schon so viel für mich getan hat.«

»Ich verstehe immer noch nicht, was das mit Lee zu tun hat.«

»Vor etwa einem Jahr ging Mr. Cabot zu Lee und bat ihn, uns zu helfen, meine Frau ins Land zu holen. Lee willigte ein, doch dann hielt er uns hin, und die Wochen zogen sich in die Länge. Vor Kurzem hat Mr. Cabot damit begonnen, mithilfe seiner Zeitungen Druck auf Lee auszuüben.«

Lily dachte über das Gehörte nach. »Deshalb will also Lee Calvin schaden – um dafür zu sorgen, dass die Geschichten aufhören. Aber warum ich?« Was hatten Lee, Hugos Frau und Calvin mit ihr zu tun? Sie dachte zurück an Lees Nachricht, die zusammen mit einer Fotografie ihrer Heiratsurkunde gekommen war.

Hugo verzog das Gesicht – und dann traf sie die Erkenntnis, und sie sackte zurück in die Samtpolster. Die Annullierung. Ihr Vater. *Davies hielt alle Trümpfe in der Hand.* »Mein Vater fand es heraus, nicht wahr? Das mit Ihrer Frau. Er drohte Calvin, … womit? Es mir zu sagen?«

»Nein«, erwiderte Hugo. »Ihr Vater hatte Kopien der Briefe, die Mr. Cabot an Politiker geschrieben hatte und in denen er ihnen Geld anbot, damit sie im Gegenzug bei seiner Frau das Gesetz umgehen sollten. Ihr Vater drohte, ihn öffentlich als Bigamisten bloßzustellen.«

Ihr blieb die Luft weg. Ein *Bigamist.* Hätte ihr Vater etwas so Grausames getan? Lily wäre gedemütigt worden, selbst wenn es nicht wahr gewesen wäre. Also warum hatte ihr Vater ihr das nicht gesagt, sobald die Annullierungspapiere unterzeichnet waren? Und warum hatte Calvin es ihr nicht gestanden, ihr nicht vertraut, dass sie das Geheimnis bewahren würde?

Diese letzte Frage traf sie am meisten. Sie waren *verheiratet* gewesen. Hatten Gelübde ausgetauscht. Versprochen, einander zu lieben, in guten wie in schlechten Tagen. Er war ihr einziger Liebhaber gewesen, der Mann, mit dem sie ihr Leben hatte teilen wollen.

Und er war gegangen, anstatt sich ihr anzuvertrauen.

Ihre Brust brannte vor Kränkung und Verwirrung, und ein fürchterlicher Druck baute sich hinter ihren Augen auf.

Ihre Gedanken mussten ihr vom Gesicht abzulesen sein, denn Hugo sagte: »Wir hatten überlegt, es Ihnen zu sagen –«

Sie hob eine Hand. Zu wissen, dass die Möglichkeit in Betracht gezogen und verworfen worden war, beruhigte sie nicht; im Gegenteil, dadurch fühlte sie sich noch viel schlimmer.

»Ich verstehe«, brachte sie hervor und holte tief Luft, um die Fassung zu bewahren. »Bitte entschuldigen Sie. Da beschwere ich mich über so etwas Triviales, wenn Sie doch die ganzen letzten Jahre von der Frau getrennt waren, die Sie lieben. Falls es irgendetwas gibt, wie ich helfen kann, egal was, bitte sagen Sie es einfach.«

»Danke, Missus.«

Zeit, zu ihrer ursprünglichen Absicht zurückzukehren. »Also, bin ich immer noch in Gefahr? Oder hat Calvin gestern Abend die Sache mit Mr. Lee geklärt?«

»Calvin hat Mr. Lee eine deutliche Botschaft geschickt. Ich glaube nicht, dass Sie noch weitere Schwierigkeiten haben werden.«

Nun, dann war wenigstens eine gute Nachricht bei dieser Sache herausgekommen. Unvermittelt wünschte sie sich, sie wäre im Bett geblieben.

Sie nahm den Türgriff, hielt dann jedoch inne. Solange sie die Gelegenheit dazu hatte, musste sie Hugo noch eine weitere Frage stellen. »Warum nennen Sie mich immer noch Missus? Die Ehe wurde annulliert.«

Unerschütterlich hielten seine tiefbraunen Augen ihren Blick fest. »Sie werden immer Mr. Cabots Frau sein, ganz gleich, was irgendein Stück Papier sagt.«

Seine Beute erschien sogar noch früher als erwartet.

Calvin hatte den Vormittag damit verbracht, seinen Reportern beim *Mercury* Storys zuzuteilen und sich nach dem Stand laufender Recherchen zu erkundigen. Dann hatte er Vorstellungsgespräche mit einem neuen Karikaturisten und einem potentiellen Schriftsetzer geführt. Gerade, als er damit begonnen hatte, die Finanzen einer Zeitung in St. Louis zu überprüfen, die er vielleicht kaufen wollte, steckte Miss Robbs ihren Kopf durch die Tür.

»Sir, ein Mr. Fields ist hier, um Sie zu sehen.«

Calvin lehnte sich in seinem Sessel zurück und wippte leicht vor Erwartung. »Schicken Sie ihn herein.«

Sie verschwand, und Calvin richtete seinen Blick aus dem Fenster. Manhattan breitete sich aus, so weit das Auge reichte, und jeden Tag wurden mehr Häuser und Gebäude errichtet. Das hier war seine Stadt, die bedeutendste Stadt Amerikas. Ein Ort, an dem Reichtum und Innovation im Überfluss vorhanden waren. Nichts geschah hier, ohne dass Calvin davon wusste – oder es herausfinden konnte –, und er hatte in den letzten paar Tagen ziemlich viel über Montgomery Fields herausgefunden.

Und bald würde es die ganze Welt erfahren.

Die Tür öffnete sich, und Fields schlenderte herein, makellos frisiert und gekleidet. Er stammte aus altem Geldadel, seine Familie waren Nachfahren der holländischen Grundherren von Neu-Amsterdam, und Fields würde ein ordentliches Vermögen erben, sobald sein Vater starb. Doch nichts davon interessierte Calvin. Er wollte Fields aus New York fort und nicht mehr in Lilys Nähe haben.

»Mr. Cabot«, begrüßte Fields ihn höflich mit ausgestreckter Hand. »Guten Morgen. Ich hatte nicht damit gerechnet, heute hier herunter in die Park Row bestellt zu werden.«

Calvin schüttelte dem Mann die Hand und wies auf den Sessel vor seinem Schreibtisch. »Möchten Sie etwas trinken?«

»Nein, danke. Ich bin nach unserem Gespräch in meinem Club zum Mittagessen verabredet.«

Als Fields sich gesetzt hatte, griff Calvin nach der Nachmittagsausgabe, die auf seinem Schreibtisch wartete. Sie war heute Vormittag frisch aus der Druckerpresse gekommen, und die Zeitungsjungen würden in etwa zwei Stunden damit anfangen, sie zu verkaufen. »Vielleicht wollen sie doch etwas trinken, wenn Sie hören, was ich zu sagen habe. Ich habe Sie aus reiner Gefälligkeit hergebeten.« Er warf die Zeitung mit der Titelseite nach oben vor Fields auf den Schreibtisch.

Fields beugte sich vor, um besser sehen zu können. »Was ist das?«

»Das ist, was wir in der Zeitungsbranche eine Exklusivmeldung nennen.«

Fields wurde blass und sprang auf die Füße, die Zeitung zusammengeknüllt in der Faust. »Das dürfen Sie nicht drucken! Das ... das wird mich ruinieren!«

»Nun, ruinieren ist ein relativer Begriff. Finanziell werden Sie nicht darunter leiden. Aber gesellschaftlich ...« Calvin zuckte die Schultern und ließ den Satz unvollendet.

Fields studierte den Artikel, den Calvin auswendig kannte. Und zwar deshalb, weil er jeden Absatz, jeden Satz, jedes Wort davon diktiert hatte.

FIELDS-SPROSS BESITZT LIEBESNEST IN TENDERLOIN

Fields' Gesichtszüge entgleisten, und er ließ sich schwer in den Sessel fallen. »Warum?«, flüsterte er.

Calvin konnte sich das kühle Lächeln nicht verkneifen. »Information ist mein Geschäft. Und sie wurden Teil davon, als Sie Ihre Absichten bezüglich meiner früheren Frau erklärten.«

»Sie war nie Ihre Frau. Die Ehe wurde annulliert«, korrigierte Fields, und Calvin knirschte mit den Zähnen.

»Betreiben wir keine Haarspalterei. Als ich von Ihren Plänen, Lily zu heiraten, erfuhr, beschloss ich, ein bisschen über einen gewissen Mr. Montgomery Fields, wohnhaft in der Nummer 852, Fifth Avenue, nachzuforschen. Sie können sich meine Überraschung vorstellen, als ich herausfand, dass Mr. Fields den Großteil seiner Zeit unter einer anderen Adresse verbringt. Einer in einer weniger erstrebenswerten Gegend. Und definitiv nicht allein.«

»Ich werde dagegen vorgehen. Ich werde Sie wegen Verleumdung verklagen ... oder übler Nachrede. Was auch immer. Das ist schlicht und einfach unfair.«

»Das können Sie versuchen, Fields. Es dürfte aber gar nicht

so einfach werden, da die Story wahr ist. Und ich sollte Sie warnen, falls Sie es tun, werde ich auch noch den Rest davon drucken lassen.«

Eine Schweißperle lief Fields über die Schläfe. Er zog ein Taschentuch aus seiner Jackentasche und betupfte sich das Gesicht. »Den Rest wovon?«

»Dachten Sie, ich würde nicht alles herausfinden? Ich kenne jedes Detail, mit wem genau Sie Ihre Zeit in diesem Apartment verbringen und was Sie mit ihnen tun.«

»Sie wissen von den ...?«

»Ja, das tue ich«, bestätigte Calvin. »Ich weiß auch, dass Ihr Vater ebenfalls davon erfahren hat und dass er Ihnen in einem Versuch, der Sache Einhalt zu gebieten, die finanzielle Unterstützung entzogen hat. Was der Grund ist, warum Sie schließlich bereit waren, Lily zu heiraten.«

Fields schloss die Augen, die Wahrheit stand ihm ins Gesicht geschrieben. Allerdings war Calvin noch nicht ganz fertig. »Falls Sie je wieder mit Lillian Davies sprechen oder ich Sie nicht auf dem nächsten Schiff sehe, das aus dem Hafen ausläuft, dann werde ich alles drucken. Jede letzte abstoßende Einzelheit.«

»Meine Familie wäre gedemütigt.« Es war nur ein Flüstern.

»Ja, das wäre sie. Also verlassen Sie New York, verlassen Sie Lily, und die Welt wird es nie erfahren.«

Mit zitternder Hand glättete Fields seinen Schnurrbart. »Könnte ich jetzt doch etwas zu trinken haben?«

Calvin öffnete die unterste Schublade seines Schreibtischs und nahm eine Flasche von Kentuckys bestem Bourbon und ein sauberes Glas heraus. Er schenkte eine großzügige Menge ein und schob das Glas hinüber. Fields nahm es mit zitternden

Händen, setzte es an die Lippen und kippte den Alkohol in zwei Schlucken hinunter. Vorsichtig stellte er das Glas wieder ab.

»Danke«, sagte er leise. »Weiß sie etwas davon?«

»Nein, ich habe es ihr nicht gesagt, aber sie wird die Zeitung noch früh genug sehen.«

»Das war es nicht, was ich gemeint habe. Hat Lily irgendeine Ahnung, was für ein grausamer, manipulativer Bastard Sie sind? Dass Sie das Leben eines Mannes zerstören, nur weil er sie heiraten will? Ich hätte sie glücklich gemacht, wissen Sie.«

Weißglühende Wut durchzuckte Calvin. Er stützte die Hände auf den Schreibtisch, beugte sich vor und knurrte: »*Glücklich?* Nur weil sie keine Ahnung hätte, was für ein krankes, perverses Stück Scheiße Sie sind, bis es verdammt noch mal zu spät wäre.«

»Sie hätten sich nie die Mühe gemacht, Nachforschungen über mich anzustellen, wenn Sie nicht eifersüchtig wären.« Fields erhob sich und setzte seinen Derby auf. »Das habe ich beim Frühstück in Newport glasklar gesehen. Sie hassen den Gedanken, dass sie Zuneigung für einen anderen Mann empfinden könnte, selbst nachdem Sie sie weggeworfen haben wie ein Stück Abfall.«

»Sie haben keine Ahnung, wovon Sie reden. Ich habe sie nie weggeworfen, und ich würde keine Mühen scheuen, sie zu beschützen – Annullierung hin oder her. Besonders vor Männern wie Ihnen. Also, haben wir eine Abmachung?«

Fields nickte. »Genießen Sie Ihren Sieg, solange Sie können, Cabot, denn das wird sie Ihnen nicht so leicht vergeben.«

Calvin erwiderte nichts, sondern sah nur mit beträchtlicher Genugtuung zu, wie Montgomery Fields aus seinem Büro und Lilys Leben verschwand.

KAPITEL SIEBZEHN

Am späten Nachmittag herrschte Gedränge am Union Square. Menschen wichen nur knapp den vorbeirumpelnden Straßenbahnwagen und Kutschen aus, während sie kreuz und quer über das Kopfsteinpflaster eilten. Mit den Arbeitern auf ihrem täglichen Weg, den Einkaufenden und Reisenden, ganz zu schweigen von den Schauspielern auf der Suche nach Arbeit, war diese Gegend eine der geschäftigsten von ganz Manhattan.

Lily bezweifelte, dass sie heute eine gute Begleitung war. Sie knabberte immer noch an ihrer Unterhaltung von vorhin, an dem Schmerz, zu erfahren, wie wenig Calvin ihr vertraut hatte. Obwohl sie nun Calvins Gründe, die Annullierungspapiere zu unterzeichnen, verstand, war sie nicht sicher, ob sie ihm verzeihen konnte, dass er fortgegangen war, anstatt sich ihr anzuvertrauen.

Sie wäre heute zu Hause geblieben, um ihre Wunden zu lecken, wenn Coras innige Bitte, einkaufen zu gehen, nicht gewesen wäre. Widerstrebend hatte Lily eingewilligt, weil sie ihre Cousine nicht enttäuschen wollte. Dennoch wirkte Cora ebenso nachdenklich. Ihre Cousine war stiller als gewöhnlich, während sie aus dem Kutschfenster starrte und auf ihrer Lippe kaute.

Selbst für ein Mädchen, das eher zur Ernsthaftigkeit neigte, wirkte ihre Stimmung gedrückt.

»Fühlst du dich nicht wohl?«

Cora seufzte schwer. »Es geht mir gut. Lass dir durch mich nicht den Tag verderben. Ich bin sicher, ich werde wieder munterer, wenn ich von all den funkelnden Edelsteinen umgeben bin.«

»Diamanten wirken für gewöhnlich Wunder auf die Stimmung einer Frau.«

Um Coras Mundwinkel zuckte es leicht, als wäre ein richtiges Lächeln zu viel Anstrengung. »Lily, wie hast du es ertragen, Calvins Namen in der Zeitung mit all diesen anderen Frauen zu sehen?«

Oh. Die Teile begannen, sich zusammenzufügen. Diese Frage verdiente eine wohlüberlegte Antwort, aber zuerst musste Lily fragen: »Wer ist er?«

»Das werde ich dir nicht sagen, also mach dir nicht die Mühe, mich zu löchern. Nicht, dass es einen Unterschied machen würde, weil er kaum weiß, dass es mich gibt. Und jedes Mal, wenn ich seinen Namen in der Zeitung mit einer anderen Frau sehe … dann will ich auf etwas einschlagen. Oder jemanden, genauer gesagt.«

Lily empfand tiefes Mitgefühl für ihre Cousine, dieses süße Mädchen, das den liebsten, klügsten und besten Mann von ganz New York verdiente. Offensichtlich lag der fürchterliche Geschmack bei Männern in der Familie.

Coras gefühlvoller Blick lag noch immer fragend auf Lily, also sagte sie: »Zuerst habe ich es nicht geglaubt. Aber als die Schlagzeilen immer wieder auftauchten, weinte ich jedes Mal. Ich wollte nicht, dass es mich kümmerte. Er hatte die Sache hinter sich gelassen, mich vergessen, warum also konnte ich nicht dasselbe tun? Da habe ich New York verlassen. Nur Zeit und Abstand können ein gebrochenes Herz heilen, fürchte ich.«

»Du hast die Mine übernommen, als dein Vater starb. Hat das auch geholfen?«

»Ja. Nicht, dass ich Daddy nicht zurückhaben wollte, aber mich auf das Unternehmen konzentrieren zu können, hat mich gerettet.«

»Wird Tom antreten, um die Geschäfte zu leiten?«

»Er behauptet, bereit zu sein, aber das muss er erst noch beweisen. Vorgestern hat er vorgeschlagen, wir sollten die Mine verkaufen. Ist das zu glauben?«

»Das ist keine so schreckliche Idee.« Cora schürzte die Lippen. »Auf das Geld angewiesen bist du jedenfalls nicht. Wenn es dich nicht glücklich macht, das alles zu leiten, warum tust du es dann?«

»Weil mein Vater gewollt hätte, dass Tom sie übernimmt. Dieses Unternehmen hat Daddy alles bedeutet. Ich leite es nur, bis Tom bereit ist, die Verantwortung zu übernehmen.«

»Was ist, wenn er nie bereit ist?«

Die Möglichkeit war Lily auch schon in den Sinn gekommen, aber sie dachte nicht gerne darüber nach. Wie sollte sie das Unternehmen leiten und gleichzeitig eine Familie gründen? Es war nicht fair, dass sie ihr Leben hintanstellte, während sie darauf wartete, dass ihr Bruder erwachsen wurde, besonders wenn sich diese Mühe vielleicht als vergeblich erwies. Die meisten Frauen in ihrem Alter waren verheiratet und versorgt. Sie rannten nicht zu Verwaltungsratssitzungen und studierten Finanzberichte. Monty wollte reisen, Kinder haben und mehr gesellschaftliche Ereignisse besuchen.

Lily wollte all das ebenfalls ... oder?

Die Kutsche hielt an. Lily und Cora stiegen aus und schlängelten sich auf dem Bürgersteig rasch durch die Menge. Tiffany & Company nahm einen großen Teil der westlichen Seite des Platzes ein, und die bemalte, schmiedeeiserne Fassade hob sich von den anderen Gebäuden im Umkreis ab. Das Innere war ebenso beeindruckend, ein funkelndes Fest für die Augen. Lange Reihen schwarzer hölzerner Schaukästen säumten die Wände, jeder von ihnen gefüllt mit glänzenden Schätzen wie Operngläsern, Fächern, Uhren, Ringen, Kerzenhaltern und Armbändern. Gold, Silber, Emaille und Cloisonné lockten, wohin man auch schaute. Für eine Frau, die hübsche Dinge liebte, war der Drang, alles in Sichtweite zu kaufen, beinahe unwiderstehlich.

Lilys Blick landete auf einem großen Mann, der an einem der Verkaufstresen lehnte. »Ist das nicht John Drexel?«, fragte sie ihre Cousine.

Cora stolperte, und Lily streckte die Hand aus, um das Mädchen zu stützen. »Alles in Ordnung«, murmelte Cora, und ihr Gesicht war rot wie ein Rubin geworden. »Ja, das scheint tatsächlich Mr. Drexel zu sein.«

Lily ging zum Freund ihres Bruders hinüber. Vor ihm waren eine Anzahl von Halsketten ausgebreitet, die alle sehr teuer aussahen. Offensichtlich wollte er jemanden mit seinem Geschenk beeindrucken. »Hallo, John.«

Er fuhr herum, und sofort musterte er sie beide von Kopf bis Fuß. »Ladys.« Er wandte sich wieder zum Verkäufer um. »Ich nehme die rosa Amethysten. Und packen Sie sie bitte als Geschenk ein.« Der Mann hinter dem Tresen nickte, nahm die Halsketten und verschwand.

»Darf ich raten?«, sagte Lily trocken. »Sie kaufen eine Halskette für Ihre Mutter? Schwester? Oh, warten Sie. Sie haben ja gar keine Schwester.«

Grinsend hob er die Hände. »Wir tun, was wir müssen, um die Frauen in unserem Leben bei Laune zu halten.«

»Besonders die Geliebten in unserem Leben«, murmelte Cora kaum hörbar.

Lily unterdrückte ein Lachen. »Haben Sie meinen Bruder gesehen, seit er in die Stadt zurückgekehrt ist?«, fragte sie.

»Tom ist wieder in New York?« Seine Mundwinkel sanken zu einer attraktiven ernsten Miene herab. »Nein, ich habe ihn nicht gesehen. Er war nicht in den Clubs.«

Das klang nicht nach Tom. Warum hatte er sein übliches gesellschaftliches Programm nicht wiederaufgenommen, seit sie aus Newport zurückgekehrt waren?

Ihr Bruder verhielt sich äußerst merkwürdig. Seit der Einbrecher vor drei Tagen in ihr Haus eingedrungen war, war Tom mehr als sonst unterwegs. Sie sah ihn jeden Tag nur beim Frühstück, bevor er zur Tür hinauseilte. Zugegeben, Calvin hatte erneut einen Pinkerton angeheuert, um auf Lily aufzupassen, aber war ihr Bruder nicht auch um ihr Wohlergehen besorgt?

»Ich werde später bei Ihnen vorbeischauen, um zu sehen, ob ich ihn nicht zu einem Abend der Ausschweifungen überreden kann«, sagte Drexel und wackelte anzüglich mit den dunklen Augenbrauen. »Wo wir gerade von Ausschweifungen sprechen, die Geschichte über Fields war jedenfalls eine Überraschung. Ich glaube nicht, dass irgendjemand das kommen sah.«

Lily spannte sich an. »Was für eine Geschichte?«

»Sie, äh, haben die Nachmittagsausgabe des *Mercury* noch nicht gesehen, nehme ich an.«

Oh nein. Was hatte Calvin jetzt wieder getan? Nachdem die Story über die Annullierung erschienen war, hatte sie es nach Möglichkeit vermieden, Calvins Zeitungen zu lesen. Und nun hatte er einen Artikel über Monty geschrieben? Einen, in dem es um Ausschweifungen ging? Sie hätte nie gedacht, dass Monty auch nur ansatzweise etwas für Ausschweifungen übrig hatte.

»Nein, ich habe sie noch nicht gelesen. Was steht darin?«

»Lily, ich hätte nicht –«

»Nun spucken Sie's schon aus, John«, zischte Cora, und ihre grünen Augen sprühten Feuer. »Erzählen Sie Lily, was in der Zeitung stand.« Wenn Lily nicht so beschäftigt mit der aktuellen Krise gewesen wäre, dann wäre sie von Coras Demonstration von Rückgrat beeindruckt gewesen.

Drexel schien ebenso verblüfft über Coras Worte zu sein. Seine Miene zeigte eine Mischung aus Überraschung und widerwilliger Bewunderung. »Na schön«, sagte er zu Lily. »Obwohl ich es nie angesprochen hätte, wenn ich gewusst hätte –«

»Das verstehen wir. Sie sind ein Ausbund an Taktgefühl«, erwiderte Lily und winkte mit der behandschuhten Hand, um ihn zur Eile zu treiben. »Was stand in der Zeitung?«

»Fields hat ein geheimes Liebesnest drüben in der Twenty-Fourth-Street. Verspiegelte Wände. Samtsofas. Ein Trapez hing von der Decke, weil sein ... aktuelles Verhältnis früher mal im Zirkus aufgetreten ist.«

Lily blieb der Mund offen stehen. Das klang überhaupt nicht nach Monty. Sie kannte ihn schon lange und hätte nie geahnt, dass er ein solches Geheimnis hatte. Monty wäre gedemütigt. Warum sollte Calvin etwas so Schmutziges veröffentlichen?

Das musste ein Irrtum sein. Monty war nicht irgendein Schurke, der eine Parade an Frauen unterhielt. Calvin log. Er war in jener Nacht so eifersüchtig gewesen und hatte ihr gesagt, sie dürfe Monty nicht heiraten. Das hier war Calvins Versuch, Lilys Leben zu kontrollieren – indem er das von Monty ruinierte.

Selbst wenn alles wahr sein sollte, warum hatte er diese Information nicht zuerst mit ihr geteilt?

Wut erfasste sie, und sie ballte die Fäuste, dass sich ihre Nägel durch den Stoff ihrer Handschuhe in ihre Handflächen gruben. »John, würden Sie Cora bitte nach Hause bringen? Ich muss Downtown eine wichtige Besorgung erledigen.«

»Diese Besorgung ist wohl nicht zufällig in der Park Row, oder?«, neckte John. Lily starrte ihn nur an, zu wütend, um zu antworten, und sofort wurde er ernst. »Natürlich. Ich bringe Miss Hampton gern nach Hause.«

Lily wandte sich zum Gehen, aber Cora legte ihr eine Hand auf den Arm und hielt sie auf. Die grünen Augen ihrer Cousine waren von Besorgnis überschattet. »Lily, warte. Ich komme mit dir.«

»Nein, das mache ich lieber allein.« *Besser, sie hatte keine Zeugen, wenn sie einen Mord beging.* »Mr. Drexel wird dich nach Hause bringen.«

Ein Zeitungsbüro war niemals ruhig. Als sich also an diesem Nachmittag Stille über die Mitarbeiter des *Mercury* herabsenkte, bemerkte Calvin die Veränderung augenblicklich.

Er war bereits halb aus seinem Sessel, als die Tür seines Büros aufflog. Eine vertraute stattliche blonde Furie stürmte herein, und ihre braunen Augen sprühten Funken in Calvins Richtung.

In Anbetracht der Heftigkeit ihres Zorns hätte er auf der Stelle in Flammen aufgehen müssen. Wuterfüllt marschierte sie auf seinen Schreibtisch zu.

»Sir, es tut mir leid«, rief Miss Robbs von der Türschwelle her. »Ich habe versucht, sie aufzuhalten.«

»Ist schon gut«, sagte er zu seiner Sekretärin, wobei er den Blick nicht von der schönen Frau vor ihm ließ. Gott allein wusste, was sie tun würde, so wütend, wie Lily im Moment wirkte. Weil er weder seinen liebsten – noch seinen zweitliebsten – Körperteil verlieren wollte, verlangte sein Selbsterhaltungstrieb, dass er sie im Auge behielt. »Ich werde Miss Davies jetzt empfangen. Schließen Sie bitte die Tür, ja?«

Die Tür fiel ins Schloss, und sie beide waren allein. »Ich hatte nicht damit gerechnet, dass du den ganzen Weg hier herunter in die Park Row kommen würdest.« Er schob die Hände in die Hosentaschen, anstatt sie nach ihr auszustrecken. Es war schon zu lange her, dass er sie berührt hatte, und die vergangenen einsamen Nächte waren die Hölle gewesen. Ganz zu schweigen davon, dass Lilys Feindseligkeit ihn nur noch weiter erregte, wie eine Kurbel an einem Schwungrad. Wenn er sie so aufgebracht sah, verzehrte er sich nur noch mehr nach ihr.

»Ich nahm an, du würdest deine letzten Augenblicke auf Erden gern in deinem kostbaren Büro verbringen.«

»Meine letzten Augenblicke, sagst du?«

»Ja. Ich habe vor, dich zu erwürgen.« Sie warf eine Ausgabe des *Mercury* auf den Schreibtisch. »*Wie konntest du nur*, Calvin? Wie konntest du so etwas Verabscheuungswürdiges tun?«

»Verabscheuungswürdig? Du warst kurz davor, einen verkommenen Schurken zu heiraten, und bist wütend auf *mich*?«

»Monty ist nicht verkommen! Und du bist ein zehnmal so

großer Schurke wie er. Du tust das, um ihn zu verletzen und dadurch mich zu verletzen!«

Calvin biss die Zähne zusammen. Natürlich würde sie ihren kostbaren Monty verteidigen. Gott, dieser Name! »Alles an dieser Geschichte ist wahr, Lily. Jedes Wort. Und ich wollte dich nie verletzen. Ich habe das veröffentlicht, um dir zu *helfen*.«

»Mir helfen!« Ein hohes, leicht hysterisches Lachen entschlüpfte ihrem Mund. »Wenn du mir wirklich helfen wolltest, dann hättest du mir diese Information unter vier Augen anvertraut. Stattdessen hast du dich entschieden, es in deiner Zeitung zu bringen, damit ganz New York diese Anzüglichkeit sehen kann.«

»Und ein Großteil von New Jersey«, konnte er sich nicht verkneifen.

Sie knurrte tief in der Kehle. »Was in Gottes Namen stimmt nicht mit dir? Inwiefern ist diese Geschichte überhaupt eine Nachricht?«

»Die Nachrichten sind, was auch immer ich sage, Liebes.« Er zeigte auf die Zeitung auf seinem Schreibtisch. »Und dieser Mann wollte *dich* heiraten? Ich musste es tun. Ich musste Nachforschungen über ihn anstellen. Ich musste sichergehen, dass er gut genug für dich ist.«

»Das ist nicht deine Aufgabe, Calvin. Das liegt nicht innerhalb der Grenzen unserer Freundschaft.«

Das letzte Wort kratzte über seine Nerven wie ein Metallschaber über Eis. »Freundschaft?« Er kam um den Tisch herum und baute sich vor ihr auf. »Ist es das, was wir jetzt sind? *Freunde*?«

Sie wich nicht zurück, sondern neigte sich ihm sogar noch leicht entgegen. »Keine Sorge. Nach dem heutigen Tag sind wir nicht einmal mehr das. Du hast die Grenze überschritten. Du hast mich und meinen guten Freund gedemütigt. Alles nur, weil du eifersüchtig bist!« Sie warf die Hände in die Luft und marschierte zum Fenster.

Er wollte es leugnen, aber es wäre eine Lüge gewesen. Selbst ein kaltherziger Bastard wie er konnte sich nicht vor der Wahrheit verstecken. Er konnte sie allerdings verbiegen. »Ich bin praktisch veranlagt. Ist es nicht besser, über Fields Bescheid zu wissen, bevor es zu spät ist? Willst du nicht alles über einen Menschen wissen, bevor du ihn heiratest?«

»Wie ironisch, wenn man bedenkt, dass ich dich geheiratet habe, ohne das Geringste über dich zu wissen.«

»Und sieh nur, was dabei herausgekommen ist.« Eine heiße, helle Flamme, die sie beide verbrannte. »Willst du nicht aus deinen Fehlern lernen?«

»Was ich will, ist, dich mit meinen bloßen Händen erwürgen. Hast du irgendeine Ahnung, was du getan hast? Du hast das Leben eines Mannes zerstört – alles nur, weil er mir *vielleicht* einen Heiratsantrag machen könnte.«

»Oh, er hatte die Absicht, dir einen Antrag zu machen. Er hatte schon den Ring gekauft.« Einen armseligen Stein, der Lilys Finger nicht würdig war. »Du solltest dankbar sein, dass ich dich davor bewahrt habe, einen Fehler zu machen.«

»Einen Fehler? Weil er ein Apartment hatte, in dem er sich mit einer Geliebten traf?« Ihre Stimme wurde lauter. »Du und ich, wir wissen beide, dass beinahe jeder wohlhabende Mann in New York auf die gleiche Weise vorgeht. Montgomery ist da nicht anders.«

»Falsch. Das darfst du mir glauben. Er ist anders.«

»Ich glaube dir nicht. Ich kenne ihn.«

»Das tust du nicht, Lily. Wirklich, du kennst ihn nicht. Ich habe das Apartment gesehen. Wir konnten nicht einmal die Hälfte von dem drucken, was wir dort entdeckt haben.«

»Hochtrabende Worte von dem Mann, der Prostituierte und Opiumhöhlen besucht.«

»Nun, wenigstens verführe und fotografiere ich nicht regelmäßig nackte dreizehn- und vierzehnjährige Jungen«, schnauzte er.

Ihr Gesicht wurde bleich, und der Schock nahm ihrer Wut vorübergehend den Wind aus den Segeln. Sofort fühlte er sich zerknirscht. Vielleicht hätte er ihr die Nachricht ein wenig schonender beibringen können. »Lily, ich –«

Sie hob eine Hand, um ihm das Wort abzuschneiden. »Hör auf zu reden. Hör einfach auf. Wenn das, was du sagst, wahr ist, bin ich natürlich froh, dass unsere Verbindung gelöst wurde. Wie dem auch sei, du hättest mit dieser Nachricht zu mir kommen sollen und sie nicht veröffentlichen. Ganz egal, wie sehr du versuchst, dein Handeln zu rechtfertigen, es war unentschuldbar. Tadelnswert und grausam. Und das alles, weil jemand anderes den Mut hatte, mich zu lieben. Du bist wie ein Kind, das sein Spielzeug verschmäht, aber auch nicht will, dass jemand anderes es bekommt!«

»Du denkst, ich will dich nicht?« Wie konnte sie verdammt noch mal daran zweifeln? Sein Körper erwachte brüllend zum Leben, wann immer sie in der Nähe war, ihr Anblick und ihr Geruch waren wie ein Fieber in seinem Blut. Selbst jetzt dachte er daran, sie auszuziehen und über seinen Schreibtisch zu beugen.

»Oh ja.« Sie schlug die Hände vor sich zusammen. »Lass uns darüber reden, wie sehr du mich wolltest. Zum Beispiel wie du die Annullierungspapiere unterschrieben hast und fortgegangen bist, anstatt mir zu sagen, was mein Vater über dich herausgefunden hatte.«

Calvin schob die Hände in die Hosentaschen und starrte auf seine Schuhe. »Das haben wir schon durchgesprochen, Lily.« Viele Male, um genau zu sein, und seine Antwort würde sich nicht ändern. Noch nicht.

»Nein, wir haben *vermieden,* darüber zu sprechen. Also habe ich beschlossen, dich zu umgehen, um Antworten zu bekommen.«

Sein Kopf fuhr hoch, und er durchbohrte sie mit seinem Blick. »Mich zu umgehen?«

»Ich hatte heute Morgen eine lange Unterhaltung mit Hugo.«

Calvin stockte der Atem. Oh Gott. Warum hatte Hugo ihm das nicht gesagt? Er kniff sich in den Nasenrücken. Wie viel hatte Hugo preisgegeben?

»Du scheinst nicht erleichtert über diese Neuigkeit zu sein«, sagte Lily. »Dass ich von Hugos Frau und der Drohung meines Vaters erfahren habe, dich als Bigamisten bloßzustellen.«

Verflucht. »Ich bin nicht aufgebracht darüber, dass du es weißt, aber ich wollte derjenige sein, der es dir sagt.«

»Warum hast du es dann nicht getan? Es ist ja nicht so, als hätte es nicht genug Gelegenheiten gegeben, dich mir anzuvertrauen.«

»Das hatte nichts mit *Vertrauen* zu tun. Es stand mir nicht zu, mein Geheimnis zu verraten. Ich habe Hugo versprochen, nichts zu sagen, denn wenn die falschen Leute die Wahrheit herausfinden, wird man sie töten.«

»Und ich bin ›die falschen Leute‹.« Schmerz zuckte über ihr

Gesicht, bevor sie ein bitteres Lachen ausstieß. »Gott im Himmel, Calvin. Gib einfach zu, dass du mir nicht vertraut hast.«

»Ich habe dir vertraut – *ich habe dich geliebt*, um Himmels willen. Aber ich konnte nicht riskieren, dass dein Vater mich als Bigamisten bloßstellt, und ich konnte ihm nicht die Wahrheit sagen. Es stand zu viel auf dem Spiel. Was hätte ich Hugo sagen sollen? ›Tut mir leid, dass deine Frau ermordet wurde, alter Freund. Ich weiß, du hast mir das Leben gerettet, und ich habe versprochen, dir zu helfen, aber ich würde lieber mit Lily verheiratet bleiben und in Armut leben.‹«

»Wir hätten nie in Armut gelebt.«

»Das weiß ich jetzt auch!«, brüllte er, dann fuhr er sich mit der Hand durchs Haar. »Denkst du, irgendetwas davon war leicht für mich? Dass ich die Annullierungspapiere freudig unterschrieben und dich vergessen habe? Gott, ich habe mich fast halbtot geraucht und gesoffen –« Er machte den Mund zu und verschränkte die Arme vor der Brust. Sie brauchte nicht zu wissen, wie düster diese Zeit gewesen war.

»Ja, die ständigen Partys mit schönen Frauen müssen wirklich eine Mühsal gewesen sein. Die Tinte auf unseren Annullierungspapieren war noch nicht mal trocken, als du dich schon schäkernd in der ganzen Stadt herumgetrieben hast.«

Wenn es nur so einfach gewesen wäre. »Es gab keine ständigen Partys, kein Herumtreiben, zumindest nicht gleich nachdem wir uns getrennt hatten. Ich verließ meine Stelle beim *Bugle* und wurde ein paar Monate lang ziemlich selbstzerstörerisch.«

Sie runzelte die Stirn. »Das verstehe ich nicht. Die Zeitungen haben von deinem Treiben berichtet. Du warst umtriebiger als ein Leierkastenäffchen.«

»Lily, denk nach«, sagte er mit einem Seufzen. »Ich war zu

der Zeit ein Niemand. Ich hatte noch nicht einmal den *Bugle* gekauft. Warum sollten die Zeitungen über mich berichten, den unbekannten, abgebrannten Reporter einer winzigen Zeitung?«

»Weil du sie darum gebeten hast«, antwortete sie langsam, während ihre Augen sich bei der plötzlichen Erkenntnis weiteten. »Gütiger Gott. Ich kann nicht glauben, dass du die ganze Zeit ... Warum um alles in der Welt wolltest du mir so wehtun? Hast du eine Ahnung, was es mit mir gemacht hat, diese Sachen zu lesen?«

»Ich wollte dir nicht wehtun, aber ich kenne dich. Du hättest nicht aufgegeben, bevor du sicher warst, dass ich weitergezogen bin. Du bist genauso stur wie ich. Und ich musste dafür sorgen, dass du aufhörst, auf mich zu warten.« Er setzte sich auf den Rand des Schreibtischs. »Wenigstens einer von uns beiden sollte glücklich sein.«

Sie rieb sich die Stirn, und ein resignierter Zug lag um ihren Mund. »Das ist alles so verwirrend. Du bist ein sehr schwieriger Mann, Calvin.«

Ja, da hatte sie wahrscheinlich recht. Und sie wusste eindeutig noch nicht von Lees Tochter, was bedeutete, dass ein weiteres Geheimnis blieb, für das sie ihn hassen würde. Er betete, dass sie nie davon erfahren oder es zumindest von ihm selbst hören würde. In vielen Jahren. Nachdem er sie noch einmal geheiratet hatte.

Er würde sie nicht aufgeben. Was auch immer er tun oder sagen musste, er würde dafür sorgen, dass sie glücklich war, solange er nur konnte. Er hatte schon einmal versucht, sie gehen zu lassen, und das hatte ihn fast umgebracht. Diesmal würde er nicht scheitern.

»Also, warum hat mein Vater dir Geld geboten? Wenn er

genug gegen dich in der Hand hatte, um dich dazu zu zwingen, die Papiere zu unterschreiben, warum hat er dir einen Scheck gegeben?«

»Er musste dir auch einen Grund geben, nehme ich an. Den Scheck als Beweis zu haben, würde seine Geschichte, dass ich ein Glücksritter war, plausibler machen.«

»Nun, wenigstens hast du guten Gebrauch von dem Geld gemacht.« Ihre Hand wies auf das Büro, und beinahe sah sie stolz aus.

Er holte tief Luft und sagte ihr die Wahrheit. »Ich habe den Scheck deines Vaters nie zur Bank gebracht.«

KAPITEL ACHTZEHN

Mit offenem Mund starrte Lily den gut aussehenden Mann vor ihr an, der sie so sehr zur Weißglut trieb. »Du … Was? Warum hast du das Geld nicht genommen?«

»Weil das bedeutet hätte, ihn gewinnen zu lassen. Zuzulassen, dass er mich ausbezahlt, damit ich dich verlasse. Diese Genugtuung hatte er nicht verdient.«

Ihr Blick wanderte durch das Büro, diesen großen, gut ausgestatteten Raum im obersten Stock seines Gebäudes. »Aber deine Zeitungen. Wie hast du das Geld zusammengekratzt, um den *Bugle* zu kaufen?«

»Hugo.« Blinzelnd starrte sie ihn an, also erklärte er es ihr. »Als sein Besitzer starb, hinterließ er Hugo eine bescheidene Abfindung, die er in ein paar … zwielichtige Geschäfte in Hongkong investierte. Er wurde ein sehr reicher Mann. Jetzt noch mehr, nachdem ich es ihm in Cabot-Publishing-Aktien zurückgezahlt habe.«

»Also hast du das alles selbst geschafft? Durch harte Arbeit?« Als er nickte, warf sie die Hände in die Luft. »Aber ich habe dich in einer Opiumhöhle gefunden!«

»Es tut mir leid, dich zu enttäuschen, Liebes, aber ich besuche Sings Etablissement nur, weil ich mir in China Malaria geholt habe. Ich will nicht, dass die Aktionäre nervös werden, also verstecke ich mich bei Sing, wenn die Krankheit wieder ausbricht.«

Zuerst ihre Unterhaltung mit Hugo, dann der Schock der Nachmittagsausgabe, der Streit mit Calvin ... und nun das. Die Hand an den Bauch gelegt, ging sie zu einem Stuhl vor seinem Schreibtisch und ließ sich darauf nieder. »Das war ein äußerst turbulenter Tag. Hast du noch mehr Überraschungen für mich parat?«

Lachend rutschte Calvin von seinem Schreibtisch und kniete sich neben ihren Stuhl. Er nahm eine ihrer Hände in seine, und seine Haut fühlte sich warm und weich an ihrer an, als er ihre Finger miteinander verschränkte und sie festhielt. »Es gibt nur noch eines, das du wissen solltest. Ich habe dich immer gewollt. Denk nie, dass es nicht so war. Tatsächlich will ich dich immer noch.« Er beugte sich vor, um sie auf den Scheitel zu küssen, und das Gefühl seiner Lippen sandte einen Schauer durch sie hindurch. »Ich will dich mehr als alles auf der Welt. Mehr als meine Zeitungen. Mehr als die Luft selbst.«

Manchmal waren Worte einfach nur Worte, Geräusche, die aus jemandes Mund kamen. Und ein anderes Mal konnten Worte alles verändern, und ihre Bedeutung stellte das Universum auf den Kopf. Calvins Erklärung war eindeutig Letzteres. Sie hatte geglaubt, eine solche Empfindung nie wieder von ihm zu hören. Eine heftige Welle der Zärtlichkeit erfasste sie und legte sich um ihr Herz, sodass sich hinter ihren Lidern ein schrecklicher, brennender Druck aufbaute.

Strahlend blaue Augen musterten sie auf dramatische Weise. »Ich hätte nicht gedacht, dass Lillian Davies jemals weint.«

»Das tue ich, wenn der einzige Mann, den ich je wollte, seine überragenden Sprachfertigkeiten für Gutes anstatt Böses einsetzt.«

Lachend zog er sie enger an sich und legte ihr eine Hand in den Nacken. »Ich habe auch noch andere überragende Fertigkeiten, die ich für Gutes einsetzen kann.«

»Ach ja?« Sie streichelte ihm über die Wange und flüsterte: »Da brauche ich vielleicht einen Beweis, weil ich immer noch wütend auf dich bin.«

Er schenkte ihr ein verführerisches Lächeln, das Schmetterlinge in ihrem Bauch flattern ließ. Er beugte den Kopf zu ihr herunter und raunte: »Es wäre mir eine Freude, dieser Bitte nachzukommen.«

Sein Mund legte sich auf ihren, und sofort drängte er ihre Lippen auseinander, um seine Zunge hineingleiten zu lassen, als wäre er völlig ausgehungert danach, sie zu kosten. Sie kam ihm bereitwillig entgegen und vertiefte den Kuss, ihr Atem vermischte sich, sein vertrauter Geschmack erfüllte ihre Sinne und ließ ihr den Kopf schwirren. Sie schob die Finger in sein Haar und grub die Nägel in seine Kopfhaut, um ihn festzuhalten, während der Kuss andauerte.

Eine warme Hand umfasste durch die Kleidung hindurch ihre Brust und drückte sie sanft. Sofort richtete sich ihre Brustwarze auf, und Lily stöhnte in seinen Mund. Der Laut schien etwas in ihm auszulösen. Er küsste sie härter, beinahe strafend, und Lily liebte es. Sie wölbte sich ihm entgegen.

Voller Verzweiflung, ihn zu berühren, streichelte sie an seinem Hals entlang, über die kurzen Stoppeln an seinem Kiefer, dann über seine breiten Schultern. Ihre Hände glitten unter sein Jackett und begannen, es ihm über die Schultern zu streifen.

Heftig atmend zog er sich zurück. »Was machst du da?« Er half ihr, seine Arme aus dem Stoff zu befreien, dann warf er das Jackett zu Boden.

»Dich berühren.« Sie streichelte seine Arme durch das feine Hemd hindurch und spürte die kräftigen Muskeln und Knochen, als er sich bewegte. Die Nase an seinen Kiefer geschmiegt, atmete sie den Duft nach Gewürzen und Zigarren ein, der ihm immer anhaftete. Dann wanderten ihre Lippen zur rauen Haut an seinem Hals, um daran zu knabbern.

»Auch wenn ich es mag, von dir berührt zu werden – es liebe, um genau zu sein –, sind wir doch in meinem Büro. Am helllichten –«

Sie packte seine Krawatte und riss ihn zu sich, um seine Einwände mit einem weiteren Kuss verstummen zu lassen. Sie brauchte noch ein bisschen mehr. Nur noch ein paar Minuten mehr, um diese wahnsinnige Sehnsucht nach ihm zu befriedigen.

Ohne sich von ihrem Mund zu lösen, packte er sie am Ellbogen und half ihr aufzustehen, dann stieß er mit dem Fuß den Stuhl aus dem Weg und zog sie dicht an seinen Körper. Sie klammerte sich an ihn und stellte sich auf die Zehenspitzen, um die Arme über seine Schultern und um seinen Hals zu legen.

Er wiegte die Hüften, um sie seine Erektion spüren zu lassen, hart und drängend am Scheitelpunkt ihrer Schenkel. Eine Welle der Lust raste durch sie hindurch, und sie keuchte auf. An ihrer Unterlippe saugend murmelte er: »Gott, Lily. Ich will dich.«

»Ja, das hast du mir schon gesagt. Aber ich werde nie müde, es zu hören.«

Er küsste ihren Kiefer und arbeitete sich langsam zu ihrem Ohr vor. »Ich meine, ich will dich haben«, sagte er leise. Sein

Tonfall war tief und verführerisch. »Mich in dir vergraben, während du mit gespreizten Beinen auf meinem Schreibtisch sitzt. Jetzt sofort.«

Du liebe Güte, das war wirklich konkret. Bei seinen schmutzigen, direkten Worten züngelten Flammen durch ihre Adern, und ihr Blut wurde heiß und träge. »Oh.«

»Ist das ein *oh* wie in ›auf keinen Fall‹? Oder ist das ein *oh* wie in ›Oh, Calvin, was für eine fantastische Idee‹?«

»Oh, wie in ›die Idee war mir noch nicht in den Sinn gekommen, aber jetzt, da sie es ist, denke ich, du solltest die Tür verriegeln‹.«

Seine Augen blitzten auf, und er grinste. »Dann nehme ich an, sollte ich wirklich die Tür verriegeln.«

»Ja, das solltest du.« Sie strich mit der flachen Hand über seine Seidenweste.

Eine Minute später war die Tür verriegelt, und Calvin hatte sie mit dem Rücken gegen seinen Schreibtisch gedrängt. Anstatt sie zu küssen, beugte er sich vor, um die Nase in ihr Haar zu schmiegen. »Ich liebe es, wie du duftest. Nach Lavendel und Sonnenschein.«

Ihre Handfläche fand seine Wange. »Du hast mir gefehlt«, flüsterte sie. »Ich würde meinen Vater erwürgen, wenn er noch lebte.«

»Nein, das würdest du nicht. Weil ich dir zuvorkommen würde.«

»Er konnte dich nicht leiden, oder?«

Calvin stieß ein schnaubendes Lachen aus, während er sie umdrehte. »Nein, das konnte er nicht. Und das Gefühl beruhte definitiv auf Gegenseitigkeit.« Er griff unter ihre Überröcke und hob sie hoch, bis er die Bänder ihres Unterrocks und ihrer Tournüre fand. Lily stützte sich mit der Hand auf dem Schreibtisch ab, um das Gleichgewicht zu behalten, während sie aus den gelösten Kleidungsstücken stieg, und Calvin machte sich nicht die Mühe, sie noch weiter auszuziehen, bevor er sie auf den Schreibtisch hob.

»Ich bin wütend über das, was er getan hat, aber er war ein guter Vater, ob du es glaubst oder nicht. Fehlgeleitet in mancherlei Hinsicht, aber er hat mich geliebt.«

»Fehlgeleitet?« Er schüttelte den Kopf. »Du bist wahrscheinlich der einzige Mensch auf diesem Planeten, der einen positiven Eindruck von ihm hat.«

»Na ja, er hätte dir nicht drohen sollen.« Sie legte die Arme um seinen Hals und spielte mit seinen Haarspitzen, während er ihre Röcke höherschob und ihre Unterhosen enthüllte. »Und du hättest ihm nicht glauben sollen, ohne zuerst mit mir zu reden.«

Er trat zwischen ihre Beine, wo sich unter seiner Hose seine Erektion steif an das Zentrum ihrer Weiblichkeit drängte. Voller Erwartung biss sie sich auf die Lippe. Sie fühlte sich so leer. Gott, er musste sich *beeilen*.

Seine Finger fanden ihre Weiblichkeit, und einer davon glitt in ihren feuchten Tunnel. Sie warf den Kopf in den Nacken. Das Gefühl des Ausgefülltseins war lustvoll, aber noch nicht annähernd genug. »Du bist so feucht«, murmelte er, die Augen auf ihr entblößtes Geschlecht geheftet, während er einen weiteren Finger zu Hilfe nahm, um sie zu weiten. »So unglaublich feucht.«

Bevor das hier noch weiter ging, musste noch etwas gesagt werden. Sie fasste seinen Arm und hielt seinen Blick fest. »Keine Lügen mehr, Calvin. Es ist mir wichtig, dass du mir immer vertraust, dass du ehrlich zu mir bist.«

Er schluckte, aber er zuckte nicht mit der Wimper, und sein Blick war ruhig und fest. »Das werde ich. Und ich werde dich nicht aufgeben, Lily.«

Zufrieden legte sie sich auf seinem Schreibtisch zurück. »Dann darfst du mit deiner Beweisführung fortfahren.«

Calvin hatte nicht vorgehabt, an diesem Tag New York zu verlassen und hinüber nach Brooklyn zu fahren. Er hatte eine endlose Liste von Dingen zu erledigen – und auf dieser Liste stand nicht, einen sturen, törichten, verwöhnten jungen Mann aufzuspüren. Dicht gefolgt von Hugo nahm er immer zwei Stufen auf einmal, bis er im obersten Stockwerk ankam.

Calvin klopfte in einer bestimmten Abfolge an die Tür, worauf eine Reihe von Schlössern entriegelt wurde und eine ältere Chinesin erschien. Mrs. Cheung war eine Großtante von Kwan und half dabei, sich um Lees Tochter zu kümmern. Ihre dunklen Augen leuchteten vor Erleichterung, als sie Calvin und Hugo erblickte. Sie trat zurück, um sie in das ansonsten leere Zimmer einzulassen.

»Mrs. Cheung.« Calvin verbeugte sich. »Danke, dass Sie mich kontaktiert haben«, fügte er auf Kantonesisch hinzu.

»Es tut mir leid.« Sie gestikulierte mit den Händen. »Sie hat mich gezwungen, die Tür zu öffnen und ihn hereinzulassen.«

Calvin nickte. Diese Frau traf keine Schuld. Das hier war das Werk eines einzigen Mannes, des Mannes, den Calvin gleich verprügeln würde. »Wo ist er?«

Sie zeigte zum hinteren Teil der Vier-Zimmer-Wohnung. »Hinten. Mit ihr.«

Mit zusammengebissenen Zähnen versuchte er, seine Wut zu zügeln. »Bewach die Tür«, befahl er Hugo, bevor er zum großen Schlafzimmer ging.

Sie hatten alle Vorsichtsmaßnahmen getroffen, Ming Zhu zu beschützen. Calvin besuchte sie nie, für den Fall, dass Lee ihn beschatten ließ, und Hugo kam nur gelegentlich nachts her. Mrs. Cheung war hier, um zu kochen, sauber zu machen und der jüngeren Frau Gesellschaft zu leisten. Nie hätte Calvin gedacht, dass der Ort in Gefahr war, entdeckt zu werden.

Aber er hatte nicht mit der Torheit junger Liebe gerechnet.

Mit der Faust hämmerte er an die Schlafzimmertür. »Machen Sie sofort auf, bevor ich die Tür eintrete!«

Stille.

Er kniff sich in den Nasenrücken. »Ich weiß, dass Sie da drin sind. Und ich zähle jetzt bis zehn, dann komme ich rein, ganz egal, wer angezogen ist und wer nicht.«

»Warten Sie!«, rief Tom Davies, und Calvin hörte das Rascheln von Kleidung. »Nur eine verdammte Minute, Cabot.«

»Zehn … neun … acht … sieben … sechs … fünf … vier … drei …«

Die Tür flog auf, und Tom, in einem rot-goldenen Damenmorgenmantel, blockierte den Türrahmen. »Was machen Sie –«

Calvin riss Tom in den Flur. Die Schlafzimmertür schloss sich, was dem Mädchen etwas Privatsphäre schenkte, während Calvin Tom an die Wand drückte. »Sie Idiot«, knurrte er dem jungen Mann ins Gesicht. »Was zur Hölle machen Sie hier? Noch dazu am helllichten Tag? Haben Sie den Verstand verloren?«

»Lassen Sie mich los.« Tom wehrte sich, aber er hatte keine Chance. Calvin war nicht nur größer und stärker, er wurde auch noch von gewaltiger Wut angetrieben.

Er schüttelte Tom. »Nicht, bevor Sie mir gesagt haben, warum Sie das Leben aller Beteiligten riskieren, indem Sie hierherkommen. Haben Sie irgendeine Vorstellung davon, wie gefährlich das hier ist?«

Tom schluckte und schloss die Augen, und Bedauern legte sich über seine Züge. »Ich konnte nicht anders. Ich musste sie sehen. Ich sterbe ohne sie!«

Angewidert ließ Calvin ihn los und trat einen Schritt zurück. »Ich habe Ihnen gesagt, warum Sie sich von ihr fernhalten müssen. Lee muss Sie in New York sehen, wo seine Tochter nicht ist, um zu glauben, dass Sie nichts mit ihrem Verschwinden zu tun hatten. Sie dürfen sie nicht besuchen. Ich dachte, darüber wären wir uns einig!«

»Ich weiß, aber ich konnte es nicht.« Tom fuhr sich mit der Hand durchs Haar. »Wenn irgendjemand das verstehen kann, dann sollten Sie das sein. Denken Sie daran, wie schwer es für Sie war, Lily nach der Annullierung fernzubleiben. Wie Sie sich nach ihr gesehnt haben.«

»Ja, es war schwer, aber ich habe mich von ihr ferngehalten, weil ich sie liebte.« Calvin schlug mit der flachen Hand gegen die Wand. »Und das hier ist ganz und gar nicht dasselbe. Wenn Lee herausfindet, wo seine Tochter ist, ist alles ruiniert.«

»Was ist ruiniert?«, fragte Davies. »Ich bin bereit, mich Lee zu stellen, falls es dazu kommt.«

Calvin schüttelte den Kopf über Davies' unbesonnenen, irregeleiteten Edelmut. »Lee wird Sie töten, und dann wird er seine Tochter töten.« Und Hugo würde seine Frau nie wiedersehen. »Sie müssen mir vertrauen, Tom. Ich weiß, Geduld liegt nicht in Ihrer Familie, aber Sie müssen noch eine Weile auf Abstand bleiben.«

»Wie lange?« Davies stemmte die Hände in die Hüften, eine Geste, die durch seine Kleiderwahl etwas weniger einschüchternd wirkte. »Wie lange soll ich Ihren Anweisungen noch folgen, Cabot?«

»Bis ich sicher bin, dass niemand mehr in Gefahr ist, und das schließt Ihre Schwester mit ein. Oder muss ich Sie daran erinnern, dass vor wenigen Nächten jemand in Ihr Haus eingebrochen ist und sie beinahe angegriffen hat?«

Davies zuckte zusammen, gab jedoch nicht klein bei. »Ja, wie praktisch, dass Sie da waren, um ihn aufzuhalten. Wie können Sie es wagen, mich dafür zu tadeln, heute hierhergekommen zu sein, wenn Sie selbst nicht die Finger von Lily lassen können?«

»Das ist wohl kaum das Gleiche, Davies. Meine Beziehung zu Ihrer Schwester hat auf niemand anderen Auswirkungen als auf uns beide. Niemand ist in Gefahr, wenn wir uns sehen.«

»Niemand außer Lily. Ich habe Ihnen gesagt, Sie sollen sich von ihr fernhalten. Sie sind nicht gut für sie.«

Calvins Blick verschwamm einen Moment lang, als Erinnerungen an den vergangenen Tag auf ihn einstürmten. *Lily auf seinem Schreibtisch, ihre blassen, weißen Schenkel einladend für ihn gespreizt. Der Anblick ihres Tunnels, der sein Glied verschlang, die enge, feuchte Hitze, die ihn umfing, als er pumpend in sie stieß.* Seine Haut kribbelte verräterisch, wenn er nur an dieses erlesene Gefühl dachte. Es war absolut unschicklich gewesen, sie in seinem Büro zu nehmen, am helllichten Tag, während sich hunderte Menschen auf der anderen Seite der verriegelten Tür befanden. Aber Lily und er waren noch nie vernünftig gewesen, wenn es um sie beide ging.

»Was zwischen mir und Ihrer Schwester passiert, ist allein meine Angelegenheit«, knurrte er. »Nicht Ihre. Und es hat nichts mit Lee zu tun.« Natürlich würde Lily das nicht so sehen, falls sie je die Wahrheit erfuhr. Aber darüber konnte Calvin im Augenblick nicht nachdenken. »Und Sie sollten sich mehr um die Sicherheit von Lees Tochter kümmern als um das Liebesleben Ihrer Schwester.«

Davies seufzte, und seine Schultern sanken herab. »Sie haben recht. Natürlich bin ich töricht. Was werden Sie jetzt tun?«

»Ming Zhu an einen anderen Ort bringen. Einen, den Sie nicht finden werden. Übrigens, wie haben Sie diese Wohnung überhaupt ausfindig gemacht?«

»Hugo. Ich bin ihm letzte Nacht hierher gefolgt.«

»Mist«, murmelte Calvin. Wenn Davies Hugo so leicht hatte folgen können, dann war Lee ebenfalls dazu in der Lage. Calvin würde mit seinem Freund darüber sprechen müssen, zusätzliche Vorsichtsmaßnahmen zu treffen. »Verabschieden Sie sich«, sagte er zu Davies. »Sie gehen in fünf Minuten. Sie werden Ming Zhu wiedersehen, sobald all das hier vorbei ist.«

»Seien Sie nicht böse auf ihn«, sagte eine Stimme von der anderen Seite der Tür auf Kantonesisch. »Wir sind sehr verliebt.«

»Ihn zu lieben wird unmöglich sein, wenn Sie beide tot sind.«

»Wenn mein Vater mich für das hier tötet, dann war es das wert.«

»Was sagt sie?«, fragte Davies.

Anstatt zu antworten, lehnte Calvin die Stirn an die Wand und schlug sie dann zweimal dagegen. »Ziehen Sie sich an, Davies. Ich bringe Sie zurück in die Stadt.«

Der Verwaltungsrat der Davies Mining Company kam einmal im Monat zusammen, um über Entscheidungen abzustimmen, die die Zukunft des Unternehmens betrafen. Obwohl Lily mit dem großen Konferenzsaal des Unternehmens wohlvertraut war, hatte man sie noch nie herzitiert wie an diesem Nachmittag.

Eine Sondersitzung war einberufen worden, und das bedeutete garantiert unangenehme Nachrichten. Lily hatte darauf geachtet, dass sie zur vereinbarten Zeit bereits an ihrem üblichen Platz saß, und wartete mit vor Nervosität flauem Magen.

Allmählich begannen bekannte Gesichter einzutrudeln, Männer, die ihr Vater im Lauf der Jahre zusammengestellt hatte, um die Interessen seines Unternehmens zu wahren. Niemand begegnete ihrem Blick, trotz der Tatsache, dass sie diese Männer schon ihr ganzes Leben lang kannte. Ihre Frauen und Töchter kannte. Zu ihnen nach Hause eingeladen worden war.

Schweiß brach auf ihrer Stirn aus, und sie holte tief Luft, um sich zu wappnen. Das hier würde nicht ihr erster Kampf in diesem Raum sein. Als ihr Vater gestorben war, hatte der Verwaltungsrat Lilys Beteiligung am Unternehmen nicht besonders wohlwollend aufgenommen. Sie waren erpicht darauf gewesen, an eine andere, größere Bergwerksgesellschaft zu verkaufen, die Davies Mining komplett in sich aufgenommen und eliminiert hätte. Nur nach einer leidenschaftlichen Rede ihres Onkels Edward, dem Vizepräsidenten des Unternehmens, hatte der Verwaltungsrat Lily eine Chance gegeben. Dennoch hatten sie ihre Entscheidungen auf Schritt und Tritt infrage gestellt und ihre Ideen zurückgewiesen.

Was auch immer heute hier geschah, sie würde nicht zulassen, dass sie der Familie das Unternehmen wegnahmen.

Der Konferenzraum war fast voll. Onkel Edward erschien an Lilys Seite und zwinkerte ihr zu, als er seinen Platz einnahm. Er war in den letzten drei Jahren eine unschätzbare Hilfe gewesen, indem er sie angeleitet und geduldig ihre Fragen beantwortet hatte. Nicht ein einziges Mal hatte er sie herabgesetzt oder ihr das Gefühl gegeben, unzulänglich zu sein.

Ein Platz am Tisch blieb auffallend leer. Montys Stuhl. Sie hatte nicht mehr von ihm gehört, seit der Artikel erschienen war – nicht, dass sie das wollte, wenn Calvins Behauptungen wahr sein sollten. Monty hatte wie ein normaler, ruhiger Mann gewirkt. Gott sei Dank hatte sie von seinen Neigungen erfahren, bevor sie ihn geheiratet hatte. *Calvin hat es herausgefunden, um dich zu beschützen. Weil er dich immer noch liebt.*

Und sie liebte ihn immer noch. Wo also standen sie beide nun, besonders nach dem, was in seinem Büro passiert war? Eine Unterhaltung bezüglich ihrer Zukunft war längst überfällig.

Eins nach dem anderen, dachte sie, während sie einen Blick in die Runde der Verwaltungsratsmitglieder warf.

»Guten Tag, zusammen«, sagte ihr Onkel mit tiefer, gebieterischer Stimme. »Danke, dass Sie gekommen sind.«

»Ich wünschte, jemand würde mir sagen, worum es hier geht«, sagte sie. »Warum sind wir hier?«

»Wie es scheint, haben ein paar Mitglieder des Verwaltungsrates ein Problem, das sie ansprechen möchten. Harrison«, sagte er und wies zum anderen Ende des Tisches. »Würden Sie uns bitte erklären, warum Sie dieses Treffen beantragt haben?«

Mr. Harrison war der Vizepräsident einer Ölgesellschaft und hatte sich allen Reformen Lilys vehement entgegengestellt, einschließlich der Lohnerhöhungen und besseren Arbeitsbedingungen. Nun lehnte Harrison sich vor und nahm Augenkontakt mit allen am Tisch auf, außer mit Lily. »Warren Davies war ein großer Mann. Ein Visionär. Und wir alle haben während der letzten drei Jahre hart dafür gearbeitet, dass sein Vermächtnis weiterhin gut gedeiht.«

Überall am Tisch wurde genickt, und Lily faltete die Hände im Schoß. Versuchte, ruhig zu bleiben und sich keine Sorgen darüber zu machen, worauf er mit seiner Rede hinauswollte.

Harrison fuhr fort. »Wir haben gewisse Erwartungen und Maßstäbe für Davies Mining festgesetzt. Diese haben dabei geholfen, das Vertrauen der Investoren aufrechtzuerhalten, und gewährleistet, dass der Aktienwert beständig steigt, trotz des Verlustes der Galionsfigur des Unternehmens.«

Er warf eine Zeitung auf den Tisch, und Lily brauchte die Schlagzeile nicht zu lesen, um zu erkennen, dass es sich um die gestrige Nachmittagsausgabe des *Mercury* handelte. Der Magen rutschte ihr in die Kniekehlen.

Hier ging es nicht um das Unternehmen. Hier ging es um *sie*.

KAPITEL NEUNZEHN

Lily straffte die Schultern und saß aufrecht und stolz auf ihrem Stuhl, während Mr. Harrison auf die Zeitung auf dem Mahagonitisch deutete. »Ich denke, Sie werden mir alle zustimmen, dass die Maßstäbe, die wir aufrechterhalten, nun infrage gestellt werden. Dieses Unternehmen wurde durch einen Skandal beschmutzt, der Name Davies in Verbindung gebracht mit einem schändlichen –«

»Mr. Fields war nur ein Freund«, unterbrach Lily ihn protestierend. »Anzudeuten, er habe dem Unternehmen geschadet, ist eine irrige Annahme.«

»Ist es das?« Mr. Harrison zog eine Braue hoch und sah ihr zum ersten Mal in die Augen. »Haben Sie die Aktienkurse heute Morgen gesehen?«

Lily hatte den Börsenschreiber heute noch nicht verfolgt. Sie hatte beinahe Angst, nachzusehen. »Nein, habe ich nicht.«

»Der Kurs ist um sechzehn volle Punkte gefallen, Miss Davies. Das ist der tiefste Stand seit dem Tod Ihres Vaters.«

Sie kämpfte gegen den Drang, zusammenzuzucken. Sechzehn Punkte waren ein tiefer Sturz an einem einzigen Morgen. »Der Kurs wird sich wieder erholen. Das tut er immer.«

»Miss Davies«, sagte er in so gönnerhaftem Tonfall, dass sie die Zähne zusammenbiss. »Wir verstehen, dass Sie jung sind und dazu neigen, für gut aussehende Männer zu schwärmen. Allerdings brauchen sich die meisten jungen Damen keine Gedanken darüber zu machen, dass die Wahl ihrer Verehrer ein erfolgreiches Unternehmen in den Bankrott treiben könnte.«

»Ich sehe nicht, worauf Sie hinauswollen, Harrison«, versetzte Onkel Edward. »Lily und Fields waren nicht einmal verlobt. Also, was wollen Sie damit sagen?«

»Auch wenn sie nicht verlobt waren, so wurden sie doch oft miteinander gesehen. Er war ein Mitglied dieses Verwaltungsrats, das sie gerne und oft auserkor, sie überall in New York zu begleiten, und ich weiß aus gut informierter Quelle, dass Fields kurz davor war, ihr die Ehe anzubieten. Wenn er ihr den Antrag gemacht hätte, wo wären wir dann?«

Mit finsterer Miene beugte Onkel Edward sich vor. »Noch einmal, worauf wollen Sie hinaus?«

Harrison wandte sich an den ganzen Saal. »Durch diesen Vorfall und nachdem bekannt wurde, dass sie durchgebrannt ist – nur um die Ehe kurz darauf zu annullieren –, denke ich, können wir zweifelsfrei ein Muster fragwürdigen Urteilsvermögens seitens Miss Davies erkennen. Fragwürdiges Urteilsvermögen beunruhigt die Investoren, und beunruhigte Investoren fangen an, dem Unternehmen ihre Unterstützung zu entziehen. Wir sollten uns fragen, ob sie geeignet ist, als Präsident dieses Unternehmens zu fungieren.«

»Jetzt warten Sie mal einen Moment –«, hob Onkel Edward an, aber Lily fiel ihm ins Wort.

»Fragwürdiges Urteilsvermögen? Wie können Sie es wagen, mir zu unterstellen, ich wäre nicht geeignet, meiner Rolle als

Präsidentin gerecht zu werden. Meines Vaters Schweiß und Blut stecken in diesem Unternehmen, und niemand will seinen Erfolg mehr als ich.« Hitze wogte in Wellen durch sie hindurch, und ihre Haut brannte vor Wut. Diese Männer hatten vielleicht Nerven, zu behaupten, ihre Verbindung mit Monty oder die Annullierung ihrer Ehe hätten irgendetwas mit ihren Fähigkeiten als Präsidentin zu tun. Wenn sie ein Mann wäre, dann wäre dieses Thema nie zur Sprache gekommen, ganz egal, mit wem sie verkehrt hätte. Genau genommen war der verheiratete Mr. Harrison mit der Frau eines anderen bekannten Geschäftsmanns in Verbindung gebracht worden, aber niemand erwähnte seinen Ehebruch, wenn es um seine Leistung in seiner Ölgesellschaft ging.

Die Ironie dieses Vorwurfs entging ihr nicht. Ja, sie brannte darauf, die Verantwortung an Tom abzugeben. Aber sie wollte nicht in einer Wolke aus Schmach von ihrer Position vertrieben werden, besonders wenn sie nichts falsch gemacht hatte. Das Prinzip der ganzen Sache wurmte sie, und sie würde nicht friedlich gehen, ganz gleich, was sie wünschten.

»Das bezweifle ich nicht«, sagte Harrison. »Aber Frauen sind eindeutig nicht für die Geschäftswelt geschaffen, Miss Davies. In den letzten acht Quartalen unter Ihrer Führung sind die Gewinne des Unternehmens beständig gesunken.«

»Das liegt an den Lohnerhöhungen und strukturellen Verbesserungen an der Mine«, warf Onkel Edward ein. »Das hatte nichts mit Lily zu tun.«

»Die Änderungen wurden auf ihre Forderung hin durchgeführt. Ihr Vater fand die Löhne ausreichend. Und Davies ist selbst viele Male in diese Mine hinuntergekrochen. Warum sollte er das tun, wenn es nicht sicher wäre?«

Männer überall um den Tisch herum begannen, zustimmend zu murmeln, und Lily verschränkte die Hände so fest ineinander, dass sie befürchtete, ein Knochen könnte brechen. »Menschen dürfen nicht zu Tode geschunden werden. Sie dürfen nicht so behandelt werden, als wäre ihr Leben nichts wert, als hätten sie keinen Anspruch auf die Grundrechte, die ihnen als Bürger dieses Landes garantiert sind. Die Zustände in Dakota waren erbärmlich.«

»Ihr Vater war anderer Meinung«, konterte Harrison.

»Auch mein Vater hätte irgendwann Änderungen vorgenommen. Und ich sollte Sie darauf hinweisen, dass die Arbeiter nicht mehr gestreikt haben, seit wir die Änderungen vorgenommen haben. Das sollte doch etwas bedeuten.«

»Investoren interessiert es nicht, ob die Arbeiter glücklicher sind, Miss Davies. Sie interessieren sich für ihre Dividenden. Für die Rendite ihrer Investitionen. Vielleicht, wenn Sie mehr Zeit im Büro anstatt auf Partys verbracht hätten, dann hätten Sie das eine oder andere darüber aufgeschnappt, wie das Geschäft läuft.«

Lilys Lungen brannten regelrecht vor dem Bedürfnis, den Mann anzuschreien. Jede Faser ihres Körpers vibrierte vor Wut über diese absolute Ungerechtigkeit dessen, was gesagt worden war. Und vor Demütigung darüber, dass ihr Privatleben so öffentlich seziert wurde. Sie atmete ein paarmal tief durch, um sich zu beruhigen, bevor sie antwortete. Schreien und Toben würde nicht das Geringste bringen. Tatsächlich würden sie daraus nur schließen, dass sie auch noch hysterisch war. Sie wahrscheinlich zur Erholung in ein Sanatorium schicken.

In der darauffolgenden Stille kam Onkel Edward direkt auf den Punkt. »Was hoffen Sie zu erreichen, Harrison?«

Harrisons Lippen krümmten sich zu einem durchtriebenen Lächeln. »Wir würden Miss Davies gern bitten, als Präsidentin zurückzutreten. Jemand, der qualifizierter ist, wird ihren Posten übernehmen.«

Fassungslos über diese Entwicklung schnappte Lily nach Luft. Das war eine Katastrophe. Sie durfte das Unternehmen ihres Vaters nicht verlieren, nicht, wenn sie so kurz davor war, es an Tom zu übergeben.

»Wer ist *wir*?«, wollte ihr Onkel von Harrison wissen. »Sie haben das nicht mit mir abgeklärt.«

»Nein, aber ich habe mit den anderen Verwaltungsratsmitgliedern gesprochen. Sollte es zu einer Abstimmung kommen, haben wir die Mehrheit, um Miss Davies abzusetzen.«

»Nur über meine Leiche«, sagte sie, und ihre Stimme hörte sich viel stärker an, als sie sich im Augenblick fühlte. »Ich fungiere seit über drei Jahren als Präsidentin, und die einzige Person, die mich je ersetzen wird, ist mein Bruder Tom.«

»Bei allem gebührenden Respekt, Miss«, sagte eines der anderen Verwaltungsratsmitglieder, »Ihr Bruder hat nie auch nur das geringste Interesse an Davies Mining gezeigt. Ich bin mir nicht sicher, ob die Investoren erleichtert sein werden, einen flatterhaften, partysüchtigen Gecken am Ruder zu haben.«

Sie sprang auf die Füße und holte kampfbereit Luft. »Mein Bruder ist seit drei Jahren volljährig. Ja, in der Vergangenheit war er als Lebemann bekannt. Aber er war jung und kämpfte mit der Trauer, unseren Vater so unerwartet verloren zu haben. Wie viele von Ihnen können behaupten, Sie hätten nicht dasselbe getan?« Sie ließ den Blick durch den Raum schweifen und sah jedem Mann am Tisch in die Augen. »Wie dem auch sei, er ist bereit, die Verantwortung für das Unternehmen unseres Vaters zu übernehmen. Er besitzt sowohl die Intelligenz als auch die Tatkraft meines Vaters. Lassen Sie ihn herkommen und Sie davon überzeugen, dass er in der Lage ist, Davies Mining zu leiten.«

»So viel schulden Sie uns«, sagte Onkel Edward zu Harrison. Der Augenblick dehnte sich aus. Die Verwaltungsratsmitglieder wechselten nachdenkliche Blicke, und Lily verspürte einen Hoffnungsschimmer. Sie wollte ihren Vater nicht enttäuschen, indem sie sein Unternehmen verlor.

»Miss Davies, bitte verlassen Sie kurz den Saal, während wir diese Angelegenheit besprechen«, sagte Harrison.

Mit hoch erhobenem Kinn rauschte Lily hinaus auf den Flur. Als sich die Tür hinter ihr schloss, sank sie mutlos gegen die Wand. Die ganze Angelegenheit war unglaublich. Anstatt Monty die Schuld zu geben, warfen sie ihr vor, mit ihm Umgang gepflegt zu haben. Hatten diese Männer den Verstand verloren?

Sie begann, auf- und abzumarschieren. Wenigstens war Onkel Edward im Konferenzraum geblieben. Vielleicht konnte er diese arroganten Narren ein wenig zur Vernunft bringen. Sie mussten ihr die Chance geben, Tom herzubringen, damit er seine Fähigkeiten unter Beweis stellen konnte. Sobald sie sahen, wie engagiert er war, das Unternehmen zu leiten, würden sie sicher dafür stimmen, ihn zu behalten. Das hieß, vorausgesetzt, sie konnte ihn überzeugen, engagiert zu wirken.

Die Tür öffnete sich, und Onkel Edward spähte zu ihr heraus. »Komm wieder herein. Wir sind so weit.«

Mit flauem Magen folgte sie ihm in den Saal und nahm ihren Platz an der Stirnseite des langen Tisches wieder ein. Niemand sagte etwas, also platzte sie heraus: »Nun, Mr. Harrison?«

Eindeutig unzufrieden mit der Entscheidung runzelte er die Stirn, und sie verspürte einen Funken Hoffnung. »Wir sind übereingekommen, uns anzuhören, was Mr. Davies für sich vorzubringen hat. Allerdings kann ich nur hoffen, Miss Davies, dass Ihr Bruder besseres Urteilsvermögen zeigt als Sie.«

Früh am nächsten Morgen klopfte Lily an die Tür ihres Bruders. Tom war erst vor wenigen Minuten nach Hause gekommen, nachdem er sich die ganze Nacht lang quer durch Manhattan gezecht hatte, und sie hatte keine Ahnung, in welchem Zustand sie ihn vorfinden würde. Nicht, dass sie das kümmerte. Sie mussten augenblicklich miteinander reden. Nach der gestrigen Versammlung des Verwaltungsrats musste Tom sich endlich dazu bekennen, Davies Mining zu übernehmen.

Ihr Klopfen blieb unbeantwortet, also versuchte sie es erneut. »Tom, ich weiß, dass du da drin bist. Bitte, mach auf. Ich muss mit dir reden.«

Sie hörte Schritte, dann ging die Tür auf. Müde und mitgenommen sah ihr Bruder sie finster an. »Kann das nicht warten, bis ich ein wenig Schlaf bekommen habe?«

»Nein«, erklärte sie und drängte sich an ihm vorbei ins Zimmer. Er trug immer noch seine Abendkleidung, die unglaublich zerknittert war. »Du siehst fürchterlich aus.«

»Danke, liebste Schwester. Wenn das alles war, was du zu sagen hattest, dann würde ich jetzt gern ins Bett gehen.«

»Nein, wir müssen uns unterhalten. Wo warst du gestern Abend?«

»Aus. Warum kümmert dich das?« Er ließ sich in den Armsessel neben dem Bett fallen. »Ist wieder etwas hier im Haus vorgefallen?«

»Nein, nicht im Haus. Es gibt ein Problem mit dem Unternehmen.«

Toms Augenbrauen zogen sich zusammen, und Verwirrung verdunkelte sein Gesicht. »Vaters Unternehmen?«

»Nicht Vaters Unternehmen. *Unser* Unternehmen. Warren Davies ist tot, Tom. Und ich wurde –« Sie verknotete die Hände und rang um Fassung. »Der Verwaltungsrat hat mich abgewählt. Sie sagen, dieser … Skandal um Monty direkt nach der Geschichte mit der Annullierung wäre zu viel. Sie behaupten, das zeige mangelndes Urteilsvermögen meinerseits.«

»Sie haben dich abgewählt? Können Sie das tun?«

»Ja, wenn sie sich zusammentun.«

Er fuhr sich mit der Hand übers Gesicht. »Herrgott, Lily. Das tut mir leid. Sie irren sich. Du hast das beste Urteilsvermögen von allen, die ich kenne.«

»Danke«, brachte sie trotz des Kloßes in ihrem Hals hervor. »Deine Unterstützung zu haben bedeutet mir alles. Aber der Grund, warum ich mit dir sprechen wollte, ist, dass ich den Verwaltungsrat überzeugt habe, stattdessen dich übernehmen zu lassen. So kann das Unternehmen –«

»Übernehmen?« Tom sprang auf die Füße. »Moment mal. Du hast das getan, ohne vorher mit mir darüber zu sprechen? Ich will Davies Mining nicht übernehmen.«

»Natürlich willst du das. Davon reden wir doch schon seit Monaten.«

»Nein, *du* redest davon schon seit Monaten. Ich habe es immer vor mir hergeschoben.«

»Das ist doch lächerlich«, versetzte sie. »Das ist das Vermächtnis unserer Familie. Du kannst es nicht in die Hände von Fremden fallen lassen. Das hätte Vater nicht gewollt.«

»Lily, unser Vater hatte keine Vorkehrungen für seinen Tod getroffen, also haben wir keine Ahnung, was er gewollt hätte. Du bist diejenige, die die Kontrolle über die Firma nicht an einen Außenstehenden abgeben will. Aber hast du je in Betracht gezogen, dass das vielleicht nicht das Beste für alle ist?«

»Wie kannst du das sagen? Wie kannst du Vaters Unternehmen weggeben wollen?«

»Weil ich nicht die beste Person für diese Aufgabe bin!« Er rieb sich mit den Handballen die Augen. »Ich bin mir nicht einmal sicher, ob *du* die beste Person für diese Aufgabe warst, aber du warst wild entschlossen. Wie hätte ich dir das verbieten sollen, besonders, nachdem die Beschäftigung mit dem Unternehmen dich aus deiner Depression herausgeholt hat? Aber ich kann es nicht übernehmen. Nicht jetzt, und vermutlich niemals.«

Wut und Frustration ließen ihr das Blut in den Ohren rauschen, und das Herz hämmerte ihr heftig in der Brust. »Niemals? Was ist in dich gefahren? Das war doch immer der Plan.«

»Nein, das war *dein* Plan. Aber ich habe meine Entscheidung getroffen. Ich will das Unternehmen nicht leiten.«

»Also was dann, willst du einfach nur von dem Geld leben, für das unser Vater Schweiß und Blut gelassen hat? Bist du so selbstsüchtig, dass du in der Not nicht helfen willst?«

Entnervt blickte er zur Decke. »Wir haben mehr Geld, als du und ich in drei Leben je ausgeben könnten. Und für den Fall, dass dir das nicht bewusst ist, die meisten Kinder in ähnlichen Positionen gehen keiner Arbeit nach. Ich habe nicht die Absicht, den ganzen Tag hinter einem Schreibtisch zu sitzen, um

Papiere herumzuschubsen und Leuten zu sagen, was sie tun sollen.«

»Ich … Ich kann es nicht glauben.«

»Ich weiß, du bist enttäuscht von mir«, fuhr Tom fort, und sein Tonfall war sanft, als er zu ihr ging. »Aber ich bin nicht unser Vater. Verdammt, ich bin nicht mal du. Ich habe nicht dieselbe Tatkraft und Entschlossenheit wie du. Und mein Leben ist im Moment … kompliziert.« Er legte die Arme um sie, und obwohl er nach Alkohol und Zigarrenqualm roch, stieß sie ihn nicht von sich.

»Du hast recht; ich bin enttäuscht. Ich –« Sie schluckte, und ihre Augen wurden feucht. Oh, verflucht. Sie hatte angefangen zu weinen.

Die Tränen liefen ungehindert, als Tom ihr ein Taschentuch unter die Nase hielt. »Mach dir keine Sorgen. Es wird sich alles zum Guten wenden. Du wirst schon sehen.«

Sie nahm das Seidentuch entgegen. »Nein, wird es nicht.«

»Warum kümmert dich das?«, fragte er leise. »Sag mir, warum dir das Unternehmen so viel bedeutet.«

»Weil ich ihn enttäuscht habe!« Ein Schluchzen entschlüpfte ihr, und sie versuchte, es zu ersticken.

Toms große Hand streichelte ihr den Rücken. »Das verstehe ich nicht. Du hast Vater enttäuscht?«

Sie nickte und holte tief Luft. »Als er mich fand, nachdem ich Calvin geheiratet hatte, war er so enttäuscht von mir. Ich hatte einen ränkeschmiedenden Opportunisten geheiratet, der darauf aus war, den Reichtum unserer Familie zu stehlen.«

»Cabot war überhaupt nicht so«, erwiderte Tom. »Er hat dich geliebt.«

»Das weiß ich jetzt auch, aber damals glaubte ich das

Schlimmste – und Daddy genauso. Ich werde nie den Ausdruck auf seinem Gesicht vergessen, als er mir sagte, dass Calvin das Geld genommen und die Annullierungspapiere unterschrieben hatte. Ich versuchte, mit ihm zu streiten, ihm zu sagen, dass Calvin und ich uns liebten, und willst du wissen, was er zu mir gesagt hat?«

»Beinahe habe ich Angst, zu fragen.«

Lily machte sich von ihrem Bruder los und wischte sich das Gesicht ab.

»Dass ich den Kummer verdiene, weil ich hinter seinem Rücken geheiratet habe.«

»Das ist ja schrecklich, so etwas zu sagen!« Er packte ihre Arme und drehte sie zu sich herum. »Lily, du warst ein achtzehnjähriges Mädchen, das zum ersten Mal verliebt war. Er hätte dir und Calvin eine Chance geben sollen. Wie kannst du ihn nach so einer Grausamkeit immer noch verehren?«

Sie schloss kurz die Augen. »Ich kann ihn nicht hassen. Egal, ob richtig oder falsch, er war mein Vater, und ich habe immer zu ihm aufgeblickt.«

»Nun, selbst wenn das wahr ist, brauchst du ihm nichts zu beweisen. Du hast nichts falsch gemacht. Du hast dich verliebt. Du hast dich töricht verhalten. So etwas kommt vor. Also hör auf, dich dafür zu bestrafen, Calvin geheiratet zu haben.« Er gähnte. »Wenn überhaupt, solltest du dich dafür bestrafen, Calvin von dir zu stoßen.«

»Moment mal, ich dachte, du wärst dafür gewesen, dass ich Monty heirate.«

Er hob die Hände. »Das habe ich nie gesagt. Ich habe ihm meinen Segen gegeben, als er mich um deine Hand bat, und nahm an, du würdest deine eigene Entscheidung treffen. Aber das alles spielt keine Rolle mehr, weil wir mit Sicherheit sagen können, dass Monty jetzt von der Bildfläche verschwunden ist. Ich habe gehört, er ist nach Erscheinen des Artikels noch am selben Abend nach London aufgebrochen.

London? Das hatte ihr niemand gesagt.

»Außerdem«, Tom schlenderte hinüber zu seinem Bett, »wächst Cabot mir irgendwie langsam ans Herz.«

»Wie meinst du das, er wächst dir ans Herz? Ihr beiden habt euch in der Nacht des Einbruchs beinahe geprügelt.«

»Ich meine, dass du ihm noch eine Chance geben solltest. Er liebt dich offensichtlich immer noch, und ich bin mir sicher, du liebst ihn.« Er ließ sich aufs Bett fallen und schloss die Augen. »Und jetzt lass mich ein wenig schlafen, bevor ich noch aus den Pantoffeln kippe.«

Die Nacht war längst hereingebrochen, als die Bürotür aufschwang und Hugo hereinkam. Calvin lehnte sich in seinem Sessel zurück und rollte die Schultern, um den Schmerz in seinem Nacken zu lindern. Er saß seit über sechs Stunden über seinen Schreibtisch gebeugt. »Hast du sie gut untergebracht?«

»Ja. Hab sie rüber zu Smitty in Queens gebracht. Dort wird Lee sie nicht finden.«

»Davies sollte sie dort besser auch nicht finden.«

Hugo ließ sich in den Sessel vor dem Schreibtisch fallen und stieß langsam den Atem aus. Er sah müde aus. Die Situation mit Lee forderte ihren Tribut von ihnen.

»Das wird er nicht.« Hugo deutete auf die Arbeit auf Calvins Schreibtisch. »Wie lange, denkst du, wirst du noch hier sein?«

Calvin kratzte sich am Kinn, während er überschlug, was noch alles zu tun war. »Der *Mercury* ist fertig. Gerade lese ich den *Bugle* Korrektur. Ich glaube, den *Star* lasse ich Jim fertigmachen. Aber du solltest nach Hause gehen. Es war eine lange Woche.«

»Schätze, das könnte ich tun.«

Hugo machte allerdings keine Anstalten, aufzustehen, deshalb fragte Calvin: »Was ist los? Was stimmt nicht?«

Hugo schluckte sichtlich. »Was geschieht, wenn das hier nicht funktioniert? Was geschieht, wenn wir sie nicht herüberholen können?«

Unnötig zu fragen, wen Hugo damit meinte. Calvin konnte sich gar nicht vorstellen, wie es sein musste, so lange von seiner Frau getrennt zu sein. Nun ja, er hatte eine gewisse Ahnung – und das war ein Gefühl, das er seinem schlimmsten Feind nicht wünschen würde. Ohne Lily fühlte Calvin sich unvollständig. Als hätte er seine andere Hälfte gefunden, nur damit sie ihm wenige Wochen später wieder entrissen wurde. Im Moment hatte er keine Ahnung, wie die Dinge zwischen ihnen standen. Er hatte seine Gefühle deutlich gemacht, aber sie es nicht erwidert. Eines wusste er allerdings: dass er sie wiedersehen musste. Bald.

»Das werden wir. Verlier nicht die Hoffnung, Hugo. Wir sind kurz davor. Ich habe Lee genau da, wo ich ihn haben will.«

»Schließt das mit ein, dass die Missus kürzlich beinahe getötet wurde? Dass Davies mir gefolgt ist und uns alle in Gefahr gebracht hat? Wie lange denkst du, kann das noch so weitergehen, bevor jemand ernsthaft verletzt wird?«

Schuldgefühle. Er erkannte diesen trüben, gequälten Zug in

Hugos Blick wieder. Calvin hatte jahrelang denselben Ausdruck getragen. Die Reaktion war verständlich, aber sie mussten stark bleiben. Aufzugeben war keine Option.

Calvin legte seinen Stift weg, öffnete die oberste Schreibtischschublade und nahm zwei Zigarren heraus. Nachdem er sie beide geköpft hatte, bot er Hugo eine davon zusammen mit einem Feuerzeug an. Wenige Sekunden später erfüllte der aromatische Geruch von Zigarrenrauch den Raum.

»Wir müssen Geduld haben«, sagte Calvin sanft. »Ich weiß, das ist nicht leicht für dich. Aber wir werden sie bald hierhaben. Da bin ich sicher.«

»Wie? Wie kannst du dir da so sicher sein? Und wie kann ich mit mir selbst leben, wenn Lee in der Zwischenzeit jemanden umbringt?«

»Ich hoffe natürlich, dass es dazu nicht kommt. Lily wird beschützt, und Lee wird dir oder mir nichts antun, sonst gefährdet er Ming Zhus Leben.« Er sog einen Mundvoll Rauch ein und stieß ihn wieder aus. »Wir dürfen nicht aufgeben, noch nicht.«

Hugo paffte seine Zigarre. »Vier Monate. Seit vier Monaten«, seine Stimme brach, »habe ich keinen Brief mehr von ihr bekommen. Was, wenn sie tot ist? Was, wenn wir zu spät kommen?«

Calvins Herz krampfte sich zusammen. Er wünschte, das hier wäre leichter für Hugo. Zweifellos litt seine Frau ebenso, während sie sich an die Hoffnung klammerte, ihren Mann eines Tages wiederzusehen, obwohl sie der halbe Erdball trennte. Warum verlangte Liebe immer Opfer? Calvins Eltern hatten ihn geliebt, aber alles aufgegeben, um anderen zu helfen. Calvin liebte Lily, aber er war gezwungen gewesen, von ihr fortzugehen. Wenigstens bei Hugo hatte Calvin die Chance, zu beweisen, dass sich das Opfer manchmal lohnte.

»Ich weigere mich, so etwas zu denken. Wir müssen daran glauben, dass Shin-yee lebt und darauf wartet, zu dir nach Amerika zu kommen.«

»Dann bist du optimistischer als ich.«

»Ich mache dir einen Vorschlag: Wir geben der Sache einen Monat. Falls Lee uns dann immer noch hinhält, werde ich nach China reisen und sie herausschmuggeln.«

»Das kannst du nicht tun«, protestierte Hugo. »Wer wird die Zeitungen leiten, während du fort bist? Ganz zu schweigen davon, dass es mehrere hochrangige chinesische Beamte gibt, die dich gern an einem Strick baumeln sehen würden. Du würdest gefasst werden, sobald du im Hafen anlegst.«

Das alles entsprach der Wahrheit, und die Gefahr war der einzige Grund, warum Calvin die Reise nicht schon unternommen hatte. Aber irgendwann überwogen die Schuldgefühle bei Weitem die Furcht. Falls er bei dem Versuch starb, würde er es wenigstens versucht haben. Wie viel länger sollte Hugo noch warten müssen?

Ein Klopfen erklang an der offenen Tür, und als Calvin hochblickte, sah er den Pinkerton-Detektiv im Türrahmen stehen, den er angeheuert hatte, um auf Lily aufzupassen. Der Detektiv war kreidebleich.

Calvin sprang auf die Füße. »Was ist passiert?«

»Es geht um Miss Davies, Mr. Cabot. Sie ist verschwunden.«

KAPITEL ZWANZIG

Langsam kam Lily zu sich, ein unablässiges, schmerzhaftes Pochen in ihrem Kopf. In der Nähe schrie und hämmerte jemand. *Lieber Gott, bitte mach, dass es aufhört.*

»Lasst uns hier raus!«

Diese Stimme. Sie versuchte, die Augen zu öffnen, was im Moment eine übermenschliche Anstrengung für sie darstellte. Warum war sie so müde? Cora und sie waren auf einer Dinner-Party gewesen. Kurz vor Mitternacht waren sie gegangen und hatten sich für die Heimfahrt Lilys Brougham geteilt. Dann stürmte alles wieder auf sie ein: *Die Männer, die sie und Cora aus der Kutsche zerrten. Wie sie gefesselt wurden und diese schreckliche Flüssigkeit eingeflößt bekamen.* Danach war die Welt schwarz geworden.

Durch den Spalt ihrer Lider erkannte sie, dass sie auf einem Bett in einem heruntergekommenen, schäbigen Zimmer lag. Wo war sie?

»Oh, Gott sei Dank, du bist wach!« Cora tauchte in Lilys Blickfeld auf. Das Haar ihrer Cousine war zerzaust, und ihre Augen glänzten vor ungeweinten Tränen. Sie war blass und zitterte, als sie Lilys Hand nahm. »Diese Männer – sie haben uns betäubt. Ich bin vor wenigen Minuten aufgewacht und habe gerufen, damit jemand kommt, damit jemand uns hier rauslässt.«

Lilys Magen krampfte sich zusammen. Das musste Mr. Lees Werk sein. Niemand sonst würde Lily entführen – und nun war die arme Cora ebenfalls in dieses Drama mit hineingezogen worden. Sie schluckte schwer und unterdrückte die Angst, die ihr die Kehle zuzuschnüren drohte. Sie musste einen Ausweg finden, bevor etwas Schreckliches passierte. Etwas noch Schrecklicheres als entführt zu werden.

»Hilf mir hoch«, krächzte sie und streckte den Arm aus, worauf Cora Lilys Handgelenk nahm und ihr half, sich aufzusetzen. Lily fuhr sich mit der Hand über das Gesicht und versuchte, die Spinnweben aus ihrem Verstand fortzuwischen. »Hast du jemanden gesehen?«

»Nein«, antwortete Cora. »Aber ich habe Schritte vor der Tür gehört.«

Lily sah sich im Zimmer um. Außer dem Bett gab es nur einen Tisch und eine Lampe. Keine Fenster, nur eine Tür, die wahrscheinlich der einzige Weg nach draußen war. Wo waren sie?

Als sie versuchte, aufzustehen, drehte sich ihr der Kopf, was ihr flau im Magen werden ließ. Cora stützte sie mit kräftigem Griff. »Langsam«, sagte ihre Cousine. »Was auch immer sie uns gegeben haben, war stark. Als ich versuchte, aufzustehen, musste ich mich beinahe übergeben.«

»Gott, Cora. Es tut mir so leid. Das ist alles meine Schuld.«

»Was meinst du damit, deine Schuld? Wovon redest du da?«

»Der Mann, der uns entführt hat ... Er war hinter mir her.«

Cora strich Lily eine verirrte Locke aus der Stirn. »Hinter dir her? Wer ist es?«

»Sein Name ist Lee. Er ist ein … Verbrecher in Chinatown.«

»Woher kennst du einen Verbrecher in Chinatown?«

»Das ist eine lange Geschichte.« Lily machte einen Schritt, und ihre Knie gaben nach. Haltsuchend stützte sie sich auf die Matratze.

»Ich denke, wir haben genug Zeit, dass du sie mir erzählst«, versetzte Cora spitz. »Für den Fall, dass du es nicht bemerkt hast, wir wurden entführt.«

»Ich weiß, und das tut mir so leid.«

»Ja, das sagtest du bereits.« Coras seidenes Abendkleid raschelte, als sie auf- und abzumarschieren begann. »Ich verstehe das nicht. Was will er von dir?«

»Ich bin mir nicht sicher. Der Mann, der uns entführt hat, Mr. Lee, dachte, Tom hätte sich mit seiner Tochter eingelassen, was sich als falsch herausstellte. Aber dann hat jemand – einer von Lees Männern – vor einigen Nächten versucht, in mein Haus einzubrechen –«

»Jemand ist in dein Haus eingebrochen?!« Coras Augen waren so groß wie Untertassen, selbst im trüben Licht. »Was ist passiert?«

»Nichts. Er wurde gefasst und unschädlich gemacht. Mir ist nichts passiert.«

»Nun, warum sollte dieser Mr. Lee jemanden in dein Haus schicken?«

»Um mir zu schaden und dadurch Calvin zu schaden.«

»Du und Calvin … schon wieder?«

Lily krümmte sich innerlich. »Es ist verrückt, ich weiß. Aber da ist etwas zwischen uns. Ich scheine nicht Herrin meiner Sinne zu sein, wenn ich in seiner Nähe bin.«

»Lily! Der Mann hat dir das Herz entzweigerissen. Und nach allem, was er über Monty hat drucken lassen? Wie kannst du ihn da immer noch wollen?«

Lily erinnerte sich an Coras Bemerkungen über einen Mann, der ihr am Herzen lag und der in den Zeitungen mit anderen Frauen in Verbindung gebracht wurde. Es gab einen Mann in Coras Leben, einen, der ihre Gefühle nicht erwiderte. »Wir können uns nicht immer aussuchen, in wen wir uns verlieben«, sagte sie betont.

Cora hob eine Hand. »Touché. Und vielleicht sollten wir auch nicht gerade jetzt darüber streiten. Wir müssen einen Weg hier raus finden. Die Tür ist verriegelt, und es gibt keine Fenster.«

Stimmen drangen durch die dünnen Holzwände, zusammen mit Schritten, die den Flur entlangkamen. Lily zeigte zur Wand neben der Tür. *Warte dort*, sagte sie lautlos zu Cora. Ihre Cousine nickte und drückte sich mit dem Rücken an die Wand, ohne ein Geräusch zu machen. In der Zwischenzeit sah Lily sich fieberhaft nach einer Waffe um. Leider beschränkten sich die Möglichkeiten auf die Lampe oder den Holztisch. Lily machte einen Satz auf die Lampe zu und löschte rasch die Flamme. Das Zimmer versank in Dunkelheit, und sie positionierte sich flach an der Wand neben Cora.

Ein Schlüssel wurde ins Schloss gesteckt und gedreht. Ein Klicken erklang, dann begann der Türknauf, sich zu bewegen. Lily hielt den Atem an, hob die Lampe mit beiden Armen über ihren Kopf und machte sich bereit. Langsam öffnete sich die Tür mit einem Knarren, und gleich darauf kam eine große Gestalt herein. Lily schwang die Lampe mit aller Kraft und ließ den Messingfuß niedersausen. Er traf den Mann an der Schläfe, und mit einem Ächzen taumelte er zurück. Öl spritzte, als die Lampe zu Boden krachte. Eine Welle des Triumphs durchströmte Lily, und sie packte Coras Hand, um ihre Cousine hinaus auf den Flur in die Freiheit zu ziehen.

Doch in der Sekunde, in der sie die Türschwelle erreichten, stellte sich ihnen ein anderer Mann in den Weg, ein Mann, den sie wiedererkannte. Lee.

Er zeigte keine Reaktion auf Lilys Fluchtversuch, sondern trat einfach ein, dicht gefolgt von zwei weiteren Männern. Lily umklammerte Coras Arm, zog sich so weit wie möglich von der Tür zurück und schirmte ihre Cousine so gut sie konnte mit ihrem Körper ab. »Was hat das alles hier zu bedeuten?«

»Guten Abend, Miss Davies.« Lee sah in etwa genauso aus wie beim letzten Mal, als sie ihn gesehen hatte. Er trug eine dunkle Jacke und ebensolche Hose, und sein langer Zopf fiel ihm über den Rücken. »Ich hoffe, Sie haben es bequem hier. Obwohl Sie eine neue Lampe brauchen werden, wie ich sehe.«

Einer von Lees Männern kümmerte sich darum, dem Verletzten aus dem Zimmer zu helfen. Lee drehte sich um und sprach in seiner Muttersprache mit ihnen, bevor sie verschwanden. Dann wandte er sich wieder an Lily und Cora. »Ihre Cousine ist sehr hübsch, genau wie Sie. Was für ein Glück, dass ich nun zwei hübsche Frauen habe.«

Cora erschauderte hinter ihr, also versuchte Lily zu verhindern, dass ihre Stimme zitterte. »Ich verlange, dass Sie uns gehen lassen. Sie hatten kein Recht, uns zu entführen.«

»Da irren Sie sich. Es war notwendig, um Ihren Ehemann zum Handeln zu zwingen. Sehen Sie, er hat etwas, das mir gehört, und ich will es wiederhaben.«

Ein Mann kam mit einer ausgezündeten Lampe ins Zimmer geeilt. Er stellte sie auf den kleinen Holztisch, verbeugte sich vor Lee und ging. Das Licht erhellte den kleinen Raum und ließ Lees kalten Blick, die Tücke in seinen Augen erkennen. Ein Stich nackter Angst bohrte sich in Lilys Brust, was ihr das Atmen schwer machte.

Dennoch, Lee musste sich irren. »Calvin hat nichts genommen.«

Eine von Lees Brauen schnellte hoch. »Sie wissen es nicht?«

»Nein.«

»Ihr Mann hat meine Tochter und benutzt sie als Druckmittel.«

»Ihre Tochter?« Lily schloss die Augen, als die Worte sie wie ein Schlag trafen.

»Ja. Er versteckt sie seit Wochen vor mir. Wie ich sehe, war Ihnen diese Tatsache nicht bewusst.«

Obwohl es sehr wohl möglich war, dass Lee log, bezweifelte Lily das. Newport … Toms plötzliches Auftauchen. Irgendwie hatte Calvin Tom und Lees Tochter in Newport aufgespürt, und niemand hatte sich die Mühe gemacht, es Lily zu sagen. Wochen waren vergangen, ohne dass Calvin mit dieser Information herausgerückt wäre. *Mir ist wichtig, dass du mir immer vertraust, dass du ehrlich zu mir bist*, hatte sie gesagt, und dennoch hatte er nichts von alldem hier erwähnt.

Tom musste es ebenfalls wissen und Calvin dabei geholfen haben, Lily im Dunkeln zu lassen. Wo war dieses Mädchen? Kein Wunder, dass Lee einen Mann auf Lily angesetzt hatte. Er hatte Calvin dazu zwingen wollen, Ming Zhu zurückzugeben. Lilys Leben war in Gefahr gewesen – und trotzdem hatte Calvin ihr nicht die Wahrheit gesagt. *Der Mann verdient seinen Lebensunterhalt damit, Lügen zu spinnen. Dachtest du wirklich, du könntest ihn ändern?*

Ein fürchterliches Gewicht legte sich auf ihre Brust, so schwer, dass sie befürchtete, entzweizubrechen. Das würde sie Calvin *niemals* verzeihen.

»Falls Mr. Cabot meine Tochter nicht bis morgen zurückbringt, werden wir sehen, welchen Preis Sie und Ihre Cousine bei meinen Kunden erzielen.«

Cora stieß ein leises Keuchen aus, aber Lily ignorierte sie. »Lassen Sie meine Cousine gehen. Sie hat nichts mit der Sache zu tun.«

»Tut mir leid, das werde ich nicht tun. Ich habe vor, Sie beide zu behalten, bis ich habe, was ich will.« Er bedeutete seinen Männern, sich zurückzuziehen, dann ging er ebenfalls zur Tür. »Oh, und sollten Sie diese Lampe auch zerbrechen, werde Ich Ihnen keine neue bringen. Sie werden im Dunkeln bleiben … bis wir Sie brauchen.«

Calvin lief in Kwans winziger Küche auf und ab, und diese gleichmäßige Bewegung war das Einzige, was ihn im Augenblick noch bei Verstand hielt.

Lee hatte Lily vor über zwei Stunden entführt. Nachdem Lees Männer den Pinkerton überwältigt hatten, hatten sie Lily und Cora aus der Kutsche gezerrt und betäubt. Das Letzte, woran sich der Detektiv erinnerte, war der heftige Schlag auf den Kopf, nach dem er ein paar Minuten lang bewusstlos gewesen war, lange genug, damit Lees Männer mit den Frauen verschwinden konnten.

Calvin biss die Zähne zusammen, und seine Hände ballten sich zu Fäusten. Dafür würde er Lee töten – und es würde kein langsamer, schmerzloser Tod werden. Ja, Calvin hatte Lees Tochter in seiner Gewalt, aber Ming Zhu war bei der Entführung eine willige Komplizin gewesen, begierig darauf, der Obhut ihres Vaters zu entfliehen. Lily zu entführen ließ sich nicht im Geringsten damit vergleichen.

»Sie sollten sich setzen. Etwas essen«, sagte Kwan zu Calvin. Sein Freund stand am Küchentisch und entgrätete ruhig einen aufgeschnittenen Fisch. Die einzige andere Person im Raum war Hugo, der auf einem Stuhl am anderen Ende des Zimmers saß, die Augenbrauen besorgt zusammengezogen.

»Das kann ich nicht. Wann wird der Freund Ihres Sohnes zurückkommen?«

»Jeden Augenblick«, antwortete Kwan. »Die Tür anzustarren wird ihn nicht schneller auftauchen lassen.«

Calvin brummte seinem Freund ein paar ausgewählte kantonesische Worte zu, die etwas mit einem Schwein und der männlichen Anatomie zu tun hatten, und marschierte weiter auf und ab. Er wollte nicht warten. Er wollte New York City in Stücke reißen, jede einzelne Tür eintreten und Mauer einschlagen, bis er sie gefunden hatte. Schweiß lief ihm über den Nacken, und seine Haut kribbelte vor Angst und Wut. Er hatte nicht mehr tief durchgeatmet, seit er erfahren hatte, was passiert war.

Verdammt, was, wenn ihr etwas zustieß?

Er raufte sich die Haare. »Sagt mir, warum ich eingewilligt habe, diesen Jungen zu Lee gehen zu lassen, anstatt selbst jeden Stein dort einzureißen?«

»Weil du dich damit nur umbringen würdest, darum«, antwortete Hugo. »Dieser Junge kennt das Gebäude. Er wird so tun, als wollte er eine Pfeife rauchen, stattdessen jedoch nach

Lily suchen. Wir müssen wissen, ob Lee sie dort gefangen hält. Hab etwas Geduld, Calvin.«

»Sie sollten sich mehr Gedanken darüber machen, was Sie tun werden, sobald der Junge zurückkommt.« Auf der Suche nach weiteren Gräten strich Kwan mit der flachen Hand über das Fleisch des Fisches. »Und wie Sie sie aus Lees Haus holen wollen, ohne entdeckt zu werden.«

Kwan hatte nicht ganz unrecht. Sie brauchten einen Rettungsplan, mit dem sie ihr Leben nicht in Gefahr brachten. Calvin hatte daran gedacht, Lee zur Rede zu stellen, während Hugo Lily und Cora heimlich in Sicherheit brachte, aber Hugo würde vielleicht Hilfe brauchen. Es mit Lees Männern aufzunehmen würde nicht einfach werden.

»Wer schuldet uns einen Gefallen?«, fragte Calvin, worauf Hugo nur die Augenbrauen hochzog. »Schon gut.« Calvin hob beschwichtigend die Hand. »Fast jeder in dieser verdammten Stadt schuldet mir etwas. Aber wir brauchen ... Muskeln für diese Aufgabe. Männer, die sich in einem Kampf behaupten können –«

Ein Geräusch zog seine Aufmerksamkeit auf sich, und als er herumfuhr, sah er einen jungen Chinesen durch die Hintertür hereinkommen. »Sag mir, was du herausgefunden hast«, bellte er ohne jede Vorrede auf Kantonesisch.

Kwan gab einen missbilligenden Laut von sich und ging um den Tisch herum, um dem Jungen einen Stuhl anzubieten. »Setz dich«, sagte er zu dem Jungen und hielt ihm eine Tasse Tee hin, um die Kälte des späten Abends zu vertreiben. Mit zusammengebissenen Zähnen wartete Calvin darauf, dass Kwan damit fertig war, die Glucke zu spielen.

Als der Junge es sich bequem gemacht hatte, fragte Calvin auf Kantonesisch: »Ist sie dort?«

Der Junge nickte. »Zwei Amerikanerinnen werden im obersten Stock gefangen gehalten, an der Südseite. Verriegeltes Zimmer, keine Fenster. Sie haben versucht, zu entkommen, indem sie einem Wächter eine Lampe auf den Kopf geschlagen haben, aber das hat nicht geklappt.«

Calvin schloss kurz die Augen. Dummes, törichtes Weib. Warum versuchte sie etwas so Gefährliches? »Wurden sie verletzt?«

»Das kann ich nicht sagen.«

Plötzlich erklang ein lautes Krachen im vorderen Teil des Restaurants – das Splittern von Glas. Sofort setzte Calvin sich in Bewegung und rannte so schnell er konnte auf die Quelle des Lärms zu. Hugo und Kwan folgten direkt hinter ihm. Als sie ankamen, entdeckten sie ein Loch im vorderen Fenster, und zwischen den Glasscherben auf dem Fußboden lag ein Stein, um den mit einem Stück Schnur ein Zettel gebunden war. Calvin hob ihn auf und löste die Schnur. Nachdem er das Blatt Papier auseinandergefaltet hatte, las er rasch, was darauf geschrieben stand.

Ich habe Ihre Frau. Kommen Sie allein, sonst werde ich hier eine neue Verwendung für sie finden.

Die Worte trafen Calvin wie ein Schlag vor die Brust. »Gütiger Gott.« Würde Lee es wagen, etwas so Schreckliches zu tun, wenn Calvin seine Tochter hatte? Es gab keine Möglichkeit, herauszufinden, ob er die Drohung ernst meinte – und Calvin war nicht bereit, Lilys Leben aufs Spiel zu setzen.

Er straffte den Rücken und traf eine rasche Entscheidung. Er musste Lily und Cora da rausholen. Sofort. »Ich werde hingehen. Heute Nacht. Vor Tagesanbruch.«

Hugo nickte. »Wir brauchen einen Plan. Lees Männer werden uns beide sofort wiedererkennen. Unmöglich, dass wir unbemerkt hineinkommen.«

»Hier gibt es kein *wir*. Ich werde allein zu ihm gehen. Ich kann Lee überreden, Lily und Cora freizulassen.«

»Du kannst nicht allein reingehen. Er wird dich umbringen.«

»Der Meinung bin ich auch, Cabot.« Kwan trat neben Hugo, das Gesicht von Sorge gezeichnet. »Das wird nur übel für Sie ausgehen. Lassen Sie uns wenigstens dabei helfen –«

»Nein!«, schrie Calvin und schlug mit der Hand auf einen Tisch. Er schloss die Augen und holte tief Luft. »Ich kann nicht riskieren, dass jemand anderes verletzt wird. Das hier ist meine Schuld, und ich werde niemand anderen in Gefahr bringen.« Er hielt Hugos Blick stand. »Und es geht um Lily.«

»Cabot, denk nach. Ich weiß, dass du sie liebst«, warf Hugo ein, »aber das ist eine Falle. Er will dir etwas antun.«

Besser ihm als Lily und Cora. Sollte Lily etwas zustoßen, könnte Calvin das nicht ertragen. »Du hast die Nachricht gesehen. Er will mich allein haben. Mach dir keine Sorgen. Ich kann auf mich aufpassen. Und je länger wir hier herumstehen und darüber diskutieren, desto länger muss sie dort weiß Gott was erdulden.« Er schnappte sich seinen Mantel, den er vorhin über einen Stuhl geworfen hatte, und schlüpfte hinein.

»Aber da muss es doch eine Möglichkeit geben«, sagte Kwan. »Freunde von Ihnen bei der Polizei, die helfen können.«

Calvin legte Hugo eine Hand auf die Schulter. »Sorg dafür, dass eine Kutsche dort wartet, um sie wegzubringen. Kümmre dich für mich um sie.« Er brauchte Hugo nicht zu erklären, was er damit meinte.

Sein Freund nickte verstehend. »Das werde ich. Aber wag es ja nicht, da drin zu sterben.«

»Mir wird nichts passieren.«

Nie war er sich einer Aussage weniger sicher gewesen, aber es ging nicht anders. Lily brauchte ihn.

Lily starrte blind die Wand an, während sie versuchte zu begreifen, was sie gerade erfahren hatte. Calvin hatte Lees Tochter. Er hatte gelogen. Wieder einmal.

Täuschungen und Ausflüchte. Halbwahrheiten und Hintergedanken. Selbst nach allem, was zwischen ihnen gewesen war, konnte er immer noch nicht ehrlich zu ihr sein. Wie hatte sie das nicht kommen sehen? Hatte sie nicht stets das Gefühl gehabt, dass er ihr immer einen Schritt voraus war, und sich gefragt, was seine wahren Beweggründe waren?

Eines war sicher: Sie waren fertig miteinander. Sie wollte Calvin Cabot nie, nie wiedersehen.

»Also du und Calvin …«

Sie fuhr zu Cora herum, die steif auf dem einzigen Stuhl im Zimmer saß. »Du hast mit dieser Frage länger gewartet, als ich dachte.« Seit Lee gegangen war, hatten sie größtenteils geschwiegen, da beide Frauen in ihre eigenen Gedanken über die Ereignisse des Abends vertieft waren. »Und wenn du mir einen Vortrag über ihn halten willst, dann kannst du dir die Mühe sparen.«

»Mir war nicht bewusst, dass ihr beiden euch in letzter Zeit so nahe gekommen seid.«

Lilys Fuß klopfte auf den Boden. »Ja, aber ich habe nicht die Absicht, ihn je wiederzusehen, also keine Sorge.«

Coras Miene wurde nachdenklich, als versuchte sie, Lilys Gedanken zu lesen. »Warum glaube ich dir nicht?«

»Das solltest du aber, weil ich es ernst meine. Er ist …«

»Ein toller Küsser?«

Trotz der dunklen Wolke über ihrem Herzen musste Lily ein Lachen unterdrücken. »Über diese Dinge solltest du noch nicht Bescheid wissen.«

Cora zupfte an einem losen Faden an ihrem Rock. »Das tue ich auch nicht, nicht richtig.«

»*Nicht richtig* deutet auf ein gewisses Maß an Erfahrung hin.« Als ihre Cousine nicht antwortete, zeigte Lily mit dem Finger auf sie. »Wenn das alles hier vorbei ist, dann wirst du mir erzählen, was vor sich geht, Miss Cora Kathleen Hampton.«

Cora lachte. »Mein voller Name. Du musst es ernst meinen.«

Lily griff in ihr Haar und zog eine Haarnadel heraus. »Ich bin überrascht; du nimmst diese ganze Entführungssituation eigenartig gelassen auf.«

»Das überrascht mich selbst ein wenig, ehrlich gesagt. Aber ich rede immer davon, dass du ohne mich Abenteuer erlebst, also käme es mir ungehobelt vor, mich zu beschweren, sobald ich zum ersten Mal in eines verwickelt bin.«

Lily klemmte sich die Haarnadel zwischen die Zähne und begann, eine weitere aus ihrer Frisur zu lösen.

Als sie beide Haarnadeln herausgezogen hatte, senkte Cora die Stimme und fragte: »Willst du das Schloss knacken? Weißt du, wie man das macht?«

»Ich dachte, ich könnte es zumindest versuchen. Ansonsten würden wir hier nur darauf warten, dass etwas Schreckliches passiert. Und das kann ich nicht.«

»Also gehst du stattdessen hinaus und sorgst dafür, dass etwas Schreckliches passiert?« Cora kam lautlos näher und fasste sie am Arm. »Lily, das ist ein Fehler. Wir haben keine Ahnung, was sich auf der anderen Seite dieser Tür befindet. Da könnten Wachen sein. Mit Pistolen.«

»Oder wir könnten einen Weg hinaus finden. Ich kann nicht hierbleiben und abwarten, bis man mich zur Prostitution zwingt.«

Cora schluckte und kniff die Augen zusammen, dann öffnete sie sie wieder. Ihr Blick war gefasst und von einer stählernen Entschlossenheit erfüllt, die Lily noch nie zuvor bei ihr gesehen hatte. »Du hast recht. Gib mir die Haarnadeln.«

»Dir die Haarnadeln geben? Warum? Kannst du ein Schloss knacken?«

»Ja.« Sie nahm Lily die kleinen Metallteile aus den Fingern und schlich zur Tür. »Ich habe drei Brüder. Wenn ich keine Schlösser knacken könnte, dann hätte ich bei mir zu Hause nie irgendetwas erfahren.«

»Wer hat dir das beigebracht?«

Cora kniete sich vor das Schloss und machte sich ans Werk. »Ein Diener, aber ich musste versprechen, dass er nicht gefeuert werden würde, falls man mich erwischen sollte.«

Völlig fasziniert sah Lily zu, wie Cora die Haarnadeln geschickt verbog und begann, sie an die richtige Stelle zu schieben. »Nun, was für Dinge hast du entdeckt?«

»Nichts Aufregendes, leider. Wettscheine für Pferderennen. Whiskey. Ein paar skandalöse Romane – die gar nicht so skandalös waren, wenn du mich fragst – und ein paar Liebesbriefe.«

»Und du hast weiter Schlösser geknackt, selbst nachdem sie von zu Hause ausgezogen waren?«

Eine Zuhaltung klickte, und Cora veränderte die Stellung der Nadeln. »Ich dachte mir, es könnte eines Tages nützlich sein. Und jetzt sei still und lass mich arbeiten.«

Erstaunt über diese andere Seite ihrer ernsten Cousine kniff Lily die Lippen zusammen. Und da hatte Cora Lily vorgeworfen, Geheimnisse zu haben? Es schien einiges zu geben, was sie noch nicht übereinander wussten.

Es dauerte einige Augenblicke, in denen Cora auf ihrer Lippe kaute und die Nadeln bewegte, um die Zuhaltungen zu lösen. Endlich erklang das letzte Klicken, und Cora drehte den Türknauf, um die Tür zu öffnen, doch Lily packte ihre Hand und hielt sie auf. *Bleib hier*, sagte sie lautlos zu ihrer Cousine.

Coras Augenbrauen zogen sich jäh zusammen, und sie richtete sich auf. »Nein, ich komme mit dir.«

»Hier bist du sicherer. Ich komme zurück, um dich zu holen, wenn ich einen Weg hinaus finde.«

»Wir sollten zusammenbleiben.«

Lily sah ein, dass das vernünftig war. Zurückzukommen würde sich vielleicht als unmöglich erweisen, obwohl sie sich Sorgen machte, dass zusammenzubleiben die Gefahr, entdeckt zu werden, verdoppelte. »Also gut. Bleib dicht hinter mir und sei leise. Wir werden nach der Hintertreppe oder einer Feuerleiter suchen.«

Cora nickte, dann drehte Lily langsam den Türknauf und öffnete vorsichtig die Tür, um hinaus in den Flur zu spähen. Sie warf einen prüfenden Blick in beide Richtungen, und als sie feststellte, dass der Flur leer war, schlüpfte sie dicht gefolgt von Cora hinaus. Da waren insgesamt acht Türen, vier auf jeder Seite. Wenn sie sich in Lees Gebäude in der Pell Street befanden, dann hatte Lily eine gute Vorstellung davon, was hinter diesen Türen vor sich ging.

Sie verdrängte ihre Panik und führte Cora den Flur entlang. Beide bewegten sich so leise, wie ihre seidenen Röcke es erlaubten. Die Luft roch alt und abgestanden, das Licht war trüb und bedrückend. Seltsame Laute waren hinter den geschlossenen Türen zu hören, und Lily versuchte, nicht auf sie zu achten. Stattdessen schlich sie weiter vorwärts, auf das Fenster am Ende des Flurs und ihre Chance zur Flucht zu.

Als sie sich dem Fenster näherten, erklangen Männerstimmen vom anderen Ende des Flurs her. Cora umklammerte Lilys Hand fester, und ihre Blicke trafen sich. Es war keine Zeit, das Fenster zu öffnen und hinauszukriechen, nicht, ohne gesehen zu werden. *Wir müssen uns verstecken*, flüsterte Cora lautlos mit vor Angst weit aufgerissenen Augen. Sie stürzte zur nächstgelegenen Tür und drehte den Türknauf. Sie bewegte sich nicht.

Lily versuchte es an der Tür auf der anderen Seite des Flurs. Wie durch ein Wunder öffnete sie sich, und sie bedeutete Cora, hineinzueilen. Das Innere des Zimmers lag vollständig im Dunkeln, und Lily stieß einen Seufzer der Erleichterung aus, dass sie nichts Anstößiges unterbrachen. Sobald sie beide über die Schwelle waren, schloss Lily die Tür wieder, so leise sie konnte. Das Ohr ans Holz gepresst, lauschte sie, um zu hören, wohin die Männer gingen.

Ein leises Geräusch hinter ihnen ließ Lily zusammenzucken. Sie fuhr herum und spähte angestrengt in die Dunkelheit. »Wer ist da?«

»Helft … mir«, flehte eine weibliche Stimme mit starkem Akzent.

Coras Finger gruben sich in Lilys Arm. »Komm schon, lass uns gehen.«

»Wir können nicht gehen. Nicht bevor wir nachgesehen haben, wer da Hilfe braucht. Vielleicht ist sie verletzt.« Sie riss sich aus Coras Griff los und schlich näher zu der Stelle, von der die Stimme gekommen war. »Hallo?«

»Hilfe«, wiederholte die geheimnisvolle Frau, und Lily konnte in der Dunkelheit eine auf einem Bett liegende Gestalt erkennen. Eine Chinesin, nicht älter als neunzehn oder zwanzig Jahre. Sie war winzig, ein zerbrechliches Ding in traditionellen chinesischen Gewändern. Ihr dunkles Haar hatte sich gelöst, als hätte sie wochenlang den Kopf auf den Kissen herumgeworfen.

Nachdem Lilys Augen sich besser an die Dunkelheit gewöhnt hatten, entdeckte sie etwas Entsetzliches – der Knöchel der Frau war mit einer Kette ans Fußende des Bettes gefesselt, um ihre Flucht zu verhindern. Außerdem befand sich auf dem Nachttisch neben dem Bett eine Ansammlung von Flaschen, dazu ein Wasserkrug und eine Pipette. Laudanum. Sie hielten diese Frau gefangen und setzten sie unter Drogen.

»Wie lange sind Sie schon hier?«, fragte sie leise.

»Hilfe«, krächzte die junge Frau mit glasigen, verschwommenen Augen, das Resultat der Droge in ihrem Körper. Ihre Lippen begannen, Worte zu formen, die Lily nicht verstand.

»Lily, die Männer sind fort«, zischte Cora. »Lass uns von hier verschwinden, solange wir noch können.«

Lilys Herz zog sich zusammen. Wie konnten sie und Cora fliehen und diese arme Frau dem Schicksal überlassen, das Lee für sie vorgesehen hatte? Das erschien ihr falsch. Aber sie konnten diese Frau nicht in ihrem gegenwärtigen Zustand tragen, ohne Gefahr zu laufen, entdeckt zu werden. Lily kämpfte mit den Tränen, als sie die Hand ausstreckte und die zierlichen Finger der Frau drückte. »Ich werde zurückkommen, um Sie zu holen. Ganz egal, was nötig ist, ich verspreche, wir werden Sie hier herausholen.«

KAPITEL EINUNDZWANZIG

Calvin spazierte direkt zur Vordertür hinein.

Er betrat den Lebensmittelladen im Erdgeschoss des Hauses in der Pell Street allein und mit erhobenen Händen. Wie erwartet stürzten sich sofort Lees Wachen auf ihn, um ihn zu überwältigen und ihm die Hände auf dem Rücken zu fesseln. Ein Mann rammte ihm sicherheitshalber noch das Knie in die Rippen, ein anderer schlug ihn mit der Faust aufs Auge – beides unnötig, Calvins Meinung nach, weil er keine Gegenwehr leistete. Er rang um Atem und betete, dass keine Rippe gebrochen war.

Sie zerrten ihn eine schmale Treppe hinauf, wobei Calvin versuchte, trotz der rauen Behandlung das Gleichgewicht zu behalten. Die Geräuschkulisse der Fan-Tan-Spiele wurde lauter, die Rufe der Gewinner und Verlierer in Lees Haus des Lasters. Nachdem sie den Treppenabsatz erreicht hatten, brachte man ihn in den hinteren Teil des Gebäudes. Calvin versuchte, sich auf das vor ihm liegende Treffen zu konzentrieren, und nicht auf die Tatsache, dass Lily irgendwo über ihm war, gegen ihren Willen festgehalten und womöglich verletzt. Wenn er darüber nachdächte, würde er den Verstand verlieren. Besser, darauf zu vertrauen, dass er bald für ihre Freilassung sorgen würde.

Ein Wächter riss eine Tür auf, und starke Hände stießen Calvin hinein. Er stolperte, fand aber schnell wieder sein Gleichgewicht und richtete sich auf, um dem Mann hinter dem Schreibtisch gegenüberzutreten. Lee. Calvins Muskeln spannten sich an, weißglühende Wut brannte in seinen Adern und ließ sein verletztes Auge schmerzhaft pochen. Zum Glück für Lee waren Calvins Hände gefesselt; sonst hätte er ihn womöglich an Ort und Stelle erwürgt. Er biss die Zähne zusammen und holte tief Atem, um sich zu beruhigen.

Überraschung flackerte in Lees Miene auf, doch er verbarg sie rasch wieder, als er sich von seinem Stuhl erhob. »Mr. Cabot. Ich hatte nicht erwartet, Sie so bald zu sehen.«

»Sie haben die zwei Frauen entführt, weil Sie mich hier haben wollten. Nun, hier bin ich. Lassen Sie Miss Davies und ihre Cousine frei. Falls Sie es nicht tun, werden Sie Ihre Tochter nie wiedersehen.«

Lees Lippen verzogen sich zu einem boshaften Lächeln. »Jemand in Ihrer Position kann keine Forderungen stellen.«

»Wenn Sie wollen, dass Ihre Tochter zu Ihnen zurückkehrt«, knurrte Calvin, »dann lassen Sie die beiden Frauen frei.«

Lee nickte der einzigen Wache im Raum zu. Unvermittelt wurden Calvins gefesselte Hände so schmerzhaft nach oben gerissen, dass ihm beinahe die Schultern ausgekugelt wurden. Er stieß einen beschämenden Schmerzensschrei aus, und nach einigen der längsten Sekunden seines Lebens wurde er wieder losgelassen. Keuchend krümmte er sich vornüber und versuchte, den Schmerz wegzuatmen.

»Ich habe Methoden, Männer zum Reden zu bringen«, sagte

Lee. »Was bringt Sie auf den Gedanken, ich würde die Antwort nicht einfach aus Ihnen herausfoltern?«

Calvin zwang sich, Lee in die Augen zu sehen. »Glauben Sie ernsthaft, ich wäre noch nie gefoltert worden? Ich habe zwei Jahre mit dem Versuch verbracht, Telegrafenmasten in Opiumfeldern zu errichten. Ich habe mir mehr Feinde gemacht als der Boss der Tammany Hall.«

»Obwohl das stimmen mag, bin ich doch sicher, dass meine Methoden kreativer sind als andere, die Sie erlebt haben mögen.«

Calvin bezweifelte das. Die kriminellen Elemente im ländlichen China waren ziemlich erfinderisch in ihren Methoden gewesen, einen Mann ihrem Willen zu unterwerfen. Einmal war er zwei Tage lang in einem rattenverseuchten Kellerloch an den Füßen aufgehängt worden, bevor er gerettet wurde. Bis zu diesem Tag konnte er keine Ratte sehen, ohne dass ihm der kalte Schweiß ausbrach.

»Mich zu foltern wird nichts bringen«, sagte er zu Lee. »Ich werde Ihre Tochter nicht herausgeben, bis ich weiß, dass Miss Davies und Miss Hampton in Sicherheit sind.«

Lee strich über seinen kurzen Bart und dachte darüber nach, während Calvin wartete. Es war ihm egal, was mit ihm geschah, solange Lily in Sicherheit war – und falls ihr in Lees Obhut irgendein Leid geschehen war, würde er teuer dafür bezahlen.

Nach einem langen Augenblick sagte Lee: »Ich bin kein Ungeheuer, Mr. Cabot. Ihre Landsleute nennen uns böse und eine Bedrohung, aber wir sind hier, um ein besseres Leben für unsere Familien zu finden, genau wie Sie. Darum werde ich als Geste des guten Willens Ihre beiden Freundinnen freilassen.«

»Wie großzügig, besonders wenn man bedenkt, dass Sie sie nicht mehr brauchen.«

Lee nickte bestätigend. »Und dann?«

»Dann können wir damit anfangen, uns über die Rückkehr Ihrer Tochter zu unterhalten.«

Lee ging zur Tür und machte sie auf. Calvin hörte, wie er befahl, dass die beiden Amerikanerinnen in sein Büro gebracht werden sollten, bevor sich die Tür wieder schloss. Dann kehrte Lee wieder zu seinem Schreibtisch zurück und setzte sich. »Sie ist schön, Ihre amerikanische Frau. Weiß sie, was Sie tun? Von all den Lügen, die Sie erzählt haben?«

Calvin erwiderte nichts, doch ein Zucken seines Kiefers musste ihn verraten haben, denn Lee lachte. »Nein, das dachte ich mir schon. Ich habe es sehr genossen, ihr zu erzählen, dass Sie Ming Zhu entführt haben. Sie war ziemlich überrascht.«

Calvins Brust schnürte sich zu, und vor Bedauern stockte ihm der Atem. Er hatte es gehasst, Lily anzulügen, besonders nach diesem Tag in seinem Büro, und sie war zweifellos rasend vor Wut über die Täuschung. Feige hatte er sich an die Hoffnung geklammert, dass sie es nie herausfinden würde. Dafür war es nun zu spät. Er konnte sich kaum vorstellen, wie sehr sie ihn im Augenblick verabscheuen musste.

»Ich werde dieses kurze Wiedersehen genießen«, sagte Lee. »Irgendwie glaube ich nicht, dass sie traurig darüber sein wird, Ihnen Lebewohl zu sagen.«

Nein, das glaubte Calvin auch nicht.

Der Schmerz in seiner Seite war kaum auszuhalten, und sein rechtes Auge schwoll rasch zu. »Nichts von alldem wäre passiert, wenn Sie von Anfang an mit mir kooperiert hätten. Ich hatte nur um einen einzigen kleinen Gefallen gebeten.«

»Der Gefallen war nicht so klein, Mr. Cabot. Sonst wäre es Ihnen allein gelungen.«

Die Tür öffnete sich, und als Calvin sich umdrehte, sah er, wie Lily und Miss Hampton hereingeführt wurden. »Haben sie erwischt, wie sie versuchten, zu fliehen«, sagte eine der Wachen zu Lee, und Calvin verspürte einen Moment nackter Angst. Sie hatte erneut versucht zu fliehen? War sie verdammt noch mal lebensmüde? Zum Glück wirkte sie unverletzt. Abgesehen von ihrem zerzausten Haar wirkte sie wie immer. Lee hatte ihr nichts angetan, zumindest nicht sichtbar.

Beim Anblick seines Gesichts keuchte sie auf und eilte auf ihn zu. »Calvin! Dein Auge!«

»Alles in Ordnung, wirklich.« Zarte Finger strichen sanft über sein Gesicht, und eine Welle der Zärtlichkeit stieg in seiner Brust empor. Leise sagte er: »Es geht mir gut, Lily, Liebste.«

Bevor er auch nur blinzeln konnte, ballte sie die Faust und rammte sie ihm in den Bauch. Er klappte vornüber, und seine Augen tränten vor Schmerz. »Ich hätte wissen sollen, dass du immer noch etwas vor mir verbirgst.«

»Es tut mir leid.« Keuchend rang er nach Atem. »Ich hatte meine Gründe, es vor dir geheim zu halten.«

»Ja, du hast immer Gründe – Gründe, die du immer für dich behältst. Warum lässt du nie jemanden an dich heran?«

Er richtete sich auf, dabei ließ ihn der Schmerz in seinem Bauch zusammenzucken. »Lily, bitte –«

»Spar dir das. Ich will keine Ausflüchte oder Lügen mehr hören.«

Mit schmerzender Brust nickte er. Wirklich, wie konnte er ihr das vorwerfen? Er hatte von Anfang an gewusst, dass sie ihm nie verzeihen würde, falls sie je herausfand, was er getan hatte.

»Ich liebe dich. Ich wollte dir nie wehtun«, sagte er, nur für ihre Ohren bestimmt.

Mit schimmerndem Blick musterte sie sein Gesicht, dann blinzelte sie rasch hintereinander. »Und doch tust du es immer wieder.« Sie drehte sich um und ging zurück zur anderen Seite des Raums, wo ihre Cousine stand.

All das, was er ihr sehnlichst sagen wollte und nicht konnte, lag ihm schwer auf der Zunge. Er hob den Kopf und durchbohrte Lee mit hartem Blick. »Zufrieden? Jetzt lassen Sie sie gehen.«

Lee nickte und verbeugte sich vor den jungen Frauen. »Ich entschuldige mich dafür, Sie festgehalten zu haben. Es steht Ihnen beiden frei, zu gehen.« Wachen begannen, die Frauen aus dem Zimmer zu führen.

Lilys Brauen zogen sich verwirrt zusammen, und sie versuchte, sich aus dem Griff des Mannes zu befreien. Ihr Blick flog zu Calvins gefesselten Händen, die sie jetzt zum ersten Mal zu bemerken schien. »Moment, Calvin. Was geht hier vor? Kommst du mit uns?«

»Geh«, befahl er ihr. »Geh und komm nicht wieder.«

»Nein!« Nun wehrte sie sich ernsthaft. »Ich mag zwar wütend auf dich sein, aber ich werde dich nicht hierlassen. Ich werde dich ihm nicht auf Gedeih und Verderb überlassen.«

Zweifellos erinnerte sie sich an den Vorfall vor ein paar Wochen, als Lee ihn betäubt hatte. Ihr war nicht bewusst, dass er heute Abend aus freien Stücken hier war. »Mach dir um mich keine Sorgen. Mir wird nichts passieren. Du musst gehen, Lily.«

Die Wache schob sie in den Flur hinaus und schloss die Tür. Nach und nach verklang ihr Protest, als sie die Treppe hinuntergedrängt wurde. Lee ging zu dem kleinen Fenster an der gegenüberliegenden Wand und zog den schmutzigen Vorhang zurück. »Sie dürfen zusehen, wie sie das Haus verlässt, damit Sie wissen, dass ich meinen Teil der Abmachung einhalte.«

Calvin ging hinüber und spähte durch das Glas. Wenige Sekunden später traten Lily und Miss Hampton aus dem Laden im Erdgeschoss. Sie schienen miteinander zu streiten, dabei sah Lily immer wieder nervös hinter sich, während ihre Cousine sie zu einer wartenden Kutsche zog. Schließlich wischte Lily sich die Augen und stieg in die gemietete Kutsche. Calvin atmete auf. Wenigstens war sie in Sicherheit.

»Und nun«, sagte Lee, »lassen Sie uns über den Aufenthaltsort meiner Tochter sprechen.«

Die Räder setzen sich in Bewegung, und die Pferde zogen den Wagen stadtaufwärts. Calvin wartete, bis er um die Ecke bog, bevor er sich zu Lee umdrehte. »Und den werde ich Ihnen auch verraten ... sobald Sie meine Frau aus China hergebracht haben.«

Kälte senkte sich herab, als Lees Miene sich verhärtete. Sein Blick war schwarz und scharf. »Sie haben einen schweren Fehler begangen, Mr. Cabot.« Er warf einen Blick zu den beiden Wachen, die an der Tür warteten. »Bringt ihn in den Keller und überzeugt ihn, zu reden.«

»Ihm wird nichts passieren, Lily«, sagte Cora beruhigend, während die Kutsche in Richtung Norden fuhr. »Das hat er selbst gesagt.«

Lily legte eine Hand auf ihren Bauch und atmete tief durch.

Sorge, Wut und Panik wirbelten wild in ihr durcheinander, und der Anblick von Calvins stoischem, attraktivem Gesicht, als sie aus dem Zimmer geschleppt worden war, hatte sich in ihr Gedächtnis eingebrannt. Warum hatte er eingewilligt, zu bleiben? Lee würde ihm gewiss wehtun ... oder Schlimmeres.

Trotz ihrer Wut auf Calvin wollte sie nicht, dass er umgebracht wurde. Ja, er hatte sie angelogen. Wieder einmal. Aber sich eine Welt ohne Calvin vorzustellen, selbst wenn sie nicht mehr zusammen waren, bedrückte sie unermesslich. Sie musste etwas tun, irgendetwas, um seine Freilassung zu bewirken, bevor das Unvermeidliche geschah.

»Nein, du verstehst nicht. Beim letzten Mal hat Lee Calvin betäubt und hätte ihn wahrscheinlich umgebracht, wenn ich nicht eingeschritten wäre. Ich muss ihm helfen.«

»Beim letzten Mal?« Cora schüttelte den Kopf. »Was verschweigst du mir?«

»Das erkläre ich dir später.« Unmittelbar bevor Lily den Kutscher bitten wollte, anzuhalten, wurden sie langsamer. Lily musterte ihre Umgebung. Sie waren immer noch in Chinatown, auf einer Straße, die ihr schwach vertraut war. Dann sah sie ein Gebäude mit einem Schild, an das sie sich erinnerte.

»Hier war ich schon einmal.«

»Hier?« Cora drehte den Kopf, um die Gebäude in Augenschein zu nehmen. »Du warst schon mal hier? Warum? Wann?«

»Vor ein paar Wochen, mit Calvin.«

Als die Räder schließlich zum Stillstand kamen, streckte Lily die Hand nach dem Griff der kleinen Tür aus. Cora packte sie am Arm. »Warte, wo willst du hin? Wir können hier nicht aussteigen.«

»Cora, ich muss mit dem Mann sprechen, dem dieses Restaurant gehört.« Sie zeigte auf Kwans Haus. »Er ist ein Freund von Calvin. Der Kutscher muss angewiesen worden sein, uns hierherzubringen, und ich muss herausfinden, warum. Mach dir keine Sorgen; ich werde ihm sagen, er soll dich nach Hause bringen.«

»Das kannst du nicht tun.« Ihre Cousine runzelte die Stirn, und ihre Mundwinkel waren missbilligend herabgezogen. »Er hat dich angelogen, und nun willst du ... was? Dein Leben für einen Mann riskieren, den du vor Jahren geheiratet hast und der dich schrecklich behandelt hat? Einen Mann, der sich von deinem Vater dazu hat drängen lassen, Annullierungspapiere zu unterschreiben? Ist er es wirklich wert, für ihn zu sterben?«

Ja, flüsterte ihr Herz. Calvin hatte ihr Vertrauen gebrochen, aber sie liebte ihn. Und er war zu Lee gegangen und hatte sich selbst eingetauscht, um ihre Freilassung zu erwirken. Wie konnte sie ihn im Stich lassen?

»Ich weiß, das ergibt keinen Sinn, aber ich kann ihn nicht zürucklassen. Er ist heute Nacht gekommen, um uns zu retten; ich muss diesen Gefallen erwidern.«

Sie stieß die Tür auf und stieg aus der Kutsche, gerade als Hugo aus Kwans Tür kam. Natürlich war Hugo hier. Er musste die Kutsche organisiert haben.

Zu ihrer Überraschung stieg Cora ebenfalls aus. »Cora, was tust du? Bleib in der Kutsche. Der Kutscher soll dich nach Hause fahren.«

Ihre Cousine strich sich die Röcke glatt und zupfte ihre Handschuhe zurecht. »Ich werde bleiben. Wenn du vorhast, zu kämpfen, dann tue ich das auch.«

»Mach dich nicht lächerlich –«

»Warum ist das lächerlich? Weil ich deine langweilige, hasenfüßige Cousine und damit nutzlos bin?«

Lily runzelte die Stirn und fasste Cora am Arm. »Du bist nicht langweilig, und du bist ganz gewiss nicht nutzlos. Ich würde mich sehr freuen, wenn du bleibst, um zu helfen, aber es könnte gefährlich werden.«

»Ich habe gerade ein Schloss geknackt, um uns aus einer Opiumhöhle und illegalen Spielhölle zur Flucht zu verhelfen«, sagte Cora trocken. »Ich denke, ich kann mit Gefahr umgehen.«

»Na gut«, gab Lily nach. »Dann komm mit.«

Die beiden folgten Hugo ins Restaurant und weiter in die Küche, wo sie eine kleine Gruppe versammelt fanden. Mr. Kwan war dort, den sie begrüßte, zusammen mit Emmett Cavanaugh, einem riesenhaften Mann, dem Lily noch nicht begegnet war, den sie jedoch vom Hörensagen kannte. Er war in Five Points aufgewachsen, bevor er sein Stahlimperium aufgebaut und Elizabeth Sloane, einen Liebling der New Yorker Gesellschaft, geheiratet hatte. Neben Mr. Cavanaugh stand ein bulliger Mann, dessen raues Aussehen vermuten ließ, dass er ein Boxer oder eine Art Straßenschläger war.

»Es freut mich zu sehen, dass Mr. Cabot Erfolg hatte, Ihre Freilassung auszuhandeln, Missus«, sagte Hugo, als sie eintraten.

»Ja, das hatte er – und bitte sagen Sie mir, dass die Gentlemen einen Plan haben, ihn dort herauszuholen.«

Cavanaugh nickte und trat mit ausgestreckter Hand vor. »Ja, das haben wir. Ich bin Emmett Cavanaugh, Miss Davies. Und das hier ist mein Freund Kelly.«

Sie schüttelte ihm die Hand. »Schön, Sie beide kennenzulernen. Das hier ist meine Cousine, Miss Cora Hampton. Bitte, sagen Sie mir, was ich tun kann.«

Die Männer wechselten Blicke, die schließlich allesamt auf Hugo zu landen schienen. Calvins Kammerdiener verzog das Gesicht. »Wir können nicht zulassen, dass Sie sich in Gefahr begeben, Missus. Calvin würde es mir nie verzeihen, wenn Ihnen etwas zustieße.«

Lily biss die Zähne zusammen und bemühte sich um Geduld. »Sie werden mich nicht daran hindern können, zu Mr. Lees Haus zurückzukehren und zu versuchen, Calvin da rauszuholen. Also bitte, hören Sie auf zu widersprechen und sagen Sie mir, was Sie vorhaben.«

Es folgte Stille, während alle auf Hugos Antwort warteten. Schließlich sanken seine Schultern herab, und sie wusste, dass sie gewonnen hatte. »Ich nehme an, wir könnten noch ein paar Hände gebrauchen«, sagte er. »Aber passen Sie auf, dass Sie nicht verletzt werden. Sonst bringt er mich um.«

»Ich werde mich bemühen, nicht verletzt zu werden.« Sie dachte an die ans Bett gekettete Frau, die Lee unter Drogen gesetzt hatte. Lily hatte ihr versprochen, zurückzukommen, um sie zu holen – ein Versprechen, das sie zu halten beabsichtigte. Wahrscheinlich war es am besten, diesen Plan für sich zu behalten. Einstweilen. »Also, wie werden wir Calvin da rausholen?«

Natürlich musste es wieder ein Keller sein.

Calvin hing mit über den Kopf gestreckten Armen in der pechschwarzen Dunkelheit, die Handgelenke mit Schellen an einen Ring an der Decke gefesselt. Seine Zehen berührten kaum den schmutzigen Boden, und jeder Atemzug wurde zur unerträglichen Qual. Auf dem rechten Auge konnte er dank der Schwellung nichts mehr sehen, und seine Rippen schmerzten von den Schlägen, die Lees Männer ihm verpasst hatten, bevor sie gegangen waren.

Er hatte keine Ahnung, wie lange er schon hier hing. Jede Sekunde fühlte sich wie eine Stunde an, aufgrund der Schmerzen, die in seinen ganzen Körper pochten. Seine Arme waren schon vor einer ganzen Weile taub geworden, was zum Glück wenigstens verhinderte, dass er spürte, wie die Handschellen in seine Haut schnitten.

Kratzende Geräusche erklangen in einiger Entfernung, und Calvin erkannte sie sofort wieder. Ratten. *Gottverdammt.* Er versuchte, seinen Atem zu beruhigen. Konnten Tiere Angst riechen? Lieber würde er unter Drogen gesetzt, geschlagen oder erschossen werden, als mit Ratten zu tun zu haben.

Sekunden später öffnete sich eine Tür am oberen Ende der Treppe, und er hörte Schritte auf den hölzernen Stufen. Blinzelnd sah er mit seinem guten Auge einen Streifen Licht durch die Dunkelheit näher kommen.

Es war Lee. Er trat vor Calvin. »Wie lange soll ich Sie hier hängen lassen, Mr. Cabot? Ich bin bereit, Sie herunterzunehmen, sollten Sie mir sagen, was ich wissen will.«

»Nein, nicht, bis Sie mir geben, was ich will.«

Lachend umrundete Lee Calvin und blieb hinter ihm stehen. »Frauen. Bei Ihnen geht es immer um Frauen. Aber mir ist etwas aufgefallen. Als es um Miss Davies ging, haben Sie sehr großen Beschützerinstinkt gezeigt und sich selbst in Gefahr gebracht, um sie zu befreien. Sie lieben sie, denke ich. Aber Ihre Frau in China, die, auf die Sie so lange gewartet haben, von der Sie wollen, dass ich sie nach Amerika bringe. Von ihr versuchen Sie mich nicht fernzuhalten. Was mich dazu bringt, mich zu fragen: Ist sie wirklich Ihre Frau?«

Kalte Angst durchzuckte Calvins Eingeweide. Lee war viel cleverer, als er ihm zugetraut hatte. »Natürlich ist sie das«, stieß Calvin hervor, und bei jedem Wort schmerzten seine Rippen.

»Das denke ich nicht. Ich denke, sie ist die Frau von jemandem, den Sie kennen. Jemandem, den Sie zu schützen versuchen.« Lee tauchte wieder in Calvins Blickfeld auf. »Vielleicht von Ihrem schwarzen Freund?«

Calvin versuchte, nicht zu reagieren. »Sie irren sich. Sie ist meine Frau.«

»Wenn das der Fall ist, Mr. Cabot, warum sind Sie dann nicht nach China zurückgekehrt, um sie zu holen? Sie wirken schwerlich wie der Typ Mann, der untätig fünf Jahre lang wartet.«

»Meine Zeitungen halten mich davon ab, für längere Zeit zu verschwinden.«

»Es sei denn, natürlich, Sie leiden an einem Anfall von Hongkong-Fieber.« Lees selbstgefällige Miene brachte Calvin dazu, an den Ketten zu zerren, worüber Lee nur lachte. »Ihre Freunde in Chinatown sind mir gegenüber ebenfalls loyal. Dachten Sie, ich würde nicht den wahren Grund Ihrer Ausflüge in Sings Etablissement erfahren?«

»Also haben Sie Sing überzeugt, über mich zu reden. Meinen Glückwunsch.«

»Sie haben ein sehr lockeres Mundwerk für einen Mann, der versucht, seinen Zustand vor der Welt zu verheimlichen. Ich frage mich, ob Ihre Investoren besorgt wären, wenn sie wüssten, dass Sie regelmäßig so krank werden.«

Genau aus diesem Grund ging Calvin stets zu Sing, wenn die Malaria wieder ausbrach. Investoren waren so schreckhaft wie neugeborene Kätzchen. Jeder kleine Hinweis auf Schwäche bei der Galionsfigur des Unternehmens konnte sein Imperium ruinieren. »Ich denke kaum, dass sie Ihnen glauben würden.«

»Vielleicht wird Ihr Freund Mr. Kwan glaubhafter sein.« Lee nickte einem seiner Männer zu, und Calvin sah eine vertraute Gestalt aus der Dunkelheit jenseits des Lichtkreises der Lampe treten.

Kwan war hier, allein. Seine Hände waren nicht gefesselt. »Was …?« Calvins Blick flog von Lee zu Kwan. »Was soll das?«

»Ihr Freund hier hat eingewilligt, sich der Tong anzuschließen, wenn ich Sie freilasse.«

»Nein! Kwan, tun Sie das nicht –«

»Es ist bereits geschehen, Cabot.« Kwan reckte das Kinn. »Ich habe bereits eingewilligt. Und nun lassen Sie ihn frei«, sagte er zu Lee.

Lee strich über seinen Bart und musterte Kwan, während die Stille sich ausdehnte. Dann wandte er sich an einen der Männer in der Nähe. »Ich habe meine Meinung geändert. Tötet sie beide.«

Lee setzte sich in Richtung Treppe in Bewegung, als Kwan schrie: »Sie dürfen mich nicht töten! Wir hatten eine Vereinbarung!«

»Sie werden Ming Zhu niemals finden, wenn Sie mich töten«, fügte Calvin hinzu.

Auf der untersten Stufe hielt Lee inne. »Ich habe entschieden, dass ich sie nicht mehr will. Dieser amerikanische Junge hat sie ruiniert, ihr die Unschuld genommen. Sie ist für mich gestorben.«

Calvins Magen krampfte sich zusammen. Gott, es war alles umsonst gewesen. Er zerrte an seinen Fesseln, so heftig er konnte. Die Ketten rasselten über seinem Kopf, hielten jedoch stand. »Gottverdammt! Warten Sie, Lee!«

Lee ging weiter, und zwei Männer folgten ihm die Treppe hinauf, während zwei weitere unten bei Kwan und Calvin blieben. Eine der Wachen näherte sich Kwan, der mit erhobenen Händen zurückwich, um den Mann abzuwehren. Der andere Wächter zog ein kleines Messer aus seinem Gürtel und kam auf Calvin zu.

Kwan begann zu betteln, dem Wächter von seinem Geschäft und seiner Familie zu erzählen, dann stolperte er und fiel auf ein Knie. Mit einer blitzschnellen Bewegung zog er ein Messer aus seinem Stiefel und schleuderte es geschickt auf den Wächter. Die Klinge drang tief in die Kehle des Mannes ein, und er fiel zu Boden.

Das zog die Aufmerksamkeit des anderen Wächters auf sich. Schnell hob er sein Messer und griff an, in der Absicht, Kwan zu töten, doch Calvin packte die Ketten mit aller Kraft, zog die Beine an und trat dem Mann mit Schwung in den Bauch, so fest er konnte, worauf dieser das Messer fallenließ. Kwan rannte los und schnappte sich das Messer, bevor der Wächter es erreichen konnte. Mit kaltem Blick richtete er es auf den Mann. »Lass meinen Freund frei, und wir lassen dich am Leben.«

»Wenn ich euch beide gehen lasse, wird Lee mich umbringen.«

»Nicht, wenn wir es so aussehen lassen, als wärst du überwältigt worden«, sagte Calvin.

»Das Risiko gehe ich nicht ein«, erwiderte der Wächter und stürzte sich auf Kwan.

Der kleinere und schnellere Kwan wich dem Mann aus und hieb ihm den Messerknauf an die Schläfe. Bewusstlos brach der Wächter zusammen.

In den Taschen der beiden Männer fand Kwan die Schlüssel für Calvins Handschellen. Er befreite zuerst das eine und dann das andere Handgelenk, und die Ketten rasselten zu Boden. Calvin kippte nach vorne, und Kwan fing ihn auf und stützte ihn mit seinem Körpergewicht.

»Sie sehen fürchterlich aus«, sagte Kwan. »Können Sie laufen?«

»Wenn das bedeutet, hier rauszukommen, dann ja. Wie haben Sie das geschafft?«

»Das werden Sie noch sehen. Gehen wir.«

KAPITEL ZWEIUNDZWANZIG

Lily beobachtete, wie Hugo, Mr. Cavanaugh und Kelly in der Gasse hinter der Pell Street verschwanden. Kwan und Calvin sollten durch ein Fenster hinaus in die Gasse flüchten, worauf die drei anderen Männer ihnen jede nötige Unterstützung geben würden, Calvin in die Kutsche zu verfrachten.

Lily und Cora waren mit einer Pistole in Cavanaughs geräumiger Kutsche zurückgelassen worden. Sie hatten die Anweisung, dort zu bleiben und auf jeden von Lees Männern zu schießen, der sich der Kutsche nähern sollte. Lily hatte jedoch nicht die Absicht zu warten.

»Bleib in der Kutsche«, sagte sie zu Cora. »Ich bin bald wieder zurück.«

»Halt.« Cora packte Lilys Unterarm. »Wo willst du denn hin?«

»Ich gehe sie holen. Diese Frau, die wir im zweiten Stock gesehen haben.«

»Hast du den Verstand verloren? Sie werden dich erwischen.«

Lily warf die Hände in die Luft. »Nun, ich kann sie nicht dort lassen. Nicht, nachdem ich sie so gesehen habe, hilflos, angekettet und betäubt. Gott allein weiß, was Lee ihr antun wird.«

»Wie willst du überhaupt hineinkommen, geschweige denn ihre Fesseln aufschließen und sie allein raustragen?«

»Ich klettere die Feuerleiter hoch«, erklärte Lily und zeigte auf die Metalltreppe, die sich an der Vorderseite des Gebäudes emporwand. »Den Rest überlege ich mir, wenn es so weit ist.«

»Die Feuertreppe? Und wie genau willst du in das Gebäude einbrechen?«

»Damit.« Sie holte einen Gegenstand aus ihrer Tasche.

»Wo hast du denn einen Schraubenzieher her?«

»Aus Kwans Restaurant. Da lag Werkzeug auf einem Tisch in der Nähe des vorderen Fensters, also hab ich mir den hier ausgeborgt.«

»Ich komme mit dir.«

Bevor Lily widersprechen konnte, öffnete Cora die Wagentür und stieg aus. Lily folgte ihr, und dabei wurden sie vom Kutscher bemerkt, der den Pferden gerade eine Hand voll Hafer gab.

Mit besorgter Miene runzelte er die Stirn. Er wischte sich die Hand an seinem Mantel ab und kam näher. »Miss, mir wurde gesagt, dass Sie beide in der Kutsche bleiben sollen. Ich bin mir nicht sicher –«

»Wir haben eine sehr kleine Besorgung zu erledigen, eine, die ein Geheimnis zwischen uns dreien bleiben soll.«

»Oh, das sollte ich nicht tun. Ich könnte meine Stellung verlieren, falls Mr. Cavanaugh das herausfindet.«

»Wie heißen Sie?«

»Charlie, Miss.«

»Nun, Charlie, dort oben im zweiten Stock ist ein junges

Mädchen, das ans Bett gekettet wurde. Unter Drogen gesetzt wurde. Sie hat Cora und mich angefleht, ihr zu helfen. Ich muss hinein und sie retten. Verstehen Sie?«

Charlie schluckte, während er darüber nachdachte. »Ich hab selbst eine Tochter. Kommt mir nicht richtig vor, zu wissen, dass da oben ein Mädchen misshandelt wird.«

»Genau das denken wir auch. Wir können sie retten. Ich weiß genau, wo sie ist, und ich kann sie da rausholen. Ich werde nach oben klettern und das Fenster aufstemmen.«

Er musterte das Gebäude, das nur ein kleines Stück die Pell Street hinunter lag. »Die Feuertreppe?«

»Ja, genau. Werden Sie uns helfen, unser Geheimnis zu hüten?«

»Ich –«

»Vielen Dank!«, unterbrach Lily ihn und zog Cora auf Lees Gebäude zu.

»Der arme Kerl hatte keine Chance gegen dich«, sagte Cora. »Ich hoffe, er wird nicht gefeuert.«

»Falls doch, stelle ich ihn ein. Ich werde nicht zulassen, dass seine Familie hungert, weil er uns geholfen hat. Und nun hilf mir, dieses Fass da drüben unter die Feuerleiter zu rollen.

Der vordere Teil von Lees Haus war dunkel in den frühen Morgenstunden. Die Straßen waren ebenfalls verlassen, obwohl man aus den Fenstern über ihnen Geräusche hören konnte. Lily und Cora manövrierten das schwere Holzfass unter die Metallleiter, die an der Feuertreppe befestigt war. Mit Coras Hilfe kletterte Lily auf das Fass, dann streckte sie sich nach der untersten Sprosse der Leiter.

Mit einem Ächzen rutschte das Metall weit genug herunter, dass Lily hochklettern konnte. Wenige Augenblicke später waren Lily und Cora an der Fassade hochgeklettert und erreichten das oberste Stockwerk. Cora spähte durchs Fenster hinein und stellte fest, dass der Flur im zweiten Stock leer war. Das Zimmer der Frau musste sich direkt rechts vom Fenster befinden.

Der Schraubenzieher machte mit dem Fensterriegel kurzen Prozess. Lily öffnete das Fenster und hielt es für Cora auf, dann kletterte sie hinterher. Sie eilten zur Tür, doch die war inzwischen verschlossen. Cora vergeudete keine Zeit, zog die Haarnadeln hervor und beugte sich über das Schloss. Lily hielt nach Lees Männern Ausschau, während Cora sich daranmachte, das Schloss zu knacken. Gefühlte Stunden später, obwohl es wahrscheinlich nur Minuten waren, klickten die Zuhaltungen, und die Tür öffnete sich.

»Du bist erschreckend gut darin«, flüsterte Lily, als sie in den abgedunkelten Raum traten.

»Ich weiß. Vielleicht habe ich noch eine Karriere als Juwelendiebin vor mir.«

Cora schloss die Tür hinter ihnen, dann ließen beide Frauen ihren Augen kurz Zeit, sich an die Dunkelheit zu gewöhnen. »Ist sie hier? Ich kann nicht das Geringste sehen.« Sie griff nach Lilys Hand. »Lass mich nicht allein.«

»Das werde ich nicht.« Umrisse begannen sich in der Dunkelheit abzuzeichnen, und Lily machte eine winzige Gestalt auf dem Bett aus. »Sie ist hier. Lass mich versuchen, die Lampe anzuzünden.«

Lily schlich zum Nachttisch neben dem Bett und fand dort eine Schachtel Streichhölzer, mit der sie sofort die Öllampe entzündete. Trübes, gelbes Licht erfüllte den Raum und beleuchtete die schlafende Gestalt der gefangenen Frau. Cora keuchte auf, und Lily krampfte es das Herz zusammen. Die kleine und zerbrechliche Frau war immer noch ans Bett gekettet und in viel schlechterem Zustand, als sie befürchtet hatten. Ihren hohlen Wangenknochen und dem glanzlosen Haar nach zu urteilen, war sie eindeutig schon eine ganze Weile dort angekettet.

Cora ging zum Fußende des Bettes, um ihre Fähigkeiten im Schlösserknacken bei der Schelle um den Knöchel der Frau unter Beweis zu stellen. Lily lauschte derweilen an der Tür und hielt den Atem an, als plötzlich ein Knall durch den Flur hallte. *Wahrscheinlich ein Kunde, der ging.* Als sie keine Schritte hörten und sich wieder Stille herabsenkte, stieß sie den angehaltenen Atem aus.

»Na bitte.« Cora ließ die Kette und die Schelle aufs Bett fallen. »Sie ist frei.«

Lily ging zum Bett und klopfte der Frau mit dem Handrücken an die Wange, um sie aufzuwecken. »Ma'am. Wachen Sie auf, bitte.«

Stöhnend drehte die Frau den Kopf. Ihre Augenlider flatterten jedoch nicht, also tätschelte Lily ihre Wange erneut. »Wachen Sie auf. Wir bringen Sie hier raus.«

»Hieven wir sie hoch und auf die Füße«, schlug Cora vor. »Wir müssen hier so schnell wie möglich fort.«

Nach ein paar Augenblicken unbeholfenen Ringens gelang es Lily und Cora, die kleine Frau zwischen ihnen zu stützen, und sie bewegten sich mit ihr auf die Tür zu. Lees Gefangene kam gerade genug zu Bewusstsein, um leicht mit den Füßen zu schlurfen, aber sie war noch zu schwach, ihr eigenes Gewicht zu tragen.

Lily lauschte an der Tür. Als sie nichts hörte, öffnete sie sie einen Spalt und spähte den Flur hinunter. Leer. Sie öffnete die Tür weiter, und zu dritt stolperten sie in den Flur. Das Fenster war immer noch offen, und die kalte Nachtluft strömte herein. Rasch schleppten Lily und Cora die Frau zum Ausgang.

»Wie sollen wir sie nach unten bringen?«, flüsterte Cora zwischen angestrengten Atemzügen. »Oder überhaupt durchs Fenster?«

Lilys Puls raste, während sie die Lage einschätzte. »Halt sie aufrecht. Ich klettere hinaus auf die Feuertreppe, und dann bugsieren wir sie gemeinsam durchs Fenster.

Mit viel Schweiß und Mühe gelang es ihnen, die Frau hinaus auf die Feuertreppe zu bringen. Lily hielt sie aufrecht, bis Cora zu ihnen hinausgeklettert war. Die metallene Plattform war unglaublich eng für drei Personen; es würde schwierig werden, sich auf den Stufen zu bewegen.

»Ich fasse sie unter den Schultern. Du nimmst ihre Beine«, sagte Cora. »Wir tragen sie die Stufen runter.«

Langsam bahnten sie sich ihren Weg nach unten, wobei sie immer wieder kurze Pausen einlegen mussten. In ihren Abendkleidern und Korsetts waren Lily und Cora nicht gerade angemessen gerüstet für eine solche verdeckte Rettungsmission, aber sie mussten den Umständen entsprechend ihr Bestes geben. Die Frau zurückzulassen stand nicht zur Debatte.

»Lily! Was in Gottes Namen tust du da?«, schrie eine Stimme zu ihr hoch, die sie sofort erkannte.

Lily und Cora waren gerade auf Höhe des ersten Stocks angekommen. Lily schenkte Calvin keine Beachtung. Selbst wenn sie ihm hätte antworten wollen, was sie nicht tat, könnte sie keinen Atemzug erübrigen. Jedes Quäntchen Energie galt der Aufgabe, diese Frau eine schmale Metalltreppe zwei Stockwerke über dem Erdboden hinunterzutragen. Und das alles natürlich, ohne dass Lees Männer sie entdeckten.

Gut zu wissen, dass Mr. Kwan Calvin gerettet hatte. Wenigstens würde er so erleben, wie diesmal sie ihn verließ anstatt anders herum.

Er musste halluzinieren.

Schwankend stützte Calvin sich auf Hugos Schulter und kam zu dem Schluss, dass er immer noch in Lees Keller sein musste und unter Wahnvorstellungen litt. Denn was er da mit seinem einen guten Auge sah, konnte nicht real sein. Lily und Cora kamen die Feuertreppe herunter und schleppten eine Frau mit sich. Eine halb bewusstlose Frau, höchstwahrscheinlich unter dem Einfluss eines Opiats, wenn Calvin sich nicht irrte.

Himmelherrgott.

»Lily! Was in Gottes Namen tust du da?«, schrie er.

Sie ignorierte ihn, obwohl ihre Schultern leicht zuckten.

»Wie zum Teufel haben sie das geschafft?«, fragte Cavanaugh, der nun neben Calvin stand.

Cavanaugh, Hugo und Kelly hatten Kwan dabei geholfen, Calvin aus Lees Haus zu holen, glücklicherweise hatte es dabei kaum Blutvergießen gegeben. Calvin wusste nicht, wie Hugo so schnell eine Rettungsmannschaft zusammengetrommelt hatte, aber er war verdammt dankbar dafür. Die fünf waren gerade zur Kutsche geeilt, als er zufällig Geräusche auf der Feuertreppe gehört und nach oben gesehen hatte.

»Ich weiß es nicht, aber ich – *Verfluchte Scheiße.*«

Einer von Lees Männern erschien im Fenster des zweiten Stocks, eine Pistole in der Hand. Er feuerte, und die Kugel prallte mit einem metallischen Laut von der Feuertreppe ab.

Calvins Schmerzen waren vergessen. Er rannte zur Leiter und begann, hinaufzuklettern, so schnell er konnte. Er erreichte den ersten Treppenabsatz, gerade als eine weitere Kugel herunterpfiff. Dann noch mehr, als weitere Männer in die Schüsse einstimmten. Den Arm schützend über den Kopf gehoben, rannte Calvin geduckt die Treppe hoch, dicht gefolgt von Hugo.

Unten auf der Straße hatten Kelly und Cavanaugh Pistolen gezogen und feuerten hinauf zu Lees Männern am Fenster. Calvin hoffte inbrünstig, dass niemand auf der Feuertreppe von einer verirrten Kugel getroffen wurde.

Als er Lily und Cora erreichte, fand er sie über die Frau gekauert vor, um sie vor den Schüssen zu schützen. »Lily, los!« Er packte Cora am Arm und schob sie zu Hugo. »Bring sie runter!«

Hugo nickte und begann, Cora rasch vor sich die Treppe hinunterzuführen. Calvin packte Lily an den Schultern und zog sie hoch. »Lily, sieh zu, dass du hinunter zur Kutsche kommst. Ich nehme sie.«

Lily nickte blass. Angst verschleierte ihre braunen Augen. »Bist du sicher, dass du –«

Es war keine Zeit zu diskutieren. »Los. Ich bin direkt hinter dir.«

Sie stieg über die Frau hinweg und um Calvin herum, dann hastete sie mit gerafften Röcken die Treppe hinunter. Calvin bückte sich, um die Frau hochzuheben, die Lily befreit hatte – und der Atem stockte ihm.

Heilige Hölle.

Hugos Frau.

Es war lange her, und sie war in einem schrecklichen Zustand, aber Calvin erkannte Shin-yee wieder. Eine Frau, die normalerweise so lebhaft und umgänglich war, dass es ihm beinahe das Herz brach, sie so zu sehen. Gebrochen. Ausgemergelt. Apathisch. Eine Kugel zischte an ihm vorbei und brachte ihn jäh wieder auf Trab. Für eine Untersuchung war später noch Zeit. Zuerst musste er Shin-yee in Sicherheit bringen.

Er hob Hugos Frau auf die Arme und drückte sie an seine Brust, während er sie tief gebückt zur Treppe trug. Dünn, sie war viel zu dünn, verdammt. Wie lange hatte Lee sie dort gefangen gehalten? Und wie in Gottes Namen hatte Lily sie gefunden?

Kwan und Hugo warteten am Fuß der Feuerleiter auf dem Bürgersteig. »Lass sie mit den Füßen voran zu uns runter«, rief Kwan.

Calvin ging in die Knie und verlagerte sein Gewicht, um die Frau langsam in Kwans und Hugos wartende Arme hinunterzulassen. Im selben Moment, in dem Hugo nach Luft schnappte und die Augen aufriss, flog plötzlich die Vordertür des Gebäudes auf. Hugo hatte erkannt, wer die Frau war, aber Calvin konnte nicht weiter auf seinen Freund achten, weil seine Aufmerksamkeit nun den Neuankömmlingen galt. Lee war aus dem Haus gekommen, gefolgt von einigen seiner Männer.

Er hob die Hand, worauf die Männer im zweiten Stock das Feuer einstellten. Cavanaugh und Kelly hörten ebenfalls auf zu schießen.

Calvin sprang zu Boden, und Wut breitete sich wie Malaria in seinem Blut aus, während seine Muskeln sich anspannten. Keine Vergeltung wäre zu hart für das, was Lee getan hatte.

Erwürgen, erstechen, erschießen ... das war viel zu einfach. Calvin wollte Lee Arme und Beine ausreißen und ihn zwingen, dabei zuzusehen, wie er sie an die allgegenwärtigen Schweine verfütterte, die durch die Stadt streiften.

Mit schmalen Augen sah er den Mann an, der so viel Leid und Zerstörung verursacht hatte. »Sie gottverdammter Bastard!«, schrie er. »Sie hatten sie die ganze Zeit. Haben sie betäubt. Sie hungern lassen.«

»Es ist nicht meine Schuld, dass sie während ihres Aufenthalts hier Opium von mir verlangte. Ich habe versucht, es ihr so bequem zu machen, wie ich konnte, während –«

»Sie war ans Bett gefesselt!«, schrie Lily von irgendwo hinter Calvin.

Calvin knirschte mit den Zähnen, und seine Hände zitterten, so sehr brannte er darauf, Vergeltung an Lee zu üben. Er marschierte auf ihn zu, ohne auf die wartenden Männer in der Nähe zu achten. »Der Tod ist noch zu gut für Sie.«

»Sie können mich nicht töten«, spottete Lee. »Hier sind zu viele Zeugen, und ich bezahle die Polizisten in diesem Revier sehr gut. So bekannt, wie Sie sind, würden Sie nicht damit davonkommen.«

Das Klappern von Hufen war zu hören und wurde immer lauter, aber Calvin ignorierte das Geräusch. »Damit könnten Sie recht haben«, sagte er zu Lee, »aber ich werde es genießen, es zu versuchen.« Er hob die Fäuste, doch jemand packte von hinten seinen Arm.

»Cabot, warten Sie.« Cavanaugh hielt Calvin mit festem Griff zurück. »Wir brauchen ihn nicht zu töten. Hören Sie dieses Geräusch, Mr. Lee? So etwas nennt man die Kavallerie.«

»Was meinen Sie damit?«, fragte Calvin.

»Wir haben einem Freund von uns telegrafiert, einem mit erstaunlichem politischen Einfluss. Er bringt Polizisten mit, die nicht auf Ihrer Gehaltsliste stehen.«

Calvin lachte, ein aufrichtiges, lautes Lachen. Hugo war ein verdammtes Genie. »Machen Sie sich auf eine Razzia gefasst, Mr. Lee.«

Calvin sah zu, wie Lee und seine Männer in Handschellen in Polizeiwagen geladen wurden. Lee warf Calvin noch einen letzten wütenden Blick zu, bevor man ihn in das Fahrzeug schob. Falls Lee Vergeltung im Sinn hatte, würde der Artikel, den Calvin in der morgigen Spätausgabe des *Mercury* zu veröffentlichen plante, das gewiss verhindern. Calvin würde dafür sorgen, dass Lees Tage als Herrscher über Chinatown gezählt waren.

Er ließ die Schultern kreisen. Jeder einzelne Zentimeter seines Körpers schmerzte, vom Scheitel bis zu seinen Zehen. Hugo war längst fort und hatte seine Frau mitgenommen, um sie von einem Arzt behandeln zu lassen. Die Monate der Gefangenschaft hatten ihren Tribut von ihr gefordert, von der Abhängigkeit von Laudanum ganz zu schweigen. Sie und Hugo würden Zeit brauchen, um sich zu erholen und wieder gesund zu werden.

Aber die Tortur war endlich vorbei.

Hauptsächlich, weil Hugo nach Calvins Aufbruch zu Lee Freunde und Verbündete zusammengetrommelt hatte. Eine weitere Gelegenheit, bei der Hugo Calvin das Leben gerettet hatte. So Gott wollte, würde es die letzte sein.

Ava Sloane kam an seine Seite. Sie war kurz nach ihrem Mann auf der Bildfläche erschienen. »Cabot, ich glaube, ich habe genug, um mit der Story anzufangen.« Sie hielt ein Bündel Notizen in der Hand, ihre Interviews und Beschreibungen davon, was sich heute Nacht hier ereignet hatte. Calvin ließ sie den Aufmacher für die Story schreiben, eine Exklusivmeldung, die kein anderer Reporter in der Stadt bekommen würde. »Ich mache mich auf den Weg ins Büro, um loszulegen.«

»Gehen Sie nach Hause und schlafen Sie ein wenig, Sloane. Die Story kann bis morgen früh warten.«

Sie schüttelte den Kopf, eine eigensinnige Reaktion, mit der er hätte rechnen sollen. »Nein. Im Moment ist alles noch frisch in meinem Kopf. Ich würde den Artikel lieber fertigstellen und ihn dann Evans auf den Schreibtisch legen.«

»Liebling«, sagte ihr Mann Will, der sich zu ihnen gesellte. »Komm mit nach Hause. Die Morgendämmerung hat noch nicht einmal eingesetzt.«

Sie drehte sich zu ihm um und strich mit einer Hand über das Revers seines Mantels. »Das ist schon in Ordnung. Ich nehme die Kutsche und bin wieder zu Hause, bevor du überhaupt aus dem Bett bist.«

»Immer diese Versprechungen.« Sloane beugte sich vor und küsste seine Frau auf die Wange. »Sei vorsichtig. Ich weiß, wenn ich dir einen Polizeibeamten als Begleitung mitgebe, reißt du mir wahrscheinlich den Kopf ab.«

»Da hast du recht. Auf Wiedersehen, Cabot.« Mit gestrafftem Rücken marschierte sie zur Kutsche, bereit, es mit der ganzen Welt aufzunehmen.

»Ihre Frau ist bemerkenswert«, sagte Calvin zu Will Sloane, als sie zusahen, wie Ava in die Kutsche stieg.

»Ja, das ist sie. Und dasselbe könnte ich auch über Ihre ehemalige Frau sagen.«

Ja, bemerkenswert wütend, dachte Calvin. Lily war kurz nach der Ankunft der Polizeikräfte aufgebrochen und hatte sich nicht einmal die Mühe gemacht, mit Calvin zu reden, bevor sie mit Cora in eine Mietkutsche gestiegen und verschwunden war.

Mit zusammengekniffenen Augen musterte Sloane Lees dreistöckiges Gebäude. »Lillian Davies ist tatsächlich die Feuerleiter hochgeklettert, um diese Frau da oben zu retten? Das ist ziemlich heldenhaft.«

»Ich dachte nicht an Heldentum, als sie auf der zweiten Plattform festsaß und Kugeln um sie herumpfiffen.«

Sloane lachte. »Ja, da bin ich sicher.«

»Nun, Sloane«, Cavanaugh kam auf die beiden Männer zu, blieb breitbeinig stehen und verschränkte die mächtigen Arme vor der Brust. »Sie haben mit Ihrer Ankunft zum richtigen Zeitpunkt eindeutig die Lage gerettet.«

Hugo hatte nicht nur Calvins Rettung organisiert, sondern auch Sloane gebeten, ein paar Polizisten in die Pell Street zu bringen, um Lee zu verhaften. Stattdessen hatte Sloane fast die ganzen verdammten Streitkräfte der Metropolitan Police aufgefahren.

»Ja, das habe ich«, schmunzelte Sloane. »Zweifellos schmerzt es Sie, das zuzugeben.«

»Ich jedenfalls habe keine Schwierigkeiten damit, das zuzugeben«, sagte Calvin und streckte Sloane die Hand hin. »Ich danke Ihnen beiden für alles, was Sie heute Nacht hier getan haben.« Er wandte sich zu Cavanaugh und schüttelte auch ihm die Hand.

»Jederzeit, Cabot«, erwiderte Sloane. »Allerdings muss ich schon sagen, ich kann kaum glauben, dass Sie töricht genug waren, sich Lee auszuliefern. Zum Glück hat Hugo einen klaren Kopf bewahrt und nach uns geschickt.«

»Der Meinung bin ich auch. Seien Sie nächstes Mal kein

Idiot.« Cavanaugh schlug Calvin so kräftig auf die Schulter, dass er beinahe vornüberkippte, sich aber noch rechtzeitig wieder fing. »Ich würde ja gern noch weiter hier mit Ihnen herumstehen, aber ich habe eine Frau und einen Sohn, die zu Hause auf mich warten. Ich wünsche Ihnen beiden eine gute Nacht.«

»Ich weiß Ihre und Kellys Hilfe zu schätzen, Cavanaugh. Gute Nacht.«

Cavanaugh und Kelly schlenderten davon, während zur selben Zeit der Polizeiwagen mit Lee und seinen Männern losfuhr. Ein paar der Polizisten blieben noch zurück, um das Gebäude zu durchsuchen und die Laster zu dokumentieren, aber die übrigen brachen ebenfalls auf.

»Wo werden sie Lee hinbringen?«, wollte Calvin von Sloane wissen.

»Auf eines der Reviere im oberen Teil der Stadt, bis man herausgefunden hat, wer im hiesigen Revier auf seiner Gehaltsliste stand.«

»Gute Idee. Ich kann Ihnen gar nicht sagen, wie erleichtert ich bin, dass das alles vorbei ist.«

»Darauf möchte ich wetten. Hugo und Sie hatten schon ziemlich lange damit zu kämpfen. War es das, was Davies benutzt hat, um die Annullierung zu erzwingen?«

»Ja, unter anderem. Ich musste behaupten, Hugos Frau sei die meine, um überhaupt die Aufmerksamkeit der Regierungsbeamten zu bekommen, an die wir mit unserem Anliegen herantraten. Dennoch schlugen meine Versuche fehl, aber sie reichten aus, damit Davies davon Wind bekam, und er drohte damit, mich als Bigamisten bloßzustellen, falls ich der Annullierung nicht zustimmte.«

»Das war niederträchtig, selbst für Davies. Also was nun?«

Mit gerunzelter Stirn sah Calvin ihn an. »Was meinen Sie damit?«

»Sie und Miss Davies. Es ist offensichtlich, dass Sie immer noch etwas für sie empfinden.«

Ja, aber was empfand sie für Calvin? Er musste sich bei ihr entschuldigen und ihr die Gründe für das, was er getan hatte, erklären. Ganz zu schweigen davon, dass er ihr sagen musste, dass er sie liebte. Das war wichtig. Vielleicht sollte er damit anfangen.

»Ich habe vor, sie aufzusuchen und hoffentlich alles wieder in Ordnung zu bringen.«

»Hoffentlich? Also erwarten Sie nicht, damit Erfolg zu haben?«

Calvin rieb sich mit den Handballen die Augen und seufzte. »Ich erwarte nicht, dass sie es mir leicht machen wird. Aber irgendwann wird sie mich anhören. Ich muss einfach nur Geduld haben.«

»Nun, nehmen Sie einen Rat von mir an«, sagte Sloane und legte Calvin eine Hand auf die Schulter. »Seien Sie bereit, jede Ihnen verfügbare Waffe einzusetzen, ganz gleich wie unfair sie sein mag. Je eigensinniger die Frau, desto länger hegt sie einen Groll. Zeigen Sie keine Angst, dann werden Sie sie zurückgewinnen.«

KAPITEL DREIUNDZWANZIG

»Colleen, packen Sie diese Schuhe in den Überseekoffer. Ich möchte sie alle mitnehmen.«

Lilys Zofe nickte und sammelte einen Arm voll Schuhe auf, um sie zu dem großen offenen Koffer in der Mitte des Ankleidezimmers zu tragen.

Unterdessen musterte Lily ihre Kleider und klopfte sich nachdenklich mit dem Finger an die Lippe. Als sie vor wenigen Stunden nach Hause gekommen war, hatte sie das ausgiebigste Bad der Welt genommen, in dem Versuch, die Erinnerungen an die vergangene Nacht fortzuwaschen. Dann hatte sie versucht zu schlafen, aber sie konnte nicht damit aufhören, an den Nachmittag in Calvins Büro zu denken. Wie er ihr versprochen hatte, ehrlich zu sein. Ihr zu vertrauen. Lügen, alles Lügen.

Calvin hatte sie von dem Augenblick an, als sie sich zum ersten Mal begegnet waren, angelogen und die Wahrheit verdreht, wie es ihm gerade in den Kram passte. Sie war es leid, nicht respektiert und für dumm verkauft zu werden.

Und nachdem der Verwaltungsrat von Davies Mining sie abgewählt hatte, gab es hier in New York nichts mehr für sie. Jedenfalls nichts, das sie wollte.

»Ich habe meine Meinung geändert«, sagte sie zu Colleen. »Machen Sie sich keine Mühe mit den Kleidern. Ich werde mir in Paris neue schneidern lassen.«

»Aber Miss, was ist mit der Reise?«

»Packen Sie einfach ein, was ich auf dem Schiff brauchen werde. Alles andere kann bleiben.«

»Jawohl, Miss.«

Lily ging zu ihrem Ankleidetisch und öffnete ihre Schmuckschatulle. Es gab ein paar Stücke, die sie nicht zurücklassen wollte.

»Was geht denn hier vor?«

Lily warf einen Blick über ihre Schulter zur Schwelle ihres Ankleidezimmers, wo ihr Bruder stand. »Hallo, Tom.«

Er runzelte die Stirn und wies mit einer ausladenden Geste in den Raum. »Was machst du da?«

Lily zuckte die Schultern und begann erneut, ihren Schmuck zu sortieren. »Ich packe. Colleen, würden Sie uns einen Moment allein lassen?« Ihre Zofe verschwand in den Flur, und die Tür schloss sich hinter ihr.

»Ich sehe, dass du packst«, erwiderte Tom. »Aber wo willst du hin?«

»Fort. Mit Paris fange ich an. Weiter habe ich noch nicht vorausgeplant.«

»Wie lange wirst du fort sein?«

Sie nahm ihre Smaragdhalskette und erinnerte sich daran, wie Calvin sie ihr in jener Nacht abgenommen hatte. Sofort ließ sie das Schmuckstück fallen, als hätte sie sich daran verbrannt. Seufzend drehte sie sich zu ihrem Bruder um. »Ich bin mir nicht sicher. Ziemlich lange wahrscheinlich. Alles, was ich weiß, ist, dass ich nicht hierbleiben kann.«

Aus dem anderen Zimmer kam ein Niesen, was Toms Aufmerksamkeit auf sich zog. Seine Miene wurde weich. »Wir werden diese Unterhaltung gleich fortsetzen, Lily, aber zuerst möchte ich dir jemanden vorstellen.«

Er zog eine weitere Person mit sich ins Ankleidezimmer. Eine junge Chinesin. Sie war bezaubernd und trug ein hochgeschlossenes cremefarbenes Oberteil und einen blauen Rock. Das dunkle Haar war gescheitelt und zu einem schlichten Knoten im Nacken gesteckt, was ihre auffallend braunen Augen und vollen Lippen betonte. Tom ließ ihre Hand nicht los, und Lily erkannte, dass das hier die Person war, von der er ihr wenige Tage zuvor erzählt hatte. Das Mädchen, in das er verliebt war.

Lees Tochter.

Es war die einzige logische Erklärung. Offensichtlich hatte Tom mit Calvin zusammengearbeitet, um sie vor Lee zu verstecken. Nicht, dass Lily es dem Mädchen verübelte, diesem grausamen Mann entkommen zu wollen.

»Lily, darf ich dir Ming Zhu vorstellen, meine zukünftige Ehefrau.«

»Es ist mir eine Freude, Sie endlich kennenzulernen«, sagte Lily.

Die junge Frau nickte kurz und lächelte. »Die Ehre ist ganz auf meiner Seite. Ihr Bruder hat mir schon so viel von Ihnen erzählt, Miss Davies.«

»Bitte nennen Sie mich Lily. Hat man sich in den vergangenen Wochen gut um Sie gekümmert?«

»Oh, ja. Mr. Cabot hat sichergestellt, dass ich sehr gut versorgt wurde.«

Lily bemühte sich, ihre Reaktion zu verbergen, obwohl die Erwähnung von Calvins Namen ihr geschundenes Herz noch mehr in Stücke brechen ließ. »Ausgezeichnet. Ich weiß, das kann nicht leicht für Sie gewesen sein. Ihr Blick flog zu Tom. »Für keinen von euch beiden.«

»Ich dachte, ich müsste sterben«, sagte Tom dramatisch. Seine Emotionen standen ihm ins Gesicht geschrieben, als er sich dem Mädchen zuwandte. »Du hast mir so schrecklich gefehlt.« Ming Zhu sah Tom an, als wäre er ein herrlicher Prinz, und Lily musste den Blick abwenden.

Obwohl sie sich für ihren Bruder freute, ließ es sie beinahe in Tränen ausbrechen, zwei so offensichtlich verliebte Menschen zu sehen.

»Wie ich sehe, haben Sie keine Zeit vergeudet«, erklang eine tiefe, vertraute Stimme aus Lilys Schlafzimmer. Eine Stimme, die absolut nichts in ihrem Haus zu suchen hatte. Sie fuhr zu ihrem Ankleidetisch herum und bemühte sich, keine Miene zu verziehen. *Was machte er hier?*

»Hallo, Cabot«, begrüßte ihr Bruder ihn. »Ich hoffe, es macht Ihnen nichts aus. Ich habe Hugo nach Ming Zhus Versteck gefragt.«

»Das dachte ich mir schon.« Calvin richtete einige Worte auf Kantonesisch an das Mädchen, das auf dieselbe Weise antwortete.

Stille senkte sich herab. Lily hatte den dreien weiterhin den Rücken zugewandt, während sie ihre Ohrringe, Halsketten und Armbänder sortierte, ohne sie wirklich zu sehen. Ihr Schiff legte in sechs Stunden ab. Sie hatte gehofft, aus New York zu entkommen, ohne Calvin noch einmal zu sehen, War er direkt von Lees Haus hierhergekommen?

»Hallo, Lily.«

»Calvin«, erwiderte sie knapp.

»Willst du irgendwo hin?«

Sie antwortete nicht. Würden sie wirklich so tun, als hätte er sie nicht schon wieder belogen? Als wäre das hier irgendeine alltägliche Unterhaltung?

Schließlich räusperte Tom sich. »Sie sagt, sie verlässt New York. Aber vielleicht können Sie sie ja zur Vernunft bringen.«

Calvin stieß einen schweren Seufzer aus. »Tom, würden Sie uns bitte einen Moment allein lassen?«

»Natürlich.«

Sie hörte Schritte auf dem Teppich, die sich entfernten. Dann schloss sich die Tür, und sie blieb allein mit Calvin zurück. Mit klopfendem Herzen bemühte sie sich, ihre Stimme ruhig und gleichmäßig klingen zu lassen. Es gab nur eine einzige Sache, die sie von Calvin hören wollte. »Wie geht es Hugos Frau?«

»Sie ist unterernährt, abhängig von Laudanum und müde. Aber die Ärzte wirken optimistisch. Sie hat keine inneren Verletzungen oder Knochenbrüche. Hugo lässt dir übrigens danken.«

Lily entspannte sich ein klein wenig. Hugo würde sich gut um seine Frau kümmern und ihr helfen, wieder gesund zu werden. Es würde beileibe nicht einfach werden, aber es hätte so viel schlimmer kommen können.

Sie bemerkte, dass Calvin sie abwartend betrachtete. »Wolltest du sonst noch etwas, Calvin? Ich bin ziemlich beschäftigt.«

»Ja, das sehe ich. Du läufst schon wieder davon.«

Die Andeutung war klar: dass sie vor *ihm* davonlief. Es machte sie wütend, aber sie würde nicht mit ihm streiten. »Du weißt absolut nichts darüber, was ich tue. Und genauso wenig geht es dich etwas an.«

»Es geht mich sehr wohl etwas an, wenn du vorhast, mich einen ganzen Ozean überqueren zu lassen, um mich bei dir zu entschuldigen.«

»Du kannst dir deine Entschuldigungen sparen. Ich will sie nicht hören.« Das hier war lächerlich. Sie würde einfach all ihren Schmuck mitnehmen. Sie nahm die ganze Schatulle vom Ankleidetisch, ging damit zum Überseekoffer und warf sie hinein.

Er kam neben sie. »Nun, dann mach dich auf etwas gefasst, denn du wirst sie trotzdem zu hören bekommen.«

Sie wandte sich ab, um Abstand zwischen sie zu bringen, doch Calvin hielt sie am Oberarm fest, um sie am Weglaufen zu hindern. »Warte, Lily. Geh nicht weg, bitte. Ich möchte mit dir reden.«

Sie hielt seinen Blick fest. »Nimm sofort deine Hände von mir, oder ich rufe die Polizei und lasse dich verhaften.«

Verdutzt ließ er sie los und hob abwehrend die Hände. »Lily, bitte. Du musst mich anhören.«

»Ich bin fertig damit, dich anzuhören. Alles, was du tust, ist, noch mehr Lügen zu spinnen, und das bin ich leid. Es gab keinen Grund, Ming Zhu vor mir geheim zu halten, besonders nicht, nachdem ich von Hugos Frau erfahren hatte.« Sie ging zu ihrem Ankleidetisch. Mit leicht zitternden Händen suchte sie ein paar Flaschen Parfüm aus, die Colleen einpacken sollte.

Das Geräusch von Holz auf Holz ließ sie herumwirbeln. Calvin saß nun mit verschränkten Armen auf dem geschlossenen Überseekoffer, den Mund zu einem flachen, überheblichen Strich zusammengekniffen.

»Was denkst du eigentlich, was du da tust?«

»Ich hindere dich daran zu gehen, bis du dir angehört hast, was ich zu sagen habe.«

Sie stieß ein trockenes, bitteres Lachen aus. »Dass du auf meinem Koffer sitzt, wird mich nicht daran hindern, an Bord des Schiffes zu gehen. Außerdem, spar dir die Worte. Alles, was du tust, ist deine Täuschung zu einem Märchen zu spinnen, auf das selbst die Gebrüder Grimm stolz wären. Ich will keine Ausflüchte mehr hören, Calvin. Du hast versprochen, ehrlich zu mir zu sein, aber du kennst nicht mal die Bedeutung dieses Wortes.«

Ihre Stimme brach unter der Anstrengung, gleichgültig zu klingen und so zu tun, als berührte sie das nicht, dabei könnte das der Wahrheit nicht ferner liegen. Jede Faser ihres Körpers schmerzte vor tiefster Traurigkeit wegen dieses Mannes. Warum konnte er ihr nicht vertrauen? Er hatte ihr nicht nur ein Mal, sondern *zwei Mal* das Herz gebrochen. Was sie zur größten Närrin der Welt machte.

»Es war schon zu spät!« Er schlug mit der Faust auf den Koffer, um seine Worte zu unterstreichen. »Ich konnte an dem Punkt doch wohl kaum alles gestehen, was ich getan hatte. Ich wusste, dass du rasend vor Wut sein würdest.«

Sie musterte seinen Gesichtsausdruck, während sie an alles dachte, was in den letzten paar Wochen passiert war. Calvins Treffen mit Lee, Newport, Toms plötzliches Auftauchen … »Du hast gehofft, ich würde es nie herausfinden. Dass du Hugos Frau bekommen und ohne mein Wissen gegen Lees Tochter austauschen könntest.«

»Falsch«, sagte er mit einem raschen Kopfschütteln. »Ich hatte vor, Ming Zhu Tom zu übergeben. Zuerst musste ich Lee dazu bringen, Hugos Frau herzuschmuggeln, und ihn davon überzeugen, dass Tom und du nicht darin verwickelt wart. Die Vorstellung, das Mädchen an Lee zurückzugeben, gefiel mir nicht, es sei denn, sie wollte zu ihrer Familie zurückkehren. Sie und dein Bruder wirkten verliebt, also war diese Möglichkeit unwahrscheinlich.«

»Du hast sie und Tom in Newport gefunden.«

»Ja. Im Bootshaus.«

Natürlich. Während sie im Haus gesucht hatte, hatte Calvin die Gesuchten sofort auf dem Gelände ausfindig gemacht. Sie hätte stattdessen draußen anfangen sollen. »Und du hast Tom gebeten, mich anzulügen.«

»Zu deinem eigenen Schutz. Lee musste glauben, dass Tom und du unbeteiligt wart.«

»Und war der Mann, der in mein Haus einbrach, ein Beweis dafür, dass Lee dir nicht glaubte?«

»Nein. Lee wollte mich durch dich verletzen.«

Das passte zumindest zu dem, was Hugo ihr gesagt hatte.

»Es tut mir leid, Lily. Du bist die letzte Person, der ich je wehtun möchte. Und ich habe ernst gemeint, was ich an jenem Tag in meinem Büro gesagt habe. Ich werde nicht wieder fortgehen.«

»Das ist schon in Ordnung. Diesmal werde ich diejenige sein, die geht.«

Calvin unterdrückte ein Knurren. Lily hatte jedes Recht, wütend zu sein, und er war hergekommen, um zu Kreuze zu kriechen. Aber das bedeutete nicht, dass es ihn nicht frustrierte, gegen die anschwellende Flut ihres Zorns anzukämpfen. Er versuchte, sein Verhalten zu erklären, ihr dabei zu helfen, ihn zu verstehen, und sie kooperierte nicht.

»Lily, du wirst nicht gehen.«

Ein Laut kam über ihre Lippen, halb Lachen, halb Schnauben. »Für den Fall, dass es dir entfallen sein sollte, wir sind nicht mehr verheiratet. Und selbst wenn wir es wären, würde ich keine Befehle von dir entgegennehmen.«

Er versuchte es auf eine andere Weise. »Was ist mit der Mine? Dem Unternehmen deines Vaters?«

»Der Verwaltungsrat hat mich abgewählt. Ich hatte gehofft, Tom würde übernehmen, aber er hat abgelehnt.« Sie zuckte mit den Schultern.

Das war Calvin neu. Er hatte gehört, dass die Verwaltungsratsmitglieder mit einigen ihrer Ideen nicht glücklich waren, aber er hätte nie gedacht, dass sie Lily abwählen würden. Oder dass Lily es zulassen würde, wenn sie es versuchten. »Ich dachte, du wolltest die Mine in deiner Familie behalten.«

»Das wollte ich auch, aber der Verwaltungsrat glaubt, ich hätte ›fragwürdiges Urteilsvermögen‹ gezeigt. Bei Monty bin ich mir nicht so sicher. Aber bei dir beginne ich zu glauben, dass sie recht haben.«

»Das ist doch lächerlich. Du hast kein fragwürdiges Urteilsvermögen. Und die Produktivität der Mine hat sich beinahe verdoppelt, seit du das Ruder übernommen hast.«

Eine blonde Augenbraue hob sich. »Das stimmt, aber woher weißt du das?«

»Ich verlege drei Zeitungen.«

»Richtig«, spottete sie mit einem übertriebenen Verdrehen der Augen. »Das hatte ich vergessen. Du weißt ja alles.«

Er beschloss, darauf nicht einzugehen. »Du kannst nicht einfach aufgeben und sie gewinnen lassen. Das sieht dir überhaupt nicht ähnlich.«

»Calvin, ich bin es leid, zu kämpfen. Der Verwaltungsrat hat jede Initiative angefochten, die ich angestoßen habe. Sie mögen mich nicht. Sie respektieren mich nicht. Und sie haben sich zusammengetan, um mich abzuwählen. Das hat nichts mit *gewinnen lassen* zu tun. Sie haben gewonnen.«

»Haben sie schon offiziell abgestimmt?«

»Nein, nicht, dass ich wüsste, aber das ist nur noch eine reine Formalität.«

Nicht, wenn es nach Calvin ging. »Würdest du es wollen? Wenn du bleiben könntest, würdest du bleiben wollen?«

»Ja, ich nehme an, das würde ich. Ich hatte ursprünglich vor zurückzutreten, weil Monty mich darum gebeten hatte. Er wollte um die Welt reisen und keine Frau haben, die arbeitet.« Sie wandte sich ab und ging in ihr Schlafzimmer. »Aber all das ist jetzt müßig, weil ich mich entschieden habe, trotz allem zu gehen.«

Er raufte sich die Haare. Das hier lief nicht gut. *Seien Sie bereit, jede Ihnen verfügbare Waffe einzusetzen.*

Er folgte ihr ins Schlafzimmer, wo sie an einem Schreibtisch stand und Papiere durchsortierte. »Ich habe mich bereits dafür entschuldigt, dich angelogen zu haben«, sagte er. »Und ich liebe dich. Ich möchte dich noch einmal heiraten.«

Mit zitternden Händen hielt sie inne, und er glaubte, vielleicht zu ihr durchgedrungen zu sein. Dann, anstatt sich zu ihm umzudrehen, fuhr sie damit fort, die Papiere auf Stapel zu legen. »Zu spät. Meine Antwort ist nein. Außerdem, wie kann ich wissen, ob du die Wahrheit sagst? Du würdest alles sagen, um deinen Willen zu bekommen.«

Sein Mut sank. »Du kannst nicht nein sagen.«

»Das kann ich. Und das habe ich gerade.«

»Gottverdammt, Lily!« Er schritt an ihre Seite, fasste ihren Ellbogen und zwang sie, sich zu ihm umzudrehen. Das war der Moment, in dem er ihre glänzenden Augen bemerkte. Das Beben ihrer Unterlippe. Sein Herz krampfte sich schmerzhaft zusammen. »Liebling«, flüsterte er und strich ihr sanft über den

Kiefer. »Ich hasse es, dich weinen zu sehen. Es zerreißt mich innerlich.«

Feuchtigkeit sammelte sich an ihrem Wimpernrand, bis zwei dicke Tränen über ihre Wangen rollten. Mit den Daumen wischte er sie fort. »Ich brauche dich, Lily. Verlass mich nicht, besonders nicht, nachdem ich dich gerade erst wiedergefunden habe.«

Sie schüttelte den Kopf und schloss die Augen, und er spürte, wie sie eine Mauer zwischen ihnen errichtete. Sie trat ein paar Schritte zurück, um aus seiner Reichweite zu kommen. Nutzlos fielen seine Hände herab.

»Ich kann nicht bleiben. Ich kann mich nicht weiter fragen, was Lüge und was Wahrheit ist. Ich vertraue dir nicht, Calvin. Und Liebe ohne Vertrauen ist ... niederschmetternd.«

»Gib mir Zeit«, flehte er. »Bleib und lass mich dir beweisen, dass ich vertrauenswürdig bin. Ich werde dich nie wieder anlügen.«

»Bis wann? Du hast Angst, mich zu verärgern, also lügst du, um den Frieden zwischen uns aufrechtzuerhalten? So eine Ehe will ich nicht.«

Frustration und Panik verbanden sich miteinander und brachten ihn dazu, sie anzufahren: »Du weißt, warum ich dich angelogen habe. Ich musste Hugo und seine Frau schützen.«

»Das verstehe ich. Ich weiß auch, dass wir eine gemeinsame Vergangenheit haben, die uns wundervolle Momente, aber auch schreckliche beschert hat.« Zitternd holte sie Luft. »Vielleicht hast du recht. Du hast einmal gesagt, niemanden kümmert die Vergangenheit, nur die Gegenwart zählt. Also vielleicht sollte unsere Vergangenheit in der Vergangenheit bleiben, und wir sollten nur nach vorne sehen. Weitergehen und uns nicht von unseren Fehlern verfolgen lassen.«

Hatte er das gesagt? Vielleicht vor Wochen, bevor ihm bewusst geworden war, wie viel ihm diese Frau bedeutete. Lily hatte seinen Blick auf die Welt verändert. »Nein, das glaube ich nicht. Wundervoll oder schrecklich, ich will mich an jede Einzelheit davon erinnern. Wenn es um die richtige Person geht, die Person, die man liebt, sollte man keinen einzigen Moment vergessen wollen, egal was passiert ist.«

Sie kniff die Lippen zusammen und schlang die Arme um ihre Taille. »Dann darf ich dich nicht mehr lieben, denn alles, was ich will, ist vergessen.« Sie raffte ihre Röcke, eilte aus dem Zimmer und verschwand.

Am nächsten Tag befand Lily sich immer noch in New York, allerdings hatte sie nicht ihr ärgerlicher früherer Ehemann an der Abreise gehindert, sondern der ärgerliche Verwaltungsrat von Davies Mining.

Sie musterte die Gesichter am Tisch, die schwerfälligen alten Männer, aus denen der Verwaltungsrat des Unternehmens ihres verstorbenen Vaters bestand. Sie … grinsten sie an. Nickten in ihre Richtung. Es fehlte nur noch, dass sie ihr auf den Rücken klopften und ihr eine Zigarre anboten, ansonsten verhielten sie sich so, als hätten sie sie akzeptiert.

Das ergab keinen Sinn.

Lily hatte es gestern kaum erwarten können, nach Paris aufzubrechen. Ihr Gepäck war bereits in die Kutsche geladen worden, als ihre Cousine Cora und Onkel Edward herbeigeeilt waren, um ihr von einer weiteren unangekündigten Verwaltungsratssitzung zu berichten. Lilys Anwesenheit sei zwingend erforderlich, erklärten beide und ignorierten ihre Proteste. Zutiefst bekümmert, müde und die Augen vom Weinen geschwollen hatte Lily nichts anderes gewollt, als an Bord des Schiffes zu kommen und fortzusegeln. Außerdem wollte der Verwaltungsrat sie fort haben. Sie hatten sie abgewählt. Mussten sie auch noch den Schmerz auf ihrem Gesicht sehen, wenn sie es offiziell machten? Wenn ihr das Unternehmen ihres Vaters weggenommen und an einen Fremden übergeben wurde?

Doch Onkel Edward hatte darauf bestanden, also hatte Lily die Schultern gestrafft und war heute nach Downtown gefahren, um ihnen gegenüberzutreten. Wenn sie sich an ihrem Untergang weiden wollten und auf Hysterie hofften, dann sollten sie bitter enttäuscht werden. Sie hatte keine Tränen mehr, nicht nach ihrer Unterhaltung mit Calvin gestern.

Doch vor wenigen Sekunden hatte der Verwaltungsrat sie überrascht. Völlig vor den Kopf geschlagen, um genau zu sein.

»Wie bitte? Es klang gerade so, als hätten Sie gesagt ...« Sie konnte den Satz nicht zu Ende bringen.

»Wir möchten, dass Sie Ihre Rolle als Präsidentin fortführen«, sagte einer von ihnen.

Lilys Blick wanderte zu Onkel Edward. »Aber ich dachte ... mein mangelndes Urteilsvermögen?«

»Schnee von gestern«, erwiderte ihr Onkel mit einer trägen, wegwerfenden Handbewegung. »Wir alle haben erkannt, dass das Unternehmen dir sehr viel bedeutet, und eindeutig hätte dein Vater gewollt, dass du sein Vermächtnis weiterführst.«

Eindeutig? Vor ein paar Tagen hatten sie sie noch behandelt, als wäre sie Hester Prynne. Als wäre sie leichtsinnig und unmoralisch und werfe sich jedem Schurken an den Hals, der sie haben wollte. Und nun war sie akzeptabel?

»Bitte, sagen Sie mir, was Ihre Meinung geändert hat.«

Mr. Harrison ergriff das Wort. »Wir haben erkannt, dass das, was vorgefallen ist, nicht Ihre Schuld war – weder was die Annullierung Ihrer Ehe noch was Mr. Fields betrifft.«

»Sie ... haben das erkannt?« Die Gesichter am Tisch nickten eifrig. Ein bisschen zu eifrig. Lily sträubten sich die Nackenhaare. »Und was hat diese Erkenntnis bewirkt? Sind Sie etwa alle über Nacht fortschrittlich geworden?«

»Nicht fortschrittlich, nein«, erwiderte ein Verwaltungsratsmitglied. »Eher aufgeklärt.«

Müde rieb sie sich die Stirn. »Das verstehe ich nicht.«

»Da gibt es nichts zu verstehen«, erklärte Mr. Harrison, dann erhob er sich. »Wir wollten Sie nur über unsere Entscheidung informieren. Damit wäre diese Sitzung beendet, wenn alle einverstanden sind.«

Eine Runde Zustimmung hallte durch den Raum, als die übrigen Männer begannen, sich zu erheben. Lily regte sich nicht, unfähig, diesen Sinneswandel zu begreifen.

»Miss Davies.« Mr. Harrison zog seine Weste glatt. »Ich denke, ich spreche für uns alle, wenn ich sage, dass der Angelegenheit damit Genüge getan wurde. Es besteht keine Notwendigkeit für irgendwelche zukünftigen *Unannehmlichkeiten*.«

»Ja«, sagte ein weiterer Mann. »Wenn Sie das alle Beteiligten wissen lassen könnten, würden wir das zu schätzen wissen.«

Alle Beteiligten? Sie nickte, dann legte sie ihrem Onkel eine Hand auf den Arm, als er sich erheben wollte. »Einen Moment bitte, Onkel Edward.«

Die übrigen Männer gingen nacheinander hinaus, dabei wünschten sie ihr alle einen angenehmen Abend und weiterhin gute Gesundheit, und mehrere hofften, sie in den kommenden

Wochen in der Stadt zu sehen. Als sich die Tür hinter ihnen schloss, wandte sie sich an ihren Onkel. »Was hast du zu ihnen gesagt? Ich habe den Verwaltungsrat noch nie so umgänglich erlebt.«

Die Mundwinkel ihres Onkels hoben sich. Er lehnte sich in seinem Stuhl zurück und betrachtete sie nachdenklich. »Du weißt es wirklich nicht, oder?«

»Was weiß ich nicht?«

»Das ist nicht mein Werk.«

»Wessen Werk ist es dann?« In dem Moment, in dem ihr die Worte über die Lippen kamen, begriff sie.

Calvin. Sie verzog das Gesicht und schloss die Augen. »Wie hat er das geschafft?«

»Na, schau nicht so gekränkt drein, meine Liebe. Ich finde es ziemlich engagiert von ihm. Soweit ich weiß, hat er jedem einzelnen Verwaltungsratsmitglied, über das es gewisse *Informationen* gibt, einen Besuch abgestattet. Er hat jeden von ihnen überzeugt, dass sie besser nett zu Lillian Davies sind, wenn sie nicht mit Konsequenzen rechnen wollen.«

»Oh, um Himmels willen. Er hat den ganzen Verwaltungsrat erpresst, damit sie mich behalten.« Sie stützte die Ellbogen auf den Tisch und das Gesicht in die Hände. »Wie soll ich ihnen je wieder in die Augen sehen?«

»Du siehst das alles falsch«, meinte ihr Onkel mit einem Lachen. »Wie sonst hätte Cabot sie dazu bringen können, wenn nicht jeder dieser Männer die eine oder andere Leiche im Keller hätte? Dein früherer Gatte ist ein sehr kluger, sehr erbarmungsloser Mann. Vermutlich wird jedes Verwaltungsratsmitglied dir morgen Blumen schicken.«

»Das will ich nicht«, rief sie. »Ich wollte mir ihren Respekt verdienen, und ihn mir nicht erkaufen lassen. Calvin ist diesmal wirklich zu weit gegangen.«

»Er ist auch zu mir gekommen.«

Ihr Kopf ruckte hoch. Hatte ihr Onkel etwa auch Leichen im Keller? Er hatte stets wie ein hingebungsvoller Vater und Ehemann gewirkt. »Wie kann er es wagen, dich zu erpressen –«

»Moment mal.« Er legte ihr eine Hand auf den Arm. »Er ist zu mir gekommen, aber nicht, um mich unter Druck zu setzen. Wir hatten eine lange Unterhaltung, das ist alles.«

»Worüber?«

»Dich. Er wollte wissen, wie sehr du die Kontrolle über die Bergbaugesellschaft behalten willst, und ein wenig Einblick in das bekommen, was im Verwaltungsrat vor sich ging.«

Sie stöhnte. Ihre Beziehung war beendet, also warum bestand Calvin immer noch darauf, sich in ihr Leben einzumischen?

»Lily«, sagte ihr Onkel. »Der Mann liebt dich. Verzweifelt. Und er weiß, dass er sich schrecklich verhalten hat, vielleicht sogar unverzeihlich. Trotzdem wollte er das für dich tun. Er sagte, ihm gefalle die Vorstellung nicht, dass der Verwaltungsrat dich wegen etwas verurteilt, das im Wesentlichen seine Schuld war.«

Sie schnaubte verächtlich. »Wenn er glaubt, dass ich ihm verzeihe und losstürme, um die Aussteuer zu bestellen, dann ist er verrückt.«

»Nein. Genau genommen hat er jeden der Männer schwören lassen, es dir nicht zu sagen. Er wollte nicht, dass du von seiner Beteiligung weißt.«

»Warum? Wenn er nicht versucht, sich damit meine Vergebung zu verdienen, warum macht er sich dann die Mühe?«

»Weil es das Richtige ist, das zu tun. Er ist ein ehrenhafter

Mann. Manchmal zu ehrenhaft, vermute ich, dann verletzt er die Menschen, die ihm am Herzen liegen.«

»Er hat es dir erzählt.«

»Ein wenig davon. Genug, um zu verstehen.« Mit gerunzelter Stirn faltete er die Hände und beugte sich vor. »Lily, dein Vater und ich haben uns über deine Ehe unterhalten, bevor er starb.« Überrascht zuckte sie zusammen. »Er war ein komplizierter Mann, dein Vater«, fuhr er fort. »Ich mochte ihn nicht immer, aber er war der Bruder meiner Frau, und deshalb tolerierte ich ihn. Im Lauf der Jahre wurde unser Verhältnis durch die Arbeit im Unternehmen etwas enger. Doch obwohl ich ihn respektierte, war ich nicht immer mit ihm einer Meinung.«

Lily hatte das nicht gewusst, aber es ergab Sinn. Die beiden Männer hatten sehr unterschiedliche Persönlichkeiten, deshalb lag es nahe, dass es Reibungspunkte zwischen ihnen gegeben hatte.

»Eine Sache, worüber wir unterschiedlicher Meinung waren, war dein Durchbrennen.«

»Mein *Durchbrennen*? Ich dachte, niemand sonst in der Familie wusste davon.«

»Er hatte sich mir anvertraut. Er war aufgebracht – und das zu recht, wie ich als Vater anmerken muss. Wir haben gern ein Wörtchen mitzureden, was die Wahl eines Ehemanns für unsere Töchter betrifft. Aber die Sache war bereits geschehen, und Warren war fest entschlossen, sich einzumischen.«

»Und das war es, worüber ihr euch nicht einig wart?«

»Zum Teil. Siehst du, dein Vater war fest entschlossen, Calvin auf die Probe zu stellen. Er warf euch dieses finanzielle Hindernis in den Weg und grub irgendeine Information über eine angebliche Ehefrau in China aus –«

»Calvin war nie mit ihr verheiratet. Sie war die Frau seines Freundes Hugo.«

Er hob eine Hand. »Das weiß ich. Ich glaubte nicht, dass der Junge so dumm wäre, dich zu heiraten, wenn er schon eine Frau hätte. Wie dem auch sei, dein früherer Mann bestand den Test nicht, wie wir beide wissen. Aber Calvin war nicht die einzige Person, die Warren auf die Probe stellen wollte.«

Er ließ die Bemerkung in der Luft stehen, und die Antwort war offensichtlich, wenn auch verwirrend. »Mich?«

Onkel Edward nickte. »Ja, dich. Er wusste, dass du stark bist, aber er wusste auch, dass du ein privilegiertes Leben geführt hattest. Du hattest noch nicht viel Mühsal erlebt, bis auf den Verlust deiner Mutter. Er beschloss herauszufinden, wie sehr du diesen jungen Reporter wolltest. Er musste sehen, ob du Calvin genug liebtest, um um ihn zu kämpfen. Wenn du es getan hättest, hätte er die Bigamievorwürfe fallen gelassen und der Ehe seinen Segen gegeben.«

Lilys Schultern sanken herab, und vor Ungläubigkeit klangen ihr die Ohren. »Ich … Aber er hat nie irgendetwas gesagt.«

»Das war es, worüber wir unterschiedlicher Meinung waren. Als die Zeit verging und du offenkundig weiterhin unglücklich warst, bestand ich darauf, dass er dir sagen sollte, was er getan hatte. Im Wesentlichen hatte er zwei jungen Menschen, die sehr verliebt waren, einen Grund gegeben, aneinander zu zweifeln. Sogar einander zu hassen. Was väterliches Handeln betrifft, war das schwerlich als aufrecht anzusehen.«

»Warum also hat er nichts gesagt?«

»Weil dein Vater hart für alles gearbeitet hat, was er erreicht hat. Er glaubte, wenn du und Calvin nicht bereit wärt, für das zu kämpfen, was ihr wollt, dann hättet ihr einander auch nicht verdient.«

»Das ist . . .«

»Grausam? Verrückt? Selbstherrlich? Ja, das trifft alles zu. Aber ich habe gesehen, wie du bei diesen Verwaltungsratssitzungen die direkte Konfrontation gesucht hast, Lily. Ich weiß, dass du kämpfen kannst, wenn du Leidenschaft für etwas empfindest. Also sag mir: Warum bist du so versessen darauf, an Bord dieses Schiffes nach Paris zu gehen? Warum kämpfst du nicht um das, was du willst?«

»Weil ich keinen Mann will, der lügt und alles verdreht. Ehrlichkeit und Vertrauen sind zu wichtig in einer Ehe.«

»Du lässt den wichtigsten Faktor aus.« Als sie ihren Onkel verwirrt ansah, fügt er hinzu: »Liebe. Die Bereitschaft, die Bedürfnisse eines anderen Menschen vor die eigenen zu stellen. Ich denke, Calvin hat bewiesen, dass er das tun kann. Genau genommen hat er dich aufgegeben, um dir die Peinlichkeit und den Verlust deines Vermögens zu ersparen.«

Alles in ihr wehrte sich gegen die Vorstellung, dass ihr Onkel vielleicht recht haben könnte. Aber wenn sie ehrlich war, hielt sie nur eine einzige Sache von Calvin fern. »Ich will nicht wieder verletzt werden.«

Ein geduldiges, liebevolles Lächeln breitete sich auf seinem Gesicht aus. »Das will niemand, meine Liebe. Aber liebst du ihn?«

»Ja«, flüsterte sie und fürchtete sich beinahe, es zuzugeben, aus Angst davor, was es bedeutete. Aber sie liebte Calvin wirklich, mehr als sie es je für möglich gehalten hätte.

»Du bist kein Feigling, Lillian Charlotte Davies. Gib Calvin die Chance, zu beweisen, dass er der Mann sein kann, den du brauchst.« Er stand vom Tisch auf und zog ihr den Stuhl zurück, um ihr beim Aufstehen zu helfen, dann sammelte er seine Sachen vom Tisch ein. »Was hat dein Vater immer gesagt? ›Davies scheuen nie vor einer Herausforderung zurück.‹ Wenn du ihn liebst, dann gib ihn nicht auf, ohne es wenigstens vorher versucht zu haben.«

Darüber dachte sie einen Moment lang nach, während ihr Blick durch den Raum wanderte. Eine Entscheidung formte sich in ihrem Kopf. »Ich will die Bergbaugesellschaft nicht behalten. Ich habe sie aus den falschen Gründen behalten, und du bist besser geeignet, sie zu leiten.«

Mit gerunzelter Stirn musterte er ihr Gesicht. »Bist du sicher? Ich wollte nie, dass du dich hier unwillkommen fühlst.«

Sie stellte sich auf die Zehenspitzen und küsste ihn auf die Wange. »Und das habe ich auch nie, Onkel Edward. Danke, aber nach allem, was passiert ist, ist es besser, wenn ich zurücktrete.«

»Du wirst mir fehlen, aber ich verstehe es. Und du kannst jederzeit deine Meinung ändern. Davies Mining wird immer zuallererst dir und Tom gehören.«

»Das werde ich nicht vergessen. Danke.«

Ihr Onkel griff in seinen Stapel Papiere und zog einen schlichten, braunen Umschlag heraus. »Bevor ich es vergesse, ich wurde gebeten, dir das zu geben.«

»Was ist es?«

»Lies es einfach, meine Liebe.«

KAPITEL VIERUNDZWANZIG

»Mr. Cabot«, sagte Miss Robbs von der Tür her. »Ein Korrekturabzug der heutigen Abendausgabe wurde für Sie geliefert.«

Calvin blickte von den Papieren hoch, die er sortierte. »Ausgezeichnet. Ich sehe ihn mir am besten gleich an.« Hauptsächlich, weil er die Ablenkung brauchte.

Er suchte verzweifelt nach Aufgaben, die seine Zeit und Aufmerksamkeit in Anspruch nahmen. Wenn er sich selbst überlassen bliebe, würde er jetzt bis zum Hals in einer Flasche Whiskey stecken. Er würde betrunken über seine ehemalige Frau nachdenken und analysieren, wie er alles verbockt hatte. Wieder einmal. Er würde die Entscheidungen zerpflücken, die er getroffen hatte, und sich fragen, ob es eine andere Möglichkeit gegeben hätte, eine, die nicht zur Folge gehabt hätte, dass er die einzige Frau verlor, die er je geliebt hatte.

Verdammt, wenn es nur nicht so wehtun würde.

Er rieb sich die Brust, ein wirkungsloser Versuch, den unablässigen Schmerz zu lindern, der sich dort eingenistet hatte, während Miss Robbs zu ihm eilte. Sie drückte ihm die Zeitung in die wartende Hand und ging. Calvin ließ die Schultern kreisen. Schlaf existierte seit zwei Tagen nur noch in seiner Vorstellung. Zuerst Lee, dann Lily. Er war erschöpft, aber jedes Mal, wenn er die Augen schloss, sah er sie vor sich. Roch sie. Hörte sie lachen.

Er hasste die Vorstellung, dass sie fortsegelte, um allein in Paris zu leben. Ihren Bruder und ihre Cousine zurückließ. Er hoffte, dass sie blieb, selbst wenn sie nie wieder mit ihm redete. Wenigstens konnten die Verwaltungsratsmitglieder von Davies Mining sie nicht mehr abwählen.

Er nahm einen Bleistift in die Hand und widmete dem Korrekturabzug jedes Quäntchen seiner Aufmerksamkeit – weshalb er es nicht bemerkte, als sie hereinkam.

Er hörte das Rascheln von Seidenröcken, und dann schloss sich die Tür. »Miss Robbs, könnten Sie bitte Jim für mich suchen? Ich kann mir aus diesem Unsinn keinen Reim machen.«

»Leider arbeite ich nicht für dich.«

Beim Klang dieser kehligen weiblichen Stimme fuhr Calvins Kopf hoch, und sein Herz schlug so heftig, dass er fürchtete, es würde ihm aus der Brust springen. *Lily ist hier.* In seinem Büro. Was wollte sie? Schon war er auf die Füße gesprungen und kam um seinen Schreibtisch herum auf sie zu, als wäre sie magnetisch. »Lily.«

»Hallo, Calvin.«

Eine traurige Erkenntnis kehrte zurück. Er erinnerte sich wieder, dass sie ihn hasste, dass es zwischen ihnen aus war, und er blieb stehen. Die Arme vor der Brust verschränkt versuchte er, sich trotz des Rumorens in seinem Bauch zu entspannen. »Bist du gekommen, um dein neues Büro auszumessen?«

»Nein. Ich bin gekommen, um dir zu sagen, dass du mir den *Mercury* nicht geben kannst.« Sie ging zu seinem Schreibtisch und warf den Vertrag darauf, den er hatte aufsetzen lassen. »Ich will ihn nicht.«

Das schmerzte. »Warum nicht? Er ist die profitabelste der drei Zeitungen, er ist in New York, und er hat die höchste Auflagenzahl. Jim wird hier sein, um dir dabei zu helfen, ihn zu leiten –«

»Hör auf zu reden, du dummer Kerl. Ich will keine deiner Zeitungen. Ich verstehe nicht, wie du überhaupt auf diese Idee kommst.«

»Hast du meinen Brief nicht gelesen?«

»Doch, und dein Plan, nach Chicago zu ziehen, ist eine noble, aber idiotische Idee. Du liebst New York. Ich kann mir dich nirgendwo anders vorstellen.«

Er schüttelte bereits den Kopf. »Das ist nicht schlimm. Ich mag Chicago, und der *Morning Star* kann etwas mehr von meiner Aufmerksamkeit gebrauchen. Es erschien mir nicht fair, dass du Freunde und Familie hinter dir lassen solltest.«

»Also gehst stattdessen du?«

»Ich bin es gewohnt, umherzuziehen. Ein Ergebnis meiner Erziehung, nehme ich an. Das ist schon in Ordnung.« Neue Freunde, neues Zuhause, neue Umgebung. Wäre nicht das erste – oder das zehnte – Mal.

»Angenommen, ich wäre einverstanden damit, dich aus New York zu vertreiben, was ich nicht bin, was bringt dich auf den Gedanken, ich würde eine Zeitung leiten wollen?«

Er kratzte sich am Hals, weil sich unangenehme Hitze unter seiner Haut aufstaute. »Ich habe den *Mercury* praktisch aus dem Nichts aufgebaut. Die Zeitung bestand aus Kochrezepten und Todesanzeigen, als ich sie kaufte. Wenn ich ein Lieblingskind hätte, dann wäre es der *Mercury*, und ich würde niemandem sonst vertrauen, für seinen weiteren Erfolg zu sorgen.«

Sie blinzelte, als würde die Antwort sie überraschen. »Aber ich habe noch nie eine Zeitung geleitet.«

»Nein, aber du hast mit dem Unternehmen deines Vaters bewiesen, dass du schnell lernst. Du hast einen scharfen Verstand und Verhandlungsgeschick. Ganz zu schweigen davon, dass mir nie eine herrischere Person begegnet ist.« Er zeigte zur Tür. »Dieser Raum voller Reporter da draußen wird ein Kinderspiel für dich sein.«

Ihr Gesicht wurde weicher, und ihre Augen glänzten. »Calvin«, sagte sie sanft. »Ich kann nicht ...«

»Wegen des Unternehmens deines Vaters?« Er hatte sich schon gesorgt, dass die Zeitung neben ihren Aufgaben bei der Bergbaugesellschaft zu viel für sie sein würde.

»Nein. Ich habe Davies Mining meinem Onkel übergeben. Er ist besser geeignet, das Unternehmen zu leiten, als ich. Um die Wahrheit zu sagen, hätte ich das schon vor Jahren tun sollen.«

Wut erhitzte sein Blut, schnell und heftig. »Hat der Verwaltungsrat dich hinausgedrängt?« Er würde jeden Einzelnen von ihnen ruinieren.

»Ganz im Gegenteil. Ich glaube, die meisten von ihnen sind im Augenblick zu Hause und schreiben mir zu Ehren Gedichte, dank deiner Erpressungsbemühungen.«

»Nun ja, welchen Sinn haben überragende Fähigkeiten, wenn ich sie nicht hin und wieder für Böses einsetzen kann?«

Bei diesem Hinweis auf ihre frühere Unterhaltung lächelte sie, und der Drang, sie zu berühren, stieg in ihm auf, gefolgt von einem heftigen Gefühl der Verweigerung, das sich wie ein Tritt ins Gemächt anfühlte. Er wollte sich zusammenkrümmen und den Kopf gegen den Schreibtisch schlagen.

»Die ganze Sache wird so laufen«, sagte sie und ging auf ihn zu. »Du wirst den *Mercury* behalten.« Er wollte protestieren, doch sie hob einen Finger. Sie stand nun so dicht vor ihm, dass er sie berühren könnte. »Du wirst den *Mercury* behalten, und du wirst in New York bleiben. Ich werde ebenfalls in New York bleiben.«

Vor Überraschung zuckte er leicht zusammen. »Und was dann, sollen wir eine Grenze quer durch die Insel ziehen? Du bekommst die Westseite und ich die Ostseite?«

Ein weiterer Schritt brachte sie so dicht vor ihn, dass er die goldenen Sprenkel in ihren braunen Augen sehen konnte. Sie legte eine Hand auf seine Brust, und Calvin stockte der Atem. Hoffnung keimte in ihm auf wie eine Lotosblüte, die die Oberfläche eines trüben Teichs durchbricht.

»Nein, ich dachte eher daran, dass wir uns einen Ort teilen können. Ein gewisses kleines Herrenhaus an der Fifth Avenue.«

»Ein kleines Herrenhaus. Ist das nicht ein Widerspruch in sich?«, konnte sich der Verleger in ihm nicht verkneifen zu fragen.

Ihr Mundwinkel hob sich, als wäre sie amüsiert. »Liebst du mich, Calvin?«

»Mehr als alles auf dieser Welt oder der nächsten.«

»Versprichst du, mir immer die Wahrheit zu sagen?«

Er konnte sich nicht länger zurückhalten, sie zu berühren, und legte ihr die Hände an die Hüften. »Ausnahmslos. Selbst wenn ich glaube, dass sie dir nicht gefallen wird.«

Sie legte die Hände in seinen Nacken und spielte mit seinem Haar. »Gut. Das waren die richtigen Antworten. Und jetzt küss mich.«

»Warte«, sagte er und hielt sie fest. »Versprichst du, nicht vor unseren Problemen wegzulaufen? Ich habe nichts dagegen, wenn mir gelegentlich eine Untertasse an den Kopf geworfen wird, aber du darfst mich nicht verlassen, Lily.«

Sie schmiegte sich an seine Brust, und er erschauderte, als sie mit der Nase seinen Kiefer streifte. »Ich verspreche, zu bleiben. Ich werde nie wieder vor dir weglaufen.«

»Richtige Antwort. Jetzt kann ich dich küssen«, flüsterte er und senkte den Kopf zu ihren Lippen.

»Warte!« Sie zog sich leicht von ihm zurück. »Weißt du, was passiert, falls du mich noch einmal anlügen solltest?« Ein teuflisches Funkeln tanzte in ihren Augen.

»Beinahe habe ich Angst, es herauszufinden.«

»Du wirst eine deiner Gliedmaßen verlieren, an denen du so hängst«, antwortete sie und biss sich auf die Lippe, um nicht zu lachen.

Er küsste die weiche Haut ihres Halses und hob sie auf seinen Schreibtisch. »Dann sollte ich sie besser bei jeder Gelegenheit nutzen, die sich mir bietet. Nur für den Fall.«

»Nur für den Fall«, pflichtete sie ihm bei, während ihre Finger sich um seine Krawatte legten, um ihn zu sich zu ziehen. Calvin umfing sie in einem feurigen Kuss, fest entschlossen, ihr zu beweisen, dass eine zweite Chance manchmal noch besser war als der erste Versuch.

DANKSAGUNGEN

Die Reihe *Gentlemen of New York* ist ein Werk, in das ich viel Liebe gesteckt habe. Aber nur weil ich den Glanz, die gesellschaftlichen Konventionen und die Technologie des Gilded Age liebe, bedeutet das nicht, dass ich nicht in der Lage wäre, auch dessen Schattenseiten zu erkennen. Arbeiter, darunter kleine Kinder, wurden grausam behandelt. Die Armen lebten zusammengepfercht unter abstoßenden Bedingungen in schmutzigen, unsicheren Mietshäusern. Einwanderer und befreite Sklaven wurden gefürchtet, verfolgt und ungerechten Gesetzen und Vorschriften unterworfen.

Eines dieser schändlichen Gesetze, der Chinese Exclusion Act, ist ein wesentliches Handlungselement in *Sündig wie Silber*. In Kraft gesetzt von Präsident Arthur 1882, gilt der Exclusion Act als das strengste Einwanderungsgesetz in der Geschichte der Vereinigten Staaten. Nachdem sich über drei Jahrzehnte hinweg anti-chinesische Stimmung aufgebaut hatte, verboten die Vereinigten Staaten chinesischen Arbeitern, das Land zu betreten. Einreisen durften nur jene, die beweisen konnten, dass sie keine Arbeiter waren. Wie man sich vorstellen kann, war dieser Beweis sehr schwer zu erbringen.

Die Wiedereinreise wurde ebenfalls verboten, dadurch machte es der Exclusion Act chinesischen Männern unmöglich, die Vereinigten Staaten zu verlassen, um ihre Lieben in China zu besuchen oder zu sich zu holen. Chinesische Frauen mussten heimlich ins Land geschmuggelt werden, eine Praxis, die mit vielen Gefahren und hohen Kosten verbunden war. Leider blieb dieses Gesetz sechzig Jahre lang in Kraft.

So viele wunderbare Menschen haben mir bei dieser Geschichte geholfen. Danke an Lin Gavin, Edward Lim, Yin Chang-D'Arcy und Winnie Lam Wu für die kantonesischen Übersetzungen und die Beratung in kulturellen Fragen. Dank auch an meine fantastischen Beta-Leser Mingmei Yip, Piper Huguley, Sonali Dev, Lin Gavin, Diana Quincy und Michele Mannon für ihre Sichtweise und ihr Feedback. Alle Fehler sind meine eigenen.

Große Dankbarkeit schulde ich …

Peter Senftleben, Lektor der Extraklasse, für seine Unterstützung und Beratung bei diesem Buch und der gesamten Reihe.

Jane Nutter für ihre Hilfe dabei, die Werbetrommel zu rühren, und dem gesamten Kensington-Team dafür, dass sie dem Gilded Age eine Stimme gegeben haben.

Laura Bradford, weil sie sich immer für mich einsetzt.

Den Violet Femmes, Lucky 13s, NJRW und all meinen Autorenfreunden, die es zu einer solchen Freude machen, Teil der Romance-Community zu sein. Ohne euch könnte ich das nicht schaffen!

Schließlich alles Liebe meiner Familie, meinen Eltern, meinem Mann und meinen Töchtern. Danke für eure unerschütterliche Unterstützung und euer Verständnis, besonders wenn es kein Abendessen gab und ihr gezwungen wart, in erbärmlichen Verhältnissen zu leben.

Zu guter Letzt Danke an meine Leser! Ich schätze euch alle so sehr, die ihr den *Gentlemen of New York* eine Chance gegeben habt. Diese Romane zu schreiben war eine absolute Freude für mich, und ich bin allen auf ewig dankbar, denen es eine Freude gemacht hat, sie zu lesen.